금혼령 1

금혼령

조선혼인금지령

천지혜
장편소설

1

차 례

1

만약 이 조선 땅에서
7년간 사랑을 금지하면,
어떻게 될 것 같소?

"만약 이 조선 땅에서 7년간 사랑을 금지하면, 어떻게 될 것 같소?"

저잣거리 한구석에 앉아 썰을 풀어놓는 궁합쟁이 개이의 말에, 모여든 청춘 남녀의 눈이 휘둥그레졌다.

"아니, 너보고 7년간 혼인하지 말라 그러면 어떡하겠니?"

급기야 대경실색을 하는 사람들. 그들이 그렇게 놀라는 것도 당연했다.

여기는 남녀칠세부동석의 조선. 남녀가 자유롭게 만나 정분을 쌓는 자유연애는 꿈도 꿀 수 없는 시대였다.

혼인 전까지는 서로의 손목 한 번 잡아 볼 수가 없는데, 뭐여? 7년간 혼인을 못하게 한다고? 이는 곧 애정 비사에 있어 미혼 남녀의 완벽한 단절을 뜻했다. 그야말로 철벽 단절.

"으아니, 궁합쟁이 양반! 그게 무슨 청천벽력 같은 소리요?"

모여든 사내들의 얼굴이 새파랗게 질리기 시작했다.

아낙의 치마 밑으로 드러난 버선코가 날렵하게 서 있는 것만 보아도 몸이 후끈 달아오르는데! 겹겹이 겹쳐진 속치마의 숫자를 세는 상상만으로도 뜨거운 피가 펄떡펄떡 용솟음치는데! 새, 색시를 맞을 수가 없다고? 안 되오! 아니 되오!

"으아니, 궁합쟁이 양반! 말도 안 되는 소리요!"

이번엔 모여든 규중 아낙들의 얼굴이 시뻘겋게 달아올랐다.

남정네 한 번 보겠다고 미친년처럼 널을 뛰는 것도 하루 이틀이지, 살을 에는 칼바람에 광대처럼 그네를 뛰는 것도 사흘 나흘이지. 그런데, 뭐? 내 서방님이 7년간 나타나지 않을 거라고? 안 되오, 아니 되오!

"떼끼, 이 사람! 허튼소리 말게!"

사람들이 눈을 흘기고 역정을 내어 봐도, 자신만만한 개이의 눈빛은 변하지 않았다.

사람과 사람 사이, 그 연을 기가 막히게도 맞춘다는 장안 내 최고의 궁합쟁이, 개이. 그가 분명 거짓부렁을 한 게다. 그래야만 한다.

　청춘 남녀 모두 7년간 혼인을 못 한다고? 도저히 믿고 싶지 않은 예언이었다.

❀

　왁자지껄한 한양 장터의 흥정 소리가 묘하게 흥겨이 느껴지는 날이었다. 어지러운 골목 사이사이에서도 사람 사는 냄새가 물씬물씬 풍겨 왔다.

　이때, 별안간 장 한구석이 소란해졌다. 앳된 얼굴에 짐승 같은 근육을 뽐내는 젊은 나무꾼들이 어깨에 통나무를 하나씩들 짊어지고 나타난 것이다.

　이제 열여덟이나 되었을까. 거의 걸친 것이 없는 상반신. 파도치는 물결이 이는 잔 근육, 이마에 맺힌 송골송골 땀방울.

　난데없는 짐승남들의 단체 상의 탈의에 아낙들의 꺄아— 하는 탄성이 이어졌다. 허나 대놓고 훔쳐보는 티를 낼 수는 없는 것. 쓰개치마를 두른 한 아낙이 청동거울을 고르는 척, 그들의 어깻죽지를 비추어 보았다. 참으로 재빠른 움직임이로구나. 아씨 하나는 호박 노리개를 떨어뜨린 척 고개를 숙이며 그들을 아래위로 훑어보았다.

　그러나 그걸로 끝. 아무리 짐승남들이 야수 같은 색기를 대놓고 사방팔방에 뿜어 보아도, 더 이상 여인네들이 어찌할 수 있는 것이 없었다. 그들이 떠나고 난 뒤 아쉬운 입맛을 다시는 여인네들에게 이번엔 장터의 사내들이 '나는 어떠냐?'는 듯 끈적한 눈빛을 보냈다. 수염을 쓰다듬는 선비부터, 뜨내기 보부상, 수염 난 대장장이, 심지어 스님까지.

어떤 눈빛은 튕겨지고, 어떤 눈빛은 아슬아슬하게 이어졌다. 뚜뚜 뚜뚜, 서로의 눈빛에서 발사된 안광들이 마치 거미줄처럼 얽히고설키었다.

내외가 유별한 이 조선에서도 후끈후끈한 청춘 남녀들의 욕망과 연심을 감출 수는 없었다. 오히려 숨기려 할수록 그 연심은 더욱 터질 듯이 팽팽하게 부풀어 올랐다.

한 여인네의 유혹적인 눈빛을 읽은 보부상이 참다못해 그녀의 손목을 낚아채려는 찰나!

그 사이를 냉큼 지나가는 처자가 있었다.

사랑과 연정의 거미줄 사이를 종횡무진 가르는 이 처자.

병아리처럼 종종종 달음박질치는 신명 난 발걸음에서부터 조신한 규방 아씨와는 거리가 먼 모습이었다. 종잡을 수 없는 그 발길에 혹여 쓰개치마가 벗겨질까, 이를 따라다니는 계집종 애월의 속이 바짝바짝 타올랐다.

"아씨, 진정 좀 하세요."

그 채근이 끝나기도 전, 바삐 구르는 마차 바퀴의 바람에 그녀의 쓰개치마가 사뿐 날아올랐다.

너끈하게 드러난 그녀의 얼굴이 갓 따낸 복숭아처럼 해맑았다.

그 밝은 미소가 마치 햇살처럼 주변을 환히 밝히는 듯했다. 해사한 웃음의 눈초리 끝에는 야무진 영민함이 느껴졌다. 조선 내 이리도 강단 있는 기운을 내뿜는 규방 아씨는 또 없을 것 같았다.

달싹달싹 들뜬 마음을 감추지 못하는 이 아씨의 이름은 예현선. 이조판서 예현호 대감의 첫째 여식이었다.

계집종이 떨어진 쓰개치마를 주워 황급히 그녀의 얼굴을 덮어 주는 가운데, 현선의 눈이 다시 호기심으로 반짝였다. 장터 구석에 앉은 한 할배가 눈에 들어온 것이었다.

"우와, 이 할배. 진짜 신기하게 생겼네?"

현선은 홀린 것처럼 그 할배에게로 향했다.

이 할배, 여자도 아니고 남자도 아니다. 수염이 난 걸 보면 사내가 분명했지만 흘러내린 머리카락을 귀 뒤로 꼽는 고운 자태는 꼭 여자 같았다.

볼에 바른 건 분, 입술에 바른 건 연지인가? 도저히 알 수 없는 성 정체성. 그러나 거부감이 들기보다는 왠지 짠해지는 측은지심과 외할머니마냥 뜨뜻한 친근감이 드는 요상한 매력의 할배였다.

지나가는 이에게 이자가 누구냐 물어보니, 장안 최고의 궁합쟁이 개이開耳라 답한다. 누구에게나 열린 귀라.

그의 앞에 구름떼처럼 모여든 처녀 총각들의 관심사는 하나였다.

"이보시오. 궁합쟁이 양반. 나는 언제쯤 정인을 만나 혼인하게 될 것 같소?"

그렇다. 님을 봐야 뽕도 따고 혼인을 해야 남녀 간의 접촉이 가능할진대, 그러니까 그 혼인날이 도대체 언제냐 말이다.

양가 부모의 주도하에 진행되는 혼례가 청춘 남녀의 뜻대로 될리 없었다. 하여 그들은 이 다급한 마음을 진정시킬 길이 없었다.

"줄을 서시오, 줄을!"

생각보다 진지한 이들의 분위기에 현선은 킥하고 웃음 지었다. 그런 그녀를 제치고 몸이 퉁퉁하게 불어 오른 아낙이 먼저 질문을 던졌다.

"나, 나는 언제 만나게 될 것 같소? 동지섣달 긴긴밤에 변소에 가서 칼을 물고 빌었소. '이 칼날에 내 서방님 될 사람의 얼굴을 비춰 주시오' 라고."

한눈에 뵈기에도 혼인이 다급하게 생긴 처자였다.

"하아. 이 배 혹시, 임신을 한 게 아니었던가?"

"내 쪽을 지지도 않았는데 그게 무슨 개소리요? 우리 집안에 혼수로 보낼 곡식이 부족하여 내 여태도록 시집을 못 가고 원녀怨女(조선의 노처녀)가 되었소."

"그 곡식, 처자가 다 자신 것은 아니고?"

푸하핫 터지는 사람들의 웃음 사이로 개이가 그녀의 얼굴을 살펴며 말을 이어 나갔다.

"가만있자. 우리 처자의 관상엔 목木이 있는 남자가 최고인데."

"그 목이 있는 남자를 대체 어디 가서 만나리까?"

"집에서 북서쪽으로 가는 게 어떻소?"

"부욱서어쪽? 등신 같은 소리 하고 있네. 거긴 동네 뒷산이요! 민가라곤 없는데, 무슨 남정네가 있소?"

이 여자, 성질도 급했다. 그녀가 버럭 화를 내는 소리에 옆에 서 있던 현선이 반짝 눈을 밝히며 말했다.

"혹, 집이 고근산에 올라가는 길, 그 산자락에 있소?"

"어? 어찌 아시오?"

"처자에게서 그 앞길에서만 난다는 철쭉의 향내가 나길래 내 그리 물었소."

"저, 정말이오? 내게 꽃향기가 난단 말이오?"

개이 앞에서 덫에 걸린 멧돼지마냥 성을 내던 처자는 이번엔 마치 꽃밭 속을 뒹구는 아기 돼지처럼 수줍은 미소를 지었다.

"처자께선 어릴 때부터 야밤엔 늑대가 내려올지 모른다며 집안의 불을 모두 껐겠지요. 허나 고근산엔 늑대도, 호랑이도 없답니다. 그런 짐승은 없지만!"

주의를 집중시키는 현선의 말에 사람들의 시선이 몰렸다.

"다만, 짐승남이 있지!"

아아! 아까 장터를 초토화시켰던 그 사내들?

"그들도 산에서 길을 잃었을 땐 아기 새마냥 바들바들 떤답니다. 그때 불이 켜진 민가라도 보이면 그 얼마나 구세주 같을까. 마른 목을 축이도록 물 한 바가지 갖다 주는 처자가 있다면, 이 얼마나 선녀처럼 보일까?"

아, 그 야밤에 짐승남과 함께……?

앙큼하면서도 명쾌한 아씨의 해답에 사람들 모두 무릎을 쳤다.

"서, 선녀요?"

"뭐, 그다음은 처자 알아서 하시오. 지친 어깨를 풀어 준다고 안마를 해 주든, 뜨신 밥을 차려 주다 밥상 뒤엎고 할 일 하시든. 내 그다음까지 가르쳐 줄 순 없잖소? 명색이 규방 아씨인데."

이를 듣던 처자의 얼굴이 단숨에 화사하게 피어났다.

"아니, 내 가만히 있을 것이 아니지. 내 오늘 이 장안에 있는 초와 등을 모두 사다 들여 집을 밝힐 것이오!"

현선에게 고맙다 손을 잡아 흔들고 흥이 나 덩실덩실 뛰어가는 처자의 뒷모습에, 뻘쭘해진 건 개이었다.

장안 내 최고 궁합쟁이라 자부하던 그의 명예와 위신이 한 규방 아씨의 강력한 즉결 처방에 땅바닥으로 떨어지고 만 것이다. 사람들이 개이 대신 영악한 규방 아씨를 추켜세우고 있는 찰나, 개이는 이대로 질 수 없다는 듯 질투에 차오른 장녹수 같은 얼굴을 하며 말했다.

"만약 이 조선 땅에서 7년간 사랑을 금지하면, 어떻게 될 것 같소?"

모여든 사람들의 눈이 단번에 휘둥그레졌다.

"아니, 너보고 7년간 혼인하지 말라 그러면, 어떡하겠니?"

대경실색을 하며 웅성거리는 사람들 소리 사이로 현선의 카랑카랑한 목소리가 파고들었다.

"게 무슨 소리요, 궁합쟁이 양반!"

그녀의 눈이 다시 한 번 반짝 빛났다.

"내 당장 혼인이 다음 주요! 아마 천재지변이 일어나지 않는 한

빵빵한 집안 귀한 도련님과 무탈하게 혼인의 예를 치르게 될 터, 다 된 혼례가 엎어지기라도 한단 말이오?"

이에 맞서는 개이의 눈빛 역시 팽팽했다.

"옆의 계집종이 싸 들고 있는 보자기 안에 무엇이 있습니까?"

"님이 그리 신통방통하시다면 한 번 알아맞혀 보시지요!"

"그건 바로 아씨가 혼례식 날 신을 아리따운 꽃신이 아니오?"

계집종 애월이 사람들 앞에 주춤주춤 보자기를 풀어 보니, 그 말이 과연 사실이었다. 이를 들킨 현선이 움찔했다.

"그 꽃신이 아무리 곱다 한들, 아씨가 그걸 신고 시댁에 갈 수 있을까? 값이 아까우니 당장 가서 환불하시오. 아님 나 주든가."

"안 되오! 이 얼마나 신중히 고른 것인데. 할배가 진정 궁합쟁이라면 내 낭군님 되실 자가 누군지도 알 수 있소?"

"흥, 참 날 뭐로 보고. 동네 실개천에 흐르는 버드나무 잎! 그 버드나무 집 도령과 혼담이 오가지 않았소?"

허어어억? 그 말은 사실이었다. 영의정 이정학 대감의 첫째 아들 이신원. 그가 바로 버드나무 집 도련님이었다. 입을 딱 벌린 현선의 표정에 사람들 모두 이것이 사실임을 짐작한 듯했다.

"아씨의 새끼손가락에 묶인 붉은 실이 하늘하늘 실개천을 따라 올라가고 있는데 내 이를 모르겠소? 허나 그 중간이 끊어질 듯 말듯 아슬아슬하니 이는 당장 다음 주에 이어질 연이 아니오! 굽이굽이 돌고 돌아 언제 다시 만날지 모르는 연이지!"

그의 명쾌한 말에 현선은 한 대 맞은 강아지처럼 깨갱하는 표정을 지었다.

"허허허. 아씨의 사주팔자를 알려 주시면 내 그 인생길 한 번 읊어드리지."

"돼, 됐습니다. 친어미가 내 사주팔자는 함부로 입에 담지 말라 하였소."

"쳇, 핑계 한 번 좋으시네!"

난데없이 당돌했던 규방 아씨와 용맹한 아지매 같던 개이 할배의 한판 대거리는 아무래도 개이의 승으로 난 듯싶었다.

"치, 7년간 혼인 금지? 되도 않는 말 넣어 놓으시오. 다들 보시구랴. 나는 꼭 다음 주에 혼인을 할 테니!"

주춤주춤 꼬리를 내리며 뒷걸음질 치는 현선의 뒤통수에 대고 개이가 외쳤다.

"님아, 그 꽃신을 신지 마오!"

현선이 사라지자 멍해 있던 사람들이 땡— 하고 깨어난 듯 다시 개이에게 질문을 쏟아 냈다.

"우리 모두가 혼인하지 못할 운명이면, 대체 뭘 뜻하는 것이오?"

"거기까진 묻지 마시오. 다쳐!"

개이가 여유롭게 웃으며 책을 챙겨 자리를 뜨는 가운데에서도 사람들의 웅성거림은 멈추지 않았다.

혼인 금지라. 한 아지매가 골몰히 생각하다가, 머리를 딱 치며 말했다.

"혹, 금혼령이 내려지는 거 아냐?"

금혼온려엉? 이는 주로 세자빈이나 왕비 간택 시에 내려지는 혼인 금지령이었다. 이 기간에는 13세부터 18세 사이의 처녀들의 혼인을 금지하였고, 이때는 양반뿐만 아니라 서민들도 혼인을 할 수 없었다. 때문에 금혼령이 내려질 것을 미리 안 관리가 그날 밤 딸을 시집보내려다가 걸려 파직되고 벌을 받은 적도 있었다.

따라서 혼인 적령기의 처녀가 시집을 못 가는데, 사내들이 자기네들끼리 혼인할 수는 없는 노릇이었다. 금혼령이 길어질수록 이에 따른 남정네들의 시름 또한 어마어마했다.

왕이 이 나라 여자들을 다 가질 것도 아닐진대, 청춘 남녀들의 혼인을 금지하다니. 그만큼 나라에서 신중하게 국모 감을 고르는 것이겠지만, 그들에게는 그냥 악법에 불과했다. 허나 일찍이 중국에서부터 내려온 법도이니, 조선 왕조라고 따르지 않을 수는 없었다.

"말도 안 되는 소리요!"

바로 반대 의견이 튀어나왔다.

"그렇소! 있는 세자빈을 없다 말하는 것도 역모의 죄가 되니 그 입 함부로 놀리지 마시오!"

이 말을 입에 담는 것만으로도 죄가 된다는 말에 장터 사람들은 혼비백산 자리를 뜨기 시작했다.

'물어보지 마, 다쳐.'

개이의 그 말이 이 뜻이었나? 사람들의 놀란 가슴에도 한구석 떨치지 못하는 의구심이 스멀스멀 자라났다.

진짜, 7년간 혼인을 못하게 되는 것인가? 에이, 설마. 아닐 거야.

본디 소문이란 보태지고 더해져서 없는 것도 있다 말하고 있는 건 대단히 과장하여 엄청나다 말하니, 실상 실체가 없는 것이라 하나 세자 헌과 세자빈 안씨에 대한 궐 밖 소문만은 사실이었다. 한 쌍의 원앙처럼 꼭 붙어 다닌다는 그 소문 말이다.

동그란 달이 훤히 뜬 날 밤. 세자 헌은 연못에 조각배를 띄워 따뜻한 술과 함께 안씨를 태웠다. 동그란 연못에도, 동그란 술잔에도 동전 같은 달빛이 어른어른거렸다.

"술은 한 번에 들이키시오."

안씨에게 술을 따라 주는 세자 헌의 동공은 그녀의 기색을 세심히 살피는 따뜻함으로 동글동글 차 있었다. 단숨에 잔을 꺾은 세자 헌의 입가에 술 한 방울이 촉촉하게 흘렀다.

달빛 아래 남신이 강림한 것처럼, 참으로 조각 같은 미남자의 얼굴이었다. 눈썹은 마치 군君의 굳건함을 상징하듯 단단하게 이마를 받치고 있었고, 눈에서 나오는 총기는 지상의 빛이 아닌 듯 별처럼 총총했다. 부왕의 기개와 중전 송씨의 미모를 반씩 쏙 빼어 닮은 모습이었다.

때가 되면 그는 한 나라를 다스릴 왕이 될 것이었다. 이미 국본國本의 기운이 그를 감싸고 있었다.

"장판 깔지 마시오."

안씨가 술을 조금 남긴 것을 타박하는 말이었으나, 그 목소리만큼은 무엇보다도 부드럽고 따뜻했다. 그는 언제나 아내에게만은 달콤하고 섬세한 남자였다. 그녀의 미간이 조금만 구겨져도 연유를 알 때까지 찬찬히 눈을 들여다보고는 했다.

"이렇게나 달빛이 휘영청 밝은데, 어찌하여 빈궁의 얼굴엔 검은 구름이 가득하시오?"

"구름은 제 발밑에 있사옵니다. 저하께서 소녀를 어여삐 여기시어 이렇게 배까지 띄워 주시니 여기가 구름 위가 아니고 무엇이겠습니까?"

"어여삐 여기면, 어여삐 좀 있든가."

"네?"

"빨리 표정 풀고 근심의 연유를 대란 소리요."

강릉의 어촌 마을에서 어린 시절을 보냈다는 안씨는 늘 바다를 그리워했다. 그런 그녀가 갑갑한 궐에 갇혀 이제 다시는 바다를 볼 수 없으니, 이를 생각해 준 세자 헌이 종종 연못에 배를 띄워 주고는 했다. 하지만 그게 진짜 바다일 수는 없는 법. 세자 헌은 이렇게밖에 해 줄 수 없는 게 못내 마음에 걸렸다.

"혹, 여기가 진짜 바다가 아니라 그러시오? 눈을 감고 상상을 해 보시오. 여기가 바다다, 바다다. 끼룩끼룩. 어떠시오. 저 멀리서 갈매기 소리가 들리는 것 같지 않소?"

세자 헌의 농에 안씨의 얼굴이 풀어졌다.

"그건 저하의 입에서 나오는 소리가 아닙니까?"

"말이 그렇다는 것이지."

"풍랑이 일지 않습니다."

고요한 수면을 응시하던 그녀가 손끝으로 길게 물살을 갈라 보았다.

"풍랑이 있기에 바다가 썩지 않는 것입니다. 이 잔잔한 수면 아래, 속은 썩어가고 있을지도 모른다는 말입니다."

"달빛도 고요한데, 게 무슨 고약한 말씀이오? 그 뜻은 언제나 잔잔한 빈궁의 속도 실은 썩어 들어가고 있다는 말이 아니오?"

"그 말뜻이 아니오라……."

당황한 그녀가 움직이자 배가 출렁하며 물살이 일었다. 세자 헌은 싱긋 웃으며 답했다.

"부왕께서 외척의 손아귀에 나라가 놀아나는 것을 경계하여 머나먼 강릉에서 세자빈을 들였소. 팔도를 뒤져 오로지 미색이 아리따운 자를 간한 것인지, 아니면 나한테만 선녀처럼 고운 것인지는 모르겠으나 조선의 왕이 될 자에게 그대는 필요 이상의 귀여움을 받고 있소. 그런데도 연못이 썩었다 하며 수심을 내비치니, 그대를 바라보는 내 속이 버석버석 타들어 가지 않겠소?"

"썩었다 하는 것은 이 나라 정치를 말하는 것입니다. 권력이 고이면 썩는 법이라 이를 뒤엎을 풍랑이 필요하지요. 이 나라를 바꿀 풍랑은 꼭 필요한 법이나 끈이 없는 자는 여기에 떠내려갈 수도 있습니다."

"빈궁이 끈이 없다 말씀하시는 것이군. 그 끈 내가 되어드리겠소. 나만 한 뒷배가 또 어디 있겠소?"

"저를 잡으시면 저하께서 흔들리시나이다. 저하. 연심과 정사는 구분하셔야 합니다."

언제라도 자신을 떠날 수 있을 것처럼 말하는 안씨의 말이 세자 헌에게는 못내 서운했다.

대비전과 대신들 모두 세자에게 곧은 말을 전하는 안씨를 눈엣가시처럼 여겼다. 그러나 지식만 풍부했을 뿐, 이를 세상과 연결시키는 법을 몰랐던 세자 헌에게 안씨는 현명한 정사의 길을 알려 주고 세상 보는 법을 눈뜨게 해 주었다.

허나 이렇게 안씨를 감싸고돌다가 헌의 위치가 무너질 수도 있는 것이었다. 안씨는 이를 잘 알고 있었다.

세자 헌은 내관의 도움을 뒤로하고 손수 안씨의 손을 잡아 조각배에서 내려 주었다. 빈 배가 짤랑, 하고 흔들렸다.

"제가 그 풍랑에 저하와 멀어지더라도 부디 심려치 마시고 옥체 보존하시옵소서."

그에게는 멀어진다는 그 말도 가슴이 미어지듯 서운했다.

"멀어지겠다는 말도 불충이오, 심려치 말라는 말도 불충이오. 옥체 보존은 빈궁께서나 신경 쓰시오. 부디 아무 일 없을 거라 약조해 주시오."

세자 헌이 새끼손가락을 내밀자 안씨는 그 손을 잡아 손등에 입을 맞추었다. 전에 없던 안씨의 행동에 세자 헌이 놀라 그녀를 바라보았다.

"……"

결국 세자빈 안씨는 약조를 해 주지 않은 것이었다.

뒤에선 내관이 병판 조성균 대감이 왔다는 소식을 전했다. 그는 애써 서운함을 감추려 내관이 밝히는 길을 따랐다.

아쉬움에 다시 뒤를 돌아보자 물가에 서 있던 안씨가 다시 입 모양으로 말했다.

'부디 옥체 보존하시옵소서.'

밤에 피어오르는 물안개에 그대로 사라져 버릴 것 같은 모습이었다.

세자 헌의 뒤를 따라가다가 문득 안씨를 돌아본 병판의 얼굴에 비소가 스쳤다. 한순간에 등골이 섬뜩해질 만한 차가운 웃음이었다.

안씨는 거기에서 자신에게 덮쳐 오는 커다란 풍랑을 느꼈다. 그 풍랑 사이로 날카로운 칼이 꽂아지는 듯했다. 병판의 눈빛에 살의가 걸려 있었던 것이다.

휘영청 밝던 달은 느릿느릿하면서도 제 갈 길을 가는 흑운 아래 그 빛을 모두 잃어버리고 말았다.

살의殺意. 이 밤이 어둠으로 메워졌다.

누군가에게는 살의에 떠는 밤이었으나 누군가에게는 싱숭생숭함에 가슴이 들뜨는 밤이었다.

그는 바로 버드나무 집 도령, 이신원.

떡 벌어진 어깨에 훤칠한 키, 진중한 분위기를 지닌 도령이었으나, 그의 얼굴엔 혼인을 앞둔 사내의 초조함이 가득 차 있었다.

"그러니까, 내 신부가 어찌 생겼냐니까?"

아무리 매파 노인을 채근해 보아도, 답은 나오지 않았다.

"아니, 복사꽃처럼 아리땁고 곱대도 그러십니다."

그런데, 매파가 말을 하고 있는 방향은 신원이 아닌 행랑아범이었다. 이런, 자신과 행랑아범 얼굴도 구분이 안 되는 이 침침한 눈으로 아무리 신부가 예쁘다 말한들 그 말을 어떻게 믿을 수 있으랴.

한참 통사정을 하던 신원에게 묘안이 떠올랐다. 지게꾼에게 엽전 서너 푼을 주고 옷을 바꿔 입는 것이었다.

아니나 다를까. 이 늙은 매파는 등짐 지게꾼이 바뀐지도 몰랐다. 신원의 얼굴에 장난스러운 미소가 떠올랐다. 그는 능청스럽게 아비인 이 대감이 보낸 비단을 등에 지고 매파의 뒤를 따라 현선의 집으로 향했다.

"오호라, 성공이구나!"

신원은 현선의 집에 들어오자마자 문간 노인에게 짐을 맡기고 슬쩍 내당으로 들어섰다. 누가 물어본다면 이 고래 등 같은 기와집에서 길을 잃었다 할 것이다. 마침 흑운이 달빛을 가렸다. 이것이 그에게는 기회와 같았다.

"어? 이 여잔가?"

어둠 속에서 몸을 감추어 가며 그가 첫 번째로 마주한 사람은 다름 아닌 현선의 이복동생 현희였다.

"뭐야, 이 처자가 부인이 될 자라고? 이거 완전 애기잖아?"

이제 열다섯인 현선의 얼굴엔 유난히 애티가 남아 있었다.

"게다가 미색도 부족하고."

잔뜩 부풀어 오른 두 볼이 심술보를 매단 듯 성나 보이기만 했다. 그녀의 입에서 나온 말은 더 가관이었다.

"오늘 언니가 사 온 그 꽃신을 가져오란 말이다!"

"작은 아씨. 게까지 탐을 내시면 안 되옵니다."

그녀의 몸종 수향은 난감한 기색으로 손사래를 쳤다.

"탐을 냈다고? 누가, 내가? 하이고, 내가 그걸 훔친다 하더냐, 버린다 하더냐! 이게 누굴 도둑년으로 만들어? 현선 언니 후진 안목에 사 온 꽃신이야 그 모양새가 뻔하겠지. 언니가 나처럼 명품 보는 눈이나 있는 줄 아느냐?"

언뜻 문 열린 틈으로 보이는 현희의 방에는 자개장이며 값나가는 골동품들이 반짝반짝 빛을 내고 있었다.

심술보도 저러한데 저리도 명품을 밝히며 사치를 하다니. 저런 며느리라면 집안 살림 들어먹는 건 시간문제일 것 같았다.

신원은 고개를 도리도리 저으며 다시 깊은 내당으로 들어갔다. 언니라 함은 나에게 시집올 아가씨는 따로 있다는 얘기였다.

그렇게 어둠 속에 몸을 감추던 그에게 갑자기 은은한 복사꽃 향기가 느껴졌다. 그 달콤하고 향긋한 향에 신원은 걸음을 멈추었다. 고개를 돌리자 복사꽃에서 방금 튀어나온 듯 청초하고 아름다운 여자가 평상에 앉아 있었다. 그때 신원은 환상을 본 것이 틀림없었다.

냄새도 환상일지 몰랐다.

사실 당시의 현선은 혼자 막걸리를 자작하고 있었던 것이다.

"이 아가씨가 나랑 혼인을 할 것이란 말이지?"

어둠 속에서 그녀를 훔쳐보는 신원의 떨리고 복잡한 마음은 그 무엇으로도 설명할 길이 없었다. 막걸리 향마저 꽃향기로 느껴졌다면, 말 다한 게 아닌가. 그녀가 문득 고개를 들어 하늘을 보았다.

"달아. 내가 진짜 혼인을 하게 되는 것이냐?"

달 따위, 구름에 가려 보이지 않았다. 허나 얼굴도 모르는 자와 혼례를 치른다는 것이 마냥 신원에게만 복잡한 것은 아니었던 모양이다.

"신랑감이 너무 박색일까 걱정이고."

아니, 내 외양에 대한 소문이 이 동네까지 미치지 못했단 말야? 누나들이 나만 보면 피부가 뽀얗다고 그리 이뻐들 하는데.

"호된 시집살이가 있을까 두렵고."

아이고, 예쁜 부인. 숟가락만 들고 와도 귀여워해 주겠소. 씻을 때 빼곤 물에 손 한 방울 안 묻히게 해 주겠소.

"휴, 첫날밤도 두렵고."

신원의 얼굴에 익살스러운 미소가 피어올랐다.

걱정 마시오. 아가씨, 아니 부인. 내가 무섭지 않게, 부드럽게 잘!

"아비와 떨어질 것이 두렵구나."

이제 아비 대신 지아비가 생기지 않소? 내 아비의 빈자리가 느껴지지 않게 딱 달라붙어……! 히힛.

"나와 결혼할 서방님이 평생 존경하고 따를 수 있는 님이기를 바랄 뿐이다."

그 말에 지게꾼 차림을 한 그의 얼굴이 절로 훤해졌다. 어두운 달빛마저 반사시켜 광선이라도 내뿜을 것 같았다.

아리따운 예비 신부의 청에 신원은 보이지 않는 끄덕임으로 답했다. 그 순간, 반드시 그런 신랑이 되겠노라 스스로 굳게 다짐한 것이었다. 기어코 이 여자를 행복하게 해 주겠노라고.

바스락거리는 소리에 현선이 뒤를 돌아보았지만 이미 그곳에는 아무도 없었다. 멀리서 '야호! 나는 복 받은 놈이드아아악!' 하는 메아리가 은은히 울려 퍼졌다.

현선이 이 야밤에 실성한 사람이 있나, 내가 술에 취해 헛것이 들리나 싶어 고개를 빼고 돌아보는 찰나, 서씨 부인의 방 불이 아직까지 켜져 있는 걸 보고서는 멈칫했다. 술 한잔에 애써 잊으려던 뒤숭숭한 기운과 불안한 예감이 검은 파도처럼 밀려왔다.

"애월아, 막걸리 한 병 더 가져오너라."

그녀가 몸종을 아무리 불러 보아도 문간에 오지 않았다. 갸웃거리며 마당으로 나가 보니 계집종들과 머슴들의 시선이 평소와 다르게 불안했다.

오늘은 어쩐지 그날과 분위기가 비슷한 듯했다. 누군가 꾸역꾸역 음모를 꾸미는 날. 오늘 이 집안의 살인자가 다시금 이빨을 드러낼 것만 같았다.

때는 자그마치 10년 전. 현선이 일곱 살 난 소녀였을 때였다. 서운정이 딸 현희를 예 대감 댁 핏줄이라며 들여왔을 때가.

서씨가 평양에서 기생을 했다나, 개경에서 과부로 살았다나 하는 괴기한 소문도 함께였다. 출처 없이 들어온 그녀가 집안 어른의 냉대를 받는 것은 물론이었다.

시앗은 돌부처도 돌아서게 한다지만, 정실인 김씨 부인은 서씨에게 따뜻한 온정을 베풀었다. 그 후 입이 험하고 행동이 거칠던 서씨는 단아한 김씨 부인을 따라하며 품위 있는 대감 부인의 태를 배워 갔다.

그렇다고 검은 속이 희어질 수 있으랴. 서씨가 부엌을 맡은 이후로 그녀에게 냉대를 주었던 집안 할아버지와 어르신들이 차례로 장례를 치렀다. 고아한 정실부인 김씨에 대한 서씨의 투기는 날이 갈수록 심해졌고, 결국 김씨의 주전부리에 독을 타기에 이르렀다. 김씨 부인마저 이름 모를 병으로 시름시름 앓다가 죽음을 맞았으니 은혜를 원수로 갚은 셈이었다.

이 집안의 완전한 실세로 등극한 서씨 부인은 자신의 딸 현희를 아비인 예 대감에게 잘 보이게 하기 위해 그녀가 했던 사사로운 잘못들을 모두 현선에게 뒤집어씌웠다.

무슨 일만 벌어지면 자신의 탓을 하는 집안 분위기 속에서 현선은 눈치를 키워 갔다. 그녀는 결국 외양만으로도 사람의 속내를 척척 짐작하기에 이르렀다. 누가 보면 신기가 있다 할 정도.

허나 현선은 자신의 영민함이 안채 밖으로 새 나가지 않게 철저히 입단속을 했다. 현선은 알고 있었다. 저 간악한 서씨 부인이 지금은 웃는 낯으로 자신을 대하지만, 언젠가는 자신을 해하려 한다는 사실을. 그 전에 빨리 이 집을 뜨고 시집가야 한다는 것을 말이다.

결국 혼인을 하지 못할 거라는 저잣거리 궁합쟁이의 말이 뒤숭숭했다. 느낌이겠지. 오늘 구름이 유독 검어서 그런가.

흑운이 가슴 안에 차오른 듯, 그녀의 마음이 한층 더 어두워졌다.

✿

그 시각, 서씨 부인의 방.

혹여 기생의 태가 날까 하여 잡지 않았던 거문고가 서씨의 무릎에 얹혀 있었다. 그녀는 손에 촉촉하게 흐르는 땀을 꼭 쥐고 거문고 한 줄을 튕겨 보았다.

"그래. 이 나라에 금혼령이 내려질 것이라고?"

저잣거리 소식통이라 불리는 만물상집 아낙이 그 앞에 앉아 있었다.

"이미 소문이 파다하지요."

"그 궁합쟁이 말이 사실이면……."

흔들리는 촛불 아래 교활한 서씨의 눈빛이 번뜩했다.

"우리 현희의 혼기를 놓치게 될 것이 아니냐? 자그마치 7년이면."

"말도 안 됩지요. 7년 독수공방이면 고려장한 남편이라도 땅에서 파내야지요."

"죽은 사람도 돌아오라 빌 판에 산 사람 떼미는 게 뭐 어려울까."

"또 독이 든 주전부리를 먹이시게요?"

예전에 만물상 아낙이 서씨에게 검시에 걸리지 않는 청나라 독을 건네준 적이 있었다.

"아니, 그것은 시간이 너무 많이 들어."

퉁, 거문고의 음이 둔탁하게 울렸다.

"줄은 끊어 버려야, 더 소리가 나질 않지."

그녀는 손톱 끝으로 거문고 줄을 끊어 버렸다. 거문고의 숨이 끊어지는 듯 마지막 소리가 쿵 하고 울렸다. 이어진 것은 기나긴 적막이었다.

모두가 잠든 적막한 밤, 그 어둠 아래 잠들어 있는 한 여자의 침소에 자객이 들었다. 현선이 아니라 세자빈 안씨의 침소였다.

자객이 준비해 온 밧줄 고리를 그녀의 목에 걸어 숨을 끊어 놓으려는 찰나, 안씨가 부릅 눈을 떴다.

재빨리 몸을 굴려 줄을 피해 보았지만, 이 방에서 그녀가 도망갈 곳이라고는 없었다. 좁은 방 안에서 애타게 궁녀들을 불러 보았으나 돌아오는 대답이 없었다.

안씨는 한층 더 섬뜩해졌다. 궁녀를 움직일 수 있는 건 궐 내부인이었다.

'철저히 계획된 살인이구나.'

궐내 거친 풍랑에 잠겨 숨을 쉬지 못하고 가라앉게 될 것은 바로 자신이었다.

장갑을 낀 자객은 무시무시한 힘으로 그녀의 숨통을 누르기 시작했다. 숨이 막혀 오고 피가 통하지 않으니 단숨에 죽음의 그림자가 검게 어른거리기 시작했다. 그녀는 핏발 선 눈으로 자객을 노려보았다.

"네 한 나라의 세자빈을 음해한 죄, 저승에서도 씻길 성싶으냐!"

이에 건조하고 차가운 목소리가 돌아왔다.

"저승사자의 앙갚음보다 일개 계집에 의해 비틀거리는 이 조선의 미래가 더 두렵습니다."

"네 어찌 살변을 충심이라 이르느냐!"

분노한 세자빈이 한에 차오른 울부짖음을 토해 내자 더욱더 거세어진 힘이 목을 옥죄어 왔다.

으으윽. 마지막 숨이 끝나가던 순간 떠오른 건 단 하나였다. 끝까지 한없이 자신을 돌아봐 주던 세자 이헌. 아니, 자신의 유일한 사랑. 내 남편.

숨이 끊어지는 순간에야 그녀는 깨달았다. 자신의 부탁이 틀렸다는 것을.

옥체 보존은 무슨, 헌은 절대로 괜찮지 않을 것이었다.

그를 두고 죽어야 하는 자신의 가슴이 찢어지는 이만큼, 내 사랑, 내 남편은 오래오래 아파할 것이다. 그것이 사무치도록 미안해 눈을 감을 수가 없었다.

결국 안씨는 표범에게 목을 물린 사슴처럼 축 늘어져 눈을 뜬 채 숨을 거두고 말았다. 자객은 유유히 서까래에 밧줄을 매달았다. 거기에 안씨의 목을 걸고서는 발버둥을 치다가 주위를 어지른 것처럼 물건들을 흩트려 놓았다. 모든 일을 끝낸 자객은 어둠 속으로 홀연히 사라져 버렸다.

같은 시간, 현선의 침소에 검은 옷을 입은 자가 들어섰다. 바로 현선을 죽이기 위해 서씨 부인이 보낸 자객이었다. 그는 일말의 망설임도 없이 바로 이불에 칼을 꽂았지만, 거기엔 푸쉭— 빈 바람이 빠지는 소리만이 들려왔다. 놀란 자객이 밖으로 나와 주변을 둘러보자 어느새 현선이 뒷담을 넘어 산으로 도망을 가고 있었다.

오늘의 이 분위기를 진작에 눈치챘던 것이었다. 오늘 사 온 꽃신이 이렇게 산길에 더럽혀질 줄이야.

어두운 숲속은 마치 산 자가 이곳에 와선 안 된다고 말하는 듯 음침하기만 했다. 현선이 뛰어가는 한걸음 한걸음에 저승으로 가는 길처럼 냉기가 서렸다. 저승사자는 바로 목덜미 뒤에서 쫓아오고 있었다. 날랜 자객의 추격에 현선의 땋은 머리가 흐트러지고 치마가 찢겨져 나갔다.

지옥도라도 괜찮으니 길이 있었으면 했다.

어느덧 길은 사라지고 깎아지를 듯한 절벽 앞에 당도했다. 세상

천지 이보다 더 막막할 수 있으랴. 공포에 질린 현선의 머리 위로 별 하나가 마지막 숨을 내뱉듯 반짝 빛났다.

자객은 끈질기게도 따라와 그녀의 앞에 섰다. 뒤꿈치 한걸음만 뒤로 옮겨도 천 길 낭떠러지에 다다를 것이었다.

지레 겁을 먹은 한쪽 꽃신이 먼저 그 낭떠러지를 굴렀다. 징그럽게 아가리를 벌린 시커먼 어둠이 혀를 날름거리며 그 얇은 꽃신을 꿀꺽 삼켜 버렸다.

죽기 직전, 현선의 눈앞에 떠오른 한 사람은 친어미 김씨 부인이었다. 세자빈 안씨와 태어난 일월 시, 즉 사주팔자가 같다는 말도 떠올랐다.

같은 날 태어났다 하여 같은 날 운명하리라는 법은 없지만 죽음의 기운이 세자빈과 현선, 그 둘에게 동시에 닥쳐온 것이 그저 우연은 아닐 것이다.

끝까지 뒤로 물러서지 않는 현선의 기세에 자객이 기나긴 장검을 꺼내어 번개같이 번쩍번쩍 휘둘렀다.

눈앞에 튀는 붉은 것이 피인가. 자객의 칼부림에 현선의 피가 튀었으나, 바로 뒷걸음질을 친 덕에 큰 상처를 입지는 않았다.

그러나 중심을 잃은 아찔한 찰나, 뒤는 곧 천 길 낭떠러지였다.

이루 말할 수 없는 낙하의 공포, 엄청난 속도, 온몸을 칼로 그어 대는 듯한 칼바람, 그리고 천지를 뒤흔드는 굉음.

이대로 가는 것이구나 싶어 눈을 질끈 감은 그녀가 밑에 닿기 딱 한 뼘 전! 다시 무언가가 번쩍했다.

2

진짜 금혼령이 내려졌다고? 그 궁합쟁이 말대로?

광속의 낙하에 무시무시한 죽음의 공포가 단번에 덮쳐 왔다. 오래전부터 꾸어 왔던 악몽이 생생하게 되살아나는 듯했다.

그녀가 밑에 닿기 딱 한 뼘 전, 눈앞이 번쩍했다. 휘이익, 별 하나가 꼬리를 그으며 사라진 것이었다.

귀에는 천지가 쪼개지는 듯한 굉음이 들렸다. 낭떠러지 끝에 어마어마한 계곡물이 세차게 흐르고 있었던 것이다. 그녀가 떨어진 곳에 작은 돌을 던진 것처럼 풍덩 물이 뛰어올랐다가, 세찬 물결에 그 흔적마저 사라지고 말았다.

그녀의 맥없는 몸이 우악스러운 수마에 정신없이 휩쓸려 갔다.

이번엔 익사의 공포가 찾아왔다. 얼음장처럼 차가운 물에 뼛속까지 엄청난 통증이 느껴졌다. 난폭한 수마는 그녀가 조금도 숨 쉴 수 없도록 코와 입을 틀어막으며 숨통을 눌렀다. 모든 걸 찢어 놓을 듯한 수마의 공격에도, 이대로 죽을 수 없다는 모진 생존 본능이 그녀를 움직이게 했다.

그러나 나뭇가지 하나, 수초 하나 잡을 것이 없었다. 그렇게 계속 물을 먹던 그녀는 결국 꿈에 빠져들 듯 정신을 잃어버리고 말았다.

달빛도 가려진 밤. 이후에 남겨진 것은 시커먼 어둠, 그 자체였다. 이를 지켜보던 자객은 여기서 누구도 살아남을 수 없을 거라고 확신하며 돌아섰다.

✿

야속하게도 이튿날 아침이 밝아 왔다.

지랄같이 훤한 햇살, 유난히 따가운 봄볕.

세자 헌이 손을 들어 해를 막자 그 빛이 조각조각 부서져 그의 얼굴에 닿았다. 햇살이 피부 결에 닿으며 전하는 따스한 온기에도 부인 안씨가 떠올라 마음이 몽글몽글해지던 찰나였다.

그 말간 얼굴을 한 아침에, 세자 헌은 도저히 믿을 수 없는 청천벽력 같은 비보를 듣고 말았다.

"저하, 빈궁마마께오서……."

온 빛이 그의 눈에만 쏟아진 듯, 앞이 하얘져 아무것도 보이지 않았다. 뚜우— 하는 공명이 이어지며 귀에 아무것도 들리지가 않았다.

그는 피를 흘리는 야수같이 내달려 빈궁전으로 갔다. 그곳에선 안씨의 시신이 황급히 치워지고 있었다. 마치 짐승이 죽은 것을 치우듯이.

연못 조각배에서 달과 같이 동그란 술잔을 나눠 마신 게 바로 어젯밤인데, 물가에서 그녀가 손등에 입을 맞추어 준 떨림이 아직도 남아 있는데, 그 여인이 어찌 하루 만에 자살을 했단 말인가. 그럴리가 없었다. 도무지 말도 안 되는 일이었다.

목을 매달아 죽는 불충을 저질렀으니 왕세자는 그 안으로 들어갈수도, 얼굴을 볼 수도 없다는 것이 내관의 말이었다. 그를 두고 먼저세상을 등졌다는 이유만으로 이미 안씨는 씻을 수 없는 대역 죄인이 되어 있었다.

헌은 모든 이의 만류를 뿌리치고 그녀의 얼굴 위를 덮은 천을 걷어내려 했다.

"죄인의 죽음을 뵈옵시면, 세자 저하께 부정이 탑니다. 절대 들춰서는 안 됩니다."

"아내의 죽음을 지아비가 확인하려 하는데 누가 나를 막느냐! 혹여 부정이 타더라도 아내를 죽음으로 몰고 간 죄, 내가 받아야지!"

그는 결국 들것 위의 천을 들추고 말았다.

도저히 믿을 수 없는 모습이었다. 그리도 붉었던 그녀의 뺨이 하얕게 식어 있었던 것이다. 어제는 그리도 단아하고 아리따웠던 눈이 이제는 다시 떠질 리 없이 굳게 감겨 있었다. 굳어 버린 입술도 이미 이 세상 사람 것이 아니었다. 목에는 붉은 뱀의 똬리처럼 선명하게 밧줄 자국이 나 있었다.

마지막까지 숨을 이어 나가려 발버둥 쳤을 세자빈을 떠올리니, 헌 역시도 숨을 이을 수 없을 것 같았다.

이걸 어떻게 자살이라 할 수 있겠는가. 이건 분명 교살絞殺에 의한 살인이다. 세자빈 안씨는 분명 살인자의 손에 의해 죽은 것이다.

그의 가슴 전체가 도끼에 찍힌 듯이 욱신거리면서 몸속 깊은 곳에서부터 울분과 욕지거리가 절로 올라왔다. 온몸의 화가 부글부글 끓어올라, 이대로 폭발해 터져 버릴 것만 같았다.

"누가 감히 세자빈의 목숨을 끊어 놓았는가. 도대체 누구냐 말이다."

그는 악다구니 귀신이 씌인 것처럼 처참하게 오열하며 쓰러졌다. 어젯밤 세자와 함께 정자에 앉아 술을 마셨던 병판이 달려와 힘을 잃은 세자를 부축했다.

"다들 뭣하는 것이냐. 지금은 저하의 상심이 우선이 아니냐. 어서 저하를 보필하여라!"

"병판, 이를 어찌하면 좋소. 이를…….."

"저하, 어제 빈궁마마께 있었던 일을 낱낱이 조사하겠습니다. 하나라도 숨기는 자가 있다면 즉시 멸족을 할 것입니다. 심려치 마시옵소서. 부디 옥체 보존하시옵소서."

옥체 보존. 세자 헌의 머리에 다시 안씨의 그 마지막 목소리가 울려왔다. 세상이 그가 서 있는 반대 방향으로 빙글빙글 돌아가 도저히 정신을 잡을 수 없이 어지러웠다.

병판은 세상 어디에도 없는 충신처럼 세자를 걱정하는 얼굴을 하며 그를 위로했다. 어젯밤 늦게까지 세자와 함께했던 병판이 가장 먼저 용의 선상에서 제외되는 것은 물론이었다. 그는 어떻게든 진실을 밝혀내겠노라며 수사의 책임을 자처했다. 마치 세자의 상심을 이해하는 자는 자신밖에 없다는 듯이 굴었다.

궐내는 충격에 휩싸였다. 일전에 다시없던 흉흉한 사건이었다. 안씨를 미워하던 대비전과 왕친들은 이 죽음을 빠르게 외면했다. 내부에서도 이를 살변이 아닌 자살이라 결론 내렸다. 살변이라 하여 조사가 길어져 봤자 그 누구에게도 유리할 것이 없었기 때문이었다.

억울한 세자 헌은 부왕을 찾아가고, 대비전에 읍소하고, 대신들에게 목이 터져라 외쳤다.

허나, 자살이 아니라는 그의 주장에 모두들 고개를 가로저었다. 심지어 한쪽에서는 그가 세자빈을 잃은 상심에 망상을 키우고 있다 말했다.

밤늦게 어의들의 처소 앞에서 난동을 부리던 세자 헌은 급기야 동궁전에 가두어지다시피 되고 말았다.

"왜 아무도 내 말을 믿어 주지 않는 것이냐. 왜, 왜!"

"빈궁마마께서 울증에 걸려 있었다는 소문 때문이 아니겠습니까."

원자 시절부터 그와 함께했던 최고 상궁 원녀가 말했다.

"원녀야. 너는 알지 않느냐. 빈궁은 그리 심약한 여자가 아니다. 이 궐에서 내가 있는데, 뭐가 두려워 스스로 목숨을 끊는단 말이냐."

"잊으셔야 합니다. 잊지 못한다면, 가라앉히셔야 합니다."

이번엔 내시 세장이 그를 다독였다.

어의들은 그의 가슴에 품은 독이 커 그 역시 해서는 아니 될 선택을 할지 모르니 자시부터 해시까지 하루 온종일 그를 지켜봐야 한다 말했다. 누구도 자신의 이야기를 들어 주지 않는 갑갑함과 매순간 떨어지지 않는 감시의 괴로움에 세자 헌은 거의 미쳐 버릴 지경에 이르렀다.

마치 계획된 것처럼 안씨의 폐빈 수순이 이어지고 내명부에서는 새로운 세자빈의 간택 준비에 들어갔다. 그녀 따윈 모두 잊었다는 듯, 새로운 세자빈 맞기에 분주한 모습이었다. 이 모든 게 어찌나 울화통이 터지던 헌은 온몸의 핏줄들이 발딱 서서 이대로 활활 타오를 것만 같았다.

더욱 괴로운 것은, 세자빈 안씨를 죽인 이가 궐 내부에서 멀쩡히 살아 숨 쉬고 있을 것이라는 생각이었다. 아내의 살변에 대한 조사도 제대로 이루어지지 않다니, 그 살인자와 같은 공간 내에 있다니, 그리고 이 밀실 같은 궁궐에서 벗어날 수도 없다니. 정상적인 사람이라도 신경증에 걸리지 않고서는 배기지 못할 것이었다.

이 궐에, 아니 조선 땅에 믿을 수 있는 사람이라고는 아무도 없는 것만 같았다.

얼마 후 신원의 혼례 날이 되었다.

명망 높은 두 가문의 혼례식은 곧 마을의 축제이기도 했다. 말을 탄 신원이 얼굴 가리개를 들었으나, 새신랑의 훤칠하고 멋진 풍채는 가릴 수가 없었다. 이런 쾌남 신랑이 다 있나, 온 동네가 그를 침이 마르도록 칭찬했다.

신부의 집으로 가는 흔들리는 말 위에서, 신원의 가슴 한구석이 단단해졌다. 한 여자를 평생 지켜야 한다는 책임감 때문이었다. 그는 다시 한 번 빈주먹을 꽉 쥐고, 마음을 굳게 먹었다.

허나 신부 집으로 들어서자, 죄라도 저지른 듯 후들후들하는 하인들의 모습과 찢어질 듯이 높은 풍악 소리가 어딘가 불안하게 느껴지기 시작했다. 마당에 사금파리를 뿌려 놓은 것도 아닐 텐데 일거수일투족 뾰족한 긴장이 느껴졌다.

바쁜 혼례의 절차가 이어졌다. 모든 게 성급히 진행되는 통에, 신원이 신부의 얼굴을 볼 새란 없었다.

"이조판서 예현호 대감 댁 첫째 여식, 예 현 선!"

연지 곤지를 찍은 신부가 수줍은 고갯짓을 할 때 옆에 있던 몸종 수향이 식은땀을 뚝뚝 흘리는 것이 보였다. 신원이 이상한 듯 바라보자 그녀는 더더욱 얼굴이 새하얗게 질린 채 황급히 그 눈을 피했다. 수향은 분명 현희에게 꽃신을 갖다 줄 수 없다며 도리질을 하던 작은 아씨의 몸종이었다. 이게 어떻게 된 거지. 그들이 무언가 숨기는 것이 있는 듯했다.

신부의 큰절이 이어지고 그녀가 얼굴을 들어 올린 순간, 신원은 그녀의 얼굴을 똑똑히 볼 수 있었다. 애티 나는 심술보 볼때기. 그녀는 현선이 아닌 둘째 여식, 현희가 분명했다.

도저히 믿을 수가 없었다. 어찌하여 신부가 뒤바뀐 것인가. 어찌하여 언니가 있어야 할 혼례식에 동생이 언니의 신분과 이름을 가장하여 앉아 있는가.

도저히 있을 수 없는 일에 신원은 자신도 모르게 벌떡 자리에서 일어났다. 동네 사람들, 일가친척들 모두가 무슨 일인지 싶어 그를 빤히 보고 있었다.

"네가 예현선이냐?"

그가 낮은 목소리로 물어보았다.

드디어 눈이 제대로 마주친 신원과 현희.

새파랗게 질린 현희의 얼굴이 이미 그 답을 말하고 있었다.

신부로 현선이 아닌 현희가 앉아 있다면, 현선은 도대체 어디 있는가. 그가 그렇게 신부로 맞이하기를 애타게 기다려 왔던 그녀는 어디로 사라졌단 말인가.

신원이 혼례식을 올리던, 그날 아침이었다.

'으으윽.'

얼굴에 쏟아지는 따가운 봄볕 햇살에 현선이 스르륵 정신을 차렸다. 미간을 구겨 가면서 힘들게 눈을 뜨자 몸이 부서질 듯한 통증이 몰려왔다. 허나 이 아픔은 외려 그녀가 살아 있음을 느끼게 했다.

"살았구나, 내가 살았어!"

아찔한 숨이 그녀의 입에서 토해져 나왔다. 그 자체로 기적이었다. 그녀는 감격에 겨워 얼굴을 감싸 쥐었다.

내가 살아난 이곳은 대체 어디일까. 힘겹게 몸을 세워 주위를 둘러보니 이곳은 물가에 세워진 한 오두막 안이었다. 창문 밖에는 바다와 같이 넓은 강이 펼쳐져 있었다. 자신을 죽일 듯이 날뛰었던 수마가 곤히 잠들어 있는 평화로운 풍경이었다.

마당에 나가 보니 누군가 모닥불에 물고기를 노릇노릇 굽고 있었다. 그 남자는 현선이 전혀 예상치 못했던 인물이었다. 외할머니처럼 물고기의 살을 발라 접시에 담아 주며 가시를 쪽쪽 빨아 주는 이 남자는……

"개이 할배?"

일전 저잣거리에서 만났던 궁합쟁이 개이었다.

"이 어찌 된 일이오?"

"어쩌긴, 당신 목숨 나에게 빚졌수다."

"혹시, 예까지 예측하신 게요?"

"그러길래 미리 사주팔자를 말해 주시지. 그럼 이 찬물 풍덩 하는 수는 피했을 텐데."

이 모든 게 내 사주에 정해져 있단 말인가. 문득 세자빈과 같은 사주팔자를 갖고 있다는 말이 한 번 더 떠올랐다. 마치 그 생각을 읽어 낸 듯 개이가 술술 이야기했다.

"같은 날 태어났다고 해서, 꼭 같은 날에 죽으리란 법은 없소. 그 날 아씨와 같은 때에 태어난 사람이 먼저 가뿌렸소. 덕분에 아씨는 물고기 밥이 되려다 살아났고."

"혹 세자빈마마께서?"

"이미 떨어진 별은 어쩔 수 없으나, 그 때문에 임금 별자리가 가려져 이 나라 조선이 크나큰 혼란에 빠질 것이오. 이제 조선 사람들 혼인 운은 끝난 게지."

혼인 운? 혼인이라는 그 단어가 현선의 머리를 따앙— 때리는 듯 했다.

"오늘이 며칠이오? 초하룻날이 내 혼인날인데!"

"초하루요. 에이그, 혼인은 못 한다니까?"

지금 부서질 것 같은 이 몸이 문제가 아니었다. 아버지와 집안의 명예가 달린 일이다. 당장 집으로 달려가 보아야 했다. 대체 어디서 찾았는지는 몰라도, 잔뜩 망가진 두 꽃신이 가지런히 놓여 있었다.

"에헤이, 다 소용없다니까?"

현선은 그 신을 발에 꿰고서는 말리는 개이를 뒤로한 채 비틀비틀 달려나갔다.

"님아, 그 꽃신을 신지 말래도!"

현선은 들길을 돌고 산을 넘어 달리고 또 달렸다. 어느덧 자신의 집 뒷산 자락에 도착했을 때, 그 집 앞마당에서는 충격적인 일이 벌어지고 있었다. 개이의 말이 실로 벌어지고 있었던 것이었다.

멀리서도 한눈에 보였다. 나 대신에 꽃다운 옷을 입고 시집을 가고 있는 건, 바로 자신의 이복동생 예현희였다. 그 모습을 간악스러운 미소를 입에 건 서씨 부인이 지켜보고 있었다.

이게 어찌 된 일인가. 가슴에서 피가 터져 나올 것만 같은 아픔이 밀려와, 현선은 바로 자리에 주저앉고 말았다.

눈을 감자, 자기가 사라지고 나서의 일이 저절로 그려지기 시작했다.

얼마 전에 사내 노비 하나가 도망을 간 일이 있었다. 서씨 부인이 아비에게 내가 그 노비와 배가 맞아 혼인을 앞두고 집을 뛰쳐나갔다 했을 것이다. 이제 와 혼사를 뒤집는 것도 예가 아니오, 장녀가 노비와 도망을 놓았다 하는 것도 가문의 큰 수치니 차라리 나중에 현희가 도망을 갔다 하고 지금 현희를 현선이라 하여 시집을 보내자, 그녀는 분명 이렇게 말했을 것이다.

어차피 규방 속 아씨들이라 밖에 걸음 한 적이 없으니, 집안사람들 입단속만 잘하고 매파의 입막음만 잘하면 뒤바뀐 얼굴을 알 리가 없다. 그러니 현희를 시집보내자.

예 대감은 가부장적이고 근엄한 아비였다. 무엇보다도 가문의 체면치레가 중요하니, 서씨 부인의 그 말을 거절할 수가 없었을 게 분명했다.

어찌 혼사 전날 딸이 도망갔다, 말할 수 있으랴.

안채에서 벌어지는 일에 대해서는 잘 모르니 사내 노비와 도망갔다는 그 서씨의 말도 곧이곧대로 믿었을 것이다.

이제 아비의 기억에 현선은 세상에 다시없는 천하의 불효녀로 남을 것이었다.

그러나 현선은 아비를 원망할 수가 없었다. 이 모든 게 서씨의 계략 아래 된 일이라 하더라도, 결국 혼례식 날 자리를 비우게 된 것은 자신이었다. 결국은 현희라도 시집을 보내는 게 맞을 것이었다. 어쩔 수 없는 선택이었으리라.

그녀는 이 혼사에 마음을 접기로 했다. 이제 시댁도, 친정도 갈 곳 없는 몸이 되어 버렸지만, 뺏기다 못해 정실부인의 딸 예현선이라는 이름마저 빼앗기고 말았지만, 그래도 이 모든 것을 잊기로 했다. 이미 이렇게 된 운명을 어찌할 수 있으랴.

"여길 떠나야겠구나."

서글픈 현실은 눈앞으로 훌쩍 다가와 그녀보고 뒤로 돌아서라 말했다.

이 마을에서 사라지는 길. 이제 그 길이 유일한 길이다.

그녀가 내딛는 한걸음 한걸음에 눈물이 후드득 떨어졌다. 지금껏 살아왔던 자신의 삶 모두와 이별하는 중이었다. 내가 아닌 나로.

설움과 원망이 겹쳐 속이 끓어 올랐으나, 그 눈물을 닦고 강해져야만 했다. 그렇게 그녀가 방울방울 눈물지으며 그곳을 떠나고 있을 그 시각!

신원은 혼인 상을 박차고 일어나 현선을 찾고 있었다.

"네가 예현선이냐?"

거짓이 탄로 난 현희가 바들바들 떨며 신원을 올려다보았다. 그 작태가 이미 진실을 말하고 있었다. 그 집안 댁 사람들의 얼굴이 새하얗게 질려 가는 데에도 서씨 부인만이 표정 하나 변함없이 꼿꼿하게 신원을 보고 있었다.

"진짜 예현선은 어딜 갔느냐?"

지금 이 혼인은 중단해야만 한다. 그들이 숨겨 놓은 진짜 예현선을 찾아야만 했다.

잔뜩 술렁이는 분위기 속에서 갑자기 문 앞에 의금부 도사들과 포졸들이 들이닥쳤다.

"모두 멈추시오!"

포졸들이 몰려와 주변을 에워싸는 바람에 혼인상이 와장창 엎어졌다. 연지 곤지를 찍은 현희 역시 깜짝 놀라 뒷걸음질을 쳤다. 사람들은 혼비백산 흩어지고 모든 게 아수라장이 되어 버린 가운데, 의금부 도사가 입을 열었다.

3

잘 가시오,
예현선이었던
아가씨여

"오늘부터 이 나라에 금혼령이 내려졌소."

우왕좌왕하던 동네 사람들 모두의 낯빛이 흙색이 되었다.

"지금 이 순간부터 13세부터 18세까지의 모든 여아는 혼인을 할 수 없소."

뭐? 진짜 금혼령이 내려졌다고? 그 궁합쟁이 말대로?

그렇다면, 지금 이 혼례식도 무효란 얘기인가?

"오늘부터 이 나라에 금혼령이 내려졌소."

궁합쟁이 개이의 말이 맞았다. 이 금혼령이 끝날 때까지 이 조선 팔도의 청춘 남녀, 그 누구도 혼인할 수 없었다. 오늘 혼례식을 올리려던 현희와 신원의 혼인 역시 무효였다.

부들부들 울분 섞인 눈으로 현희를 노려보던 신원의 시선이 이 난리 통에도 기괴할 정도로 침착을 찾고 있는 서씨 부인의 얼굴에 닿았다.

태연자약, 그 자체. 그녀가 현선의 계모이자 현희의 친모로서 이 모든 일을 주도한 것이 아닌가 하는 의심이 들었다.

어떻게든 서출의 딸인 현희를 좋은 혼처에 시집보내기 위해서. 그렇다면 복사꽃 같은 우리 낭자, 현선은 대체 어디 있단 말인가.

이정학 대감은 자리에서 내려와 분을 이기지 못하고 있는 아들 신원의 등을 감쌌다.

"대체 무슨 일인지 몰라도, 어차피 이 혼사가 무효라 하지 않느냐. 더 이상 소란 피우지 말고 돌아가자."

무슨 일이 있었던들, 지금 이 혼사는 무효다. 그래, 돌아가자. 허나 꿍꿍이로 가득 찬 이 집안 속, 나의 진짜 신붓감 예현선을 찾아내야만 했다. 그래, 반드시 찾고 말 것이다.

그날 밤 현희는 해가 모두 저물도록 목을 놓아 통곡했다.

신원의 잘생긴 외모에 현희 역시 가슴이 잔뜩 부풀었는데, 원래 대로라면 초야를 치르고 있어야 할 텐데, 나는 왜 시집도 못 가고 거지꼴로 울고 있는가. 바로 오늘 금혼령이 내려지다니, 세상천지 이렇게 운이 없는 여자는 없을 것 같았다.

"왜 운이 없다 하느냐, 천운을 타고났다 믿어야지."

서씨 부인이 난리 통에 흐트러졌던 단장을 다시 곱게 하고 현희의 방으로 들어왔다. 기가 막힐 노릇이었다. 딸이 시집을 못 가게 되었는데도 서씨의 입술은 침착을 다지고만 있었다.

"이게 어찌 천운입니까, 인생 개차반으로 꼬인 거지. 이제 나는 금혼령이 끝날 때까지 독수공방해야 하는 겁니까? 그 세월을 어찌 살란 말입니까?"

"일이 더 잘되었으니 네가 천운을 타고났다 말하는 것이 아니냐."

평온하던 서씨 부인의 얼굴에 간계한 미소가 슬쩍 떠올랐다.

"왜 금혼령이 내려졌겠느냐. 다 새로운 세자빈을 간택하기 위함이다. 그걸 생각해야지."

현희는 눈물도 채 지워지지 않은 얼굴을 들어 어미를 빤히 바라보았다.

"이제 네가 현선이라는 이름을 얻었으니, 간택령에 처녀 단자를 내는 것도 가능한 것이 아니냐."

현희는 순간 자신의 귀를 의심했다.

며칠 전까지는 첩실의 딸이기에 귀한 신분이 된다는 것은 상상도 할 수 없었다. 그렇기에 언니와 같은 혼처는 꿈도 꿀 수 없었던 처지였다. 그런데 궐에다가 처녀 단자를 낼 수 있다고?

"내 너를 이 나라의 세자빈으로 만들 것이다."

서씨 부인의 눈 속에서 숨은 야망이 날카롭게 번뜩였다. 소름 돋는 말이었지만 다른 한편으로는 묘한 흥분이 일렁였다. 이제는 내가 언니 현선의 이름으로 살며, 세자빈의 자리를 꿈꿀 수 있다는 말인가? 내가 감히?

"그리고 나는, 국모의 어미가 될 것이다."

그래. 그것이 그녀의 최종 목표였다. 할 수 있는 한 가장 높은 위치로의 신분 상승.

서운정. 이제 서른셋의 그녀. 출생도 알 수 없는 천한 신분으로 태어나 몸을 팔고 기생 일을 하며 미모를 가꾸고 사내를 홀리는 법을 깨쳤다.

그리고 그곳 개경에서 용무가 있어 올라왔던 예현호 대감을 만나게 되었다. 순간 서운정에게 이 남자를 잡아 남은 생을 이어가야겠다는 본능적인 직감이 찾아왔다. 그녀는 예 대감 앞에서 초야도 치르지 않은 청상과부 행세를 했고, 그가 떠난 뒤로는 현희를 낳았다고 서신을 보냈다.

현희가 다섯 살이 되어 한창 귀여워질 때쯤, 운정은 딸을 안고 이 집안으로 들어왔고 김씨 부인을 살해해, 결국은 천하디천한 신분에서 이판 대감 댁 정실부인에 가까운 자리까지 신분 상승을 하게 된 것이었다.

허나, 그녀의 욕망은 멈출 줄 몰랐다. 첩실의 딸 현희가 덜떨어진 데 시집을 가서 자신처럼 살게 되지 않을까 걱정이었고, 그렇기에 더더욱 정실의 딸 현선을 밉게 보았다. 결국 그녀는 현선을 몰아내는 데 성공했고, 마침내는 현희를 세자빈의 자리에까지 올려놓으려 하는 것이었다.

"어떠냐, 딸아. 이 조선 땅을 손에 쥐고 뒤흔들고 싶지 않느냐?"

현희가 비록 천방지축 자라났다 하나, 미모와 자태는 앞으로 가꾸고 노력하면 될 것이었다.

여자의 일생은 결국 자기 손으로 만들어 나가는 것이다. 갖고 싶은 게 있다면 무슨 수를 쓰든 손에 넣고, 되고 싶은 게 있다면 끝까지 악바리처럼 물어 달려들어야 한다.

운정은 그것이 나를 향해 수군거리고 설움을 주었던 이 세상에게 복수하는 길이라 여겼다.

그래. 이제는 모든 것을 내 손으로 만들어 갈 것이다. 내 딸 현희를 이 나라 세자빈으로 만들어 낼 것이다.

"어머니, 저 해 보고 싶습니다. 아니, 해내 보이겠습니다."

현희 역시 떨리는 가슴을 안고 고개를 끄덕였다.

세자빈이 된다니. 더 나아가 이 조선 땅의 왕비가 된다니. 가만히 잠자고 있던 욕망이 지렁이 떼처럼 꿈틀거리며 땅 위로 올라왔다.

"그래, 해 보자. 한 번 해 보자!"

금혼령이 시작된 이 밤, 거친 바람과 함께 두 모녀의 주체할 수 없는 검은 야심이 휘몰아치고 있었다.

✿

이제 이름마저 잃어버린 현선은 갈 곳이 전연 없었다. 이 모든 것을 예측해 내 목숨을 구해 준 개이 할배 말고는.

아까 깨어났던 물가 근처 작은 오두막의 창에서 오롯한 호롱 불빛이 새어 나왔다. 외할머니의 말을 어기고 집에 나갔다 온 아이처럼 어깨가 축 처졌다. 발에는 아직도 망가진 꽃신이 신겨져 있었다.

시집가서 조용히 서방님 따르는 인생, 꽃신의 삶은 애당초 그녀와 어울리지 않는 것이었나 보다. 결국 꽃신은 그녀가 갈 길을 모두 헤집어 버리고 말았다.

그녀는 오두막 뒤편에 땅을 파고 꽃신을 묻었다. 꽃신 위를 한 줌한 줌 흙으로 덮으며 자꾸만 쓸쓸해지는 마음도 함께 덮었다. 어미와 아비의 정이 함께했던 나의 집도, 삶도, 나의 사랑이 되려 했던 자도, 그 기억도 감정도 모두 묻어 버리기로 했다.

향긋한 흙냄새가 피어올랐다. 이 마지막 한 줌에 18년 동안 살아온 '예현선'이라는 자도 묻기로 했다. 이 꽃신의 무덤 앞에서 나 자신의 장례를 치르기로 했다.

잘 가시오. 예현선이었던 아가씨여.

그녀는 가뿐히 흙을 털고 일어났다. 거짓 미소일지언정, 입 끝에 말간 미소를 띠며 발에 힘을 주어 오두막 안으로 들어갔다.

"에잇 참, 괜히 달려나가 못 볼 꼴이나 보고 말이야."

개이는 애써 밝은 표정을 지어 보이는 현선을 모른 체하며 저녁 찬거리를 차리는 데 집중했다.

"아이고, 어디서 미꾸라지를 잡아 추어탕을 끓인대? 우와, 맛있겠네. 할배, 능력 좋은데? 우리 할배 사는 데 숟가락 얹고 살면 굶어 죽을 일은 없겠어?"

"쳇, 맛있겠지. 누가 끓인 건데."

"아우, 완전 일품이네. 내 하루 종일 아무것도 먹지 못했소. 밥 좀 들겠수다?"

개이는 새침한 듯 그녀의 상 앞에 찬을 놓아 주었다. 현선은 허겁지겁 국을 들이켰다.

"캬아. 우리 궁합쟁이 할배 말대로 세상에 운명이란 게 있긴 있나 보오."

"거짓부렁이랄 땐 언제고?"

"야, 일개 인간이란 건 하늘이 정해 놓은 그 운명, 그걸 벗어날 수가 없나 보오? 말해 보시오. 이제 내 운명은 어찌 되겠소?"

"어찌 되긴 뭘 어찌 되오! 인생 드럽게 꼬인 거지. 아우, 재수 없어, 저리 가."

"이야, 신통방통하네. 할배, 나도 그 재주 배우면 안 되오?"

"뭐, 무슨 재주?"

"사람과 사람 사이의 연을 보는, 그 방법 말이오!"

개이는 그 말에 먹던 추어탕을 파— 하고 뿜어 버리고 말았다.

"궁합을 배워?"

현선은 초롱초롱한 눈빛으로 고개를 끄덕였다.

"어제까지 꽃신 신던 얌전한 규방 아가씨가 천하디천한 궁합쟁이가 되겠다고?"

"하하. 나도 먹고살 길을 찾아야지? 가만 보니 할배 재주가 참 용하단 말이야."

"거 아무나 하는 거 아니오! 다 신기가 있어서 응? 딱딱 하는 거지."

"내 신기는 없어도, 눈치코치는 장난이 아니라오. 거 기억 안 나오? 멧돼지 같은 아낙이랑 짐승남 나무꾼이랑 이어 준 거. 것도 즉결 처방으로."

틀린 말이 아니었다. 쳇! 개이는 입을 삐죽였지만 그를 바라보는 현선의 눈빛은 진지했다. 그 흔들림 없는 표정을 보니, 알 것 같았다. 그녀가 죽을 뻔한 기회를 넘기고, 한 번의 혼인 기회를 넘겨, 운명이 바뀌는 지점에 왔음을.

"거 꽂혀도 잘못 꽂혔네, 그려. 이제부터 금혼령 시작이래매. 사람들이 혼인을 해야, 사주팔자 들고 겉궁합 속궁합 보러 돈 싸 들고 찾아오는 거지. 거 혼인을 안 하는데 궁합쟁이를 왜 찾아? 이제 궁합쟁이들은 싹 다 굶어 죽게 생겼소."

이에 그녀는 호기롭게 답했다.

"거 신기가 있으시단 분이 하나는 알고, 둘은 모르시네. 나라에서 공식적인 혼인을 금한들, 남녀 간의 연정을 다 금할 수는 없지."

"뭐요?"

"두고 보시오. 못하게 하면 할수록 그 연심이 펄펄 들끓어 오를 테니. 사람과 사람 사이의 연, 우리가 그 사이에 있다면 분명히 먹고 살 수 있는 묘수가 있을 것이오."

나라에서 혼인을 금하는데 그 연을 잇겠다?

"그래서, 본격 암시장에서 뛰어 보시겠다?"

"내 더 이상 사대부 집안의 여식도 아니고, 꽃길 걷는 신도 집어 던졌는데, 이제 좀 자유로이 살아 봐도 되지 않겠소? 예의와 법도, 그런 거 싸그리 무시하고 한 번 살아 보렵니다. 혹시 아시오? 우리 가 어둠의 시장에서 큰손이 될지?"

"어이구. 나는 담이 작아서 사기는 못 치네. 끌어들이지 마시오."

"아니, 이게 왜 사기인가! 사람 인생 짝지어 사는 게 당연지사인 데 그걸 금지한 이 나라가 미친 게지. 이건 나쁜 짓이 아니오. 청춘 남녀들을 위한 사랑의 전령이지."

낭창낭창한 계집이 어쩌나 구라가 좋고 잔머리가 좋은지, 진정 어디 가서 굶어 죽지는 않을 것 같았다. 뭐, 궁합쟁이 하는 일의 팔 할이 말발이니 이것이 영 적성에 맞지 않다 할 수는 없었다.

그녀를 말로 이길 수 없다 생각한 개이는 자리에 가 모로 누우며 휙, 미투리 묶음을 던져 주었다.

"내일부턴 떠돌이 생활 시작이네. 저 화초같이 자란 양반집 규수 가 십 리도 못가서 발병 나진 않을지."

그의 궁시렁거리는 말에도 현선의 표정이 훤해졌다. 그럼 함께 떠나는 건가?

"어이구? 언제 미투리를 이렇게 많이 꼬았소? 가는 길에 사람 따를 줄은 알고 있었던 게요?"

"알긴 뭘 알아? 하다 보니 손에 짝짝 붙어서 신들린 듯 만든 거지."

"오모나. 우리 할배, 못하는 게 없소."

"함부로 덤비지 마시오. 내가 이렇게 늙었어도 있을 거 제대로 달려 있는 사내니께. 어흥— 계집이 사내 무서운 줄 알아야지."

"에이. 우리 할배, 남색이잖소! 그야말로 세상에서 제일 안전한 남자가 아니오?"

쳇쳇쳇. 반박할 말이 없던 개이가 다시 툴툴거렸다. 그러고도 한참, 물가 오두막에서는 둘이 두런두런 이야기를 나누는 소리가 이어졌다.

인생을 바꾸어 버린 날, 크나큰 고비를 휘어 넘고도 밤이란 것은 어제와 다를 것 없이 저물어 가는 것이었다.

이튿날, 강을 따라 굽이굽이 내려가는 둘의 여정이 시작되었다. 그녀는 개이를 따라 궁합 책을 외우며 강을 건너고 산을 넘고 들판을 지났다. 여기저기 궁합을 보아주면서 이 마을 저 마을, 이 사람, 저 사람을 만나는 팔도 방랑이 시작된 것이다.

보부상 행렬에 끼거나, 마차를 얻어 타거나, 비를 피해 산을 넘거나 하여 되는 대로 움직이니 누구도 그 둘의 행방을 짐작할 수 없었다. 끊겨 버린 붉은 실처럼 바람이 부는 대로 나부끼는 것이 그들이 가는 곳이었다.

그렇게 혼례가 깨어지고 난 뒤, 신원은 미친 듯이 현선이 사라진 곳을 찾아 헤매었다. 신원은 언젠가 현선이 예 대감 댁으로 돌아올 것이라 믿었다. 평생 규중에서만 자란 아가씨가 어딜 가겠나, 생각했지만 아무리 기다려도 현선은 돌아오지 않았다.

이로부터 얼마 지나지 않아, 아비인 이정학 대감이 세자 헌이 신원을 찾는다는 말을 전해 주었다. 세자 책봉 전, 어렸을 때 헌과 신원은 같은 스승에게서 목검 다루는 법을 배운 적이 있었다. 어릴 적 동료에게 마음을 터놓고 싶었던 것인가.

그 부름에 신원이 입궁하여 동궁전으로 향하고 있는데…….

멀리서부터 세자 헌의 오열 소리가 들렸다. 신원 역시 통증이 밀려오는 가슴을 부여잡고 안으로 들어섰다. 오랜만에 대면한 세자 헌의 모습은 망가질 대로 망가진 폐인, 그 자체였다.

"어찌하여 저를 찾으셨나이까."

"오랜만에 네가 보고 싶었다. 신원아, 잘 지냈느냐."

"네, 저하."

"금혼령으로 인해 너의 혼사가 무산되었다는 소식을 이 대감에게 들었다. 미안하구나."

"아닙니다. 다만…… 단 하루 보았던 신부가 잊히지 않아 밤을 지새울 뿐입니다."

신원의 속내는 세자 헌과 같았다. 사랑하는 사람을 잃게 된 신원과 헌. 그 슬픔이 두 남자를 어두컴컴하게 적시고 있었다.

"나도 나 때문에 죽은 아내가 잊히지 않는구나. 내가 세자가 아니었다면, 한낱 필부로 태어났다면 당신을 지켜 줄 수 있었겠지. 이렇게 죽는 일은 없었겠지."

상처받은 이 남자, 세자 헌의 눈매는 더욱 가련하고 슬펐다. 그는 흐르는 눈물을 바삐 닦고서는 신원을 똑바로 보았다.

"……나도 빈궁이 어딘가에 살아 있다고, 믿고 싶구나."

다시 머리에 떠오른 건 숨이 끊긴 안씨의 새파란 얼굴이었다. 그 기억에 욱신거리는 고통이 따라왔다.

"돌아가라. 네 얼굴을 봤으니 되었다."

"저하."

"어서!"

세자 헌의 단호한 말에 신원은 조용히 발걸음을 돌렸다. 뒤에선 무언가 부서지고 깨지는 소리가 들렸다. 그것이 마치 나무로 된 심장을 잘게 부수는 것처럼 들려왔다.

여기 다시는 눈물짓지 않으리라, 다짐한 두 남자가 있다.

신부를 잃고 피눈물을 흘렸던 이들이다. 그들에게 지워지지 않는 상처의 시간은 덧없이도 흐른다.

그렇게 자그마치 7년의 시간이 지났다.

4

7년째 금혼령,
조선 청춘 남녀는
그 누구도 혼인할 수 없다

7년 뒤,

"꼭 이렇게까지 해야겠습니까?"

강녕전 앞.

찻상을 들고 들어가려는 내시 세장의 소매를 제조상궁 원녀가 붙잡았다.

"꼭, 이렇게까지 해야겠습니다."

어둑한 밤, 어둠 속에 드러난 내시 세장의 얼굴에는 비장함이 감돌았다.

"왕이 마시는 차에 약을 타는 것은, 무게를 감히 달 수도 없는 중죄입니다. 저희가 전하를 모신 지가 어언 몇 년인데."

"역모의 죄로 혀가 뽑히고 고자가 되더라도, 할 건 해야지요."

"이미 차 내관님은…… 아닙니다."

"떨지 마십시오. 이 나라 조선을 위한 용단입니다."

이들은 대체 뭘 하려는 걸까. 자신들이 모시던 왕을 독살이라도 하려는 걸까? 도대체 차에 무엇을 탔길래?

원녀는 갑자기 주위를 살피며 한 여자를 찾았다.

"오늘 준비된 아이는 어디 있습니까?"

"이리 오너라."

세장은 조용히 어둠 속에서 한 여자를 불러냈다.

사부작사부작. 궁녀의 옷차림을 한 여자가 둘의 곁으로 다가왔다.

"초란이라 하옵니다."

원녀는 깜짝 놀란 얼굴로 여자를 바라보았다. 이 조선의 절대 미색이라 하더니 과연 그 미모가 보통이 아니었다. 풍만한 몸매, 색기 넘치는 눈웃음과 입매.

"방중술로는 이 조선에서 초란이를 따라갈 자가 없지요. 이 아이라면 분명 오늘 거사를 치를 수 있을 겁니다."

그렇다면 혹시 이 차에 탄 것이?

그렇다. 청나라에서 구해 온 신비의 명약, 비아거라非我巨羅(나 자신이 아닌 것처럼 크게 일어나 일을 벌인다)였다. 얼마나 최음 효과가 강력한지, 송장 직전의 노인네도 늦둥이를 보게 하는 약이라 했다.

"허나 전하는 보통의 사내가 아니지 않습니까?"

이 남자, 약으로도 안 된다는 건가?

"오늘도 실패하면, 진짜 전하께오서는 분명 고자 아니면 남색이 십니다."

세장의 표정은 한층 더 비장해졌다. 손에 흐르는 축축한 긴장감을 가득 쥐고 그들은 침소로 들어갔다.

'스르륵.'

문이 열리자 이 조선의 왕, 이헌의 모습이 드러났다. 순간 뒤따라 들어가던 초란이 멈칫했다.

'뭐? 진짜 이분이 전하시라고?'

아른거리는 불빛 옆에서 느슨하게 기대어 있는 남자의 모습이 눈에 들어왔다.

'하늘 아래 강림한 남신이 아니고?'

지금 눈앞에 있는 왕 이헌의 미색은 감히 지상의 것이라 말하기 힘들었다. 굳건한 눈썹, 깊은 눈매, 조각상 같은 콧날과 턱선, 묘한 색기, 새로 온 궁녀를 비스듬히 바라보는 저 나른한 눈빛까지. 이를 똑바로 보고 있자니 제 박자에 맞춰 숨을 쉬기조차 힘들었다.

"저 아이는 누구냐."

헌의 묵직한 목소리가 강녕전 내부에 나직하게 울려 퍼졌다.

"지병으로 몸져누운 순아를 대신하여 새로 온 지밀나인 초란이라

하옵니다. 전하의 불면증에 도움이 되실 만한 엽차를 올릴 것이옵
니다."

"그래?"

그의 시선을 정면으로 받자 초란은 더더욱 숨이 가빠져 왔다. 이
조선의 임금이 이렇게나 잘생긴 미남자였다니. 여인네 삼천 명은 거
느릴 듯한 저 미색에 비도 후사도 없이 혼자라니, 믿을 수가 없었다.

"뭘 그렇게 빤히 보느냐."

"아, 아닙니다."

초란은 떨리는 손을 감추고 조심스럽게 찻잔에 차를 따랐다. 불
면증에 도움이 된다는 말에 헌은 의외로 의심 없이 차를 받아 꿀꺽
꿀꺽 들이켰다.

원녀와 세장은 떨리는 눈빛으로 그의 상태를 지켜보았다. 약효가
제대로 잘 돌아야 할 텐데. 제발, 제발, 제발.

"차가 많이 뜨겁구나. 한잔에도 몸이 후끈 뜨거워지는 것이."

오, 이 정도로 효과가 빨리 온다면 거의 성공이다. 초란은 비워진
찻잔에 바로 차를 채웠다. 이번에도 헌은 별 의심 없이 꿀꺽 차를
들이켰다.

됐다. 한잔에도 사내들의 몸이 불기둥으로 변한다던데, 두 잔이면
쌍둥이 낳는 거 아냐?

세장은 초란에게 어서 다음 작전을 진행하라, 눈짓을 보냈다.

"더우시면 웃옷을 벗겨드리겠나이다."

"뭐라?"

순간, 헌의 미간이 살짝 구겨졌다. 허나 심기가 상한 것 같지는 않았다. 자그마치 7년간 여자를 전혀 가까이하지 않았던 헌이었다. 과연, 과연?

초란은 자연스럽게 먼저 다가가 헌의 옷깃을 잡아끌고 옷고름을 풀기 시작했다.

'후우—'

헌의 맨살에 초란의 손이 닿고, 그의 귓등에 그녀의 숨길이 닿자 그는 무언가 이상한 기운을 느꼈다.

7년 동안 단 한 번도 느껴보지 못했던 뜨거운 불기운? 온몸에 피가 맹수같이 일어나 내달리기 시작하는 역동적인 기세?

초란의 손길에 곧 헌의 벗은 상체가 드러났다. 드넓은 어깨와 단단한 팔뚝, 마른 듯한 몸에 탄탄하게 잡혀 있는 잔 근육. 그리고 날렵하게 빠진 허리선까지. 여자들의 음기를 제대로 자극하는 지극히 색스러운 몸이었다.

"그럼 저희는 물러가겠사옵니다."

중요한 장면을 뒤로 하고 원녀가 세장을 잡아끌었다. 눈치가 있으면 지금 빠지자는 손짓이었다. 세장이 아쉬운 눈빛으로 뒷걸음질을 하고 있는 가운데 헌의 시선은 눈앞의 초란에게 또렷하게 박혀 떨어지지 않고 있었다.

"오늘 밤이 많이 더운 것 같습니다."

초란은 자신의 옷고름을 스르륵 풀며, 야릇하게 저고리를 벗기 시작했다. 사향과 살 냄새가 섞여 훅— 더운 기운을 뿜어냈다. 그야말로 암컷의 향기가 철철 흘러넘치고 있는 순간이었다.

"덥다 못해 어지럽기까지 하는구나."

헌에게는 관자놀이가 서로 다른 방향으로 돌아가는 것처럼 끊임없이 어지럼증이 밀려왔다. 이러다 까닥 정신을 놓을 것도 같았다.

초란은 헌에게로 다가가 그의 볼을 어루만지기 시작했다. 어느덧 둘은 코끝이 닿을 듯, 아슬아슬한 거리에 들어와 있었다. 사내의 몸이 저 정도로 기울어지면 이 판은 끝난 것이지.

그래, 이대로만 일을 치면 되는 것이야. 오늘 밤, 유혹, 성공적!

"……자연아."

눈을 감은 헌이 툭, 하고 뱉은 이름이었다.

7년 전 죽은 세자빈의 이름.

아직도 그녀를 잊지 못한 것인가.

생각지 못한 이름에 순간 멈칫했지만, 그녀는 굴하지 않고 분위기를 이어 나갔다. 초란은 호롱 불빛 옆의 벽에 기대서서 속치마의 끈을 풀기 시작했다.

"저를 자연이라 생각하시옵소서."

그렇게 아슬아슬 끈이 모두 풀어지고, 나신이 되기 바로 직전!

"누가 감히 그 이름을 입에 담는단 말이냐."

얼음장보다 차가운 헌의 목소리가 날카롭게 귀에 꽂혔다.

헉, 약효가 깬 것인가?

채애앵— 정신을 차릴 새도 없이, 초란의 눈앞에 칼이 번쩍했다.

"꺄아아악!"

벽에 딱 붙어 고개를 돌린 초란의 쪽진 머리에 단도가 확 하고 꽂혔다. 조금만 더 방향을 틀었으면, 그녀의 목에 칼이 꽂혀 있을지도 몰랐다.

'헉, 죽을 뻔했구나!'

묶인 머리칼이 풀썩 잘려나간 순간, 초란은 털썩 주저앉았다.

"세장아, 어딜 갔느냐."

덜컥. 문밖에서 그림자로 상황을 지켜보던 세장과 원녀의 가슴이 쿵, 내려앉았다.

으악, 난 이제 죽어뜨아!

문이 열린 틈을 타 초란은 속치마 하나만을 걸친 채 혼비백산 도망을 놓았고, 세장은 파르르 사시나무 떨듯 들어와 바닥에 납작 엎드렸다.

"누가 이런 짓을 꾸몄느냐."

"소, 소신이옵니다. 주, 죽여 주시옵소서."

엎드려 있는 그들의 머리 위로 쨍그랑— 쿵쿵쿵! 찻잔과 의자 부서지는 소리가 요동쳤다. 헌은 야수처럼 격분된 목소리로 물었다.

"말해 보거라. 왜 이런 짓을 저질렀느냐!"

모든 걸 다 부수어 버릴 듯한 헌의 기세에, 세장은 손아귀에 잡힌 새처럼 꺅— 비명 섞인 소리를 뱉었다.

"그러니까 이제 제발 혼인 좀 하시면 안 될까요?"

7년의 시간 후.

세자 헌은 왕이 되어 있었다. 이 조선의 임금. 그러나 비가 없는 왕이었다.

헌은 자신의 곁에 여자가 오는 것 자체를 싫어했다. 다시 사랑하는 사람이 생긴다면 그 여자가 죽을 것만 같았다. 이 궁궐 내부에 검은 이빨을 감추어 둔 살인자에게, 또다시.

내명부에서 세자빈이 최종 낙점될 때마다 헌은 온갖 방해를 통해 이를 다시 물릴 수밖에 없는 상황을 만들고는 했다.

왕이 된 이후로도 마찬가지였다. 오히려 그의 직권으로 간택이 제대로 진행될 수 없게 찍어 누르곤 했다. 궐내 어른들이 왕에게 통곡을 하고 절규를 해도 그는 꿈쩍도 하지 않았다.

헌은 알고 있었다. 그것이 바로 세자빈을 죽인 궁궐 내부인들에게 복수하는 길임을.

그렇다. 헌은 제대로 폭군이 되었다. 비를 맞지도 않고, 후사를 잇지도 않고, 정사를 돌보지도 않는 폭군. 그 누구도 믿지 않았고, 그 누구도 가까이하지 않았다.

그리고 궐보다 더 문제인 것은 민심이었다. 금혼령 7년째, 조선은 아비규환. 그야말로 혼돈의 세상이었다.

자유연애가 금지된 시대, 사랑하려면 무조건 혼인을 해야 하는 시대에 국가에서 사랑을 금지해 버린 여파는 엄청났다.

본디 13세에서 18세의 여아에게 내려졌던 금혼령은 13세부터 25세까지로 그 범위가 확장되었다.

여자들이 혼인을 못하는데, 남자들이 자기네들끼리 혼인을 할 수 있을까. 양반이 첩실을 들이는 것도, 짐승 취급을 받는 노비, 백정들의 혼인도 모두 금지되었다.

모두가 한마음 한뜻으로 하루빨리 국모가 간해지기를 간절히 바랐지만, 자그마치 7년의 시간 동안 금혼령은 철해지지 않았다.

누구보다도 펄떡펄떡 피 뜨거운 청춘 남녀의 사랑은 언제 끝날지 모르는 이 '금혼령'에 달려 있는 것이었다.

백성들은 도탄에 빠졌다. 규수를 보쌈해 가는 일이 늘었다. 심지어 규수를 훔쳐다 주는 '보쌈꾼'이라는 전문 직업이 생겨났다. 거짓으로라도 혼인을 시켜 주지 않으면 자결을 하겠다는 낭자들이 넘쳐났다. 청나라로 떠나 버리는 도령들도 부지기수였다. 넘치는 것은 기방이었다. 사내들은 그곳에서 욕정을 풀었다. 산속 물레방앗간은 12호점까지 늘어났다.

그 때문인지 금혼령에도 불구하고 출생률은 줄지 않았다. 시대는 더욱 삭막해졌지만 후끈, 펄떡한 청춘 남녀의 사랑은 나라의 지엄한 국법에도 불구하고 더욱 화끈하게 불타올랐다. 하지 말라고 하면 더 하고 싶은 심경 때문일까. 전쟁 통에서도 출생률이 늘어나는 그 이유 때문일까.

10세가 되기 전까지는 입적을 시키지 않아도 되었기에, 거리에는 묘령의 아이들이 넘쳐 났다. 입적을 시키고 싶으면 7년 전 혼인한 부부의 양자로 들어야 했다. 부모와 자식 간 생이별도 다반사였다.

여든 인생 동안 온갖 가뭄, 홍수, 전쟁, 역병을 겪었던 노인은 이렇게 말했다. 조선 천지 '금혼령'보다도 백성들이 더 괴로웠던 적은 없었다고.

천재지변보다 더한 재앙.

그것은 바로 '금혼령'이었다.

"네가 이 생을 더 살고 싶지가 않은가 보구나."

바들바들 떨고 있는 세장에게 헌이 장검을 번쩍, 빼어 들었다.

오늘 이대로 칼에 맞아 죽는 것인가? 그야말로 세장의 간이 콩알만해졌을 때,

채애애앵— 헌의 칼을 막는 자가 있었다.

누구지? 당연히 진짜 세장을 내리칠 생각은 없었다. 하는 짓이 너무 당돌하여 겁을 주려 했을 뿐.

"오랜만이옵니다. 전하."

큰 키에 호리호리한 몸매, 정감 어린 훈훈한 얼굴에 날카로운 무사의 눈빛.

이신원이었다.

이 조선 최고의 수재로 불리었으나, 무과를 선택해 종 6품의 의금부 도사가 된 남자.

"모두 나가 있거라."

여전히 허공에는 헌의 칼과 신원의 칼집이 맞닿아 있었다.

콩벌레처럼 몸을 말아 뒤로 기어가는 세장과 원녀에게 다시 걱정의 빛이 스쳤다. 이러다 진짜 칼부림 나는 건 아니겠지?

"안 보는 사이에 담이 커졌구나. 대들기나 하고."

"이제 그만 폐빈은 잊고 새로운 비를 들여야 하지 않겠습니까."

폐빈이라니!

신원을 향한 헌의 검에서 불꽃이 일었다.

챙챙챙—

신원은 오로지 칼집으로만 헌의 검을 가볍게 막아냈다.

"너는 과인의 시름을 모르겠느냐. 여인을 조금도 가까이할 수 없는……"

이번 헌의 공격에서는 자신의 마음을 알아주지 않는 동무에 대한 서운함이 담겨 있었다. 채앵, 신원이 다시 그의 칼을 막아냈다.

"백성들의 시름을 먼저 생각하셔야지요. 인간지사 때가 되어 짝을 만나는 것이 죄가 아닐진대, 죄가 되는 세상에서 7년간 금부에서 혼인한 이들을 잡아들였습니다. 심지어는 편법으로 혼인을 시켜 주겠다 하는 불법 혼인 사기꾼이 나타나 이 나라의 기강을 어지럽히고 있습니다. 어서 새 비를 들이시지요."

법을 지켜야 하는 신원 역시 간절히 바라고 있었다.

누군가 대차게 왕을 꾀기라도 해서 이 금혼령을 끝내주기를.

"이 금혼령이 끝나면, 너도 혼인할 수 있는 거라 믿는 게냐. 그때 그 여인과?"

순간, 신원의 가슴이 덜컥 내려앉았다. 왕 이헌이 그때의 이야기를 기억하고 있을 거라고는 상상조차 하지 못했던 것이다.

"사실 너도 잊지 못하고 있지 않느냐. 7년 전 혼인할 뻔했던 그 규수를 말이다."

신원은 칼집을 툭— 떨어뜨렸다. 아니라 말하지 못했다. 그때의 연을 모두 잊었다고, 이젠 아무렇지도 않다고. 그 얼굴을 읽어 낸 듯 헌이 말을 이어 나갔다.

"그래서 너만이 나를 이해할 수 있는 것이다. 세상 사람들이 폭군에 미친놈이라고 손가락질해도, 결국 너만은 끝까지 나를 지킬 것이 아니냐."

헌은 믿고 싶었다. 내 곁엔 언제까지라도 이신원이 함께 있을 거라고. 결국은 두 사람 모두 가슴속 깊이 숨겨 놓은 정인 하나를 잊지 못하는 사내들이 아닌가.

"나는 너의 충심을 믿는다. 너는 너의 할 일을 다하거라."

헌은 거두었던 칼을 거두며 차갑게 말했다.

"잡아오너라. 국법을 어지럽히는 자를."

이 혼돈과 괴로움의 금혼 시대, 이 시대에도 의외의 특수를 누린 자가 있었다. 모두 다 울고 있을 때 웃고 있는 자, 그자가 누구일까.

바로 소랑이라는 자였다.

금혼령의 시대, 궁합쟁이로 살며 전국 방방곡곡을 돌아다녔다는 그녀. 그녀는 바로 7년 전 도성을 떠났던, 예현선이었다.

"한양아, 언니가 돌아왔다!"

7년 만에 다시 한양으로 돌아온 그녀에게서 꽃신이 어울리던 규방 아씨의 태는 전혀 남아 있지 않았다. 백옥같이 새하얀 피부는 건강하게 그을려 있었고, 머릿결에는 반질반질한 윤기가 돌고 있었다.

복숭아같이 탐스럽던 얼굴엔 어느새 갈대 같은 꿋꿋함이 배어 있었고, 온몸엔 야생에서 자란 듯한 생동감이 넘쳐 나고 있었다.

겉으론 개이와 함께 궁합쟁이라 칭하던 그녀는 사실 편법으로 백성들의 혼인을 도와주는 불법 혼인 사기꾼이었다.

금혼령의 시대, 정식으로 혼인을 할 수 없으니 불법 혼인을 하고자 하는 이들이 넘쳐났던 것이다.

점쟁이로서 신기는 하나 없으나, 오로지 눈치코치로 그 사람의 상태를 정확하게 파악하고 속내를 들여다보던 그녀. 그러니 그녀가 내뱉는 말이 거짓일 리 없었다.

그 능청스럽고 감쪽같은 연기에 사람들은 깜빡깜빡 넘어갔다. 철학책에 나오는 두루뭉술 알 수 없는 소리를 하는 것이 아니라, 바로 해결 가능한 즉결 처방을 척척 내려 주니 신기가 없다 하여도 문제들을 당장에 시원스럽게 해결해 주고는 하였다.

7년 전 혼인한 부부 행세를 할 수 있게 위조문서를 써 준 것이 몇 건이오, 이루어질 수 없는 사랑에 눈물만 흘리던 젊은 남녀들을 청나라로 보내 준 것이 몇 건이오, 연정에 못 이기는 남녀들에게는 금혼령이 끝나면 꼭 사랑을 이루라며 연서를 배달해 주었으며, 사생아로 태어나 오갈 데 없는 어린아이들에게는 새로운 양부모를 짝지어 주기도 했다.

그녀는 그렇게 이루어질 수 없는 사람과 사람 사이를 이어 주는 것이 좋았다. 비록 시대가 좋지 않아 이 일이 불법이라 할지라도, 이렇게나마 간절한 백성들의 열망을 조금이라도 들어 주고 싶었다.

그렇게 백성들의 욕구와 열망을 정확히 파악하고 재빠르게 움직인 탓에, 궁합쟁이는 싹 다 굶어 죽었다고 하는 이 시기에서도 살아남을 수 있었다. 아니, 오히려 돈이 술술 벌렸다. 기나긴 떠돌이 생활에도 지치지 않고 신명 나게 돌아다녔던 것은 어찌 보면 돈 버는 맛에 재미가 들려서가 아닐지.

그렇게 전국을 돌며 한몫 짭짤하게 챙긴 소랑이 한양으로 돌아온 까닭은 바로 개이 할배 때문이었다. 7년의 시간만큼 늙어 버린 그에게 어느덧 치매가 와 정신이 오락가락하여 더 이상 떠돌이 생활을 할 수 없었다.

"할배, 그간 고단하였지요? 혈육도 아닌 아이 데리고 돌아다니느라 고생이 많았소."

도성으로 들어온 그녀는 가장 먼저 인사골로 가서 가게를 할 만한 자리를 알아보았다. 고즈넉한 자리에 찻집 하나를 열 계획이었다. 개이가 떠돌지 않고 가만히 앉아서 궁합을 보아줄 만한 곳으로.

목을 보다 보니 일전에 국숫집으로 썼다던 2층짜리 가게가 소랑의 마음에 쏙 들어왔다. 밖에는 어느 정도 꾸준하게 유동 인구가 있었고 안에는 조용하게 차 한잔하기 좋은 분위기였다.

"이곳이 할배의 여생을 마감할 곳이오."

그녀는 이 찻집의 이름을 '애달당愛達堂'이라 이름하기로 했다. 사랑에 통달한 곳.

말이야 찻집이지만 금혼령으로 인해 이어지지 못하는 남녀가 있으면 궁합을 보아주고, 몰래 그 연을 이어 줄 생각이었다. 그녀는 가게를 보여 준 중개업자에게 바로 계약금을 걸었다.

이후 소랑은 개이에게 가게를 정리하라고 이르고 저잣거리로 나섰다. 오랜만에 돌아온 이 도성의 분위기를 한껏 느끼고 싶었기에.

"드디어 다시 돌아왔구나."

싱긋 웃는 그녀의 초승달 웃음에는 묘한 흥분이 뒤섞여 있었다. 7년 전 떠날 때와는 완전히 다른 마음가짐이었다.

"성공하여, 금의환향하는 것도 나쁘지 않지."

아무도 반겨 주는 이는 없지만 그냥 그리 생각하기로 했다. 그녀는 장터 한가운데에 서서 여장부처럼 호탕하게 파하하, 웃었다.

"그럼 이 한양에서 크게 한판 놀아 볼까?"

허나 그 말이 끝나기도 전에 의금부 도사가 탄 말이 그녀의 앞을 스쳤다. 말의 발꿈치에 뽀얗게 먼지가 피어올라, 소랑은 한창을 콜록대며 그가 떠난 곳을 야속하게 바라보았다.

그렇게 소랑과 운명적으로 스치었던 이는, 다름 아닌 신원이었다.

그녀의 낭군이 될 뻔했었던 남자, 이신원.

그는 지금 의금부 도사복을 입고 있었다. 이정학 대감과 주변 친척들의 기대와는 달리 그는 문과가 아닌 무과에 급제했다.

'조사'를 업으로 할 수 있는 의금부 도사가 되고 싶었기 때문이었다. 사라진 신부에 대한 열망이 그를 수사관이라는 직업으로 이끈 것이었다.

서출을 본처의 자식이라 속인 서씨 부인을 고발하지 않은 것은, 언젠가는 현선이 집으로 돌아오지 않을까 하는 실낱같은 기대 때문이었다.

허나 그 작은 기대마저 재가 되어 바스러진 채 7년의 시간이 흘렀다. 희망이라 하여 밝고 좋은 기운을 갖고 있는 것만은 아니다. 그녀가 살아 있을지도 모른다는 작은 희망은 오히려 문신처럼 남아 기나긴 후회와 고문같이 쓰라린 아픔만을 주었다.

예전에 다소 장난기가 있던 신원의 성격은 점점 더 차분해지고 침착해졌다. 슬픔을 밖으로 드러내지 않으려 노력했기 때문이었을까.

강인하고 진중해 보이는 그였지만, 어딘가 채워질 수 없는 외로움이 그를 감싸고 있었다. 한없이 이 남자를 갖고 싶게 만드는 그 눈빛. 거기엔 한 여자에 대한 오랜 순정이 뿌리 깊게 자리하고 있었다.

시장통, 말을 타고 가던 신원이 순간적으로 아련한 복사꽃 향기를 느껴 무의식중에 고개를 돌렸다. 허나 그의 시선은 쓰개치마를 쓴 규중 아씨들에게만 머물렀다. 고상한 이판대감 댁 여식이 천한 궁합쟁이가 되었을 것이라고는 상상도 하지 못했기 때문이었다.

"나으리, 북촌에서 남몰래 혼례를 치르려던 현장을 덮쳤습니다."

의금부 졸개 춘석이가 그의 앞으로 달려와 고했다. 지금 신원의 일은 나라의 명을 어기고 불법으로 혼인한 자를 잡아들이는 일이었다. 어떻게든 혼인을 하고자 하는 백성들의 열망을 모르는 바 아니었지만, 나라의 명은 명이었기에 그는 움직여야만 했다.

"혹시 그 여인네가 몇 살쯤 되어 보이더냐?

"네?"

"한 스물다섯 안 되어 보이더냐?"

"아닌데굽쇼. 이제 열여덟 되는 청춘 같던데?"

잠시 느꼈던 복사꽃 향기에 아무래도 괜한 것을 물어본 듯했다.

"아니다. 현장이 어디냐. 가자."

"일전 여인네라고는 납채를 보낸 그분밖에 없다 하시던 분이 어찌하여 다른 집 여인네 신상을 물어보십니까? 혹시 드디어 여인에게 관심이 생기셨습니까?"

"닥쳐라. 신상은 무슨. 우리가 하는 일을 잊었더냐. 지금은 연모의 정을 품을 수 있는 시대가 아니다."

"에이. 그런 게 다 어디 있습니까. 기생루에 가 보십시오. 문전성시를 이루다 못해 아주 미어터지던만. 어이쿠, 말이 나온 김에 어디 한가한 데로 예약이라도 해 놓을 갑쇼? 어찌 사내가 여인 없이 살수가 있겠습니까? 그 치마폭에 뒹굴다 보면 세상 모든 시름이 없어지는 게……."

"우리 춘석이, 주책이 심하구나. 하룻강아지 주책엔 매타작이 약
이라던데."

"아, 아닙니다. 가, 가시죠. 현장으로."

인간지사 때가 되어 짝을 만나는 것이 죄가 아닐진대 죄가 되어
버린 이 세상에서 그들을 잡아들여야 하는 신원의 발걸음이 무거웠
다. 웬만하면 사정을 들어 보고 선처를 해 줄 요량으로 그는 북촌으
로 향했다.

세자빈 안씨가 자신을 떠나기 전날 밤처럼, 동글동글한 보름달이
떴다. 언제나 기울고 차는 것이 달이지만 저 달이 완연한 동그라미를
그릴 때면 왕 이헌의 가슴에도 여지없이 그리움이 가득 차올랐다.
그럴 때면 달밤 아래 술상에 술 두 잔을 놓고 자작을 하며 텁텁해진
속을 달래는 것이었다.

원녀가 혼자 자작하고 있는 헌을 근심의 찬 눈으로 보며 내시 세
장에게 말했다.

"왜 이렇게 도수 높은 술을 갖다 주신 것이오? 저리 퍼마시다 전
하의 심신이 상할까 저어되오."

"오늘 왕의 폭언에 지밀나인 순아가 경기를 일으키고 혼절을 했
다 하지 않았소? 에헴. 내일 아침에 숙취로 고생 꽤나 하실 것이오."

대담한 세장의 행동에 언제나 근엄한 얼굴을 하던 원녀의 눈이 동그래졌다.

"그것참, 일국 왕의 신하라는 사람이…… 참, 잘하셨소."

"엥?"

왕의 신경증과 예민증을 누구보다도 잘 이해하고 있는 사람이 세장과 원녀였다.

허나, 그들이라고 이유 없이 궁궐 나인들에게 왕이 심술부리는 것을 두고 볼 수만은 없는 법. 그리하여 숙취가 오래가는 괴로운 술로 작고 소심한 복수를 하는 것이었다.

"여자로 인한 상처는 여자로 풀어야 할 터인데."

"저런 왕 근처에 가까이 가려는 여자가 누가 있겠소? 나도 미치지 않고서야 저런 폭군을 남편으로 맞이하고 싶지 않소."

"왕이 비를 맞아들여야, 이 금혼령이 끝날 텐데 말이지요."

이 말에 원녀는 냉소적으로 웃었다.

"어차피 우리는 금혼의 몸이 아니오?"

궁궐 나인들은 어차피 인생이 금혼이다. 내시 세장은 없소이다, 없소이다.

원녀와 세장의 나이 둘 다 마흔이 넘어가고 있었다. 어쨌든 간에, 궐 밖 비자발적인 금혼자들과 궐내 자발적 금혼자들의 시름은 똑같았다. 언제 한 번 님의 얼굴 보고 달을 한 번 따 볼라나.

"어차피 이번 생은 글렀소."

자조하던 세장이 혀를 끌끌 차며 하늘에 있는 달을 보자 어느덧 그마저도 아스라이 기울어지고 있었다.

❀

쫙 펴진 부채 뒤로 가려진 얼굴, 은밀한 거래를 제안하는 듯한 말투, 신비스럽고 묘한 분위기.

"어차피 이번 생은 글렀소."

그 소리에 저잣거리 포목점에서 비단을 고르던 두 남녀의 눈이 휘둥그레졌다.

웬 처자가 구석에 쭈그리고 앉아 자신들에게 뜬금없는 말을 하고 있는 것이다. 둘은 얼떨결에 그 처자의 앞으로 다가와 앉았다.

"둘 사이 부부의 연을 뜻하는 붉은 실이 팽팽하게 엮여 있는데 이 걸 어쩌나, 시대가 금혼이라 이 실이 엉켜 버리고 말았소."

처자가 슬쩍 부채를 내리자 그녀의 얼굴이 드러났다.

묘─한 사짜 분위기의 말투와는 달리 의외로 사랑스러운 미소를 지닌 처자였다. 야무진 인상에 장난기 넘치는 눈빛, 귀염성 있는 볼과 입매. 갓 따낸 복숭아처럼 해맑간 얼굴에 싱그러운 분위기. 이제 그녀의 나이, 아리따운 스물넷이었다.

"누, 누구시오?"

"나는 이 사주 찻집 '애달당'의 여주인, 예소랑이라 하오. 비공식 궁합쟁이로 이름을 좀 날리고 있소만."

호, 혹시 그녀가 말로만 듣던 불법 혼인 사기꾼?

"자, 여기 들어와 차 한잔 자시면서 얘길 좀 들어 보시오. 둘 사이가 이어질 수 있는 방법을 내 차근—히 설명해 줄 테니."

그럼 이건 지금 호객 행위?

상황을 알아챈 여인이 발딱 일어나 바락 화를 냈다.

"이자는 나의 오라비 되는 분입니다. 그런데 어찌 부부의 연을 맺을 수 있다 하십니까?"

오라비? 부부?

여자의 앙칼진 목소리에 순식간에 장터 사람들의 시선이 모였다. 여기서 소랑이 틀렸다는 게 밝혀지면 이 사주 찻집이 맨 허당으로 점을 본다고 소문이 날 수 있는 것이었다.

'에헴—'

당황한 소랑의 뒤로 한 할배가 나타났다. 볼에 바른 건 연지, 하얗게 난 수염, 이 할배, 남자도 여자도 아니었다. 그는 돌아온 장안 내 최고의 궁합쟁이, 개이째퓨(누구에게나 열린 귀)였다.

"둘은 이복 남매요."

뭐어어어? 여기서 그렇게 식상한 대사를?

개이의 강렬한 목소리에 모여든 사람들이 웅성대기 시작했다. 그런데, 그 말이 틀리지 않았는지 두 남녀가 움찔하며 뒤로 물러났다.

"어렸을 땐 떨어져 살다가 성인이 되어 한집에 살게 되었구려. 그러니 오라비가 남정네로 보이지. 돌아가서 여동생 되는 자의 호적을 다시 보시오. 아비가 같은 줄 알았으나 이는 사실이 아니니, 앞으로 엉켜진 매듭을 푸는 것은 둘의 몫이오."

차마 감당하기 어려운 진실이었는지, 여동생은 그 길로 입을 막고서 팽 돌아 달려 나가 버렸다. 그 뒤를 쫓는 오라비의 목소리에는 그간의 고민거리가 모두 해결된 듯 촉촉한 기쁨이 차올라 있었다.

"궁금한 것이 있으면 또 이 애달당으로 오시오!"

소랑이 물색없이 둘을 향해 손을 흔들고 있을 때 개이는 그녀의 귀를 앙큼하게 잡아 쥐고 안으로 들어섰다.

"예끼, 이년아. 여기서는 제발 없는 신기로 이상한 말 지어내지 말라 하지 않았느냐."

"들어왔다 나갔다 오락가락하는 신기보다 이 눈치코치가 구 할의 적중률을 자랑하지 않소. 우리가 그걸로 밥 먹고 살아왔는데, 갑자기 그 재능을 탓할 게 뭐요?"

"여기는 도성 안이다. 우리가 더 이상 떠돌이 사기꾼이 아니란 소리야. 에휴, 이러다 한양에서 큰 사고 치겠어."

"혹시 그게 벌써 벌어진 것은 아니겠지요?"

말이 씨가 된 것일까? 사고는 벌써 일어나고 말았다.

의금부 포졸들이 난데없이 애달당에 들이닥치기 시작한 것이다.

"이것 놓으시오! 이게 무슨 일이오?"

"여기 혼인 사기꾼이 있다 하여 잡으러 왔소."

"누가 나를 고발하였단 말이오? 혹시, 방금 그 이복 남매?"

이대로 있다간 바로 포졸들에게 잡혀가기 직전이었다. 전광석화보다 빠른 소랑의 잔머리가 돌돌돌 굴러가기 시작했다.

'이건 도망가야 돼.'

그녀는 다람쥐같이 재빠른 몸짓으로 요리조리 포졸들의 손아귀를 피하기 시작했다. 덩치 큰 포졸들이 소랑을 잡으려다가 서로 부딪치고 넘어지면서 한바탕 소동이 벌어졌다.

포졸들을 따돌린 그녀는 뒤뜰로 쪼르르 달려가 담 너머로 냅다 몸을 휘익— 날렸다.

그런데,

바로 담 너머에 한 남정네가 서 있었다.

"어어어엇?"

상황을 알아차렸을 때에는 이미 몸이 그 남정네의 너른 가슴팍 위로 떨어지고 있었다. 소랑은 순식간에 포오오옥— 사내에게 포개어 안기고 말았다.

'쓰읍.'

순간, 이 세상의 시간과 숨이 정지한 듯했다.

고개를 들자마자 그 남자의 얼굴이 확 가까이 들어왔다. 훈훈하니, 쉽게 볼 수 없는 미남자의 모습. 심지어 이 남자는 소랑이 다치지 않게 팔로 감싸 안아 지켜 주고 있었다.

"낭자, 괜찮으시오?"

낭만적인 순간이었다. 딱, 한 가지만 빼면.

이 옷차림은 혹시? 의금부 도사? 내가 지금 금부의 품으로 달려든 것이여?

망, 했, 다!

5

죄인은 당장……
입궁 준비를 하거라!

신원이 제보를 듣게 된 것은 우연이었다.

신출귀몰, 전국에서 혼인 사기를 쳐 왔던 사기꾼들. 그들이 한양에 들어왔다는 소문은 들었으나, 도무지 이곳에서는 꼬리를 잡을 수가 없었다. 그러던 와중에 사촌 여동생이 오늘 저잣거리에서 수상한 얘기를 들었다며 그에게 말을 전한 것이었다.

"가자."

신원은 바로 인사골로 포졸들을 보냈다. 체포는 그들에게 맡긴 채 슬슬 후방을 돌고 있을 때, 뜻밖의 일이 벌어졌다.

'휘릭—'

한 처자가 담에서 날다람쥐처럼 날아 자신을 덮친 것이었다. 순간 그녀에게서는 아련한 복사꽃 향기가 느껴졌다.

이 향기, 어디서 맡아본 적이 있는데.

정신을 차려보니 오밀조밀 귀엽게 생긴 처자가 자신의 품 안에 포옥 안겨 있었다.

"낭자, 괜찮으시오?"

오소리처럼 고개를 치켜든 그녀의 낯빛이 하얗게 질리기 시작했다. 금부도사를 보며 당황하는 자라면, 설마 그녀가 혼인 사기꾼? 이렇게 앳되고 귀여운 미모로?

품에 안겨 있던 그녀가 화들짝 일어나 쪼르르 도망을 놓기 시작했다. 신원은 흙을 툭툭 털고 일어나 턱을 긁으며 그녀가 도망가는 모양새를 찬찬히 지켜보았다.

짧은 다리로 용케 뛰어가는 것이 귀여웠다.

신원은 여유롭게 말에 올라 그녀의 뒤를 터덜터덜 쫓았다.

아무리 사람의 다리가 빠르다 한들, 말의 뜀박질을 이길 수 있을까.

곧 전속력으로 달리는 소랑의 옆에서 신원이 설렁설렁 뛰고 있는 모양새가 되고 말았다.

"낭자, 어딜 그리 급히 가시오?"

"에이씨—"

토토토토, 다람쥐처럼 뛰던 소랑은 급히 방향을 틀어 장터 쌀가게 뒷문 쪽으로 파고들어 갔다. 거기에서 숨을 곳이야 빤한 것을.

신원은 여유롭게 말에서 내려, 가게 안으로 들어가며 상인에게 말했다.

"어이쿠, 죄송합니다. 여기 쥐새끼 하나가 숨어들어서요."

가게 안에는 수많은 쌀독이 빼곡하게 들어차 있었다. 신원은 씨익, 입가에 미소를 걸고서는 하나하나 쌀독을 두드리기 시작했다.

"대체 쥐가 어디 있다 그러시오?"

털보 상인의 성난 소리가 돌아왔다.

"잠시만 기다려 보시오. 바로 여기 같은데."

쌀독 사이를 돌아다니던 신원이, 돌연 칼집으로 한 항아리를 쾅― 하고 쳤다.

쨍그랑, 쌀독이 깨지면서 안에 있던 쌀들이 와르르 쏟아지는데, 그 가운데에는 쌀을 잔뜩 뒤집어쓰고 웅크린 소랑이 '들켰나' 싶어 고개를 빼꼼히 들고 있었다. 딱, 독에 빠진 쥐의 꼬락서니였다.

큰 키의 신원이 소랑의 뒷덜미를 번쩍 잡아 올렸다. 그녀는 그저 덜미를 잡힌 강아지처럼 허공에서 바둥바둥할 수밖에 없었다.

"놓으시오! 이것 놓으란 말이오!"

그녀가 움직일 때마다 강아지가 물을 터는 듯, 쌀알이 우수수 떨어졌다. 얼굴로 튀는 쌀에 미간을 찌푸리던 신원은 아예 소랑을 어깨에 둘러업고 유유히 쌀가게를 나섰다.

"이 사람아― 내가 무슨 죄가 있다고 이러시나! 어서 내려 주지 못하겠소!"

그녀가 쉼 없이 바둥거리며 그의 귀를 깨물고 어깨를 꼬집어 봐도 신원은 꿈쩍도 하지 않았다.

"여기 죄인 배달 왔습니다."

옥사를 지키던 춘석이가 번쩍 일어나, 신원이 소랑을 찬찬히 내려 주는 모양새를 보았다.

대체 이게 무슨 꼴인가. 사기꾼 잡으러 나가신다더니 웬 강아지 같은 여자를 보쌈해 오셨나.

어떻게든 도망갈 길을 찾으려 이리저리 몸부림치던 소랑은 결국 철커덩, 옥사에 갇히고 말았다.

"내 이 연놈들을 그냥! 그렇다고 냅다 꼰지를 게 뭐람?"

돌아가는 사정을 보아하니 그 이복 남매라는 자들이 이 사실을 고한 게 틀림없었다.

"아이고, 무슨 아낙이 그렇게 말이 많소? 좀 닥치시오!"

옥사에 갇혀서도 쉼 없이 참새처럼 조잘대는 통에 문을 지키던 춘석이 버럭 성질을 냈다. 신원은 여유롭게 의자를 끌어와 창살 앞에서 그녀를 추궁하기 시작했다.

"어찌할 일이 없어 혼인하지 못해 안달 난 자들의 뒤통수를 후려처먹고 사느냐."

그런데, 그녀에게서 돌아온 대답은 뜻밖의 것이었다.

"나으리, 월하노인이라고 아시는지요?"

"사람과 사람 사이의 연을 이어 주는 그 노인을 말하는 것이냐?"

"그럽지요. 월하노인이 둘 사이를 붉은 실로 이어 주는데 시대가 그를 가로막고 있으니 미천한 소첩이라도 이에 분연히 맞서 연을 잇는 데 힘써야 하지 않겠습니까?"

"듣자 하니 그들은 남매지간이라 한다. 비록 다른 배에서 태어났다 하나 이을 것과 잇지 말아야 할 것이 있는 법, 어찌 이들에게 천륜을 논하느냐."

"인연이라는 것은 하늘의 뜻이 아니라 사람이 만들어 가는 것입니다. 사람의 뜻이 있다면 얼마든지 그 연을 이을 수 있는 것이옵니다."

신원의 눈빛이 순식간에 아련해졌다. 별안간 7년간의 아픔이 생생히 되살아났기 때문이었다.

"아무리 노력해도, 연을 잇고자 하여도, 안 되는 것은 안 되는 것이더구나."

신원은 오늘 품었던 복사꽃 향기를 다시 떠올리며 말했다. 어쩐지 아련한 추억이 담겨 있는 향이었다. 그는 흔들리는 동공을 감추려 눈을 질끈 감았다.

"보아하니 나으리께서도 가슴속 깊게 숨긴 정인을 오래간 만나지 못하신 듯싶습니다. 사람 한 번 쫙— 풀면 여자 하나 찾는 것은 시간문제인데, 어찌 작은 노력을 기울여 볼까요?"

"네 이년! 지금 어디에다 대고 사기를 치려 하느냐. 귀에 듣기 좋은 말로 사람들을 미혹시킨 것이 사실이로구나. 그것이 결국 국법을 어기는 것임을 어찌 모른단 말이냐."

박력 넘치는 신원의 호통에도 오히려 소랑은 강단 있게 답했다.

"혼인을 하는 것이 죄가 되는 시대이나 마음을 갖고 있는 것이 죄가 되지는 않습니다."

"뭐라?"

"그것이 죄라면, 이미 나으리도 죄인이십니다. 이미 그 안에 연심을 갖고 있지 않으십니까?"

신원은 움찔했다. 거짓으로라도 표정을 숨길 수가 없었다.

"이 조선 땅에 살아가는 자, 누구나 죄인입니다. 가슴에 사랑을 품었다는 이유만으로."

틀린 말이 없었다. 조그맣고 어린 계집이라 만만히 보았는데 그 당돌한 발언엔 잘못된 것이 없었다. 결국 신원은 눈을 질끈 감으며 그녀에게서 등을 돌리고 말았다.

"네가 그 죄를 반성할 때까지 이 옥에서 풀어 주는 일은 없을 것이다."

신원은 그 말을 나직하게 남긴 채 돌아서 나가 버리고 말았다. 그 뒷모습이 소랑에게는 왠지 처연하게 느껴졌다. 빈틈없어 보이는 의금부 도사도 결국은 가슴에 연심을 품은 한 명의 사내인 것을.

잠시의 적막 뒤, 옆 창살에서 경박스럽게 박수를 치는 소리가 들려왔다.

"키야, 그 말 참 명대사요!"

"이 조선 땅에서 살아가는 자, 누구나 죄인입니다. 가슴에 사랑을 품었다는 이유만으로."

서른 줄을 훌쩍 넘긴 듯한 뚱뚱이와 홀쭉이, 두 사내가 손을 흔들며 호들갑을 떨고 있었다.

"누구시오?"

"우리는 에헴, 사랑이 죄라면, 죄인인 이 나라의 설로雪露, 왕배와 오덕훈이오."

설로? 옥사를 지키고 있던 춘석이 미심쩍은 눈으로 물었다.

"설로가 무엇이냐?"

"아이고, 이렇게 유행에 느려서야. 태어나서 남녀에게 말 한 번 제대로 못 붙여 본 사람을 뜻하는 게 아니오."

"뭐라?"

"눈이 내려도 이슬처럼 녹아 버려, 세상을 사나 마나 한 그런 존재! 요새 장안에 파다하게 떠도는 말인데, 그걸 모르시오? 보아하니 그쪽도 모태 설로 같은데?"

"예끼! 이 사람들아. 그런 놈들이 법당에서 절하는 아낙의 궁둥짝을 만지고 이런 델 들어오느냐?"

"우리라고 일부러 그랬겠소. 하루 온종일 일 년 내내 쉼 없이 불쑥불쑥 음심이 솟아나기에 그게 절로 가면 다스려질 줄 알았지. 손이 절로 그리 갈 줄 알았나."

옆에서 사내들이 쉴 새 없이 나불거리고 있음에도, 소랑은 들은 체 만 체 옥사 구석에 쭈그려 앉아 크게 한숨을 쉬었다.

하아, 괜히 어설프게 입을 놀려 옥에 갇힐 줄이야. 아무리 떠돌이로 살며 산전수전 갖은 고생을 했던 소랑이라지만, 지금껏 옥에 갇혀 본 적은 없었다.

이제 나는 어찌 되는 것인가. 사기 좀 쳤다는 걸로 모진 고문을 당하는 것은 아니겠지? 도성에선 사람을 벌할 때 사지를 찢어 죽인다는데, 설마. 설마.

어느덧 밤이 되어, 재잘대던 덕훈과 왕배도 잠이 들고, 분위기는 한층 더 음침해졌다. 어두침침한 곳에 갇혀 있다 보니, 자꾸만 괜한 망상들이 부풀어 올랐다. 야밤에는 험상궂게 생긴 자들이 소랑에게 자꾸 추저분한 눈빛을 던져 댔다.

아우, 완전 무서워. 아까 그 의금부 나으리에게 대드는 게 아니었는데, 괜히 따박따박 말대답하다가.

깊은 한숨에 무거운 후회가 밀려왔다.

"저기요, 저기요! 나는 죄가 없소, 꺼내 주시오!"

소랑이 내는 가냘픈 소리로는 문지기들이 꿈쩍도 하지 않았다. 아우, 무서워 죽겠는데, 여길 어떻게 빠져나가지.

"저기요, 나 좀 살려 주시오."

그들은 들은 척도 하지 않았다. 어떻게 해야 그들의 주의를 끌 수 있을까. 고심하던 소랑에게 극강의 묘안이 떠올랐다.

문득, 그녀는 서릿발처럼 쩌렁쩌렁 호통을 치기 시작했다.

"여봐라! 나는 월하의 노인이다! 다들 내 말을 들어라!"

사실 아무거나 막 뱉은 말이었다. 오로지 살기 위해서!

"야, 덕훈아. 일어나 봐. 저게 뭐냐? 혹시 빙의 아니냐?"

"아이구, 뭐야! 저 여자 사기꾼이 아니라 진짜 점쟁이였어?"

덕훈과 왕배의 분위기 조성에 소랑은 진짜 월하노인에게 빙의된 듯 부들부들 떨며 고함을 외쳤다.

"다들 들어라! 나 월하노인이 말할진대⋯⋯!"

한편, 옥사 앞에서는 신원이 도승지와 함께 이 사기꾼의 실상을 어떻게 전하게 보고할 것인지를 논의하고 있었다.

어, 이 소리는? 쩌렁쩌렁한 소랑의 목소리를 들은 도승지가 옥사 안으로 향했다.

"올해로, 금혼령은 끝날 것이다!"

이 정도 무리수는 던져야, 내가 사기꾼이 아니라 진짜 궁합쟁이라고 믿지.

"그, 그럼 올해 내로 새로운 비가 간택된단 말이오?"

순식간에 옥사 안이 술렁거렸다. 다들 혼인과 관련된 죄를 짓고 끌려온 죄인들이었다. 그들의 눈에 희망의 빛이 어른거렸다.

"새로운 비가 간택되기 위해서는 죽은 폐빈 안씨의 귀기를 씻어 내야 할 것이다. 그렇지 않고서는! 너희들은 영원불멸의 설로로 살아야 할 것이야."

영원불멸의 설로라니! 그 말에 덕훈과 왕배가 오들오들 떨었다. 정말 상상도 하기 싫은 일이었다.

"사기로 잡혀 온 자다. 다들 이년의 말을 믿는 것이냐."

도승지와 함께 들어온 신원이 술렁이는 이들에게 호통을 쳐보았으나, 분위기는 쉽사리 진정되지 않았다.

"올해 내로 왕비가 간택되지 않으면, 궁궐에 큰 화가 불어 닥칠 것이오."

"뭐라?"

"이 조선 땅에 혼인을 하지 못하는 처녀와 총각들의 원성이 높아져 이다지도 민심이 들썩이는데, 민란이 일어나지 않는 것이 더 이상하지 않겠소. 이제 7년 해를 넘기면, 그들이 가만히 있지 않을 것이오."

"그들이 난을 일으킬 것이란 말이냐?"

"그렇소! 그들이 곧 '설로 대첩'을 일으킬 것이오!"

분연히 목소리를 드높여 외치고 있는 소랑의 자태에서는 이미 민란 주동자급 위압감이 뿜어져 나왔다. 이에 놀란 도승지 영감이 신원에게 물었다.

"이자의 정체가 무엇이오?"

"사기로⋯⋯."

"나는 이 나라 조선의 궁합쟁이요!"

"나는 정 3품 당상관, 도승지 김설록이요."

"설록?"

"아무래도 내 오늘 이 나라의 금혼령을 해결할 중요한 단서를 찾은 것 같소!"

지금 이 말을 믿는 거야? 신원은 도승지 영감을 더욱 신기하게 바라보았다.

"내 마침 궐로 들어가는 길이니 내가 전하께 이 이야기를 전하겠소!"

사람들의 입이 딱 벌어졌다. 물론 가장 놀란 건 소랑이었다.

"전하께서 귀기에 시달리고 있다는 것이 사실이면!"

"사실이면?"

"내 저 아이를 데리고 입궁을 하겠소."

"혹, 거짓이면?"

"거짓이면, 당장 내일이라도 목이 달아나지 않겠소?"

목이 달아난다고? 목이 달아난다고?

'쿵.'

신원과 도승지가 옥사 밖으로 나가고 나자, 소랑은 그 자리에 바로 주저앉고 말았다.

"오오, 이제 빙의가 끝났나 봐. 야, 이거 참 신기하오! 막 들어왔다 나갔다 하오?"

"야, 죄인 신분에서 궐에 입궁을 하게 되었으니 처자 완전 좋겠수다."

자잘하게 박수를 쳐 대는 덕훈과 왕배 옆에서 소랑은 망연자실하게 허공을 보았다.

뭐? 이 거짓말을 진짜 왕에게 고한다고? 말도 안 돼, 이거 어떻게 해. 아, 뻥 좀 그만 치고 다니라는 개이의 말을 따랐어야 하는데. 이제 왕이 내 목을 칠 일만 남은 것인가. 안 그래도 광증에 걸려 정신이 오락가락한다던데, 그 자리에서 즉결 척살하는 거 아니야?

손발이 바들바들 떨려오고 오금이 저릿저릿해져 왔다. 이, 이건 아니잖아!

저 도승지란 영감이 나 괜히 겁주려고 한 말이겠지? 그래, 옥사에 갇힌 미친 여자의 얘기를 진짜 왕에게 고할 리가 없잖아. 그럴 거야.

그래.

허나, 그날 밤 믿을 수 없는 일이 일어났다.

누군가 옥사에서 까무룩 잠이 든 소랑을 급히 깨웠다.

"무, 무슨 일이오?"

"죄인은 듣거라. 지금 당장!"

혹시, 설마?

"죄인은 당장…… 입궁 준비를 하거라!"

놀라서 턱이 빠질 지경이었다. 나, 지금 궐에 들어간다고?

'나, 나 이제 진짜 어떻게 하지?'

옥사 옆에 서 있는 신원의 얼굴에 수심이 깊었다. 괜한 애를 데려와서 일이 성가시게 되었다는 딱 이 표정. 어두운 데에 가면 꿀밤 한 대를 콩 쥐어박을지도 몰랐다.

"그쪽이 막 떠들었잖소. 세자빈 귀기를 씻어 내야 이 금혼령이 끝나고, 올해 내로 간택이 안 되면 대규모 민란, 설로 대첩이 일어날 것이라고."

"그 말이 진짜 왕에게 전해진 것이오?"

소랑의 등골이 서늘해졌다.

"그러니까 빙의란 게 들어왔다 가도 나가고, 나갔다 가도 들어오는 것이라 아까 그건 제가 한 말이 아니지 말입니다."

하하하. 소랑이 아무리 너스레를 떨어 봐도, 이제는 그 무엇으로도 수습될 수가 없는 지경이었다. 그 말이 왕의 귀에까지 들어가다니. 허허허. 이 세상, 나한테 왜 이래.

"어서 나오거라."

저기 나는 안 가면 안 될까요. 아까 전까진 그렇게 나가고 싶던 옥사였는데, 지금은 여기에 꼬옥 붙어 있고만 싶었다.

신원과 사람들의 뒤를 졸졸 따라가는 내내, 소랑은 뒤에서 제 입을 찰싹찰싹 쳤다. 아, 입이 방정이지. 이놈의 입을 꿰매 버리든 했어야 하는데, 어찌하여 그런 뺑을 쳤을까.

7년간 눈 하나 꿈쩍 않고 혼인 사기를 쳐왔던 그녀지만, 이것은 차원이 다른 문제였다.

왕 앞에서 사기를 쳐야 한다니. 게다가 그 왕이 보통 광인이 아니라던데.

죄인의 신분으로 궐에 입궁할 수는 없으니 궁녀의 차림으로 변복해야 했다. 내가 지금 옷을 벗고 있는 것인지 입고 있는 것인지. 두려움에 그 넋이 왔다 갔다 하는데, 어느덧 궐내 왕의 서재 앞에 당도하고 말았다.

어두운 밤, 처음 와 보는 이 궐의 모습이 소랑에게는 자신을 갈아 먹어 버릴 듯한 귀신의 집처럼 느껴졌다.

'삐그덕—'

문이 열리고 서재 안으로 들어가자 저기 왕이 있다! 진짜로 왕이 있다.

으악, 이거 진짜 어떻게 해?

6

소녀 빙의를 하는 것은
가능할 것 같습니……
우둑, 우두둑!

왕 이헌에게는 오늘 역시 술 없이 잠들 수 없는 밤 중 하나였다. 세자빈 안씨가 떠난 것이 하루 이틀이 아닐진대, 아직도 그녀라는 실체는 생생하게 살아나 그를 괴롭혔다. 그 귀기의 울음은 이렇게 말하는 것 같았다.

'세자 저하. 궁궐 내부인은 그 누구도 믿지 마십시오. 언제 저하의 목숨 줄을 따고 올가미를 맬지 모릅니다.'

그 섬뜩한 말에 헌이 더욱 앙상해지고 독한 눈빛을 띠는 것은 당연한 일이었다.

이때, 도승지와 신원이 함께 찾아왔다.

"뭐라? 빈궁의 귀기를 씻어 내야 한다고?"

도승지가 믿을 수 없는 얘기를 전했다. 신원은 혹여 일이 커질까 하여 이를 말렸다.

"아직 사기꾼인지 선무당인지 정체가 확실하지 않은 자입니다. 어설픈 신기를 가진 자가 정신이 왔다 갔다 하여 이상한 소리를 지껄인 것일 수도 있으니, 크게 신경 쓰지 마시옵소서."

그러나 그다음 헌에게서는 의외의 말이 나왔다.

"데려오너라."

"네?"

"나와 수많은 시간을 보냈던 가까운 신하들도 내가 귀기에 시달리고 있다는 사실을 알지 못했다."

그게 진짜, 사실이라고?

"밤마다 빈궁이 나에게 찾아와 뭐라 말을 전하는데 그 말이 도무지 들리지가 않는다. 그 말을 들으면 내가 편히 잠들 수 있겠거늘, 그 한마디를 그 아이한테 한 번 물어나 보자. 빈궁이 내게 하려는 그 말이 무엇인지. 그 정도 신기가 있는 아이면 알 수 있지 않겠느냐."

결국 도승지와 신원은 왕의 명대로 소랑을 데리러 올 채비를 했다. 소랑을 데리고 입궐하는 길, 신원은 마음이 자꾸 불안하고 찜찜해졌다.

사기꾼을 왕 앞에 데려다 놓는 것이 아닐까, 하는 단순한 근심은 아니었다. 왠지 모르게 이 여자를 왕에게 보여 주고 싶지 않았다.

이성은 미처 알지 못하였으나, 그의 직감은 불길한 경보음을 울리고 있었다. 무언가 잘못되어 가고 있다는 무의식의 신호인 것일까.

❀

미친 듯이 방망이질 치는 가슴을 숨기고 소랑은 왕 이헌 앞에 납작 엎드렸다.

"고개를 들라."

소랑이 소심히게 고개를 들이 살짝 헌을 올려다보았다.

그런데, 왕 이헌의 모습이 예상과는 달랐다.

금혼령으로 만백성을 고통의 도가니탕으로 밀어 넣은 왕이니, 지옥 마왕이나 저승사자 같은 모습으로 생각했는데,

'너무 잘생겼잖아?'

예전의 초란과 같은 반응이었다.

'혹시, 진정 남신 아니야?'

여인으로 하여금 그저 넋을 빼놓게 하는 매혹적인 모습이었다.

이렇게 훤칠한 미남자가, 대체 왜 여인을 못 들이는 건가? 소랑은 묘한 눈빛으로 헌을 올려다보았다.

"너에게 신기가 있다지."

"꼭 신기가 있다기보다는 들어왔다, 나갔다 좀 오락가락합니다."

"빈궁의 귀기가 서려 있다는 걸 알아챈 사람은 바로 너 하나뿐이

었다."

허어어억? 뻥으로 한 그 말이 진짜 사실이었단 말이야?

"고개를 들어 나를 보아라. 내게 진정 귀기가 붙어 있느냐."

헌을 제대로 볼 수 있는 기회였다.

본디 따뜻하고 온정 깊을 것만 같은 눈매에서는 어둡고 퇴폐적인 기운이 쏟아져 나왔다. 조각과 같은 턱선에선 폭발할 듯한 진한 색기가 흐르고 있었다.

야수의 눈빛과 짐승의 심장, 칼과 못처럼 돋아난 뾰족한 성미.

소랑의 주특기인 눈치코치로 그의 상태를 살펴본 결과, 왕의 상태는 딱 한 가지로 말할 수 있었다.

실연당해 상처 입은 사내.

귀기는 무슨. 분명 그리움에 못 이겨 헛것을 보고서 그리 말하는 것일 게다.

"귀기는…… 있습니다."

아, 안 그러려고 했는데 또 입에서 뻥이 줄줄 나온다. 하지만 일단 나도 살고 봐야지.

"밤이면 잠이 오지 않겠지요. 귀기가 가장 활발하게 움직일 시간 대니까요. 어디가 크게 아픈 것도 아닌데 밥이 목으로 잘 넘어가지 않을 것입니다. 또한 가끔 헛것이 보이고 헛소리가 들릴 것입니다. 실체가 없는 귀기가 가끔 그 모습을 드러내는 것이라 그렇습니다."

보통 실연당한 남자나 상처한 남자는 거의 다 이런 증상을 겪는다.

허나 도승지와 헌은 순진하게도 입을 딱 벌리며 감탄사를 뱉었다.

"이 아이의 신기가 보통이 아닌 것 같습니다."

"나도 그런 것 같구나."

이 말을 믿는단 말이야? 신원은 고개를 갸웃했다.

"빈궁이 꿈에 나타나 계속 무어라 말을 하는데, 들리지가 않는다. 도대체 뭐라 말한 것이냐."

그걸 알면, 내가 진짜 도사님이지. 허나 소랑은 무슨 말이라도 해야 했다.

"옥체 보존하시옵소서?"

긴가민가 찍은 그 말이 왕 이헌에게는 강력한 한 방을 먹인 듯했다. 세자빈 인씨가 헌에게 마지막으로 인사하며 남긴 말이, 바로 그 말이었던 것이다. 어느덧 그의 눈가가 어른어른 붉어졌다.

이미 헌이 소랑에게 홀랑 넘어가 버린 것이었다.

"내 귀기라도 좋으니 빈궁이 보고 싶구나. 그래서 너를 불렀다. 혹, 빈궁을 불러낼 수 있느냐? 내 앞에 그 모습을 보여 줄 수 있느냐?"

어휴, 그건 도사님도 못할 일이다. 죽은 자를 대체 어찌 불러 눈앞에 현현 시킨단 말인가.

"그것은 불가하옵니다. 이미 육신이 사라졌기에 그렇습니다."

이에 헌의 표정이 차갑게 식어 내렸다.

"그럼 빈궁을 볼 수 없단 말이냐? 혹, 네가 지금까지 했던 말이 모두 거짓은 아니겠지?"

"그게 아니오라……."

"집어치워라! 너에게 진짜 신기가 있다면, 빈궁을 당장 내 앞으로 불러와야 할 것이다. 그래야 내 그 귀기의 실체를 믿을 것이다."

아이고, 왕이라는 분의 감정 기복이 장난이 아닌데?

"세장아. 왕을 농락한 자를 보면 내가 어찌 벌을 내리더냐. 보통 그 벌로 모가지를 내놓지 않더냐."

뭐어? 모가지가 달아난다고?

"신원아. 이 아이가 옥으로 잡혀 온 연유가 무엇이냐."

"사기입니다."

"그럼 네년이 오늘 나에게 사기를 친 것이냐?"

"아닙니다! 그럴 리가 있사옵니까. 절대, 무조건, 아니지요."

지금 바로 이 순간이 무언가를 보여 주어야 할 때다.

"세자빈마마를 눈앞에 보여드릴 수는 없으나, 소녀 빙의를 하는 것은 가능할 것 같습니……."

그 말을 하다가 멈추고 소랑은 온몸의 관절을 꺾기 시작했다.

우둑, 우두둑!

내 몸 안에 또 다른 영혼이 들어오는 것처럼! 접신이 시작된 것처럼! 몸을 부들부들 떨며 허리를 빙글빙글 뒤틀었다. 언뜻 보면 정신이 이상한 자의 춤 같기도 했다.

"전하. 비, 빙의인가 봅니다. 아까도 이렇게 월하노인으로 빙의를 하더니만!"

도승지 대감이 흥분하며 외쳤다. 소랑이 너무 진지한 표정으로 몸을 틀자, 그녀가 사기꾼이라 생각하던 신원도 긴가민가하고 있었다.

이 여자, 설마 진짜인가? 이 진지함은 뭐지?

"저……으하! 보고 싶었……습니다!"

드디어 세자빈 안씨의 혼이 소랑에게 찾아온 듯, 일전과는 다른 목소리가 울려 퍼졌다.

"호, 혹시 빈궁이시오? 진짜 빈궁이시오?"

왕 이헌의 얼굴은 표현할 수 없는 흥분으로 벅차올랐다. 순진하기도 하셔라. 이에 소랑은 더욱 진지한 얼굴로 연기에 돌입했다.

"그간 옥체 강녕하시었습니까. 우선 절부터 올리겠나이다."

궁중의 법도를 정확하게 지킨 큰절. 그 고풍스러운 태에서 세자빈의 품격이 느껴졌다. 신원과 도승지, 그리고 세장과 원녀 모두 믿을 수 없다는 듯 그녀를 바라보았다.

"맞구나. 빈궁이 맞구나."

헌의 얼굴에 분명한 확신이 차올랐다. 사실 소랑이 어렸을 적 친어미인 김씨 부인에게 배웠었던 큰절이었다. 이걸 실수 없이 해내다니, 임기응변치고는 스스로 감탄할 정도였다.

"그간 저하가 걱정되어 위로 가지 못하고 이렇게 구천을 떠돌고 있었나이다. 이제, 제발, 저를 놓아 주시옵소서."

"놓아 달라니, 어딜 가겠단 말이오."

"저를 잊으셔야 전하께서 새로운 비를 맞이할 것이고, 그리하여야 우리 백성들의 혼인 금지령도 풀리지 않겠습니까. 부디 저를 저승으로 보내 주시옵소서."

그야말로 혼신이 담긴 혼백 연기.

그리움이 가득 찬 눈망울로 눈물까지 뚝뚝 흘리니, 소랑은 자신에게 새로운 재능이 있음을 깨닫고 있는 중이었다. 내가 연기에 소질이 있었구나.

급기야 왕 이헌은 그녀의 앞으로 다가가 양 볼을 두 손으로 감싸 쥐었다.

"너무 보고 싶었소."

갑작스럽게 가까워진 왕과의 거리에 소랑은 그대로 얼음처럼 굳어지고 말았다.

"귀기라도 빈궁을 다시 보고 싶었던, 이 심정을 아시오?"

헌은 오랜 기간 참아왔던 눈물을 왈칵 쏟아 냈다.

마음이 약해지지 않을 수가 없었다. 내 앞에 서 있는 자는 왕이 아닌 그저 한 명의 순정 어린 사내였다.

헌은 소랑의 팔을 확 끌어당겨 그녀를 품속 깊이 감싸 안았다. 소랑은 숨이 멎을 만큼 놀랐으나 당황한 티를 내어서는 안 되었다.

"이제 놓아주셔야 합니다. 그리움도 모두 지우셔야 합니다."

소랑은 부러 목소리를 깔면서 손을 빼려 했지만, 헌은 굳게 감싸 쥔 두 팔을 놓아 주지 않았다.

"빈궁 말고 다른 여자는 보이지도 눈에 차지도 않소."

"그래도 후사를 보셔야지요. 이 나라 종묘사직을 생각하시옵소서."

"난 아직도 빈궁을 떠나보낼 준비가 되지 않았소."

"저하! 벌써 7년입니다. 저도 떠나고 싶습니다."

매달리는 헌을 보니 꼬리가 길면 밟힐 것 같았다. 더 길어지면 이 거짓 연극이 탄로 날 수 있었다.

"혼백은 산 사람 곁에 오래 머물 수 없습니다. 저는 이만 떠나야 합니다."

"잠시만, 내 곁에 더 있어 주면 안 되겠느냐?"

왕 이헌이 흐르는 눈물을 참다못해 그녀의 앞에 꿇어 엎드렸다. 왕이 내 앞에서 무릎을 꿇다니, 소랑이 깜짝 놀라 원래의 목소리를 내고 말았다.

"전하! 일어나시옵소서. 어찌 미천한 소녀 앞에서."

허어억, 갑작스럽게 돌아온 원래의 목소리에 모두의 시선이 소랑에게 몰렸다.

이거 어떡하지? 당황하여 눈알을 위아래로 굴리던 소랑이 딸꾹질을 하듯 한마디를 뱉었다.

"이제 세자빈마마께서 떠나시었나 봅니다."

아아, 그런 거였구나. 도승지가 끄덕이며 소랑을 바라보았다. 그분 참 순식간에 떠나네그려. 허나, 너무 짧은 시간 안씨를 대면했던 왕 이헌의 눈에선 오히려 노기가 차올랐다.

"누구 맘대로 빈궁을 떠나보내느냐!"

"그게, 제 맘대로 되는 게 아니라서요."

"시끄럽다. 다시 빈궁을 불러오너라!"

"전하, 우선 체통을 좀 지키시옵소서."

세장의 말에 그는 에헴, 하며 상전으로 올라가 다시 군君의 자세를 취했다.

"지병으로 몸져누워 있다던 지밀나인 순아는 어찌 되었느냐?"

원녀와 세장은 깜짝 놀라 서로를 바라보았다. 왕이 순아라는 이름을 기억하다니, 더 나아가 누군가의 안부를 묻는 일이 다 있다니.

"고열이 심하여 도저히 일어나지를 못하고 있습니다. 의녀의 말로는 당분간 휴식이 필요하다 합니다."

"그렇다면 순아의 자리가 비겠구나."

그리 말하는 왕의 의중이 무엇일까. 혹시?

"네가 당분간 순아의 역할을 해 주어야겠다."

그게 누구에게 한 말씀이오. 나? 소랑에게?

"당분간 지밀나인 순아라 가장을 하고 내 곁에 있거라. 내 이렇게라도 좋으니 빈궁을 만나야겠구나."

다들 펄쩍 뛸 만한 소리였다.

"전하. 아니 될 일이옵니다. 지밀나인이라는 것은 누군가 역할을 대신할 수 있는 것이 아닙니다. 궐의 법도를 모르는 자에게 어찌 그리 중책을 주시려 하나이까."

왕이 차가운 목소리로 제조상궁 원녀에게 말했다.

"아랫것이 자기 건강을 챙기지 못하고 제 맘대로 쓰러져 왕을 제대로 모시지 못하는 불충을 저질렀으니, 이 모든 책임은 제조상궁에게 있지 않소. 이에 대해 해명해 보시오."

해명하긴 개뿔, 왕 네놈이 하도 무섭게 굴어 가지고 병이 난 것인데.

하지만 이 말이 진짜 밖으로 튀어나올까 하여 원녀는 더 대들지 못하고 끄응, 하며 입을 닫았다.

"전하. 그것은 안 될 일이옵니다. 우선 빙의라는 게 제 마음대로 되는 게 아니옵니다."

헌은 옆에 놓여 있는 칼집을 쓰다듬으며 말했다.

"다시 묻겠다. 내 곁에 머물면서 빈궁을 만날 수 있게 해 주겠느냐?"

서슬 퍼런 그 두 눈빛은 칼날보다 더 날카로웠다. 답은 이미 정해져 있었다.

"저같이 신을 받드는 자에게 궐은 너무 답답하여 신력이 오히려 떨어질 수 있습니다. 곁에서 매일 모시는 것은 불가하고, 일단 사가에 머물면서."

"네 정 그러하다면 7일 중 5일은 궐에 머물 거다. 나머지 이틀은 사가에 머물러 신력을 회복할 시간을 주겠다."

왕 이헌의 파격적인 주 5일 근무 제안이었다. 매일 출입궁을 하는 궁녀들도 있으니 영 불가한 이야기만은 아니었다.

왕이 하루가 멀다 하고 빈궁을 찾으면 어쩌지?

결국은 바닥이 드러날 것이다. 결국은 이 모든 게 사기임이 밝혀지고 말 것이다. 늘 연기를 할 수도 없고 이걸 어쩌지? 어쩐담?

"그 명을 받들어, 소녀 전하의 곁에 머물겠나이다. 허나, 이는 돌아가신 세자빈마마의 혼백을 전하의 곁에 오래 잡아두고자 함이 아닙니다. 오히려 세자빈마마를 떠나보내는 과정이옵니다."

그래, 나중엔 세자빈마마가 성불하여 여길 떠났다 하면 될 것이다. 이를 듣고 있던 도승지 또한 옆에서 소랑의 말을 거들었다.

"전하, 저희가 이자를 궁으로 들인 연유 역시 이와 같사옵니다. 폐빈 안씨의 혼백을 씻어 내고 비를 들여야, 비로소 금혼령이 끝날 것입니다. 그래야 백성들의 시름도 종식되지 않겠습니까. 그리하지 않으면 올해 말 커다란 민란이 일어난다 하니, 이자는 귀기를 씻는 역할을 해야 옳습니다."

"결국 빈궁을 떠나보내야 한다라."

틀린 말이 아니었다. 아무리 괴롭다 한들, 그녀를 계속해서 붙잡고 있어서는 안 될 일이었다.

"그리…… 하겠다."

어느덧 소랑이 왕의 곁에 가까이 머무는 것으로 결론이 나고 있었다. 이 여자가 임시 궁녀를 하게 된다니, 신원은 괜히 가슴이 답답해지는 걸 느꼈다. 그 마음을 알 리 없는 왕은 신원을 불러 말했다.

"일전에 신원이 네가 혼인한 자들을 잡는 일이 괴롭다 한 적이 있지 않았느냐. 나라의 명이 잘못된 것이지, 그들이 잘못된 것이 아니라고."

"네, 전하."

"이자가 미천한 몸에 중책을 맡게 되었으니, 그 출입궁을 호위할 자가 필요할 것이다. 네가 그 역할을 해 주었으면 한다."

신원은 그저 입술만 달싹일 뿐 이에 반박을 하지 못했다. 저도 모르는 새에 목 끝이 먹먹해져 왔지만, 그는 결국 고개를 끄덕여 명을 받았다.

그렇게 말하고 퇴궐하는 길. 도승지는 소랑에게 더욱 부담을 주었다.

"이제, 이 조선의 운명이 자네의 손에 달려 있네. 꼭! 임무에 성공해 이 나라 금혼령을 끝내주시게."

신원이 보기에 소랑의 얼굴은 기운이 쭉 빠진 듯 창백해 보였다. 빙의 때문에 힘을 써서 그런가.

바로 그날 밤부터 호위는 시작되었다.

궐에서 나오자 축시丑時(새벽 2시경)의 시간. 통행금지의 한양은 온 세상이 잠든 듯 고요하기만 했다.

신원은 왕으로부터 받은 특별 경첨更籤(야간 통행증)을 들고 그녀를 말에 태웠다.

"말에서 떨어질지 모르니 꼭 붙잡으시오."

꼭 신원이 소랑을 둘러 안은 모양새가 되었다.

말을 타 본 사람만이 그 위에서의 움직임이 어떤지 알 수 있으리라. 말이 빨라질수록 두 남녀가 꼭 엉겨 붙어 그 위에서 함께 뛰었다. 괜스레 신원의 얼굴이 붉어졌다.

그녀를 강아지처럼 둘러업고 옥사에 데리고 올 때만 해도 이런 느낌이 아니었는데. 신원은 한 번 헛기침을 하고 달리는 말에 박차를 가했다.

인사골에 도착한 신원은 소랑을 조용히 안아 말에서 내려주었다. 앞으로 일주일 중 이틀은 이러한 밤을 함께해야 할 것이다.

신원이 잘 들어가라, 말을 전하려 하기도 전에 소랑은 쪼르르 애달당 안으로 들어가 버리고 말았다. 물기를 머금은 듯 촉촉해진 가슴을 안고 신원은 조용히 말을 끌고 돌아섰다.

소랑이 뒤돌아서 애달당에 들어온 순간, 그녀는 떡 벌어지는 입을 주먹으로 막았다.

이걸 어째, 이 일을 어째! 으아아악, 이거 진짜 큰일 났다. 어쩌다 사기를 치다가 이 지경까지 와 버렸을까.

혹시 빈궁마마의 혼백이 실재하는 것이 아니라 모든 게 나의 연기라는 게 밝혀지면?

정말 이것이야말로 참수를 당할 일이었다. 혼인 사기와는 급이 달랐다. 진짜 사지가 찢겨 죽는 것은 아니겠지? 으아아악, 나 어떻게 해!

소랑은 그 자리에 털썩 주저앉고 말았다.

소랑의 인기척에 2층에서 개이가 달려 나왔다. 애달당에서 종업원으로 일을 해 주고 있는 스무 살짜리 처자, 해영도 함께였다.

"언니, 어쩌다 옥까지 가게 되었어요? 풀려나서 너무 다행이에요."

"옥이 아니다. 궐에서 오는 길이다."

이노무 개이 할배. 예까지 알아챘던 것인가. 그럼 미리 좀 얘길 해 주시지, 일이 이렇게 커지도록 놔두었단 말인가.

"그러길래 내가 도성 안에선 사기 치지 말라 하지 않았느냐."

"그런 말일수록 확실히 했어야죠! 내가 못 알아듣잖아요."

"귀까지 뜯어 가며 당부했거든!"

"나, 나 이제 어떻게 하오? 이제 7일 중 5일을 궐에 들어가 왕의 그림자처럼 붙어 지내게 생겼소. 어찌하오오오!"

이에 해영은 물색없이 해사한 표정을 지었다.

"어떻게 궐에 들어가서 왕을 다 만났어요? 왕은 어때요? 멋져요?"

네가 패설책의 신분 상승 이야기에 열광하는 건 알지만, 그건 다 환상에 불과하단다. 실상 왕 옆에 있어 봐라. 언제 모가지가 분리될지 모르는 일이란다.

"왕은 광인이야! 아주 미쳤다고! 에헤이! 이 나라가 미쳤네! 나 같은 사기꾼에 놀아나고. 엉엉. 할배, 탈출할 방법을 얘기해 주시오. 제에발."

정신없이 왔다 갔다 하면서 온몸을 뒤틀다가 급기야 상에 엎드려 좌절하는 소랑에게 개이는 토닥토닥 어깨를 도닥여 주었다.

"이 사기가 너의 운명으로 가게 되는 사기이니라."

"무슨 운명? 죽을 운명? 왜 아예 장례 날을 받아 났다고 하시지? 왕이 보통 미친 게 아니라니까. 아는 이도 아니고 7년 전 죽은 사람 연기를 어떻게 하오? 이제 이거 못한다 그러면 나 죽일걸? 그래, 내 혼백이나 받아라— 죽자, 죽어!"

미친 건 소랑이가 아닐까. 이젠 그녀의 넋이 왔다 갔다 하는 듯했다.

"어지럽다, 이년아. 니가 궐에서 살아남을 방도는 왕에게 막 대하는 것이다."

"할배, 말이 되는 소리를 하시오."

"누군가 왕을 통제할 수 있었더라면, 조선 땅이 이렇게 되도록 놓아두었을까. 지금 왕에게는 복종할 사람이 필요한 게 아니라 그를 통제할 사람이 필요한 것이다."

"그러다 칼을 꺼내면 어찌할 것이오?"

"7년 전 죽은 아내를 잊지 못하는 남자가, 어찌 남의 목숨을 함부로 대하겠나."

이 싸람이 자기 목숨 아니라고 쉽게 말하기는. 그럼 할배가 한 번 궁녀 분장하고 들어가 보시오!

"그도 상처 입은 똑같은 인간임을 알아야 그 안에 숨겨진 그리움이라는 귀기를 씻어낼 수 있을 것이다. 네가 할 일은 처음은 사기이지만, 두 번째는 그 그리움을 잊게 하는 것이다."

"결국 마음의 병에 걸린 왕을 고치는 것이다, 이 말이지요?"

"그렇게 네가 왕을 막 대하다 보면 언젠가 이렇게 말할 것이다."

혹시 그 말인가? 온갖 패설책에 나왔던 그 말?

"날 이렇게 대한 여자는 네가 처음이야!"

해영은 익숙한 대사가 나오자 그게 진짜 먹히는 거냐면서 신나 방방 뛰었고, 소랑은 다시 머리를 죄 집어 뜯었다.

개소리하지 마, 할배!

7

하아, 내 입이 또
자동사기를 치는구나

"나는 마저 할 일이 있으니, 너희들은 올라가서 쉬어라."

개이는 도살장 앞 가축과 같은 소랑의 절규를 뒤로하고 밖으로
나갔다.

좌측 길을 계속 따라 걷다 보니, 신원이 근처에서 말에게 물을 먹
이고 있었다. 개이가 호롱불을 밝히자, 그 오묘한 빛에 신원의 옆모
습이 드러났다.

그림자 진 굴곡 있는 얼굴, 차분한 분위기, 슬픈 눈에 고인 깊은

외로움.

'아, 이놈 참 훈훈하니 잘생겼네.'

개이는 순간 할 말을 잊고 그를 수줍게 바라보았다.

그렇다. 개이는 남색이었다.

"무슨 일이시오?"

"아, 나는 애달당에서 소랑이와 함께 동업을 하고 있는 궁합쟁이 개이요. 나의 신기도 어디 가서 빠지지 않을 만큼 대단한지라."

"그래서요?"

"에헴, 에헴. 이 말을 전해 주려 왔소. 누군가 비밀이 있는 것 같으면 함구를 해 주시오."

지금 개이는 신원에 대한 예언을 해 주고 있는 것이었다.

"함구를 하지 않으면, 그 비밀이 밝혀질까 두려워 멀리멀리 도망을 간답니다."

이게 도대체 무슨 말일까. 비밀은 무엇이고, 함구는 무엇일까. 신원이 못 알아듣겠다는 듯 갸웃하자, 개이가 답답한지 그를 다그쳤다.

"아이, 수사관이라는 사람이 눈치가 느리네그려. 소랑이를 말하는 것이 아닙니까? 그년이 이래저래 비밀이 많소. 내가 함께 7년을 다녔어도 그년에 대해서 다 몰라. 어찌나 하는 짓이 요상한지. 여튼 내 말은 이게 아니고."

"소랑이라는 낭자의 비밀을 알게 되더라도, 함구해 달란 말씀이시지요?"

"그렇소! 이제야 척하니 알아듣네."

이에 신원은 편안하게 웃으며 말했다.

"나도 수삿밥을 좀 먹은 자요. 그녀에게 어떤 비밀이 있든, 이미 왕의 명을 받은 것. 그녀의 과거를 밝혀내 왕의 명을 어길 만큼 내가 어리석지는 않습니다."

네 사주팔자가 이미 명을 어기게 되어 있다, 이놈아. 어쨌든 너무 지나친 누설은 하지 않고 돌아서는 게 옳았다.

"그래, 알아들었으면 되었소. 애달당엔 자주 놀러오시오. 내 눈 호강 좀 하게. 아이고, 아니지. 뭐, 내가 버들 차 정도는 공짜로 내주겠소."

버들 차? 내가 버드나무 집 도령이었던 것을 아는 깃인가.

신원이 미심쩍게 그를 바라보았으나, 그는 이미 미련 없이 돌아서 짧은 다리를 쭉쭉 뻗어 갈 길을 가고 있었다. 차갑고 도도한 매력을 온몸으로 내뿜으면서.

이튿날 일어나 보니, 이웃들이 애달당에 구름같이 모여 있었다.

"도대체 무슨 일이 있었던 것이오?"

그녀가 궐에 들어갔다는 소문이 이미 파다하게 퍼져 있었다.

백성들의 관심은 단 하나. 언제 왕이 비를 맞아들여 이 금혼령이 끝날 것이냐 하는 것이었다.

소랑은 우선 흥분한 백성들을 진정시켰다.

"내 아주 은밀히 왕의 어명을 수행하고 있어, 그 내용에 대해서는 소상하게 말할 수 없지만……."

"그 일이 금혼령과 관련이 있소?"

"명색이 애정 비사 전문가인데, 엉뚱한 일을 맡았을까. 일단 아주 아주 대단한 일을 하고 있는 걸로만 알고 계시오."

간밤, 진짜 신들린 사람처럼 중얼중얼 대며 '난 죽었소.' 미친 소리를 하던 소랑이는 어디 갔나. 밤새 그 소리를 들어 주던 해영은 그녀의 자동스러운 허세와 뻥에 고개를 절레절레 흔들었다.

이 언니, 아주 사기꾼의 기질이 모태 탑재되어 있구먼.

소랑의 말이 끝나기가 무섭게 백성들은 아우성쳤다. 제발 왕에게 어떻게든 이 금혼령을 끝내 달라며 각자의 슬픈 사연들을 이야기하기 시작했다.

백성 중에는 정인과 도망을 가다가 얼굴에 노비 자자를 새긴 자도 있었다. 혼인을 하지 못하고 애는 낳았으나, 소중한 아들딸 자식을 입적시키지 못한 자들도 있었다. 누구 동생은 금혼령에 몰래 혼사를 올렸다 하여, 그 집 부모에게 스스로 자결하라는 소리를 들었다 한다.

전부 눈물 없이는 들을 수 없는 사연이었다.

그리고 이런 이야기들에 가장 먼저 마음이 약해지는 게 소랑이었다.

"다들 사연이 너무 딱하시구려. 내 어떻게든 왕의 밀명을 성공시켜 이 금혼령을 끝내기 위해 노력하겠소."

이젠 도승지뿐만 아니라 백성들마저 그녀에게 부담을 주고 있었다. 아니, 부담이 아니라 사명감과 책임감일지도 몰랐다.

금혼령으로 인해 백성들이 도탄에 빠져 있다는 것이 진실이기에, 방법은 이 사기극을 잘 끝내는 것밖에 없었다. 어떻게 해서든지.

한바탕 백성들이 몰려들었다 쭉 빠지자 어느덧 찻잎의 재료가 똑 떨어졌다. 이제 좀 더 큰 장시場市에 가서 찻잎을 사와야 했다.

그래, 앞으로 애달당을 더 많이 비우게 될 터이니, 한 번에 많이 사 놓자.

소랑이 장시에서 찻잎 자루들을 보고 있을 때였다.

옆에서 낮술을 마시며 투전판을 벌이던 사내 둘이 싸움이 붙어 난데없이 험악한 말을 쏟기 시작했다.

'쟤네들은 또 뭐니.'

괜히 휘말리기 싫어 고개를 움츠리는 그녀의 뒤에서 어느덧 두 남정네들이 난폭하게 주먹다짐을 벌이고 있었다. 그러다 한 남자의 주먹이 헛나가며 뒤에 있던 소랑에게로 향했다. 소랑의 볼이 얻어 터지기 바로 그 직전! 주먹을 막아 낸 사람이 있었다.

놀랍게도 그는 신원이었다.

단번에 주먹을 막아내고 그녀를 보호한 탓에, 소랑은 갑작스레 신원의 품에 폭 안긴 모양새가 되고 말았다. 깜짝 놀란 소랑이 고개를 번쩍 들었다. 허어억! 이 또한 너무 가까웠다.

"이게 어찌 된 일이오?"

소랑은 날뛰는 심장을 감추고 가느다란 목소리로 물었다.

"낭자의 안위가 상하면 이제 내가 벌을 받지 않겠소."

"그래서 여기까지 따라 든 것이오?"

"왕의 명을 수행하고 있으니, 앞으로는 궐 밖에서도 행동거지를 조심해야 할 것이오."

"앞으로 내 곁에 항상 있으시겠다?"

"최대한 낭자가 불편하지 않게 하겠소."

그녀를 보는 차분한 신원의 눈빛에는 따뜻한 온기가 배어 있었다.

"게 누군데 싸움에 끼어드는 게요?"

경황없이 밀려난 사내들이 바락 소리를 질렀다.

"나는 종 6품의 의금부 도사, 이신원이라 한다."

우리가 건드린 게 의금부 도사였어? 상대를 잘못 만났다 여긴 사내들은 바로 꽁무니를 빼고 도망을 쳤다.

잠깐, 이를 듣던 소랑의 머릿속에 무언가가 스쳤다.

"나으리의 이름이 이신원이라고요?"

이신원이라는 이름은 바로!

"맞소만, 왜 그러시오?"

그렇다면 혹시 나와⋯⋯?

7년 전에 끊어졌던 연이 다시 이어지고 있었다.

그러나 여차 잘못 이야기를 꺼냈다가는 궁합쟁이 이전의 정체가 탄로 날지도 모르는 일이었다.

"뭘 그리 멍하니 보시오?"

"아, 아닙니다."

7년의 시간 동안 팔도강산을 떠돌아다니며, 밤이면 껵껵 주먹으로 입을 막고 울었다. 과거의 삶이 생각보다 잊히지 않아 그녀는 기나긴 시간 피눈물 나는 노력으로 그때의 삶을 등지려 노력했었다.

그래, 지금의 연으로 그때의 기억과 과거의 삶을 불러올 수는 없었다. 소랑은 신원을 외면하기로 했다.

"저기, 나으리?"

그는 분명 모르고 있을 것이다. 7년 전 우리가 연이 닿았었다는 사실을.

"나에게 무슨 할 말이 있으시오?"

이에 소랑은 만면에 활짝 웃음을 띠고 말했다.

"이것 좀 들어 주시겠습니까?"

엥? 그녀가 산 찻잎이 한 지게 거리였다.

저, 저기 내가 너를 지켜 주겠다, 한 것이지 나를 짐꾼으로 쓰란 소리는 아닌데.

"어이구, 이거 다 들다가 어깨가 빠지면 입궁을 못 할 터인데."

그녀는 다시 불쌍한 강아지 같은 눈으로 신원을 올려다보았다. 이렇게 올려다보면 얼마나 귀여운지 본인은 알까. 신원은 처음 그녀가 자신에게 안겼을 때를 떠올렸다.

"내 어깨를 봐— 탈골됐잖아—"

노래까지 부르며 애교를 떨어 대는 통에 신원은 하는 수 없이 짐을 바리바리 싸 들었다.

"호호, 고맙습니다, 가시지요."

그렇게 종 6품의 의금부 도사는 소랑의 등짐 지게꾼이 되어 장시를 나서고 있었다.

드디어 오늘은 소랑이 다시 입궁을 하는 날이었다. 신원은 아침 일찍부터 애달당 앞에서 기다려 그녀를 말에 태웠다. 걱정 때문에 밤새 잠을 이루지 못한 소랑의 눈 밑이 퀭했다.

"이랴—!"

신원의 말을 타고 도착한 궐 안은 밤에 본 것과는 또 다른 느낌이었다. 확실히 으리으리하고 화려했지만, 어딘가에 저주에 기운이 깃들어 있는 듯 침침한 분위기가 깔려 있었다. 꽃의 목은 모두 잘려나가 있었고, 다들 햇볕이 내리쬐는 양지를 피해 습습한 음지로 다니고 있었다.

"야, 이게 다 왕 때문이로구먼. 분위기가 아주 음침한 것이."

117

방정맞게 까불어 대는 소랑의 앞에 호랑이같이 근엄한 제조상궁, 원녀가 나타났다. 얼마 전 초란이 사건으로 왕에게 호되게 당하고 나서 더욱더 이 궐의 기강을 바로잡아야겠다고 결심한 그녀였다.

"방금 뭐라 했느냐. 입조심하지 못할까."

이 아줌마는 어디 있다가 나타나서 날 혼내는 건가. 소랑은 한 번 봐 달라는 듯 한쪽 눈을 깜짝이며 능청스러운 미소를 지었지만 원녀의 표정은 굳건했다.

"네 아무리 전하께서 명한 일을 받들게 되었다 하나, 네가 가짜 궁녀라는 것이 드러날 경우 모두의 목이 달아날 수 있다."

여긴 틈만 나면 목이 달아난대.

입술을 삐죽이는 소랑에게 원녀는 자신을 따라오라 지시했다.

"어디 가는 건데요?"

"이제 본격 궐의 법도를 배워야지."

원녀는 내전을 둘러싼 행랑방 중 하나로 데려갔다. 원녀와 함께 써야 할 방이었다.

이제 여기서 둘이 지내야 한다고? 아이고, 얼마나 또 잔소리를 해 댈까. 벌써부터 귀가 앵앵거리는 듯했다.

"에휴."

"어느 안전이라고 한숨을 푹푹 내쉬느냐!"

다시 그녀의 지청구가 딸려 왔다. 혹여 왕의 앞에서 한숨을 쉬는 일은 없어야 한다, 무례하게 굴어서는 안 된다, 원녀는 처소에 소랑을 앉혀 놓고 자그마치 한나절 동안이나 궐의 법도에 대해서 가르

쳤다.

이것도 안 된다, 저것도 안 된다. 그럼 되는 것이 도대체 뭔가. 골이 딩딩 울리기 시작했다.

소랑은 기본적으로 '법도'라는 것 자체를 매우 싫어하는 여자였다. 규방에서 지낼 때에도 그 지긋지긋한 아녀자의 예법 때문에 미칠 지경이었는데, 이제 더더욱 엄격한 왕실의 규범을 지켜야 한다니. 7년간 방랑객 생활을 하며 만끽했던 그 자유로운 일상과는 이제 아주 안녕이었다.

한나절 후. 끊임없는 원녀의 세뇌식 가르침에 소랑의 정신이 오락가락 혼미해지고 있을 무렵, 그녀가 드디어 말을 마치고 일어섰다.

어느덧 왕의 석수라(저녁 식사) 시간이었다. 그 옆에서 그림자처럼 왕을 지키는 것, 이것이 소랑의 지밀나인 생활 첫 시작이었다.

소랑은 원녀와 함께 강녕전 내 온돌방으로 들어섰다. 여기가 이 나라 조선의 왕이 잠자고 먹고 생활하는 곳이라는 거지. 정신이 돌아오고 나자, 괜히 가슴이 두근거려 왔다.

이때, 침전에서 나오던 왕 이헌과 소랑의 눈이 딱! 마주쳤다. 소랑은 움찔하며 눈을 동그랗게 떴으나, 헌은 본체만체 소랑에게 주었던 시선을 차갑게 거두었다.

헌이 그녀를 따뜻한 시선으로 보았던 것은 오로지 소랑이 세자빈의 연기를 했을 때뿐이었다. 왕이 일개 궁녀에게 하나하나 아는 척을 해 주는 것이야 바랄 것이 아니지만, 그렇다고 이렇게 쌩 까 버릴 건 또 무언가. 그녀는 괜히 아니꼬운 마음이 들었다.

그렇게 소랑이 문간에 얌전히 붙어 있을 때, 수라간 나인들이 저녁 수라를 들여왔다. 드넓은 수라상에는 서민들이 상상도 할 수 없는 진수성찬들이 상다리가 휘어지도록 차려져 있었다.

여기에 놀란 티를 내면 그야말로 촌년이라 인증을 하는 것일 텐데, 하지만 소랑은 그만 쿨럭! 소리를 내고 말았다. 헌은 그녀에게 짜증스러운 눈빛을 던지고는 숟가락을 들었다.

모락모락 김이 올라오는 갈비찜!

으아아, 소랑이 제일 좋아하는 음식이었다.

회 중 가장 좋아하는 것은 바로 육회!

배와 함께 먹으면 아삭아삭 말랑말랑. 진짜 천상의 맛이 아니던가.

고기가 동동동 떠다니는 고깃국!

물에 빠진 고기라고 차별할 수는 없다! 뜨끈뜨끈하니 정말 맛있을 텐데.

그러나 헌은 휘황찬란 산해진미가 가득한 이 상을 세상에서 제일 맛없는 얼굴과 태도로 수라를 들기 시작하는 것이었다. 종이를 씹고 있는 건지, 그냥 턱 운동을 하는 건지, 참으로 재수 없는 깨작거림이었다.

'야, 거참 드럽게 맛없게도 먹네. 이렇게 진수성찬을 두고 말이야.'

갈비찜, 육회, 고깃국. 삼종의 고기들을 바라보던 소랑이 침을 꿀꺽 삼키자,

'꼬르르르르르륵—'

뱃속에서 '내게도 밥을 달라!' 우렁찬 소리가 울려 퍼졌다.

헉! 이게 무슨 쪽팔린 일인가.

그녀가 놀라 아랫배를 움켜잡아 보았지만,

'꼬르륵'

소리는 다시 한 번 천지가 뒤틀리는 것처럼 우람하고 씩씩하게 울려 퍼졌다. 아아악, 아까 뭐 좀 먹을걸.

그 뱃속에서의 용트림 소리를 들은 왕의 눈빛이 날카로워졌다. 예민하기가 이를 데가 없는 남자다. 이를 그냥 넘어갈 리 없다.

"최 상궁, 기미를 다 보았느냐. 모두 나가거라."

궁녀들은 익숙한 일인 듯 모두 고개를 숙이며 자리에서 물러났다. 순아를 대신하여 왔다는 저 지밀나인 소랑이 '꼬르륵' 소리 하나로 왕의 심기를 자극한 것을 알아챈 것이었다.

하하하, 나도 물러가면 되겠지? 소랑도 태연한 척, 그들의 뒤를 따르려 했으나 헌의 송곳 같은 한마디가 그녀의 뒷덜미를 잡아챘다.

"거기 너, 너는 빼고."

소랑은 눈을 질끈 감고는 돌아서서는 그의 곁으로 다가섰다.

"어디 왕이 수라를 드는데 군침을 삼키고 꼬르륵 소리를 내느냐."

이러한 상황에 처했을 경우, 원녀가 가르쳐 준 건 바닥에 납작 엎드려 '죽을죄를 지었나이다.' 비는 것이었다. 잘못을 재빠르게 인정하는 자세가 중요하다고 했는데.

"그게 소녀 뜻대로 되는 것이 아니옵니다."

소랑은 자연스럽게 대들어 버리고 말았다. 이에 헌은 상을 쾅! 치고서는 모든 것을 뒤엎어 버릴 듯이 으르렁댔다.

"여기가 어디라고 감히 말대답이냐. 정녕 네년의 숨통을 끊어 놔야 정신을 차리겠느냐?"

어이쿠, 몸이 자동으로 움직이네. 갑작스러운 호통에 소랑은 바로 바짝 엎드린 자세를 취했다.

개이 할배가 해 주었던 말이 떠올랐다.

'왕에게 막 대한 건 네가 처음이야.'

어이구, 이 정신 나간 늙은이야. 그대로 하다간 나 여기서 죽어 나가겠소.

"소녀 귀기를 씻어 내려 이곳에 왔습니다. 이렇게 수라를 제대로 들지 않으시면 몸과 마음이 약해져 더더욱 이를 이겨 내실 수가 없습니다."

"어의들과 같은 얘길 하는구나. 완전 지겹다. 뭐, 참신한 소리 없느냐."

"……라고 세자빈마마께서 말씀하시네요."

"뭐? 빈궁이?"

헌의 표정이 바로 변했다. 내 입이 또 자동사기를 치는구나 싶어 소랑은 작은 한숨을 내쉬었다.

"또, 빙의가 된 것이냐?"

"하하. 빙의가 자주 되는 것은 아니지만 가아아끔 세자빈의 목소리가 들릴 때가 있습니다. 옥체 보존하시옵소서!"

"또, 뭐라 전하는 말이 있더냐."

어찌 그리 괴물 같은 남자가 한 여자 얘기만 나오면 강아지풀처럼 약해지고 마는 건지.

"수라 좀 맛있게 드시라고요. 보는 내가 다 밥맛이 떨어진다고."

"빈궁은 그런 단어를 쓰진 않았을 텐데."

"대충 해석하자면 그런 말이옵니다. 망자의 언어가 좀 애매모호한 구석이 있어서."

소랑은 갑자기 허공에 대고 손사래를 치며 고개를 도리도리 돌렸다.

"왜, 왜? 빈궁이 또 뭐라 이야기를 전하느냐."

"저, 그게 말입지요."

"왜?"

"세자빈마마께오서, 평소에 정이 좀 많으시었습니까?"

"그렇지. 세상에 그렇게 마음이 따뜻한 여자는 본 적이 없었다."

"두 분이서 함께 수라를 들던 때가 많지 않았나 봅니다."

"그렇지. 빈궁이 그리 가고 나서 제일 후회된 것이 그것이다. 남편과 아내가 되어 숟가락 같이 제대로 든 적도 없던 것이."

"아, 그랬던 거군요."

"왜? 뭐라 하기에?"

"자꾸 저보고 밥 좀 먹으라고?"

엥? 빈궁이 그런 소리를 했다고? 네가 배고파서 하는 소리는 아니고?

8

내 이제부터
색기라는 단어의 뜻을
알려 줄까 하는데

"지금 네가, 왕의 수라를 먹겠다고?"

"마마께오서 자기는 먹을 수가 없으니, 대신 맛있게 먹는 모습이라도 보여 달라 하십니다."

"빈궁이 살아생전 왕실의 법도를 어기는 법이 없었는데. 어찌 임금과 신하가 겸상을 하라 하느냐."

"이제 제가 죽었는데 법도가 무슨 소용이냐 하시는데요?"

소랑은 허공에 대고 뭐라 손짓 발짓을 하더니, 급기야 세자빈을 내쫓는 손짓을 하는 것이었다. 다급해진 헌은 그녀를 말렸다.

"그래, 너도 배고팠을 텐데 한 숟가락 들거라."

"아닙니다. 제가 오늘 하루 종일 궐의 법도에 대해서 배우고 왔는데, 그럴 수는 없지요. 어디 왕의 수라를 넘본답니까. 저 여기서 목 날아가기 싫습니다요."

"비록 혼백이라 한들 네가 모시는 사람은 빈궁이다. 그렇다면 빈궁의 말을 들어야지."

"음, 생각해 보니 그러네요?"

곰곰이 생각하던 소랑은 기미 상궁이 들고 있던 수저를 집었다.

"어차피 전하께서 남기는 석수라는 수라간 나인들의 이튿날 식사가 된다지요? 저도 임시 궁녀로서, 제가 한 번 먹어 보겠습니다."

소랑의 수저가 가장 먼저 향한 곳은 삼종의 고기들이었다.

카아아아. 정말 상상 이상의 맛이었다.

갈비찜, 육회, 고깃국.

수라간 나인들의 솜씨가 보통이 아니었다. 향긋하고 쫄깃쫄깃한 고기의 향연! 그래, 조선 최고의 요리사들이 조선 최고의 식재료로 만들었을 텐데.

절로 수저에 속도가 붙었다.

와구와구. 어디 가서 복스럽게 먹는 것에 지지 않던 소랑이었다.

생각보다 어마어마한 그녀의 식성에 헌은 멍해졌다. 세자로 책봉이 되었을 때부터 거의 숟가락을 혼자 들었던 헌이었다. 그의 앞에서 이렇게까지 밥을 맛있게 먹는 자는 없었다.

"전하께서는 안 드십니까? 세자빈마마께서 같이 먹는 모습을 보여 달라고 하셨는데."

"어? 그래, 그래야지."

그동안 혼자 먹는 밥은 개밥처럼 느껴질 때가 있었다. 임금이 먹는 상으로 아무리 진수성찬의 수라상이 올라와도 마찬가지였다. 허나 누군가와 같이 먹으니 상 위에 새로운 활력이 도는 것 같았다. 그것은 바로, 경쟁심?

소랑이 밥 먹는 속도를 내자 헌이 숟가락을 움직이는 속도 역시 빨라졌다. 이대로 놓아두면 정말 얘가 상까지 먹어 버릴 것만 같았다. 그렇게 정신없이 먹다 보니 어느덧 그 많던 접시들이 깨끗이 비워졌다.

임금의 수라를 냉큼 다 뺏어 먹은 소랑이 허공을 향해 넙죽 절을 했다.

"마마, 잘 먹었사옵니다."

그 모습을 보는 왕 이헌의 배가 기분 좋은 포만감으로 가득 찼다. 이렇게 양껏 먹어 보는 게 대체 얼마 만인지, 입맛이 확 돋아나는 것 같았다. 이 상에 얼마나 좋은 음식들이 차려져 있는지도 새삼 알 것 같았다. 이렇게나 맛있는 음식들이었던가.

상을 물리는 수라간 나인들의 표정 역시 밝아졌다. 아무리 열심히 음식을 해다 바쳐도 제대로 먹지 않던 왕이었다. 드디어 이 정성을 알아준 것만 같아 그들의 얼굴에 기쁨이 차올랐다.

뽀송뽀송해진 헌의 얼굴에 소랑은 싱긋― 초승달 웃음을 지었다.

"역시 사람은 밥을 잘 먹어야 돼. 왕에게도 이는 장사 없다니까?"

이렇게 하나하나 망가진 헌의 상태를 개선하다 보면 어느덧 귀기를 깨끗이 씻어 내었다는 소리를 들을 수 있을 것이다. 이렇게 몸이 건강해지면 너덜너덜해진 마음 역시 건강해지겠지.

야심한 밤. 모두가 곤히 잠들어야 할 이 시간에 헌은 잠을 이루지 못한 채, 자리에서 들썩들썩 뒤척이고 있었다. 그 시간 소랑도 문간 앞에서 다리를 접었다 폈다 하며 들썩이고 있었다.

이때, 갑자기 바람이 불어 닥치면서 창문을 흔들었다. 어떻게든 잠을 청하려던 왕 이헌은 눈을 번쩍 뜨고 일어나 소랑을 찾았다.

"혹시 빈궁이 나에게 말을 걸었느냐?"

"네? 지금은 여기 안 계신뎁쇼?"

이제 이 정도 뻥은 아주 습관이 되어 버렸다. 어휴, 점차 죄가 누적되는 기분이었다.

"혹시 우우우우― 하는 소리를 듣지 않았느냐?"

"바람 치는 소리만 들었을 뿐 아무것도 듣지 못했나이다."

"이것이 나에게만 들리는 소리로구나. 그래. 이것이 귀기가 분명했어."

분명 헌이 무언가 헛것을 들은 듯했다. 불면증에, 악몽에, 이 사람 상태가 참 심각하다 싶었을 때였다.

'우우우우一'

침소에서 다시 이 소리가 들려왔다. 아무래도 바람 불 때 함께 드는 소리인 듯싶었다.

"저도! 이 소리가 들리옵니다."

"역시나!! 너에게 세자빈의 소리가 들린다는 것이 사실이구나. 나인들에게 아무리 물어봐도 다들 이 소리가 들리지 않는다 하는데."

"귀기의 소리가 들리긴 하나, 그것은 여기서 나는 소리가 아닙니다. 출처를 찾아가 보는 게 좋겠습니다."

귀기는 무슨. 불면증에는 딴 거 없이 몸 고생 많이 하고 운동 열심히 하는 게 최고였다. 사실 어떻게든 헌을 밖에서 운동을 시키려는 소랑의 수작이었다.

"뭐? 찾아가 본다고? 어, 어딜 말이냐?"

"소리가 나는 곳을 따라 한 번 가 보셔야지요."

"그, 그러다, 진짜 귀를 만나면 어떡하느냐."

이 남자. 지금 분명 무서운 거다.

"귀는요, 무슨. 그럼 확 베어 버림 되죠. 어차피 죽은 자는 아파하지도 않습니다. 혹시 저은하, 무서우십니까?"

소랑의 도발에 헌이 발끈했다.

"무섭긴 누가 무서워했단 말이냐."

"그럼 가십시다. 서쪽에 연못이 하나 있지 않습니까. 소리란 물에서 울려 퍼지는 것이니 그쪽으로 먼저 가 봐야 할 것 같습니다."

헌이 망설이고 있는 사이 소랑이 냉큼 밖으로 나가 내시 세장에게 말했다.

"전하께서 야간 산보를 하신다 합니다. 최소의 인원으로만 채비를 해 주시옵소서."

그렇게 그들 일행이 뜬금없이 연못으로 향하고 있을 때였다. 헌이 뒤에 서 있는 소랑을 끌어당겼다.

"언제 어디서 귀가 나타날지 모르지 않느냐. 네가 앞에 서 있거라."

"저은하, 그것은 불충이지요."

이 여잔 이럴 때만 이렇게 법도를 따지는 건지.

"그럼, 옆에 서 있거라."

"그것도……."

이때 연못 근처에서 두꺼비가 팔짝 뛰어올랐다. 헌은 깜짝 놀라 소랑의 팔을 잡았다.

"……손을 잡아 주는 건 가능하겠느냐?"

"손이요?"

소랑의 시선은 불안하게 연못을 보고 있는 헌에게로 멈춰 있었다.

어쩜 그리 아이같이 순수할까. 세상 사람들은 그를 광인이다, 폭군이다, 온갖 욕을 해 대는데 실제로 만나 본 왕 이헌은 그저 덜 자란 아이 같았다.

"그렇다면 여기, 손을 잡으시옵소서."

헌이 불안한 듯, 그녀의 옷소매를 잡았다. 그러다 '개굴' 하는 소리에 놀라 이번엔 그녀의 손을 깍지 껴 잡았다.

야심한 밤, 두 손을 꼬옥 잡고 물가를 걷는 남녀. 그렇게 소랑에게 의지하고 있는 헌의 모습이 뒤에서 보고 있는 내시 세장에게는 그저 낯설게만 느껴졌다.

실수로라도 여자와 가까이하지 않는 게 헌이었다. 감정을 주거나 내보이는 것은 물론이고, 짜증이나 역정을 안 내면 다행이었다. 지난 7년간 왕이 이런 태도를 보인 적은 단 한 번도 없었다.

이때 별감의 방에서 기거하던 신원이 내시 세장의 곁으로 뛰어왔다.

"급한 일이라더니, 무슨 일입니까?"

"소랑이와 같이 있을 때는 또다시 빙의가 있을지 모르니 여타 호위를 물리라는 이명이었습니다."

신원은 둘의 뒷모습을 아련하게 쳐다보았다. 손을 꼭 잡고 연못을 돌고 있는 모습. 한 쌍의 잘 어울리는 연인을 본 것만 같아 왠지 모르게 가슴 한편이 아련해져 왔다.

"저기 저은하, 아무리 돌아도 아무 소리도 안 나는뎁쇼?"

소랑이 한쪽 눈썹을 치켜세우며 헌에게 말했다.

"그래? 그럼 돌아가자."

헌은 재빠르게 용포를 날리며 돌아섰다.

별소리도 아닌 것에 지금까지 겁을 먹었다는 사실이 조금 창피한 것 같기도 했다. 소랑은 다시 걱정이 되었다. 지금 돌아가도 운동량이 부족해 분명 잠이 오지 않을 텐데, 어떻게 해야 왕을 재울 수 있을까. 소랑은 헌을 한 번 도발해 보기로 했다.

"어째 저는 이런 생각이 들었습니다. 세자빈마마께오서 승하하신

130

이후 전하의 심신이 너무 약해지신 것은 아닌가."

"이 대궐에 그걸 모르는 자도 있더냐."

"무엇보다도 옥체가 문제이옵니다. 사내는 자고로 몸이 전부인데. 혹시 그 이후로 무예는 좀 느셨습니까?"

"무예? 걱정 마라. 내 타고난 게 있어 어렸을 적 목검을 잡으면 그 누구와 겨루어도 진 적이 없었다."

"그거야 소싯적 이야기지요. 저기 저 몸을 보십쇼. 그 이후로 얼마나 무예를 단련했겠습니까. 칩칩칩!"

소랑이 신원의 다부진 몸을 가리키며 말했다. 헌이 보기에도 어깨가 보통 드넓어 보이는 게 아니었다. 저누무 자식, 언제 저렇게!

"그러니까 지금 내가 신원이랑 싸우면, 질 것 같다, 이 말이냐?"

"아이고! 저은하, 아뢰옵기 황공하오나, 이신원 도사는 무관이 아닙니까. 차원이 다르지요."

"설마, 내가 일국의 왕인데 설마 신원이에게 지겠느냐."

바짝 약이 오른 헌이 소랑의 도발에 슬슬 넘어오기 시작했다.

"그럼 시합 한 번 해 보시렵니까? 뭐, 보나 마나 지실 테지만."

이 말은 결정적으로 헌을 자극했다. 그는 이마의 힘줄을 빠딱 세우며 말했다.

"가자. 무예 수련장으로."

오! 예! 소랑이 싱긋 웃으며 뒤를 따랐다. 아닌 밤중에 목검 시합을 하게 된 신원 역시 황당해진 얼굴로 그 뒤를 쫓았다.

"봐주지 마라!"

헌이 단단하게 목검을 그러쥐었다. 언제나 공격과 수비, 칼과 칼집의 대결만 했던 둘이었다. 신원은 고개를 절레절레 저었다. 왕을 상대로 진짜로 이겨 버릴 수는 없지 않은가.

'내가 질 것 같다고? 봐라! 이게 왕의 실력이드아아아!'

헌의 선제공격이 날아갔다.

신원은 두 손으로 검을 쥐고 이를 탁, 막아냈다. 계속해서 칼부림이 오갔으나, 헌은 신원이 자신을 한참 봐주고 있다는 사실을 눈치챘다.

감히 네가 나를 갖고 놀아? 약이 오른 헌이 목검으로 신원의 엉덩이를 쳤다. 송아지 궁둥짝을 짝— 치는 모양새였다.

'어? 아프다!'

신원의 엉덩이에 알싸한 통증과 함께 뜨거운 피들이 돌기 시작했다. 말하자면, 쓸데없는 승부욕?

"봐주지 말라 하지 않았느냐."

혈기가 오른 신원이 제 실력을 발휘해 검을 제대로 휘두르기 시작했다.

"그래, 이렇게 해야지."

드디어 본 실력이 나온 둘의 싸움이었다.

목검 승부였으나 두 남자의 검에는 번쩍번쩍 날이 서 있었다. 그

렇게 두 남자의 팽팽한 대결이 이어지고 있을 때,

'흐흐흐흐'

이를 지켜보던 소랑은 터져 나오는 웃음을 힘겹게 참고 있었다. 작은 이간질 하나에 이렇게 죽자 살자 달려들다니. 이렇게 귀여울 데가!

으아아압! 기합을 지르며 헌이 달려들수록, '어떡하지? 너무 귀여운데?' 소랑은 점점 더 흥이 올랐다. 세상에서 제일 재미있는 게 싸움 구경 아닌가.

'저년 아무래도 호전적인 걸 너무 좋아하는데?'

그녀의 웃음기를 눈치챈 헌이 잠시 딴생각을 하고 있을 무렵! 방심한 틈을 타 신원이 그의 목검을 저쪽으로 날려 버렸다. 헌의 손이 순식간에 허공을 잡고 있었다. 헐, 이럴 수가!

"전하, 괜찮으시옵니까?"

신원은 이겨 놓고도 움찔했다. 앗, 이게 아닌데.

헌은 민망해진 빈손으로 황급히 머리를 긁으며 아무렇지도 않다는 듯 껄껄 웃으며 말했다.

"그래, 좋다. 싸움은 이렇게 붙는 것이 아니냐?"

그는 멋진 결투였다는 듯 신원에게 엄지를 척 들어 보였다.

"그간 왕이라고 다들 나를 봐주기만 하고, 직언을 해 주는 자도 없고, 진정으로 마음을 여는 자도 없었다. 그래, 신원아. 너 하나만이라도 나를 봐주지 말고 배신도 하지 말고 이 마음 닫지도 말거라."

신원은 알겠다는 뜻으로 고개를 숙였다.

"설마 네가 배신을 하는 일은 없겠지? 사내끼리의 배신은 여자 하나로 이루어진다던데. 껄껄껄."

"그럴 리가 있겠습니까."

"허허, 앞으로 종종 이렇게 목검 대련을 해 보자꾸나. 생각보다 상쾌하고 재미있구나."

헌은 검을 세장에게 넘겨주고는 호쾌하게 돌아섰다. 그러고는 딱 돌아서자마자 이를 빠득! 갈았다.

"다음엔 내가 지나 봐라."

도도한 척 돌아서는 왕의 뒷모습을 보던 신원의 시선이 이내 소랑에게로 향했다.

기분이 이상했다.

헌과 대련을 하던 그 순간, 그를 향한 충성심보다는 사랑하는 여인을 사이에 둔 연적이라는 느낌이 강하게 들었던 것이다. 헌의 뒤를 쫄랑쫄랑 쫓아가는 소랑을 보자, 괜한 투기가 올라오는 것 같기도 했다.

'다음엔 조금 더 제대로……'

신원은 주먹을 꼭 쥐며 목검 수련을 더 열심히 해야겠다고 마음먹었다.

'이 정도면 무섭다고 풀썩대지 않고, 푹 잘 수 있겠지?'

소랑은 왕 이헌을 따라가며 씨익— 음흉한 웃음을 지었다. 드디어 왕 재우기 성공이구나 싶어, 그녀는 내내 까불거리며 헌의 곁을 따랐다.

"제가 딱 보니까 말입지요, 이신원 도사가 안 봐줬으면 쥐어 터지셨겠더라고요. 완전 발릴 뻔했다니까요?"

뭐? 쥐어 터져? 발려? 평소 같았으면 목을 쳐 버리겠다 할 만한 언행이었다.

허나 말끔히 땀을 쫙 빼고 기분이 좋아진 헌은 그녀의 언행을 작은 타박으로 넘겼다.

"그래도 일국의 임금한테 말이 그게 뭐냐?"

"제가 천것 출신이니 이해 좀 해 주십시오. 여하튼, 이신원 도사가 목검을 잡는 자태가 장난이 아니더라고요. 달빛 아래 춤추는 목검, 거기에 넘치는 색, 기……!"

뭐? 색기? 쥐어 터진다는 말보다도 더 화가 나는 말이었다.

"누가? 색기? 네가 색기라는 단어의 뜻을 잘 모르는구나. 혹 신원이를 말하는 것이냐? 야, 네가 역시 천것이라 보는 눈이 참으로 없구나."

"뭐, 몇 번 더 시합을 하다 보면 분명 전하께도 나올 것입니다. 줄줄줄, 색기."

뚫린 입이라고 못하는 말이 없었다. 아휴, 얘가 진짜 왕을 놀리는 것도 아니고 살살살, 깐죽깐죽.

그렇게 싱글거리던 소랑의 웃음은 강녕전에 도착하자마자 단숨에 싸아아악― 지워져 버리고 말았다.

땀에 젖은 무사복을 소랑이 갈아입혀 줘야만 했던 것이다. 지금까지 약 오른 강아지 같은 얼굴을 하던 헌이 여유로운 표정을 지으면서 말했다.

"벗겨라."

버, 버, 벗기라고요?

"궁녀로서 해야 할 일이 있지 않느냐."

아무리 궁녀라 그래도 남정네의 옷을 벗기기가…….

"뭐하느냐, 어서 벗겨라."

귀신이 나타났다는 소리보다 아찔한 순간이었다. 이미 땀에 젖어 있는 속적삼이 투명하게 그의 속살을 비추고 있었다. 그녀는 휘청, 정신을 잃어버릴 뻔했다.

훤칠한 키에, 떡 벌어진 어깨, 울끈불끈한 근육. 그리고 아슬아슬 묶여 있는 옷고름! 지금까지 소랑의 수작과 이간질에 실컷 당하고 있던 헌이 의기양양 그녀를 놀리듯 귀에다 속삭이며 말했다.

"너, 그러다 어명 어기겠다?"

숨이 막혀 버릴 듯한 긴장 속에서 소랑이 그의 옷고름에 손을 대려 하자, 헌은 자신의 손으로 속적삼을 화악— 벗어 버리고는 그녀의 허리를 자신에게로 훅 끌어당겼다.

아슬아슬 입술 끝이 닿아 버릴 듯 가까워진 거리에서 그가 말했다.

"내 이제부터 색기色氣라는 단어의 뜻을 알려 줄까 하는데."

9

이런,

기승전음마쟁이!

아슬아슬 입술 끝이 닿아 버릴 듯 가까워진 거리에서 그가 말했다.

"내 이제부터 색기色氣라는 단어의 뜻을 알려 줄까 하는데."

그러나 헌의 품 안에서 잔뜩 긴장하고 있던 소랑은 일순간 파하 웃음을 뿜어 버리고 말았다.

"아, 침!! 웃어? 왕이 말을 하는데 웃어?"

"지금 색기라 하셨습니까? 푸하하핫. 그건 입에서 나오는 것이 아 닙니다."

"뭐?"

"남자의 색기는 각에서 나오는 것이지요. 딱딱 살아 있는 각! 아니, 그러기에 운동을 좀 더 하시지 그러셨습니까? 이신원 도사 정도는 하셔야~"

"내가 원래 근육이 잘 붙는 몸이라 조금만 운동하면 금방……."

"그럼 그때 다시 말씀하시지요~ 색.기.라는 단어에 대해."

소랑이 눈을 찡긋하며 능청을 떨자, 헌은 고개를 절레절레 저었다. 웬만해서는 당해 낼 수 없는 여자였다. 그러나 소랑은 거기에서 멈추지 않고 한발 더 나아갔다.

"그럼 저는 어명을 받잡겠나이다."

"뭐라?"

"벗기라 하지 않으셨습니까? 임시 궁녀라 하지만 왕의 명을 받드는 자로서, 이를 어길 수는 없지요. 이리 오시지요. 아니, 제가 가는 것이 도리이겠군요."

소랑이 양손을 귀신처럼 들고 흐흐흐 다가오자 헌은 흠칫 한걸음 뒤로 물러섰다.

"예끼! 감히 여기서 누구 사심을 채우려는 것이냐!"

"아니 왜, 어명을 어기면 목을 친다 하지 않으셨습니까?"

"어이, 네가 와서 하거라. 저 아이 손이 닿는 건 나도 조금 그렇구나."

헌은 급하게 다른 나인을 찾아 옷을 갈아입기 시작했다. 그녀가 보지 못하게 슬금슬금 뒤로 돌아서서.

소랑이 '좋은 기회를 놓쳤구나~' 하는 듯 아쉬운 얼굴로 입맛을 다시자 헌은 다시 한 번 흠칫 몸을 움츠렸다.

'이거 이거 보통 년이 아니다.'

어디 가서 기싸움에 져 본 적이 없던 헌이었다. 한 나라의 군주이자 다시없을 폭군으로 불리던 그가 아닌가. 허나 그 역시도 소랑의 능청에는 당최 당해 낼 재간이 없었다.

'오늘 밤도 쉽게 잠이 올 것 같지 않구나.'

날이 갈수록 불면증은 점점 더 깊어져 가고 있었다. 헌은 이부자리에 비스듬히 누운 채, 소랑에게 제 앞에 앉아 보라 명했다.

"소랑아. 7년간 조선 팔도강산을 돌아다녔다 하였느냐."

"소녀 팔자에 역마살이 끼어서요."

"하여 무얼 하였느냐."

"팔도강산에서 각양각색 백인백색의 사람들을 만났지요. 어찌나 다양한 사람을 보았는지, 그 사람들의 사연을 이야기하자면 백날 밤을 새워도 모자랄 것입니다."

"그래? 네가 그리 견문이 넓단 말이지?"

헌은 눈을 가늘게 뜨고 조잘조잘 말하는 소랑을 나른하게 올려다보았다.

"그럼 그 얘길 내게 밤새 들려주는 것도 가능하겠구나."

애는 무슨 또 고생을 시킬라 그래. 그녀의 얼굴엔 원망의 빛이 스쳤다.

"그럼, 그중 재미있는 이야기가 있음 고해 보거라. 재미가 없으면 왕을 지루하게 한 죄를 물어 너의 목을 칠 것이다."

피곤해 보이는 와중에도 헌의 명령조 어투는 변함이 없었다. 허구한 날 목을 친다는 그 소리, 점점 그 말에 대한 신빙성이 떨어지고 있었다.

"그러하시다면 소녀, 썰 한 번 풀어 볼까요?"

소랑은 왕의 곁에 제대로 자리를 잡고 앉았다.

"하아, 지금으로부터 한 5년 전 일인가요. 산을 넘어가는데 웬 커다란 바위가 길을 막고 있지 않습니까? 아, 그 모양을 어찌 말하면 좋을까. 참 신묘하게 생겼는데 어떻게 설명할 길이 없네. 그런데 그 바위에는 신기하게도 손가락으로 파낸 듯한 작은 구멍이 송송송 나 있는 겁니다."

"그래서?"

"뭐, 저야 갈 길을 가야 하니 그 바위를 흔들흔들 밀었지요. 그랬더니 같이 다니던 점쟁이 개이가 막 서릿발처럼 역정을 내는 게 아닙니까? 그 바위가 무슨 바위인 줄 아냐고."

그는 대답 없이 모로 누워 소랑을 지그시 바라보고 있었다.

"알고 보니 그렇게 서 있는 선바위는 아이 낳게 해 주는 바위라 합디다. 아이를 배고자 염원을 가진 마을 여인네들이 이 바위에 돌을 비비고 비벼 구멍을 내는 것이지요. 그럼 뭐 애가 생긴다나?"

그녀는 머리를 한 번 쓱쓱 긁적이고서는 말을 이어 나갔다.

"츳, 의미를 알고 보면 좀 야하긴 한데 어쨌든 수많은 여인네들의 간절한 염원이 담긴 그 바위를 제가 함부로 건드렸으니, 혼날 만하지요. 헤헷. 여튼 제가 재미있는 이야기를 많이 알고 있기는 한데 다 야사 쪽이라 이거 수위가 괜찮은지 모르겠……."

어느덧 그녀의 곁에서 조용한 숨소리가 쌔근쌔근 들려왔다.

자, 자는 건가? 그래, 아까 그렇게 목검 싸움에서 안 지겠다고 달려들었는데 피곤하겠지.

소랑은 자고 있는 왕 이헌을 가만히 들여다보았다. 어쩜 눈 떴을 때와 감았을 때의 분위기가 이리도 다를까.

낮에 야수처럼 화를 내던 모습은 온데간데없고, 잘생긴 눈썹, 예쁘게 감은 눈, 오뚝한 코가 마치 미소년처럼 곱상해 보이기만 했다. 이 세상 걱정이라고는 하나 없는 소년이 양털에 파묻힌 듯 평화로이 잠들어 있었다.

때론 짐승 같았다가, 때론 소년 같았다가. 참으로 이중적인 매력의 남자였다. 아니. 대부분의 궐 사람들도 이헌의 소년 같은 면을 잘 모르려나. 그렇게 소랑이 궐에서 보낸 첫날밤이 지나고 있었다.

이튿날 아침. 헌은 무엇에라도 놀란 듯 번쩍 눈을 떴다.

"이거 뭐지?"

눈을 뜨고 나서도 좌우로 눈알을 굴려 보는 헌. 뭔가 이상했다. 아침이란 게, 원래 이렇게 가뿐한 거야? 지난 7년간 이렇게 눈이 빤짝 떠진 적이 없었는데?

그는 삐걱거리던 몸 여기저기를 움직여 보았다. 팽팽팽 잘 돌아가는 팔, 결릴 것이 없는 어깨, 새털같이 가벼운 다리, 게다가 뽀송뽀송한 이 기분. 참으로 당황스러웠다. 얘가 혹시 어제 같이 먹던 수라에 약을 탔나. 그는 수상쩍은 눈으로 소랑을 불렀다.

"소랑아, 이리 오너라. 내 몸이 왜 이렇게 갑자기 가뿐해진 것이냐?"

총총총 다가온 소랑이 쓰윽— 고개를 들자, 헌의 입이 딱 벌어졌다. 간밤에 액귀와 큰 다툼이라도 벌이고 온 듯 넋이 나가 있는 모습이었다.

퀭해진 눈, 눈 밑의 검은 구름, 훌쭉 들어간 볼, 헤에 벌어진 입술, 모든 게 다.

"뭐야? 얘 상태 왜 이래?"

천성적으로 밤을 잘 못 새는 사람이 있다. 밤이면 꼭 잠을 자야 하고 그렇지 못하면 이튿날 반병신이 되어 버리는. 소랑이 딱 그러한 종류의 인간이었다. 밤새는 건 쥐약, 그 자체.

"몸이 가뿐해지셨나이까? 오모나, 벌써부터 귀기의 세력이 약해지는 것이 느껴지옵니다."

"그 귀기가 다 너에게 옮겨간 건 아니겠지?"

"아니옵니다. 소녀, 멀쩡하옵니다."

전혀 그렇지 않아 보였다. 이 조선의 횡액을 다 뒤집어쓴 듯한 모습, 참으로 보고 있기가 힘들었다.

"널 보고 있다간 내 눈이 다 썩겠구나. 번은 상관없으니 어서 처소에 가서 잠을 좀 청하거라."

"소녀! 그리할 수는 없사옵나이다. 이 왕실에는 규율과 법도가 있는 법! 수라를 드시는 걸 보고 가야……."

"좀 가서 씻어. 엉? 내가 힘들어서 그래. 내가."

헌이 질색을 하며 소랑의 머리를 통통 밀어내자 그녀는 하는 수 없다는 듯 뒷걸음을 했다.

"전하께서 정 그러하시다면 소녀는 이만 물러나겠나이다."

돌아서도 비틀비틀하는 모습이 참으로 딱해 보였다. 이것 참 무슨 거지 동냥패도 아니고 밤새웠다고 이렇게 거지꼴이 되나? 이래 가지고 앞으로 지밀나인은 어찌할라 그러나? 이 일은 밤새는 게 기본인데.

"저은하—"

아니, 왜 다시 돌아와?

"더더욱 강해지셔야 합니다. 빠이샤!"

이건 또 무슨 말이야?

"귀기를 이겨 내야 얼른 이 금혼령도 끝내고 비를 맞지 않으시겠습니까. 그래야 이 조선을 이을 원자도 생산하시고, 하암—"

"알았어, 알았으니까 가. 어?"

헌이 발길질이라도 해서 쫓아낼 기세를 보이자 그제야 그녀는 강녕전 밖으로 나섰다.

흐물흐물 다리 풀린 유령처럼 계단을 내려가는 그녀의 얼굴에 얇은 미소가 희미하게 떠올랐다. 자기 꼬라지는 개차반이 되었지만, 헌이라도 꿀잠을 자고 상태가 좋아지니 참으로 다행이란 생각이 들어서였다.

"헤에— 어서 가서 자야지."

바로 그때였다.

대전으로 향하던 병판 조성균 대감이 처소로 향하고 있는 소랑을 발견한 것은.

짧은 찰나였지만 병판의 예민한 촉이 바짝 곤두섰다.

"저 여자, 뭐지?"

온몸의 팔다리가 풀려서 얼굴에 헤헤헤 바보 같은 웃음을 띤 여자. 혹시, 이 궐에도 미친년이 있나? 차림을 보아하니 지밀나인인 것 같았다. 병판은 묘한 의심이 들어 강녕전 앞에 있던 제조상궁 원녀를 불렀다.

"혹시 그간 궁녀의 명단에 변동이 있었습니까?"

병판의 시선이 닿은 곳을 알게 된 원녀는 뜨끔하여 놀란 속을 감추었다. 호, 호, 혹시 들킨 것인가? 저년 저년, 그렇게 행동거지를 조심하래도.

"아뇨. 명단의 변동은 없었습니다."

"그리하면 저 나인은 누구입니까?"

"지밀나인 순아라 하옵니다. 아주 오래된 궁녀이지요."

"저렇게 생긴 나인이 있었다고요?"

병판과 원녀 사이에 묘한 긴장감이 감돌았다. 원녀가 거짓을 말하는 것을 눈치챈 것인가.

허나, 죽은 폐빈의 혼을 받기 위해 빙의가 가능한 점쟁이가 궐에들어와 궁녀로 가장했다는 소문이 퍼지면 이는 걷잡을 수 없는 일이 되어 버리고 만다.

"저 나인 원래 저렇게 안 생겼었는데, 그만 큰 고뿔이 들어……못생겨지고 말았습니다."

병판은 이게 뭔 소리냐는 표정으로 황당하게 원녀를 바라보았다.

"하는 짓도 좀 이상해지고요. 제가 다시 훈육해 놓도록 하겠습니다."

"어쨌건 전하의 곁에 가까이 있는 나인이란 말이지요?"

"네, 그러하옵니다."

"알겠습니다. 내 이만 물러갑지요."

허나, 병판은 길을 가면서도 소랑의 뒷모습에서 눈을 떼지 않았다. 혹여 누구라도 왕 이헌과 가까워져 간택되기 전에 승은을 입게되면 곤란해질 일이었다.

'설마 저 칠렐레 팔렐레한 년이 먼저 승은을 입는 일은 없겠지?'

왕 이헌의 이상형이 죽은 안씨처럼 똑똑하고 현명한 여자라는 것은 이미 알고 있었다.

'혹여 그리하여도 상관없다. 어차피 사자 앞 사슴 꼴이 되지 않겠느냐. 먼저 간 안씨처럼.'

언제라도 제 앞길에 방해가 될 자라면 죽여 버릴 생각이었다. 한 나라의 세자빈도 정리했는데, 궁녀라고 어려울까. 병판은 머릿속에 차오르는 의심들을 마저 거두며 편전으로 향했다.

✿

그날 오후, 원녀는 처소에서 곤히 자고 있던 소랑을 깨워 야단을 치기 시작했다.

"허벅, 허버벅. 이게 뭐요? 잘 땐 개도 안 깨운다는데."

"언제나 행동거지를 조심하라 이르지 않았느냐. 얼마나 거지같이 걸었으면 저 나인 누군데 저러냐는 소리를 듣게 하느냐."

"하암— 그럼 밤을 새웠는데 어찌합니까? 아놔, 이 궐 생활 안 맞아서 증말. 도망이라도 놓든가 해야지."

누군가 타박을 하면 고대로 듣지 않고 배로 돌려주는 소랑이었다.

"쳇쳇, 아랫사람이 도망을 놓으면 그 책임이 누구에게로 돌아가겠소?"

"이 잔망스러운 년이 못하는 말이 없구나. 맞아야 정신을 차리지!"

원녀는 소랑의 등짝을 찰싹찰싹 때리며 짐짓 맹수같이 무서운 표정을 지어 보았다.

기실 그래 봐야 진짜 윗사람도 아닌 것을. 원녀의 말에 너무 겁먹을 것 없다 생각한 소랑은 능글능글한 웃음을 띠며 말했다.

"원 상궁님. 있잖아요. 궐에 와서 성격 변했죠?"

갑작스러운 소랑의 화제 전환에 원녀는 '엥?' 하는 표정을 지었다.

146

"아니, 원래는 더 현숙하고 착―한 여자가 아니었습니까? 지금은 호랑이같이 무섭고, 정이라곤 없이 괴팍해 보이시지만, 저는 그런 생각이 자꾸 듭니다. 우리 원 상궁님이 원래 그러실 분은 아닐 것 같다는……."

우물쭈물하던 원녀는 시선을 슬쩍 피하며 '그래, 원래 내가 이렇지는 않았지.'라고 중얼거렸다. 소랑은 이때가 기회다 싶어 익살맞은 얼굴을 하고선 말을 이어 나갔다.

"딱 보기에 느껴지더라고요. 우리 상궁 마마님 처녀 시절엔 남정네들 여럿 죽어났겠구나, 그 미모가 보통이 아니셨겠구나, 얼마나 꽃같이 아리따우셨을까."

"네가 사람 볼 줄을 아는구나."

원녀는 참으로 진지하게 고개를 끄덕였다.

소랑이 궐에 와서 처음 보는 표정이었다. 아니, 그녀와 오랜 세월을 보낸 나인들도 원녀가 이토록 감상적인 얼굴을 하는 것을 보지 못했으리라.

'처녀 시절'이라는 한마디에 원녀는 그 시절로 돌아가는 시간 여행 마차라도 탄 듯, 아련한 표정을 지었다.

"아리땁기가 이루 말할 데가 없는 처녀 시절이었지."

"궁녀는 이르면 대여섯 나이에도 입궁한다던데."

"나는 좀 특이하게 궐에 들어온 경우라……."

까마득한 예전에, 원녀가 열일곱 열여덟이었던 시절. 그녀는 건강함의 상징, 그 자체였다. 그렇게 기승전결 확실하도록 굴곡진 몸매는 남정네들이 먼저 알아보는 법.

얼굴은 평범하니 특별한 것이 없었으나 색기 넘치는 몸매는 펑퍼짐한 한복을 뚫고 나와, 위아래 위위아래 마을 사내들에게서 선풍적인 인기를 끌었다.

"아아, 사랑이란 것은 참으로 운명처럼 찾아오는 것이더구나."

그녀가 마을 뒷동산에서 꽃을 따며 놀고 있을 때, 이웃 마을의 황씨가 용기 패기 똘기로 다가와 '내 아를 나도—' 박력 있게 그녀의 손목을 잡았다. 그리고 거사는 바로 그날 밤 치러지게 되었다.

"만날 법도 법도 하시더니, 참으로 법도 없는 사랑을 하셨구랴."

산통을 깨는 소랑의 말에도 낭만에 흠뻑 빠진 원녀의 회상은 멈추지 않았다.

"내가 시집가던 날, 위아래 마을 남정네들이 어찌나 땅을 치고 벽을 부수던지. 정말 미안해 죽는 줄 알았다니까."

그녀는 결국 황씨와 혼인을 하여 건강한 사내아이를 낳았다. 허나 너무 건강한 것이 탈이었다. 작은 아이 홀로 먹기엔 젖의 양이 너무나 넘쳐 나도록 많았던 것이다. 그 소문이 돌고 돌아 급기야 궐에까지 닿게 되고 말았다.

당시는 지금의 왕 이헌이 태어났을 무렵. 방금 출산을 한 중전 송씨의 모유가 부족해 한창 애를 먹을 때였다. 궐에서는 젖을 먹일 보모상궁을 급히 구했고, 건강함의 상징으로 소문이 난 원녀에게도 입궁을 하라는 명이 내려졌다.

그러나 한 번 들어간 궐에서 다시 나오기는 쉽지 않은 법.

남편과 아이가 있었으나 이대로 연을 끊고 살아야 할지도 모를 일이었다. 때문에 보모상궁으로 입궁하게 되는 이들은 남편에게 새로운 아내를 얻어 주고 가는 일도 있었다.

원녀는 고민 끝에 명을 따르기로 했다.

남편과 아이의 곁에 있어 주지 못할 거, 궐에서 나오는 녹이라도 열심히 가족들에게 보내 주고자 했다. 그리하여 그렇게 씨름 장사 같은 체력으로 더욱더 억척스럽게 일을 했고, 그 결과 지금의 최고 상궁의 위치에까지 오를 수 있었다.

허나, 남편과 아이의 얼굴을 본 지 어언 25년. 친정과도 시댁과도 연락이 끊긴 지가 오래였다.

"얼마나 보고 싶었는지 아느냐. 우리 아들이 어찌 장성하였는지, 그리 나만을 사랑한다며 쫓아다니던 남편은 어찌 살고 있는지."

보고 싶다. 너무나 보고 싶다.

간만에 떠올리는 과거의 추억에 어느덧 원녀의 눈가가 촉촉해졌다. 허나 소랑은 다른 이야기에 초점을 맞추며 눈을 반짝였다.

"그러니까 요약하자면 원 상궁님께서는 이 금혼 신세의 궁녀 중에서도 남녀 간 교합의 재미를 안다~ 이 말이시겠네요?"

이런, 기승전음마쟁이!

쨍그랑, 추억의 산통이 깨진 원녀는 얼굴을 붉히며 바락 성질을 냈다.

"교합의 재미라니! 어찌 그리 불경스러운 말을 입에 담느냐!"

"아니, 그렇잖아요. 우리 궐 나인들이 뭘 압니까? 유일하게 님으로 봐야 할 왕은 7년 동안 저 지랄이고. 츳츳츳, 도저히 뽕 딸 일이 없는 숙맥들이지요. 허나, 원 상궁님께서는 좀 다르지 않으십니까."

"얘가 못하는 말이 없어."

"에이, 솔직히 인기 많으셨잖아요."

원녀는 잠시 큼큼 헛기침을 하고는 말했다.

"……사실 내가 남자라면 좀 알지."

"키야— 바로 지금 시국이 우리 원 상궁님의 지식과 경험이 절실할 때입니다. 맨 숙맥들이 어떻게 전하를 유혹해 승은을 입고 후사를 보겠습니까? 이젠 궐 안의 여자들이 먼저 적극적으로 나서서 그냥 확 마!"

소랑의 말을 듣고 보니 틀린 말은 아니었다. 궐내 궁녀들이 너무 조신해서 이런 국가적 사태가 발생한 건가. 이제 다들 붉은 치마라도 두르고 다녀야 하는 건가.

그렇게 원녀와 소랑이 처소에서 십구금 대화를 나누고 있을 무렵, 웬 남정네의 그림자가 그 문 앞에 닿았다.

똑똑 소리에 원녀는 소스라치게 놀라 외쳤다. 이 처소에 남정네가 올 리가 없는데 대체 누가? 혹시 이 대화를 들은 건 아니겠지?

"으아아악— 누구시오?"

10

나를 이렇게 급히 찾은 것은? 오모나! 스, 스, 승은?

문을 열고 들어온 이는 바로 내시 세장이었다.

"뭘 그리 재미난 말씀을 나누고 있었소?"

"아휴, 놀래라."

"남녀 간 교합에 대한 얘길 하고 있었습니다."

교, 교합이라고? 원녀는 소랑의 되바라진 답에 눈이 빠질 듯 놀라 그녀의 주둥이를 톡톡톡 쳤다.

"얘가 어디서 입방정을, 닥치지 못할까!"

151

"교합의 재미라, 참으로 재미있는 주제로군요."

소랑은 내시 세장을 보고는 주먹으로 입을 막은 채 애통 침통한 표정을 지었다.

"차 내관님은 평생, 아흑! 참 이거 남의 일인데도 참으로 슬프구면요."

"저는 이제 모든 것을 초탈하였습니다."

그는 대웅전 주지 스님에게서나 나올 법한 보살 맞은 미소를 지었다.

"아니, 근데 예까진 무슨 일로 오셨소?"

"저번에 벽에 못을 박아야 한다고 했잖소. 소랑이의 짐을 걸어야 할 것 같다고."

"아유, 그래도 이렇게 직접 오시지는 않아도 되는데."

"내 앞에서 말한 것, 내가 해결을 드려야지요. 어디에다가 박아드리면 될까?"

세장은 가지고 온 연장통을 들고 벽 앞에 섰다. 그러고서는 항상 구부리고 다니던 어깨를 쫘아악― 피더니 남자답게 고개를 탁탁 꺾으며 몸을 풀었다.

허억. 갑자기 이게 뭐지? 원녀의 눈이 커졌다.

쾅앙― 쾅앙― 쾅앙―

세장은 망치를 단단히 그러잡고 벽에 못질을 하기 시작했다. 평소에는 전혀 볼 수 없었던 남자다운 모습이었다. 흘러내린 소매에서는 팔뚝의 힘줄이 불끈불끈 튀어 오르고 미간엔 색기 넘치는 주름이 잡혔다.

　오랜만에 세장의 얼굴을 자세히 보니, 사십 대 나이라 하여도 이목구비가 꽃중년이라 할 만했다. 아이고, 왜 이걸 지금 알았지?

　"내 박는 것은 무엇이든 자신이 있어서!"

　원녀의 정신이 혼미해지기 시작했다. 왜 이렇게 덥지? 소랑이 오늘 괜한 얘기를 꺼내서 자꾸 이상한 생각이나 들게 하고 말이야.

　넘치는 박력으로 콰앙 콰앙 못을 박던 세장이 일이 끝났는지 연장통을 챙기기 시작했다.

　아니, 벌써 끝났는가. 못이 이렇게 금방 박는 것이었어? 못 몇 개를 더 박아야 할 것 같기도 하고, 이것 참.

　"그럼 나는 이만 가 보겠소."

　뜨뜻한 미소를 띤 세장의 이마에서 땀이 송골송골 맺혀 흘러내렸다. 왜 자꾸 이런 게 보이지. 훅 끼쳐 오는 더운 기운도 더없이 색스럽게 느껴졌다. 아이고, 이게 아니지.

　그는 다시 내시 자세로 돌아가 고개를 숙였다. 그새 목소리도 가늘어진 듯했다. 허나, 원녀는 총총총 사라지는 그의 뒷모습에서 도저히 눈을 뗄 수 없었다. 그 시선을 눈치챈 소랑은 익살맞은 미소를 띠고 말했다.

　"뭘 그리 땀을 흘리십니까? 못을 본인이 박으셨나?"

　"아, 아니다. 아무것도 아니야."

　"아깐 뭐 25년 전 두고 온 남편과 아들이 너무 그리워 죽겠다더니?"

153

"네가 괜한 소리를 해서 그런 것이 아니냐. 아우, 더워."

원녀는 뜨거워진 얼굴을 손으로 휘휘 식혔다. 참으로 오랜만에 느껴보는 기분이었다. 25년간 죽어 있던 연애 세포가 꿈틀거리며 살아나는 느낌?

자꾸 덥다며 손부채질을 하는 원녀를 보자 소랑은 자꾸 웃음이 새어 나왔다. 아니다, 아니다 도리질을 하는 것이 열여덟 처녀로 돌아간 듯 수줍어 보이기만 했다. 딱 여자다운 모습을 보이는 원녀가 왠지 모르게 예뻐 보이기도 했다.

어느덧 소랑의 얼굴에 능청기는 사라지고 말간 미소가 도동실 떠올랐다. 누군가가 행복해진 모습을 보면 절로 나오는 햇살 같은 미소. 소랑이 사랑의 기운을 감지한 것이었다.

7년간, 각 고을을 돌아다니면서 남녀 간의 연을 이어 주었던 사랑꾼 소랑의 애정 접착질이 이 궐에서도 시작된 것일까? 어딜 가나 밝고 사랑스러운 기운을 불러일으키던 그녀의 특별한 재주가 이곳에서도 발휘되는 것일까?

소랑이 머물고 있는 바로 이 처소부터 분위기는 바뀌기 시작하고 있었다.

"아, 없지만 않았어도."

원녀가 한숨을 토해 내듯 뱉은 그 말을 소랑이 잡아채 캐물었다.

"네? 뭐라고요?"

"에구구, 내가 뭐라 말하였느냐?"

"없지만, 않.았.어.도?"

편전에서 돌아온 왕 이헌이 강녕전의 온돌방에 앉았다.

어느덧 저녁 석수라를 내올 시간, 허나 소랑이가 보이지 않았다.

"그 아인 어디 가서 뭐 하고 있느냐? 아직 자고 있는 건 아니겠지?"

"소랑이는 아직 번이 아니옵니다."

원녀가 조용한 목소리로 답했다.

"원래 나인들의 번이 이렇게 불규칙적이었나?"

"아무래도 밤을 새야 하니까요. 삼교대 인생이 그렇지 않겠습니까."

헌은 마음에 안 든다는 듯 씁쓸 혀를 찼다. 이래 갖고는 안 되겠군.

"앞으로는 내가 강녕전에 올 때는 소랑이를 꼭 세우도록 하거라."

"야간 근무를 시키란 말씀이시지요."

"고로취~ 밤에 귀기를 받아야 영빨이 좀 살지 않겠느냐."

왕 이헌의 말투가 소랑을 따라 묘하게 저렴해진 듯한 것은, 그저 기분 탓인가? 명을 듣던 원녀가 고개를 갸웃했다.

"뭘 하느냐. 어서 그 아일 불러오지 않고."

그가 수라상의 숟가락을 들었지만, 그제와 같이 어제와 달리 밥은 전혀 맛이 없었다. 결국 그는 몇 수저 들지도 못한 채 상을 물리고 말았다.

그는 소랑이 오길 기다리며 팔굽혀펴기를 하기 시작했다. 무슨 계집이 그렇게 사내 몸을 탐하는가 싶기도 했지만, 그녀의 말대로 근육의 각이 무너진 것은 사실이었다.

우쌰, 우쌰. 이러면 어깨 각이 좀 살아나려나.

열기가 약간 오른 듯하여 창문을 열었더니 어느덧 뉘엿뉘엿 해가 넘어가고 있었다.

노을이로구나. 붉은 노을. 오늘 해가 이렇게 지는구나.

그렇게 붉게 물들어 가는 하늘처럼, 그의 감성이 붉게 물들자 문득 '그리움'이라는 놈이 물밀 듯이 밀려들어 왔다.

실체도 모양도 없으나, 부지불식간에 찾아와 온통 마음을 헤집어 버리고 가는 그놈.

이왕 왔다 갈 것이라면 온 듯 안 온 듯 사뿐히 들렀다 가면 될 것을 왜 온통 이렇게 가슴을 적시고 가는 건지, 욱신욱신한 고통을 주고 가는 건지 도저히 모를 놈이었다.

마음은 온통 헛헛하기만 했다. 갑자기 모든 게 빠져나가 버린 것 같기도 했다.

그는 소리를 내어, '빈궁.' 조용히 그리운 이를 불러 보았다. 그러다 '자연아……' 하고 이름을 뱉어냈다.

'안자연. 자연아……'

그래. 부르다가 내가 죽을 이름이여, 자연아. 네가 진정 이승을 떠나지 못하고 구천의 넋이 되어 나의 곁에 있느냐. 그러기에 내 곁을 떠나지 말지 그랬느냐. 어떻게 이렇게 내게 긴긴 시간을 그리움으로 남는 것이냐. 자연아. 나의 아내여.

"왜 이렇게 나를 찾으신대? 아주 사람 괴롭히기에 재미가 들리셨나?"

소랑이 한달음에 강녕전으로 달려가 보니, 헌이 있는 침소에는 시커먼 우울의 그림자가 질척질척 내려앉아 있었다. 주변엔 서책들과 상소문이 어지러이 흩트려져 있었고, 그 가운데 헌은 마치 어둠의 지배자처럼 인상을 팍 쓰고 앉아 있었다.

아우, 이 분위기 뭐야?

주섬주섬 상소문들을 정리하는 소랑의 눈에 하필 과격하게 써 놓은 문장이 들어왔다.

"왕이 고자라니! 왕이 고자라니! 나는 무슨 죄로 왕이 고자인 나라에 태어나 고자 병×으로 사는가! 우오오오오!"

한문으로 쓰인 글이었으나, 부들부들 떨리는 필체에서 그 격한 감정이 전해지는 것만 같았다.

소랑은 상소문을 줍다가 씁쓸하게 왕 이헌을 바라보았다. 이런 악성 글을 보고 그렇게 기분이 상하셨구먼. 아니, 뭐 한두 번 듣는 소리도 아닐 테고, 정 그런 헛소문이 싫으심 어서 후사를 보시든가. 온 국민이 이 나라 대통을 이을 원자 소식만을 간절히 바라고 있는데, 지 혼자 무엇하러 금욕의 삶을 사는가. 궐에 예쁜이 궁녀들도 많더니만.

그런 소랑에게 작은 의심이 스치기 시작했다.

'혹시, 진짜 고자이신가?'

저 심각한 얼굴을 보아하니, 혹시 이 상소문이 진짜인가? 소랑이 잔뜩 수상쩍은 표정을 짓자 헌은 비 맞은 강아지같이 축 처진 눈을 하고 그녀를 올려다보았다.

"소랑아."

뭐야, 왜 갑자기 이렇게 불쌍하게 나를 쳐다봐?

"네?"

뭐 나한테 바라는 거 있는 거야?

"혹시 지금 가능하겠느냐?"

혹시, 혹시, 혹시?

"뭐, 뭐요?"

왕이 고자가 아니라는 증명? 그럼 나도 임시 궁녀라 이것인가? 그렇다면 지금 나를 이렇게 급히 찾은 것은?!

오.모.나! 스, 스, 승은?

"빙의 말이다."

소랑은 한순간에 몸의 중심을 잃었다.

"네에에에?"

빙의라.

지금 이헌은 또 세자빈이 보고 싶다 말하는 것이었다.

이런 상황이 다시 닥쳐올 줄은 알았으나, 그게 바로 지금일 줄은 몰랐다.

이렇게 헌이 시도 때도 없이 안씨를 찾았다 불렀다 하면 결국 언젠가는 그 진실을 들키게 되고 말 것이다. 내가 사실 신기도 없이 거짓 연기를 했다는 것이.

"그게 아무 때나 되는 게 아니라……."

허나, 지금 왕의 저 눈빛을 보아 하니, 지금 귀기라도 안씨를 보지 않으면 스스로 목이라도 맬 듯한 표정이었다.

"자주 불러내지 않겠다고 약조하지 않으셨습니까? 편히 쉬고 계신 빈궁마마의 넋에 해가 갈까 저어됩니다."

"이제 두 번째인데, 뭐가 자주인가? 네 이 궐에 들어온 연유를 잊은 것이냐. 어서 빙의를 하지 않으면……."

또 목을 치시겠다고?

"……내가 눈물이 날 것 같구나."

아이고, 운다니요. 그런 말씀은 하지 마세요.

눈물이 날 것 같다는 그 말 한마디에 소랑의 가슴이 바로 녹아버리고 말았다.

그래. 왕을 울린 죄, 그것이 경을 칠 죄이지 거짓을 고한 게 죄인가?

159

여기서 그의 눈물을 보고만 있을 수는 없었다.

그러하다. 이것은 뻥이 아니다. 왕 이헌을 달래기 위한 하나의 연극이다. 금혼령에 고통받는 만백성을 위한 하얀 거짓말이다. 해 보자. 내 안의 세자빈을 이끌어내 보자.

소랑은 후아 후아 깊게 심호흡을 하고서는 등잔불을 후후 불어 방 안의 모든 불을 껐다.

눈앞을 메운 것은 새까만 어둠. 달도 뜨지 않은 참으로 어둑한 밤이었다. 단둘이 있는 방 안에 적막이 내려앉자 밖에선 칼바람이 휘휘 불어와 창문을 세차게 두드렸다.

점차 어둠에 익숙해지자 헌의 눈에 한 여자의 형체가 서서히 들어오기 시작했다. 헌의 앞에는 나인의 겉옷을 벗고 흰 소복 차림을 한 소랑이 한쪽 무릎을 세우고 다소곳이 앉아 있었다. 그녀는 조용히 눈을 깔며 부러 낮은 목소리를 내었다.

"저하, 강녕하시었나이까."

평소의 소랑이라고는 절대 볼 수 없는 안정되고 차분한 말투.

"보고 싶었……습니다."

헌은 믿을 수 없다는 듯 그녀를 바라보았다.

진정 이 아이의 몸에 세자빈 안씨를 담은 것인가?

"빈궁, 빈궁이 오셨소?"

그는 부들부들 떨리는 손으로 소랑의 손을 꼬옥 잡았다. 소랑은 작은 심호흡을 하며 마음을 진정시키려 했다. 저번처럼 헌의 돌발 행동에 놀라서는 안 될 일이었다.

"빈궁, 뭐라 말을 해 보시오."

그녀는 그저 꼿꼿하게 앉아 할 수 있는 한 가장 슬픈 눈으로 그를 바라보았다.

"그간 옥체 보존하셨나이까."

"그럼, 물론이고말고. 오늘 아침은 간만에 잠을 잘 자고 가뿐히 잠에서 깨었소. 어제는 석수라도 싹싹 비웠고."

"허나 오늘은 수라를 남기지 않으셨습니까?"

"영 입맛이 없어서, 그만."

"저하께서 건강해지셔야 합니다. 그것이 신첩의 기쁨이옵니다."

"그래, 그래. 내 빈궁의 말대로 하겠소."

"운동은 좀 하셨습니까?"

"아까는 혼자서 팔굽혀펴기도 하였소. 내일은 검도 다시 잡아 볼 것이오."

"그래요. 그러시면 되었습니다."

이때 헌의 미간이 살짝 구겨졌다.

"그런데 왜, 서책을 읽었는지는 물어보지 않으시오."

"네?"

"언제나 책을 열심히 읽고 정사에 충실하라 하지 않았소. 한순간도 책을 손에서 놓질 않던 빈궁이 아니오."

"아, 저기 책이 널려 있기에 이미 열심히 보신 듯하여."

그의 얼굴에 의심의 빛이 도는 듯해 그녀는 재빨리 해명을 하기 시작했다.

"신첩, 이승에 있을 때는 책 읽기를 당부드렸으나 육신이 사라진 지금, 쌓아 놓은 지식까지 모두 날아간 느낌입니다. 역시 사람은 몸 건강히 튼튼한 게 최고구나 싶은데……."

아차차, 당황을 하자 다시 원래의 말투가 나와 버리고 말았다.

그녀는 다시 목소리를 깔고선 물었다.

"콜록. 술은 자주 좀 하십니까?"

"빈궁이 싫어할 것은 알지만 사무친 그리움에 술잔을 놓을 수가 없었소."

"그건 잘하셨습니다."

"응?"

"세상만사 시름을 잊게 해 주는 것이 바로 술이지요."

"그렇지."

"그렇게라도 시름을 털어 내신다면 저하를 혼자 두고 떠난 저의 죄책감이 조금은 씻길 것 같습니다. 술이 그리 공을 세웠다면 상이라도 줘야 옳지요."

"그래, 빈궁의 말이 맞구나."

"좋은 술이 있다면 잊지 않고 그 맛을 꼭 보세요. 곁에 있는 나인도 좀 나누어 주시고."

"빈궁이 원하면 그리하겠다."

세상에, 이렇게 순한 강아지 같은 헌의 모습은 전에 본 적이 없었다. 뭐 시키는 대로 다 하는데? 소랑은 놀란 마음을 짐짓 감추고 다시 목소리를 깔았다.

"저는 이제 떠날 시간이옵니다."

"가긴 어딜 가느냐, 이 짧은 시간에."

"다른 사람의 몸에 머물 수 있는 시간은 한정되어 있습니다."

소랑은 이제 정말로 떠나야 할 것 같다는 표정을 지었다.

세상이 무너진 것처럼 소랑을 바라보던 헌은 이렇게 놓칠 수는 없다는 듯, 그녀를 확 끌어안아 버리고 말았다.

쿵쾅쿵쾅.

아, 순간 시간이 멈춰 버린 듯했다. 가슴이 미친 듯이 두근거렸지만, 입 밖으로 표현해서는 안 되었다. 지금 그는 소랑을 안고 있지만 실로는 그녀를 안고 있는 것이 아니기에, 이렇게 마음이 흔들리게 두어서는 안 되었다. 등이 뜨거워지는 느낌에 헌을 다시 바라보니, 어느새 두 눈의 물기가 그렁그렁 가득 차 있었다.

"가지 마라, 자연아."

결국 헌은 뜨거운 옥루를 뚝뚝 흘렸다. 여기에 당황해서는 안 된다. 소랑은 굳은 표정으로 고개를 가로젓고 그의 손을 맞잡았다. 그러고는 천천히 그의 손등에 입을 맞추었다.

아, 이것은 세자빈이 자신에게 주었던 마지막 인사였다. 헌은 모든 것이 미어질 듯 안타깝게 소랑을 바라보았다.

잠시 후, 그녀는 온몸에 힘을 풀고 고개를 푹 숙였다. 그리고 탁 뱉어내듯 한마디를 던졌다.

"가셨습니다."

다시 돌아갔다는 그 말에, 그는 조용히 눈을 감았다.

"빈궁은 잘 보내 주었느냐."

"네."

소랑의 머리가 어질해졌다. 눈물을 흘리는 헌의 모습을 보니 못내 마음이 복잡해진 까닭이었다. 이미 세자빈 안씨는 죽은 사람이다. 허나 평생 그의 곁에서 떠날 수 없는 사람이다. 참으로 부럽고도 묘했다. 죽어서도 이렇게 왕 이헌의 사랑을 받는 것이.

소랑은 손수건을 꺼내어 그의 볼에 흐른 물기를 닦아 주었다. 모든 것을 놓아 버린 듯한 얼굴의 헌은 그 손길을 거부하지 않았다.

"피곤하구나. 나는 이만 자리에 들어야겠다."

소랑은 여타 지밀나인과 다름없는 태도로 그의 이부자리를 정리해 주었다. 그리고 그가 편히 쉴 수 있도록 눕히고는 주변 매무새를 다듬었다.

"내가 잠들 때까지 곁을 떠나지 말아다오."

앞으로도 그의 곁에 이렇게 머물러야 할까?

"그 여운이라도 느끼고 싶구나."

그가 잊지 못하는 여자의 대리인으로?

"문간에 서 있기 힘들다면 여기에 계속 앉아 있어도 좋다."

이렇게 그의 곁에 가까이 있을 수 있다는 것을 영광으로 여기면서?

"오늘은 이야기를 해 주지 않아도 좋다."

그의 앞에서는 계속해서 거짓을 꾸며 내야 하는 소랑이었다.

또 언제 그를 속여야 할지 모르는 것이었다. 온 속이 모두 뒤집어지는 것만 같았다. 감은 눈 위로, 헌의 소년 같은 그 얼굴선을 바라보며 소랑은 가슴 한구석이 말캉해지는 걸 느꼈다.

　대체 이 감정은 무얼까. 익숙지 않은 이 낯선 뜨뜻함은.

　헌은 많은 눈물을 쏟은 탓인지 쉬이 잠들었고, 소랑은 먹먹해진 가슴을 진정시키느라 한참 동안 애를 써야만 했다.

11

혹시, 예전에
혼인할 뻔했던 적 있어?

궐에서의 첫 5일이 지났다. 이곳에 적응하기에도 바빴으나, 시간은 바람과 같이 지나가 버리고 말았다. 그리고 소랑이 애달당에 있기로 한 날이 돌아왔다.

"이제 저는 이틀간 사가에 가 있을 예정이옵니다."

소랑은 왕 이헌에게 공손히 고개를 숙이고 허락을 구했다.

"그래, 원래 약속했던 것이 아니냐. 이런 거 미주알고주알 얘기할 거 없다."

헌은 귀찮다는 듯 가라는 손짓을 했다.

"저번엔 얘기 안 한다고 역정을 내지 않으셨습니까? 근무 시간도 허락을 받으라고."

"아으, 시끄러워. 말대답 좀 그만하거라. 어디, 왕한테! 거기, 신원 이 어디 갔느냐?"

왕의 명에 밖에 있던 신원이 들어와 꾸벅, 예를 갖추었다.

"그래, 뭐 잘 다녀오너라."

헌은 이런 걸 가지고 허락을 다 받느냐는 듯 고개를 팽— 하니 돌렸다. 별 신경 안 쓴다는 척, 별거 아니라는 척. 하지만 헌은 총총총 강녕전을 나서는 그녀의 뒷모습을 은근슬쩍 끝까지 지켜보았다.

어느덧 자시 말의 시간이었다.

소랑이 처소에서 짐을 챙겨 나오자, 신원은 앞에서 말을 매어 놓고 기다리고 있었다.

뭔가 미안해졌다. 종 6품의 의금부 도사를 마치 자신의 호위 무사처럼 쓰고 있는 것이. 원래는 밖에서 열심히 수사의 일을 해야 할 그가 저 같은 사짜에게 묶여 버린 것은 아닌가, 싶기도 했다.

"타시지요."

그런 소랑의 걱정이 괜한 것이라는 듯 신원은 훌쩍 말에 올라타 그녀에게 손을 내밀었다. 당연히 왕의 명을 받들어야 한다는 듯이.

이것이 자기가 해야 할 도리라는 듯이.

소랑이 그의 뒤에 올라타자 말이 달리기 시작했다. 그의 등을 잡고 달려가는 내내 묘한 생각들이 그녀의 머리에서 엉키었다.

그래, 신원에게 이 이야기를 꼭 해야겠어. 도랑에 닿아 말이 잠시 멈추었을 때 소랑은 그의 등을 톡톡 건드리고는 말했다.

"나으리, 어디 경치 좋은 곳에서 술 한잔하실까요?"

"지금은 근무 중입니다. 그리고 말을 끌고 온 날은 술을 마시지 않고."

아니, 뭐 이 시대에 단속이 있나 말 면허 취소가 있나.

"그러지 말고 한잔하시지요. 우리 함께 일하게 된 것도 인연인데. 혹 한양에 경관 좋은 곳을 알고 계시오?"

"하나 알고 있기는 한데……."

"그럼 그곳으로 바로 가시지요."

가는 길에 소랑은 주막에 들러 막걸리를 항아리째 사들고는 말에 실었다.

그렇게 달려 소랑과 신원이 당도한 곳은 한강이 한눈에 내려다보이는 정자였다. 휘영청 밝은 달에 부슬부슬 빛나는 강물과 묶여 있는 배들, 나루터의 소박한 모습이 한눈에 들어왔다.

"우와, 이렇게 예쁜 곳이 있었단 말이오? 이런 곳에 정자가 있는 줄은 어찌 알고 계셨소?"

"예전에 우리 스승이 술을 좋아하시어, 풍류를 즐기실 때마다 이곳으로 오시었소."

"와, 여자 꼬실 때 와 본 것은 아니고?"

"다, 당치도 않소."

"농이요. 농. 남녀끼리 연정이 붙기에 참으로 좋은 경치라 그리 물어본 것이오."

물색없이 경치를 둘러보며 예쁘다, 감탄사를 연발하는 소랑을 보자 신원은 조금 머쓱한 기분이 들었다.

"여 앉아 보시오. 사실 내가 오늘 술을 마시자 한 이유가 있소."

소랑은 가운데 부침개를 놓은 뒤, 두 막걸리 잔을 채우고선 말했다.

"그러니까 나의 신분이 천하고 하는 일마저 천하기는 하나, 어쨌건 지금은 왕의 명을 받은 자가 아닙니까. 그것도 아주 중한 일로."

"그 일이 얼마나 중요한 일인지는 나도 알고 있소."

"그렇지, 나으리나 저나 국가를 위해 봉사를 하는 자들이지요. 같은 배를 탄 것이지, 하핫."

무슨 말을 하려고 이렇게 말을 뱅뱅 돌리는 것인가.

"그런 의미에서 말인데…… 우리 말 놓을까?"

뭐? 순간, 신원의 심장이 작게 두근거리기 시작했다.

"그러니까 동무 먹자고. 아니, 물론 남녀도 유별하고, 우리가 신분 차도 있고, 나이 차도 있는 건 알지만, 이왕 같이 일을 하고 있으니……."

"그래."

신원은 의외로 흔쾌하게 그러자 답했다.

"근데 우리가 나이 차이가 좀 있잖아. 말은 놓더라도 오라버니, 그렇게 불러야 하는 거 아닌가?"

"아우, 낯간지럽게 무슨."

"그럼, 오빠?"

"완전 됐거든?"

"그럼 '야, 이신원.' 이렇게 맞먹게?"

"뭐, 내키면 불러 주고. 오라버니."

"오빠!"

"고집은."

사실 그냥 마음의 안정이 필요했다.

어찌 보면 하루하루 대역죄를 저지르고 사는 요즘이었다. 이때 한 명이라도 내 편을 만들어 놔야 하지 않을까, 싶어서 한 말이었다.

설마 이렇게 동무 먹었는데, 수상한 점이 있다 하여 나를 고발하지는 않겠지? 아니, 이놈이 나를 직접 잡아갈 수도 있잖아? 그래. 어찌 되었든 나와 척을 지지 않게 잘 대해 줘야겠다.

비록 예전에 나와 연이 닿았던 자였으나, 그 사실은 까맣게 모르는 것만 같고.

"근데 말이야, 내가 묻고 싶은 게 있었는데."

"응?"

"혹시, 예전에 혼인할 뻔했던 적 있어?"

소랑은 깜짝 놀라 막걸리 잔을 떨어뜨리고 말았다. 혹시?

"아니, 그냥 그런 남자 없었냐고. 7년 동안 돌아다니면서 혹은 그 전에."

"아, 그 뜻이로구나. 아주 남자가 줄줄 따랐지. 근데 혼인했으면 네가 잡아갔을 거 아냐."

"그럼 7년 전에 뭐했어?"

허거걱. 뺑하고 사기에 있어서는 거의 통달한 그녀였지만, 그렇게 핵심을 콕콕 찌르는 말에는 어째 바로바로 답이 나오지 않았다.

"그러니까. 음."

"뭔데?"

"거지였지."

"뭐어?"

아, 하필 생각난 게 이것뿐인가. 나의 상상력에 빈티가 줄줄 흐르는구나. 그녀는 짐짓 쓸쓸한 표정을 지어 보이며 말했다.

"난 사실 출생도 모르고 신분도 몰라. 가족한테 완전히 버려진 거지. 그러다 길에서 개이 할배 만나서 궁합쟁이 인생 시작한 거고."

"그랬구나. 어째 남다른 궁기가 있더라."

뭐, 이 자식아?

"여하튼 남한텐 아픈 과거니까 더 이상 묻지 마. 아마 버들잎처럼 나긋나긋하게 자란 너는 이해 못하겠지만."

"버들잎?"

헉, 신원의 날카로운 눈빛에 소랑은 괜스레 양심에 찔려 그의 눈을 슬쩍 피했다.

"내가 점쟁이잖아? 설마 네가 버드나무 집 도령이었던 것도 모를까 봐. 신기가 있다고."

당황한 소랑은 남은 막걸리를 쭉쭉 들이켰다.

"말 안 해 줘도 사실 상관없었어. 개이 할배가 굳이 물어보지 말랬거든."

"그래, 내가 거지였단 사실은 꼭 비밀 지켜 줘."

순진하게 끄덕이는 신원의 눈치를 보아하니 그 말을 믿는 듯했다.

아 잠깐, 믿는 것도 좀 기분 나쁜데? 그래, 전직 거지든 뭐든 뭔 상관이랴. 의심만 피해 가면 될 것을.

"나도 쉬이 살아온 세월은 아니야."

"근데 얼굴이 이리 곱상해?"

"히필 금혼령이 내려지는 날, 혼인을 하려 해서 파투가 나 버렸거든. 그때 사라진 신부 찾겠다고 전국 방방곡곡을 다 돌았어."

"뭐?"

"본가엔 무예 수련을 한다 하고. 뭐 틀린 말은 아니지. 잡념이 생기면 칼을 잡았으니까."

갑자기 알게 된 뜻밖의 사실에 소랑은 멍하니 그를 바라보았다.

"수사관이 되고 싶었어. 그럼 진짜 내 신부를 찾을 수 있을 것 같아서. 내가 문과 포기하고 무과 간다 그러니까 집에서 난리 난리 나더라. 우리 집이 문과로는 탑을 쌓았었거든."

언제나 느물느물한 능청에 속마음을 감추고 깐죽이던 소랑이었다. 허나 자그마치 7년을 사라진 신부를 찾아 헤매었다는 신원의 순정에는 도저히 뭐라 답을 할 것이 없었다.

그간 수많은 사람을 만났다 하나, 이렇게 착하고 순정적인 남자는 없었다. 호랑이 같은 의금부 도사로서의 첫인상과는 달리, 속을 알게 된 그는 그저 한없이 여려 보이기만 했다.

"아니, 보통 혼사 전엔 얼굴을 볼 수가 없잖아. 근데 어떻게 그 신부를 찾아?"

"그 신부만의 향이 있거든. 연분홍빛 복사꽃 향기."

"에이, 그걸로는 절대 못 찾아. 복사꽃 향기란 게 굉장히 흔한 향이야. 여자 중에 그 향갑 안 갖고 있는 사람이 없어."

"그런가?"

"그래. 너 머리도 똑똑한데 무슨 그런 무식한 방법에 의존을 해. 수사관이란 놈이."

"그지? 내가 무슨 개코도 아니고."

"여하튼 너 그 여자 빨리빨리 잊는 게 좋다. 왕을 봐, 7년 순정? 저거 저거 꼴통이고 바보지, 온 나라에서 욕을 욕을 해. 왕이 고자라고."

소랑의 속사포 같은 말에 신원은 조용히 웃으며 나지막이 답했다.

"그 여잘 잊으면, 내게 새로운 사랑이 찾아올까?"

"아……."

이것 또한 쉬이 답할 수 없는 말이었다. 한강을 지그시 바라보는 그의 눈빛이 왠지 모르게 아찔해 보이기도 했다.

"에이그, 네가 '국법의 남자'인데 그렇게 나오면 안 되지. 지금은 연모의 정을 금해야 하는 때라면서."

소랑은 애써 손사래를 치고 그의 말을 부정했다. 어쩐지 이 대화가 더 길어지면 위험할 것 같다는 생각에, 그녀는 항아리에 남은 막걸리를 쭈욱 들이켰다.

"밤이슬이 차다. 얼른 들어가자."

그렇게 그녀가 자리에서 일어선 바로 그때,

바람이 쏴아— 불어와 그 정자에 서 있는 둘 사이를 조용히 스쳐 지나갔다. 혹여라도 술 냄새가 풍길까 하여 그녀는 자기도 모르게 입을 막고 뒤로 돌아섰다.

막걸리 향이 묘하게 섞인 복사꽃 향.

어? 이 향은?

멈칫한 신원은 입을 막고 뒤로 돌아선 소랑을 가느다란 눈으로 바라보았다. 일자로 선 둘 사이에 묘한 긴장감이 감돌았다.

소랑이 발을 떼려는 찰나, 7년간 단 한 번도 들어 보지 못했던 이름이 뒤통수에 들어와 꽂혔다.

"야, 예현선."

심장이 벼랑에서 굴러 쿵, 하고 떨어지는 듯한 기분이었다.

"뭐?"

소랑은 어찌 답을 해야 할지 알 수가 없었다. 오만 가지 복잡한 기색이 소랑의 얼굴에 스쳤다.

"예현선이었다고. 그 여자 이름이."

예현선. 이는 바로 소랑이 7년 전에 갖고 있던 이름이었다. 설마 아는 걸까? 내가 예현선이었다는 사실을?

"뭘 그리 놀래?"

"아, 아니. 이름이 예뻐서."

"요새 유독 그 여자 생각이 많이 나네. 그 여자도 술을 좋아했거든."

그 말에 소랑의 눈이 가늘어졌다.

"네가 그걸 어떻게 알아?"

아스라한 달빛을 올려다보는 신원의 동공이 7년 전의 회상 속으로 잠겨 들어갔다.

"7년 전, 혼인하기 전에 그 여자 집에 몰래 숨어든 적이 있었어."

정말 네가 나를 본 적이 있었단 말이야? 신원의 진중하고 담담한 눈빛이 소랑에게로 닿자 그녀는 더더욱 아연했다.

바로 이 남자가 나의 지아비가 될 뻔했다니. 상상도 하지 못했던 운명의 길이, 그리고 이렇게 다시 재회함이 그녀에게는 모두 생경하게만 느껴졌다.

"그 여자가 어떻게 생겼는지도 기억이 나?"

지금 그는, 나를 알아보았을까? 내가 예현선임을, 알았을까?

소랑의 가슴이 미친 듯이 졸아들어 왔다. 쿵쾅쿵쾅. 이대로 심장이 튀어나와 버린다 해도 이상할 것이 없었다.

신원의 답은…….

무서운 거거든,
감정이 헷갈린다는 게

12

"그 여자가 어떻게 생겼는지도 기억이 나?"

신원의 답은…….

"아니."

부정이었다.

"딱 한 번, 그것도 어둠 속에서 본 거라."

그렇구나, 소랑은 신원이 눈치 채지 못하게 작게 안도의 한숨을
뱉었다.

"그래, 다 잊는 게 당연하지."

신원의 기억 속에 예현선은 첫사랑의 환영과 같은 존재였다. 평생을 사랑했지만, 가까이 닿을 수 없는.

소랑은 아득하게 눈을 감았다.

만약에 그때 내가 집에서 내쫓기지 않았더라면 우리 둘은 그때 부부의 백년가약을 맺었을까. 만약에 그때 금혼령이 내려지지 않았더라면, 우리는 지금 부부로서 아옹다옹 살고 있었을까.

아마 그때의 내 모습은 아름다웠으리라. 곱디곱게 치장한 양갓집 규수의 모습, 분명 지금의 갈대처럼 억센 모습과 거리가 있을 것이다.

나를 알아보지 못함이 당연하다. 한편으로는 다행이라 여겨지면서도 한편으로는 쓸쓸해졌다.

나 얼마만큼이나 변해 버린 걸까. 누군가의 보이지 않는 사랑을 받던 그때로부터.

"술기운이 오르네. 일찍 자는 게 좋겠어."

소랑은 신원의 말에 먼저 올라타고서 조용히 말했다. 평소의 능청과 조잘거림이 사라진 소랑의 모습이 신원에게는 조금 낯설게 느껴졌다.

"바로 잘 거야?"

"응, 많이 피곤하네."

애달당에 도착한 소랑은 작은 인사로 그를 보내고서, 안으로 뚜벅뚜벅 들어갔다. 소랑은 자리에 누워 눈을 감고 예현선이라는 이름 세 글자에 대해서 오래도록 생각했다.

어느덧 깊은 밤이 되었을 때, 간만에 다시금 악몽이 찾아왔다.

절벽에서 떨어져 죽을 뻔했던 그 기억. 그 모진 고통이 생생하게 되살아 올라 숨도 쉬지 못할 통증으로 그녀를 덮쳤다. 땀에 흠뻑 젖은 소랑이 눈을 번뜩 떴다.

소랑은 혼자서 세차게 도리질을 했다. 이신원과 다시 연이 닿았다고 해서 죽은 예현선이라는 여자를 되살려서는 안 되었다.

그리하면…… 서씨 부인이 죽여 버릴 것이다. 이미 그때 이후로 예현선이라는 이름으로 살아가고 있는 것은 바로 현희였기 때문이다.

첩실의 딸이라 좋은 혼처에 시집가는 것조차 바랄 수 없었던, 현희는 예현선이라는 이름을 얻고 나서 왕궁의 간택령에 처녀 단자를 내기에까지 이르렀다.

하늘 아래 예현선이 둘일 수는 없는 노릇이었다. 자기가 한양에 온 것을 서씨 부인이 안다면 무슨 수를 써서라도 소랑을 죽여 버릴 것이었다. 갖은 방법을 다해, 자신의 어머니 김씨를 해했던 것처럼.

놀란 마음을 진정시킬 겸, 소랑은 애달당의 뒤뜰로 향했다. 잠시 달빛을 쐬며 이 혼란스러운 마음을 내려 앉히려 하는데,

"아우, 깜짝이야!"

담장 위에 웬 남정네가 걸터앉아 있었다. 검은 그림자가 훌쩍 뛰

어 그녀의 앞으로 다가왔다.

이신원이었다. 그가 천천히 다가오는 모습에 소랑의 가슴이 작게 두근거려 오기 시작했다. 왜 이놈은 내 아픈 기억을 깨워가지고는. 쳇. 괜스레 말이 불퉁하게 나갔다.

"왜 퇴근 안 하고 여기 있어?"

어쩐지 신원의 얼굴에는 걱정의 빛이 어려 있었다. 조금 전 소랑이 말수 없이 돌아섰던 게 마음 쓰여서일까.

"너는 왜 안 자고 여기 나와 있는데?"

"안 좋은 꿈을 좀 꿔서."

뒤뜰의 평상에 소랑과 신원이 나란히 앉았다. 소랑의 어두운 기색이 쉬이 사라지지 않자 신원은 계속 세심하게 이것저것을 물어보았다.

"많이 불안해?"

"뭐가?"

"그 폭군 같은 왕을 바로 옆에서 모셔야 하잖아."

"생각만치 폭군도 아니시던데, 뭐. 애 같은 면도 있고, 귀여운 면도 있고."

헌에 대한 의외의 이야기에 신원의 미간이 살짝 뒤틀렸다.

"귀엽다고?"

진지한 신원의 물음에 분위기가 순식간에 묘해졌다. 약간 당황한 소랑은 부러 밝게 얘기했다.

"에이, 하는 짓 봐라. 딱 미운 일곱 살 사내아이지. 주변에서 자꾸 무섭다 무섭다 하면 못써. 이미 버릇 나빠진 거 더 나빠진다니까."

소랑의 이야기를 가만히 듣던 신원은 자신의 발끝을 바라보며 담담한 듯 이야기했다. 고요하고 잔잔한, 달빛을 닮은 음색으로.

"나는 걱정이 돼. 전하께서 헷갈리실까 봐."

"뭐를?"

"네 안에 폐빈 안씨의 혼백을 담잖아. 네가 안씨로 보일 수 있다는 거, 아냐?"

순간, 소랑의 가슴이 저릿하게 조여 왔다. 그 상황이라면 이미 한 번 겪어 본 적이 있었다. 나를 쓰다듬고 있지만 마음은 죽은 그녀를 향해 있던 그때.

"무서운 거거든, 감정이 헷갈린다는 게."

신원은 천천히 고개를 들어 소랑의 이마에 자신의 이마를 살짝 갖다 대었다. 갑작스럽게 가까워진 거리에 소랑이 흠칫 움츠러든 찰나,

"나도 네가 헷갈려."

신원이 가까이서 눈을 감고 소랑의 향을 맡았다.

"그저 향이 같다는 이유만으로."

불안하게 눈을 뜬 소랑의 입술 끝에 신원의 입술이 닿을 듯 말 듯 가까워져 왔다. 소랑의 심장은 주체할 수 없을 만큼 난동질을 부리기 시작했다.

이대로라면, 이대로라면……!

13

저는 하양~
이 소녀가
해냈사옵나이당~

이대로라면, 이대로라면……!

소랑은 이 상황을 어찌할 수가 없어서, 그저 눈을 질끈 감아 버렸다.

'꾸웅―'

그러나 이어진 건 꿍, 하는 신원의 이마 박기였다. 아얏, 소랑이 이마를 비비며 신원을 올려다보았다.

"동무 먹자면서, 눈은 왜 감냐?"

짓궂은 신원의 말투에 소랑이 발끈해 대들었다.

"너는 왜 남의 냄새를 자꾸 맡고 그러냐?"

"좋아서 그런다."

이 말에 소랑의 가슴에 다시 작은 파동이 일었다.

좋아서 그렇다니. 냄새가 좋다는, 그런 말이겠지?

"얼른 들어가서 자. 무서우면 이 오라비가 재워 주랴?"

신원이 장난스럽게 한마디 했다.

"됐거든? 나 안 도망가니까, 너도 너네 집 가서 자. 얼른."

"귀엽긴, 나도 너 걱정돼서 여기 있는 거 아니거든. 어명이란 게 무섭단다."

아예 담장에 제대로 자리 잡은 신원의 작태에 소랑은 팽하고 돌아서 버리고 말았다. 그렇게 돌아선 그녀는 조용히 가슴에 손을 얹었다.

저놈에게 내 정체를 들켜서는 안 돼. 내가 예현선이었다는 것을. 신원의 앞에서 긴장을 풀어서는 안 되었다. 절대로, 무조건.

오히려 소랑의 마음에 덜컹 빗장이 걸렸다.

신원과 더 가까워져서는 안 돼.

❀

이튿날 오후, 소랑이 장시에서 찻잎의 재료들을 사 가지고 돌아올 때쯤이었다.

가운데 한 마당에서는 놀이패의 신나는 놀음이 벌어지고 있었다.

흥겨운 탈춤과 아슬아슬한 외줄 타기에 사람들은 너도나도 돈 한 푼씩을 던지고 있었다.

광대의 재롱에 모두 다 함박웃음을 짓고 손뼉을 치며 즐거워하는데 어쩐 일인지 소랑만이 입을 한일자로 다문 채 침묵을 지키고 있었다. 오늘도 다름없이 등짐 지게꾼이 되어 찻잎을 지고 있던 신원이 굳은 표정의 소랑을 툭툭 쳐 보았다.

"왜?"

"아무 일 아니야."

"아니긴, 표정 보니까 뭐 있는데?"

신원의 채근에 소랑이 나지막이 입을 열었다.

"저렇게 신나 보여도 사실은 되게 힘든 거거든, 떠돌이 생활이란 게."

자그마치 7년간 떠돌이로 살며 궁합쟁이 생활을 해 왔던 소랑이었다. 그녀에게는 놀이패의 흥겨운 춤사위보다도 그들 생활의 고단함이 먼저 다가오는 듯했다.

"이젠 인사골에다가 번듯한 찻집도 차렸잖아. 제대로 자리도 잡았고, 임시 궁녀이긴 해도 궐에까지 들어갔으니 제대로 출세한 거 아냐? 근데 뭐 걱정이야."

"아니."

그녀의 목소리는 조용하지만 단호했다.

"다시 돌아갈 거야."

뭐? 순간, 신원은 가슴이 얼어붙는 것 같았다.

"다시, 떠돌이 생활을 하겠다고?"

미세하게 굳어 버린 신원을 아는지 모르는지, 소랑은 씨익 웃으며 너스레를 떨었다.

"우리 세자빈마마 성불하시면 떠나야지요. 계속해서 궁에 붙어 있다간 언제 목이 달아날지 어떻게 압니까요?"

다시 능청을 떠는 소랑이었지만, 한 번 내려앉은 신원의 마음은 쉽사리 제자리를 찾기가 힘들었다.

그녀는 이미 그 이후까지 생각하고 있었다. 왕의 밀명이 끝나고 나면 그 이후로는 바람처럼 사라져 버릴 것이란 것.

이미 한 번 그런 아픔을 겪어 보았던 신원의 마음이 답답하게 먹먹해져 왔다. 왜인지 모를 간절함이 밀려든 것이다.

"무겁지? 메롱메롱, 나 먼저 간다."

소랑은 한 마리 나비처럼 치마를 나풀거리며 뛰어갔다. 사가에 있을 땐 거의 온종일 그녀의 곁을 지키는 신원이었지만, 방금 그녀의 모습은 마치 손에 잡을 수 없는 바람 한 자락처럼 느껴졌다. 더 가까이 가려면 맥없이 도망가 버리는.

"거기 안 서? 같이 가!"

나풀거리는 소랑을 눈으로 좇던 신원이 이내 걸음을 떼었다. 그렇게 둘이서 오누이처럼 정답게 인파를 빠져나갈 때!

그 둘에게 날카로운 눈빛이 머물렀다. 가마를 타고 가던 서씨 부인이 이들을 본 것이었다.

그녀는 바로 고개를 빼어 가마 곁을 지나간 이들의 얼굴을 살피려 했다.

혹시 예현선인가? 방금 스쳐 지나간 사람이? 그럴 리가 없어. 분명 내가 죽여 버렸는데?

얼굴을 제대로 보려 해도 이미 저들은 저만큼 갈 길을 가 버린 채였다. 이 촉은 무엇일까. 팽팽하게 현을 당겨오는 이 불안함은.

그녀에게 또 다른 기억이 떠올랐다. 그날 자객은 그 절벽에서 현선이 살아남았을 리 없다고 장담했지만, 결국 시체를 가져오지는 못했다. 직접 시체를 확인하지 못했다는 찜찜함이 남아 있었으나, 그러고서 7년간. 이 도성 안에는 현선과 닮은 자마저 나타난 적이 없었다.

내가 사람을 잘못 본 것일까. 헛것일까.

서씨는 불안한 마음을 감추고 현희의 몸치장에 필요한 노리개와 패물을 사 들고서 집으로 돌아갔다.

"대체 간택은 언제 다시 진행된답니까?"

열다섯에서 스물세 살의 처녀로 자란 현희였다.

다행히도 볼에 매달려 있던 심술보 젖살은 빠졌으나, 서씨를 닮아 날카롭게 찢어진 듯한 눈매를 지니고 있었다. 전체적으로 못생겼던 애티를 많이 벗고 고아한 규방 아씨의 태를 내고 있었으나 성격은 전혀 변함이 없었다.

현희는 오늘 서씨가 사 온 물건들을 내동댕이치고 앙칼지게 말했다.

"치장을 한들 다 무슨 소용입니까? 내 어미의 말에 속은 게 7년은 아니겠지요?"

"곧 내명부에서 새로운 간택이 시작될 것이다. 아니하면 내가 왜 이런 비싼 패물을 사 왔겠느냐."

"전 아무래도 그때 무조건 시집을 갔어야 했습니다. 그 누가 말린다 하더라도요."

"그때 이야기는 꺼내지 말라 하지 않았느냐."

언제나 여유롭던 서씨가 평소답지 않게 손톱을 깨물었다. 오늘 낮에 보았던 그 여자가 못내 마음에 걸려온 것이다.

"뭐요? 현선 언니와 닮은 자를 봤다고요? 죽은 게 아니었어요?"

"그냥, 느낌일 수도 있고."

"그러다가 현선 언니가 아버지 품에 돌아오기라도 하면 어쩐단 말입니까? 그간의 일을 다 고하기라도 한다면! 어머니, 이는 안 될 일입니다."

본처의 딸을 죽이려 했던 죄, 서출의 딸이 신분을 가장한 죄, 그러고서는 왕궁에 처녀 단자를 낸 죄, 모두 중형에 처할 만한 것이었다. 현희의 동공이 미친 듯한 불안함에 떨려 왔다.

"걱정 말거라. 내 혹시라도 그년을 다시 만나면."

서씨는 꿀꺽 침을 삼키고서는 싸늘하게 말했다.

"죽여 버릴 것이다."

7년 전에 죽었어야 하는 사람이다. 또다시 죽인다 한들, 더한 죄책감이 들까. 오히려 깨끗이 끝내지 못한 아쉬움이 더 컸다.

그만큼 서씨의 눈빛은 단호했다.

내 딸을 비로 만드는 것에 방해되는 자는 모두 없애 버릴 각오가 되어 있었다.

"너는 걱정하지 말고, 언제든 이 나라 왕비가 될 수 있게 갖추고 준비하여라."

검은 욕망이 실뱀처럼 올라와 현희의 두 눈에 꿈틀거렸다.

그래, 나는 이 조선의 왕비가 될 것이다. 그 어떤 일이 있더라도 말이다.

이때 밖에서 병판 대감 댁 하인이 찾아와 서씨를 불렀다. 댁으로 모셔 오라는 전령이었다.

"현희야. 이미 우리에겐 믿을 만한 결사와 뒷배가 있지 않느냐."

서씨는 화려한 칠보 뒤꽂이를 머리에 다시 꽂았다. 그 뒤꽂이의 끝은 여인네의 어느 장신구보다도 날카로웠다.

하인의 안내를 따라 도착한 병조판서 조성균 대감 댁 뒤뜰. 은밀한 쪽문으로 서씨가 들어섰다. 이미 그곳에서는 한판 거나하게 술자리가 벌어졌던 듯했다.

"서운정입니다. 병판 대감."

취기가 오른 듯, 조성균 대감의 얼굴이 붉었다.

"새로운 간택을 추진하라는 여론은 다 조성이 된 것입니까."

"물론."

"저번 왕비 간택도 실패로 끝나, 백성들의 원성이 이만저만이 아닙니다."

"민심이 흔들리고 있다? 그게 어디 하루 이틀 일인가. 나 같은 고관대작이 권세를 잡기에는 이렇게 불안한 형국이 안성맞춤이지. 그야말로 풍랑 위에 흔들리는 배에서 풍악을 울리는 것 아니오. 파도야, 더욱더 춤을 춰 보거라."

그는 부채를 들고일어나 춤이라도 출 듯 들썩거렸다.

"7년 전. 세자빈을 죽였을 때 다들 내가 새로운 세자빈을 앉힐 줄 알았지요. 허나 내가 원하던 것은 풍랑 그 자체. 혼돈이었습니다. 왜냐, 나는 그 흔들리는 배에서도 물에 빠지지 않을 자신이 있었으니까."

병판의 너털웃음에도 앞에 앉은 서씨의 얼굴은 차가웠다.

"언젠간 그 배에서 내리실 때가 있겠지요."

"……뭐요?"

"흔들리는 배의 나라는 끝날 거란 말씀입니다. 것도 올해 안에!"

병판의 표정이 바로 굳어졌다. 기실 그녀의 말대로 더 이상 금혼령이 길어질 수는 없었다.

"배에서 내리자마자 마차에 타게 해 드리지요. 조선을 굴릴 큰 바퀴 위에 올라타게 해 드리겠습니다."

"갑을 관계가 잘못되지 않았소. 이 나라의 왕비를 만드는 건 바로 나요."

"그것도 자금이 있어야지요."

"나에게 돈을 주시려는 것이오?"

"조직을 드리려 합니다. 전국구로 짜여진 조직을."

어떤 조직일지는 몰라도, 거기에서 왕비를 만드는 데 쓰일 자금이 나오는 것이 분명했다.

병판은 새삼 서씨가 일을 꾸미는 규모에 감탄했다. 보통의 계획으로 왕비를 만들려고 하는 것이 아니었다.

그것이 어떤 조직이냐 물어보았지만 서씨는 쉽사리 답하지 않았다. 대신 여유로운 목소리로 이렇게 물었다.

"이 마차에 타시겠습니까?"

"파하하하핫."

웃음이 터진 병판은 서씨를 재미있게 보며 말했다.

"그 마찻길을 만든 게 나요. 거길 걸어갈 순 없지요."

소랑이 다시 입궁을 해야 하는 밤.

개이와 해영이 애달당 앞에서 신원의 말에 타는 소랑을 배웅하고 있었다.

"할배, 저번에 할배 말대로 했다가 나 거의 죽을 뻔했던 거 아시오? 왕에게 막 대하라니. 그게 말이야, 방귀야."

"네가 조심해야 할 것은 왕이 아니다."

"엥, 그럼 뭐요? 이 궐에 왕보다도 더 무서운 게 있단 말이오?"

"에헴, 가만히 있자. 이번 달에는 물과 나무를 조심하거라."

에잉? 이런 뜬금없는 말이 다 있나. 여름에 물 조심, 겨울에 불조심하라는 말만큼이나 구체성이 없는 경고였다.

"하이고, 됐소! 나 없는 동안 장사나 잘하고 계시구려. 해영아. 할배 정신이 오락가락하니 단속 잘하고!"

"네, 언니."

개이의 심상치 않은 경고를 뒤로한 채 소랑을 태운 신원의 말이 출발했다.

드디어 다시 궐 앞이다. 다시 왕 이헌을 만나야 한다. 또 빙의를 하라 하면 어쩌지. 소랑의 걱정과 부담 속에 궐의 육중한 문이 열렸다.

그 시각. 왕 이헌은 후원, 무예 수련장에 있었다. 아무리 일어났다 누웠다를 반복해도 도저히 잠이 오지 않은 탓이었다.

그때 소랑이는 수라에다 무슨 약을 탄 거야. 그녀가 사가로 떠난 이후의 밤은 길고 새까맣고 아득하기만 했다. 오죽하면 혼자 무예 수련장에 왔을까.

깊고 고요한 밤, 혼자서 목검을 드는 헌의 손길은 비장했다.

"세장아. 이건 절대 혼자 노는 것이 아니다."

"아, 예. 여부가 있겠습니까."

"이건!"

헌의 목검이 단호하게 허공을 갈랐다.

"군君으로서의 마음가짐과 몸가짐을 올바르게 하기 위함이야."

왜 자꾸 이렇게 묻지도 않은 말을.

"나의 옥체를 다지는 것이 이 나라의 기강을 다지는 것과 다를 바가 없지 않느냐."

그렇습지요, 뉘예 뉘예.

혼자서 앞뒤를 오가는 헌의 발걸음이 바빴다.

"빠이샤, 빠이샤, 빠이샤!"

이건 소랑이 쓰던 말이 아닌가.

헌은 자신 그림자의 머리통을 향해 힘껏, 목검을 내리쳤다.

이것은 나와 나 자신과의 싸움이야. 어느덧 그의 이마에 옹골찬 구슬땀이 맺혔다. 그렇게 고집스럽고 집요한 칼 놀림이 이어지는 가운데,

"세장아, 혹시 신원이 어디가 약해 보이더냐?"

헌이 목소리를 더욱 깔며 물었다.

혹시 이 목검 수련, 이신원 도사를 이기려고 하시는 겁니까?

"어, 엉덩이요? 그쪽이 좀 부실해 보이던데."

이 말에 헌은 고개를 저었다.

"한 나라의 임금으로서, 상대의 약점을 공격할 수는 없지."

그러나 이미 헌은 누군가의 엉덩이를 공격하는 모양새로 수련을 하고 있었다. 다시 고집스럽고 집요하게.

오옷? 그러다가 은근히 재미가 들린 듯했다.

자신의 그림자를 향해 혼자 찔렀다가, 혼자 막아내기를 반복하던 왕 이헌. 그러다가 좀 뻘쭘해졌는지 목검을 내리고선 툴툴거리며 말했다.

"대체 소랑인 언제쯤 오는 거야?"

이때, 바로 뒤에서 귀에 익은 목소리가 들려왔다.

"저은하, 소녀를 찾으셨사옵니까."

어우, 깜짝이야. 놀란 헌은 바로 목검을 들고 공격 자세를 취했다.

"무엇이냐. 왜 이렇게 갑자기."

"입궁하자마자 바로 번을 서라 하셔서 들어왔나이다. 누가 일정을 그리 짰는지는 모르겠지만."

헌은 괜히 헛기침을 하며 자세를 바로 세웠다. 에헴, 내가 혼자 목검을 찌르며 킬킬대었던 걸 본 건 아니겠지?

"호옥시 저은하, 소녀를 기다리신 것은 아니옵니까?"

"그게 무슨 헛소리냐. 과인이 왜?"

"아니, 혼자 놀기 심심하셨던 건 아니었는지."

헌은 절대 아니라는 듯 근엄하게 말했다.

"내일의 날씨를 물어보려 찾았느니라. 내일은 왕궁의 사냥터에 가는 날이다. 날이 맑을 것이냐, 비가 올 것이냐."

아이고, 소랑은 낭패다 싶어 고개를 푹 숙였다. 왜 신기도 없는데 점쟁이라고 뻥을 쳤는지. 입궁하기 전에 개이한테 날씨나 물어볼 것을⋯⋯.

그래, 날씨란 게 비 오거나 맑거나 둘 중 하나겠지. 한 번 찍어 보자.

소랑은 해맑간 웃음을 띠고서 고개를 들었다.

"걱정하지 마시옵소서. 내일의 날씨는 이 소녀의 미소만큼이나 맑을 것이옵니다."

이를 바라보는 헌의 얼굴에 불신이 가득 차올랐다. 바로 소랑의 뒤에서 시커먼 먹구름이 몰려오고 있었던 것이다.

"그래? 신원이 게 있느냐. 목검 수련이나 같이 하……."

헌의 말이 끝나기도 전에 갑자기,

'우지끈, 우르르 쾅쾅.'

천둥이 치기 시작했다.

'쏴아아아아.'

심지어 비까지 쏟아졌다.

헌은 소랑을 향해 눈을 가늘게 흘겼다. 이런 돌팔이 같으니라고.

"내일 아침만 맑음 되잖아요? 이거 딱 보니까 지나갈 비네. 헤헷, 헤헤헷."

상황을 무마하려는 소랑의 능청스러운 웃음 뒤로, 왕이 비를 맞지 않게 하려는 나인들과 내관의 발길이 바빠졌다.

주위는 삽시간에 어둠에 잠기었다. 한 치 앞도 볼 수 없을 만큼 뿌연 밤안개가 끼고, 세찬 물줄기가 땅을 두드려 댔다.

비를 피하던 왕의 행렬이 연못 앞을 지나갈 때였다.

'우우우우우ㅡ'

헌의 귀에 이상한 소리가 들려왔다. 그는 흠칫하여 옆에 있던 소랑을 불렀다.

"이 소리, 너는 들리느냐."

"네? 무슨 소리요?"

언제나 왕 이헌이 무서워하던, 바로 그 귀기의 소리였다.

'우우우우우—'

뭐야, 이 소리 진짜 들리는 거였어? 소랑 역시 자신의 귀를 의심했다.

비가 오는 날에 들으니 더욱 확실했다. 어두침침한 연못에서 울리는 음침한 소리. 갑자기 연못에서 물귀신이 튀어나와 인간의 발목을 확 잡아채 끌이길 것만 같은 분위기였다. 주변의 나인들과 내관들도 공포에 휩싸여 목을 움츠렸다.

헌이 두려움에 찬 눈으로 주변을 휘휘 둘러보며 소랑의 손을 꽉 쥐었다.

"이 분명, 세자빈의 울음소리가 아니냐."

"에이, 아니에요. 그냥 소리 뭐 울리는 거 같은데. 가만있자, 소리가 어디서 나나?"

모두 등골이 서늘해져 오소소 소름 돋은 팔을 감싸고 있을 때 쫄지 않고 배짱 있게 둘러보고 있는 건 소랑뿐이었다.

"소리 저기서 나는 거 같은데요? 잠깐만요."

소랑은 단숨에 왕의 손을 놓고 소리의 출처를 따라 쫄랑쫄랑 달려 나갔다. 그리고 세찬 빗줄기가 내리는 가운데 그녀는 금방 어둠속 밤안개 사이로 사라져 버렸다.

마치 어둠의 저편으로 사라지는 듯한 소랑을 보며 신원은 저도 모르게 그녀를 따라 앞으로 달려 나갈 뻔했다.

"뭐하느냐. 전하를 지키지 않고."

신원이 움찔했던 걸 세장이 눈치챈 모양이었다. 그가 막지 않더라면 그대로 소랑을 쫓아갈 뻔했다. 신원은 다시 호위의 자세를 갖추어 왕 이헌의 곁에 섰다.

'우우우우우―'

어둠 속의 소랑은 온 정신을 집중하며 소리의 출처를 찾았다. 이걸 해결하지 않고서는 왕 이헌이 매일 잠도 못 자고 퀭해져 반송장처럼 굴 것이 분명했다. 분명 이건 귀기의 소리라 하기엔 울림이 너무 현실적이었다.

그러다 소랑이 찾은 것은 빈 수로였다. 계곡과 연못 사이로 길게 연결이 되어 있는. 바람이 세차게 불자 공기가 수로 사이로 지나가면서 피리처럼 소리를 내는 것이었다.

"아 뭐야, 누가 이런 걸 설치해 놨어? 이러니까 이런 기괴한 소리가 들리지."

내일 사람을 시켜 수로를 뜯기만 하면 이 귀기의 소리는 해결되는 것이었다.

"누가 왕 쫄게 하려고, 이렇게 해 놓은 거 아니야?"

소랑이 툴툴대며 수로를 한 번 뺑― 차자, 그 이상한 소리는 바로 멈추었다.

오! 예! 이제 소리 안 나는 거야?

문제를 해결했다는 기쁨에 소랑은 다시 헌이 있는 곳으로 달음박질치기 시작했다.

"저은하옹~ 걱정하지 마시옵소성~ 이 소녀가 해냈사옵나이당~"

유홋 유홋, 절로 신명이 나면서 발걸음에 속도가 붙기 시작했다. 그러나 문제는 한 치 앞도 보이지 않는 뿌연 밤안개였다.

"저은하앙~"

그녀는 본인이 안개 위를 걷는 듯 사뿐사뿐 달려갔다고 생각했지만, 왕 이헌의 입장에서는 웬 처녀 귀신이 밤안개 사이를 뚫고 달려오는 것처럼만 보였다.

"으아아아아아~! 귀신이나!"

순간 헌은 체통도 잊고 소리를 내지르고 말았다.

"아닙니당~ 저예요오옹~"

소랑이 손사래를 치며 해명을 했을 때는 이미 늦었다. 그녀의 발이 미끌미끌한 진흙 바위에 쭈우우욱 미끄러지고 말았던 것이다. 그 바로 앞에는 왕 이헌이 있었다.

쁘아아아아아아악—!

왕 이헌과 소랑의 두 이마가 제대로 부딪치며 우지끈, 바위 빠개지는 소리가 났다. 미끄러지며 중심을 잃은 소랑이 손을 내젓다가 잡은 것은 왕의 멱살이었다.

"으아아아아악!"

소랑이 비명 소리를 지르며 물에 빠지면서,

'풍덩.'

왕 이헌도 그 멱살에 이끌려 물에 빠지고 말았다.

그 찰나의 순간, 소랑은 생각했다.

이 조선의 왕에게 마빡 돌진을 하고 물에 빠뜨리다니. 나 지금, 어느 정도의 대역죄를 지은 거지?

14

내가
입맞춤을 한 사람이
바로 소랑이?

그러나, 물에 풍덩 빠지자마자 소랑의 전신에 찾아온 차가운 감
각은 전혀 다른 기억을 일깨워 냈다. 7년 전, 아득하게 절벽에서 떨
어지던 그때였다.

떨어진 낭떠러지의 끝에는 어마어마한 계곡물이 세차게 흐르고
있었다. 풀썩, 그녀의 맥없는 몸은 우악스러운 수마에 정신없이 휩
쓸려 갔다.

곧 익사의 공포가 찾아왔다. 난폭한 수마는 그녀의 코와 입을 틀

어막으며 거센 힘으로 숨통을 눌렀다.

"살려 주세요!"

그녀가 잔뜩 물을 먹어 가며 뱉은 힘겨운 한마디였다. 그러나 첩첩산중 그 어둠의 계곡에서는 아무런 답도 돌아오지 않았다.

세상천지, 나를 구해 줄 사람이 단 하나도 없구나.

그렇게 그녀는 그저 아득하게 정신을 잃어 갔다.

이때.

'덥석.'

그녀를 낚아챈 사람이 있었다. 이 연못 안, 수마의 악몽에 정신을 놓아 가고 있는 현선의 팔을 누군가 잡아챈 것이었다.

그녀를 구해 준 사람은 바로 이신원이었다.

소랑이 물에 빠지는 것을 보자마자 이성을 잃고 바로 그녀를 따라 풍덩 뛰어든 것이었다. 신원은 맥을 놓아 가고 있는 소랑을 힘겹게 끌어 연못가로 올려놓았다.

"괜찮아? 소랑아, 소랑아!"

아무리 양 볼을 때려 봐도 그녀는 쉽사리 정신을 차리지 못했다. 아직 그녀의 정신은 고통스러운 수마의 손아귀에 있었다.

그녀의 의식이 깊은 물에 잠기어 사경을 헤매고 있을 때, 어떤 이름이 들려왔다.

'예—현—선—!'

아득하게 저 먼 곳에서 자신의 이름을 부르는 소리가 들리는 것 같았다. 그 부름에 그녀는 남은 정신을 그러모아 힘겹게 눈을 떴다.

"콜록콜록—"

마셨던 물을 토하며 눈을 떴을 때 그 앞엔 신원의 걱정스러운 얼굴이 가득 차 있었다. 소랑이 흠뻑 젖은 신원의 무릎에 누워 있었던 것이다.

"괜찮아? 야, 너 괜찮은 거 맞지?"

"어, 괜찮아."

가슴에 걸린 물을 마저 켈록켈록 토하고 나서야 그녀는 한숨을 돌리며 자리에 제대로 앉을 수 있었다. 세상이 제빛을 찾으면서 정신이 돌아오자 눈앞에 신원이 있다는 사실이 눈물 나도록 반갑게 느껴지기 시작했다.

7년 전의 나는 아무도 구해 주는 사람이 없었는데. 지금은, 내게 너라는 동무가 있구나. 덕분에 내가 살았구나. 나만 살았구나.

어? 뭐지? 이 허전한 기분은? 혹시, 정말 나만 산 거야?

무언가 빠뜨린 것만 같은 이 기분. 소랑이 눈을 번쩍 뜨고 연못가를 보자 발을 동동 구르고 있는 내시와 나인들만 보일 뿐, 함께 물에 빠졌던 왕 이헌이 보이질 않았다.

"신원아, 우리 뭐 빼먹은 거 있지 않아?"

서서히 상황을 알아챈 신원의 눈도 소랑과 같은 크기로 휘둥그레졌다.

헉, 나 뭐한 거지? 나 자신의 안위보다도 왕이 먼저였어야 하는데, 물에 빠진 일개 궁녀를 먼저 구한 거야?

어느덧 밤비가 그친 연못은 쥐죽은 듯 고요하기만 했다. 소랑과 신원은 황당하게 서로의 얼굴을 마주 보았다. 뜨아아악!

뒤늦게야 정신을 차린 신원이 이제라도 연못에 뛰어들려 달려가는데!

뽕~ 저쪽에서 왕 이헌의 얼굴이 빵실, 떠올랐다.

죽을 둥 살 둥 왕을 이고 지고 헤엄치고 있는 내시 세장도 함께였다. 신원은 바로 물가로 달려 나가 세장과 함께 헌을 끌어 올렸다.

그 광경을 본 소랑의 얼굴이 시퍼렇게 질렸다.

으어어, 내가 무슨 짓을 한 거야? 마빡 돌진에다가, 멱살 잡고 물에 빠뜨리기? 소랑은 바로 물에 나온 헌의 앞에 납작 엎드렸다.

"이 소녀어어어어어! 죽을죄를 지었나이다. 넘어질 거면 혼자 넘어지지 왜 그 손을 뻗어 가지고."

물을 많이 먹었는지 헌의 얼굴은 물귀신만큼이나 새하얘져 있었다.

언뜻 웃음이 날 만한 모습이었지만 헌은 물귀신 초주검이 된 상태에서도 체통을 잊지 않았다.

"괘, 괜찮다."

전혀 안 괜찮아 보이시는데.

"너는 어떻게 살았느냐?"

"소, 소녀는 이신원 도사가 구해 줘서."

아이고, 그걸 곧이곧대로 말하면 어째. 신원 역시 즉각적으로 헌의 앞에 납작 엎드려 죄를 고했다.

"저 이신원, 전하께 죽을죄를 지었나이다."

"콜록, 콜록…… 됐고, 이리 와 보거라."

바닥에 엎드려 남은 물을 뱉어 내던 헌이 신원에게 가까이 오라 손짓을 했다.

"네. 저, 전하. 하명하여 주시옵소서."

"너…… 죽을래?"

헉!

"왕이고 아니고를 떠나서 너랑 나랑 동무로 지낸 게 몇 년인데, 여자를 먼저 구해? 네 이노오오옴! 콜록콜록."

다시 목이 부서져라 기침을 하는 왕 이헌을 내시 세장이 냅다 업고 뛰기 시작했다.

"지은—하. 어서 강녕전으로 드시지요. 이러다가 고뿔 걸리시옵니다."

물에 젖은 가마니처럼 축 늘어져 세장에게 업혀 가면서도 뒤끝에 가득 찬 헌의 눈빛은 번뜩, 섬뜩하기만 했다.

'이신원, 너 죽었어!'

헉, 신원은 옆에 있던 소랑을 쿡쿡 찌르며 말했다.

"봤냐, 봤냐? 저 눈빛? 소랑아, 나 어떡하지?"

"일단 너나 나나 거의 디진 목숨인 것 같아. 내가 얼른 따라가 볼게."

소랑은 젖은 옷을 푸덕푸덕 감싸 안으며 나인들의 뒤를 쪼르르 따랐다. 왕이 정신을 차리면 어떤 복수를 당하게 될까.

으으윽, 상상만으로도 끔찍했다.

강녕전, 왕의 침소.

콜록콜록. 잦아드는 기침 속에 서서히 안정을 찾아가는 왕 이헌의 눈빛이 일순 다시 번뜩거렸다.

네가 나를 밀어 물에 빠뜨려? 감히 이 나라의 왕을?

하아, 얘한테 어떻게 복수를 해야 직성이 풀릴까 머리를 굴리고 있는데,

"저은하—"

그녀가 쪼르르 안에 들어와 그의 앞에 납작 엎드렸다.

"옷을 갈아입혀 드리겠나이다."

쳇, 헌의 입에는 비스듬한 비소가 걸렸다.

"허! 누구 좋으라고 그걸 너를 시키느냐?"

소랑은 어찌할 줄을 몰라 더욱 고개를 바닥에 붙이며 머리를 조아렸다. 우리 임금님 보통 뒤끝이 아닌데, 어찌 용서를 비나.

"저번에 뭐, 색기가 부족하다며? 그래서 이신원 도사 품에 폭 안겼나?"

이거 봐, 이거 봐. 이걸 어떻게 풀지?

그런데. 왕의 분노를 푸는 열쇠는 의외의 곳에 있었다.

"저은하— 제가 용안의 물기라도 닦아드리겠사옵니다."

소랑이 손에 쥐고 온 수건을 들고일어나는데,

이럴 수가.

물에 젖은 소랑의 온몸이 촉촉하게 젖어 있었던 것이다.

군데군데에서는 제 기능을 잃어버린 옷이 그저 하얗게 속살을 비춰 보이고 있었다. 의외의 모습에 당황한 헌이 뒤로 물러나 소랑을

막았다.

"아, 아니다. 과인이 할 것이다. 이리 주거라."

그녀의 하얀 속적삼이 몸에 착 달라붙어 아예 살빛을 띠고 있었다. 순식간에 분위기는 묘해졌다.

"그리할 수는 없습니다. 제가 물에 빠뜨렸는데 물기라도 닦게 해주시지요."

자신의 상태를 알 리 없는 소랑은 수건을 꼭 쥐고 내주질 않았다. 그녀가 곁으로 다가오자 더운 김이 훅 끼쳤다. 살결에서 뿜어져 나오는 그 뜨거운 체온. 그 온기가 확 느껴질 만큼 그녀가 가까이 온 것이다. 소랑은 조심스러운 손끝으로 헌의 얼굴을 닦기 시작했다.

"괜찮다니까······."

버럭, 하려던 헌의 시선이 곧 갈 곳을 잃어버렸다.

고개를 돌리자 바로 앞에 소랑의 하얀 젖무덤이 동실, 비춰 보였던 것이다.

"아휴, 꺼지래도."

말과는 다르게 손을 내젓는 헌에게는 어쩐지 단호함이 담겨 있지 않았다. 예전에 옷을 벗는 초란에게 단도를 던졌을 때와는 달랐다.

"옷을 벗겨드리겠나이다."

'안 된다고 했지?'라는 짐짓 엄한 표정에도 소랑의 손길은 멈출 줄을 몰랐다.

'안 되염?'

그녀는 물에 젖은 강아지처럼 불쌍한 표정을 지으며 어떻게든 오늘의 죄를 용서받으려 하는 듯했다. 이 그렁그렁한 눈빛; 이거 이거 다 연출인데, 여기서 넘어가서는 안 되는데, 젠장.

팽, 고개를 돌리는 헌의 모습이 어느덧 허락을 말하고 있었다.

툭, 소랑의 손끝에서 헌의 흠뻑 젖은 속적삼이 벗겨졌다. 벗기는 그녀의 손가락은 유달리 희고 가늘게 느껴졌다. 곧 그녀의 손길에 헌의 벗은 상체가 드러났다.

"제가 저번엔 진정 눈이 삐었었나 봅니다."

그녀는 평소와는 다른 섬세함으로 그 물기를 하나하나 닦아 내기 시작했다.

"에헴, 뭐를 말이냐."

"제가 이신원 도사의 몸이 좋다고 했었나요. 다시 떠올려 보니 세상천지 그런 헛소리가 또 없었습니다. 이렇게 가까이서 보니 전하의 옥체만큼 단단한 것이 또 없사옵니다."

누가 들어도 아부를 떠는 소리.

"에헴, 네 눈이 이제야 정상으로 돌아온 것 같구나."

허나, 헌의 입가가 웃을락 말락 미세하게 실룩거리기 시작했다.

"어쩜 이리도 근육이 튼실하실까요. 전하를 보고 있노라면 웅장한 불기둥이 불뚝 솟아 그 기개와 위엄을 온 천하에 발산하는 것 같습니다. 역시 남자의 색기는 바로 이 중심부에서 나오는 것이지요. 허리선부터 이 등의 선! 이 선이 어찌 그리 잘 잡혀 있으시옵니까."

"에헴, 네가 뭘 좀 아는구나."

"캬, 이 상체에 자글자글 잡혀 있는 잔 근육. 마치 어깨에 용암이 흘러간 자욱 같지 않습니까? 이렇게 손만 대고 있어도 뜨거워지는 것이. 아이, 뜨거웟—"

소랑의 과장된 너스레에도 헌은 꽤 진심이라 믿고 싶은 눈치였다.

"아이코, 그렇게 뜨거웠느냐."

그녀는 눈을 깜빡깜빡 뜨며 말했다.

"사실 소녀, 오늘 좀 감동받았습니다. 오늘 전하께오서 무예를 수련하는 그 모습 말입니다. 캬아아— 칼의 각이 딱딱 떨어지는 것이? 달빛 아래 무신이 내려와 춤을 추는 줄 알았습니다. 인간의 것이 아니더라니까요?"

"에헴, 그리도 멋있었느, 아핫, 앗흥! 거기서부터는 내가 하겠다."

그는 중요한 부위라도 빼앗긴 듯, 몸을 움츠리며 그녀의 손을 막았다. 아부에 넋을 놓은 소랑의 손길이 어느덧 헌의 장골까지 닿은 까닭이었다.

"왜 그러신지요?"

오로지 그녀의 눈엔 아, 부! 이 두 글자밖에 없는 듯했다.

'해맑, 해맑.'

그렇기에 오히려 두 눈빛이 사심 없이 말갛기만 했다. 에효, 이런 애를 데리고 내가 무슨 잡생각을 한 건지.

"바지는 내가 갈아입겠다. 너는 뒤돌아서 있거라."

"그것 또한 소녀가……."

"돌아서 있거라!"

헌이 오래간만에 찾은 단호함이었다.

소랑은 뒤로 돌아서 옷을 갈아입는 헌에게 빼꼼히 물었다.

"오늘 일은 용서해 주시는 겁니까? 마빡 돌진과 연못 풍덩?"

"용서가 될 것 같으냐?"

"저 오늘 연못의 귀기녀도 때려잡고 왔습니다."

하아, 이런 뺑은 더 안 치려 그랬는데.

그냥 누가 빈 수로를 설치해 놓았다고, 왕궁을 공포 분위기에 몰아넣으려 한 것 같다고 솔직히 말하려 했는데.

"아니, 웬 처녀 귀신이 그 연못에 씌어 있지 않습니까? 그것도 지박령으로다가? 아주 왕을 홀릴라고 헬렐레 팔렐레 작정한 처녀였는데, 제가 누구입니까. 귀신 때려잡는 소랑이 아닙니까? 제가 용한 신기로다가 이녀언, 어느 안전에서 별 귀신같은 소리를 내느냐앗! 빡빡 때려서 물리치고 왔지요."

"저, 정말이냐?"

"정말입지요. 이제 더 이상 그런 곡성이 들리지는 않을 것이옵니다."

에헴, 그녀의 말대로 세찬 바람이 들이칠 때마다 울리던 이상한 소리는 더 이상 들리지 않았다.

얘를 믿어야 돼, 말아야 돼. 아까의 날씨 예측은 그렇게 틀려 놓고, 이제 또 귀곡성은 안 난단 말이야.

헌은 혼란스러워진 머리를 베개에 뉘었다.

소랑은 그의 이부자리를 살뜰하게 정리해 주고서는 지정된 자리에 앉았다. 오늘은 목검 수련을 열심히 했으니, 좀 일찍 잠들려나 싶었는데.

'또랑또랑.'

오히려 더 동글동글한 헌의 눈. 오늘 밤도 쉬이 잠에 들게 하기는 힘들 듯했다. 그녀는 작전을 바꾸어 보기로 했다. 내가 밤새 말하면 입 아프니까 왕 이헌에게 말을 시키는 걸로.

"저은하. 오늘같이 달이 동글동글한 밤이면 떠오르는 이야기가 있사옵니까?"

오늘 먹구름 때문에 달이 안 보이는데?

"달이라."

잠시나마 촉촉하던 헌의 목소리가 대번 차가워졌다.

"없다."

"그럼 혹, 술에 관련하여 떠오르는 이야기가 있습니까? 뭐, 재미있는 얘기 많지 않습니까?"

"없다."

"생각도 안 해 보고 그리 말씀하십니까?"

달이건, 술이건.

그 어떤 감상적인 기분에 빠지더라도 가장 먼저 달려오는 건 7년 전 안씨에 대한 기억이었다. 가장 사랑했던, 그 사람에 대한 기억이. 그러니 멈칫할 수밖에.

"전하, 예전에 그 소문이 사실이옵니까?"

"무엇 말이냐?"

"예전에 세자빈마마와 그리도 다정했다는 소문 말입니다. 금슬 좋은 한 쌍의 원앙과 같았다던데."

모로 누워 있던 헌의 표정이 그대로 딱딱하게 굳어졌다.

"용기가 가상하구나. 어떻게 내 앞에서?"

안씨를 직접적으로 언급하다니, 오히려 신기하기까지 했다. 왕궁의 금기어나 다름없는 그 말을 왕의 앞에서 스스럼없이 꺼낸다는 것이.

"뭐, 제가 틀린 말 한 것도 아니잖습니까. 백성들에게 소문이 자자하였거든요. 세자빈마마께오서 그렇게 예쁘셨다고."

"에헴, 저잣거리 소문이 정확할 때가 다 있구나."

"두 분의 금슬을 다들 부럽다 부럽다, 찬양을 하였지요. 백성들의 본이 되는 것이 바로 왕가의 삶 아니겠습니까."

헌은 더 이상 말을 하지 않았다. 다만 조용히 눈을 감아 그 어둠에서 안씨를 오롯이 떠올렸다.

달과 술이라. 안씨가 살아 있던 마지막 날의 밤. 그 기억이 헌의 감은 눈을 똑똑, 두드렸다.

'부디 옥체 보존하시옵소서.'

어느덧 깊은 밤, 세자빈 안씨가 꿈에 찾아왔다.

밤에 피어오르는 물안개에 그대로 사라져 버릴 것 같은 모습으로. 그녀가 살아 있을 때 보여 준 모습이었다.

이후로 헌은 7년의 세월을 후회했다.

이 모습이 마지막인 줄 알았다면 그렇게 밤안개 속에 그녀를 두고 돌아서지는 않았을 텐데. 헌의 가슴에서 뜨거운 것이 계속해서 울컥울컥 올라왔다.

입을 맞추고 싶었다. 그녀에게.

미안하다고. 모든 것이 사무치도록 미안하다고.

꿈인지 과거의 기억을 떠올리는 것인지 구분이 되지 않는 나른한 선잠 속이었다. 돌아서 버렸던 과거의 기억과 달리 지금 꿈에서의 헌은 안씨에게로 한걸음 발을 내딛고 있었다.

어? 내가 내 뜻대로 움직일 수 있는 건인가?

헌은 한걸음 한걸음 더 천천히 밤안개 속의 안씨를 향해 다가갔다. 안씨는 바로 연못 앞에 서서 헌을 꼿꼿하게 바라보고 있었다.

지체할 것이 없었다.

헌은 그녀의 양 볼을 잡고서, 바로 입을 맞추었다.

7년의 간절함을 담아, 온 마음을 담아.

입술 끝의 부드러운 감촉이 생생하게 전해졌다.

조금 더 감각의 날을 예민하게 세워서라도 그녀를 세세하게 느끼고 싶었다. 톡톡 정전기가 통하듯 짜릿하면서도 저릿저릿 심장이 아려오는 이 입맞춤을. 아찔하게 심연으로 빠져들 듯한 이 입맞춤을. 헌은 그녀의 모든 것을 가지려는 듯 더 깊숙하게 그 입술을 파고들었다.

촉촉하고 부드러운 감각이 그의 온몸을 황홀하게 감싸 안았다.

그런데, 청초한 한 떨기 물망초 같던 안씨의 형상이 넘치는 박진

감으로 밤안개를 뚫고 나오던 소랑의 용맹한 형상으로 변하는 것이
었다.

어, 이거 뭐지? 헌이 깜짝 놀라 눈을 떴을 땐!

그 바로 앞에 소랑의 얼굴이 있었다.

허억? 어느덧 헌의 옆에서 소랑이 풀썩 쓰러져 잠들어 있던 것이
다. 그럼 이 꿈결 속에, 이 잠결 속에 내가 입맞춤을 한 사람이 바로
소랑이?

아직까지 그녀의 목에 감겨 있는 내 손을 보아하니 이것은 진실
이 분명했다.

그럼 이 부들부들 촉촉한 느낌이 소랑의 것이었다고?

헌은 한 손으로 자신의 입술을 막았다. 뒤늦게 상황을 파악한 그
가 식겁하여 뒤로 물러났을 때,

'딱!'

그녀가 눈을 번쩍 떴다.

어둠 속에서 소랑과 헌의 눈이 바로 마주친 가운데…….

15

그,
그래서
번복을 하여
데리고 왔다?

'딱!'

그녀가 눈을 번쩍 떴다. 어둠 속에서 소랑과 헌의 눈이 바로 마
주친 가운데, 자세히 보니 소랑의 번쩍 뜬 눈은 저 먼 곳을 향해 있
었다.

뭐지? 너 혹시 눈 뜨고 자는 거야?

헌이 그녀의 앞에 손을 흔들흔들해 봐도, 그녀의 풀린 동공은 꿈
쩍도 하지 않았다.

'톡톡.'

그녀의 볼을 건드려 봐도 아무런 미동이 없었다.

옷을 말끔히 갈아입은 헌과는 달리 소랑은 아직도 젖은 옷을 입고 있었다.

여전히 그녀의 속적삼은 투명하게 젖어 살빛을 비추어 내고 있었다.

여인네만의 봉긋한 색기가 흐르는 묘한 분위기.

그러나 아까처럼 괜한 음심淫心이 고개를 들기보다는, 물에 젖은 강아지를 보는 것처럼 마음 한구석이 짠해지는 것이었다.

아까 옷이라도 갈아입고 오라고 할걸. 이러다 감기 들겠네.

헌은 손을 들어 소랑의 눈을 가만히 감겨 주었다. 그러고는 조용히 내시 세장을 불러 기절하듯 잠에 빠져 있는 소랑을 데려가라 명했다.

'네? 뭐라고요?'

'닥치고 업어가라고.'

귀가 밝은 세장에게도 잘 들리지 않을 조용한 입 모양이었다. 원녀에게는 꼭 소랑의 옷을 갈아입혀 재우라 일렀다.

'우이짜.'

세장이 소랑을 번쩍 업어가는 데도 그녀는 단 한순간도 잠에서 깨지 않았다. 뭐, 이렇게 잠이 많은 애가 지밀나인을 해? 츳츳츳.

그렇게 소랑이 업혀 가던 뒷모습을 보던 헌은 아까 그 입술의 감촉이 문득 다시 떠올라 얼굴이 작게 굳어졌다. 잠시나마 촉촉한 복숭아를 베어 물었던 것만 같은 달콤함, 부드러움, 향긋함. 인정할 수는 없지만 순간 입안에 사랑스러운 향이 가득 차올랐던 느낌이었다.

차라리 소랑이 눈치를 채지 못하고, 계속 잠들어 있던 것이 다행이었다. 안 그러면 당황했던 자신의 그 표정을 모두 그녀에게 들켰을 테니까.

헌의 얼굴이 혼자서 붉게 달아올랐다.

그래, 실수였어. 그럼 그렇고말고. 혼자서 이렇게 가슴 뛸 것 없어. 어서 잠이나 자자. 이번 꿈에 소랑이 나오면 한 대 딱밤을 때려주는 거야. 괜히 심장 떨리게 한 복수지.

어느덧 헌의 안씨에 대한 그리움은 소랑에 대한 작은 두근거림으로 변해 가고 있었다. 황당하고 웃기지만 미워할 수 없는, 그래서 더욱 사랑스러운 그녀에게로.

이튿날 아침은 소랑이 예언한 대로 날씨가 매우 청명했다.

'걱정하지 마시옵소서. 내일의 날씨는 이 소녀의 미소만큼이나 맑을 것이옵니다.'

어디선가 소랑의 목소리가 자동으로 들려오는 듯했다. 내리쬐는 햇볕의 온기마저 소랑의 미소를 닮아 있었다. 근심 걱정이라고는 티끌도 없는 그 투영한 눈매와 '빵긋' 웃음 짓던 해사한 입매까지.

그는 가만히 같은 빛의 미소를 지었다.

"가자. 오늘 사냥 한 번 제대로 해 보자꾸나."

사냥복을 갈아입혀 주던 내시 세장에게 헌이 물었다.

"오늘 소랑의 번은 어찌 되느냐?"

"쉬는 날이옵니다. 그리고 어제 물에 빠졌던 것 때문인지 약간의 몸살기가 있는 듯하옵니다."

"그래?"

어제 자신의 옆에 풀썩 쓰러져 넋을 놓고 잠들었던 게 그 때문인가. 뭐, 계집을 사냥터에 데려가 봐야 무섭다고 좋아하지도 않지.

"오늘은 다른 나인들을 데려갈 터이니 처소에서 푹 쉬라고 하거라."

소랑에 대한 배려라기보다는 간만의 사냥터행에 살짝 기분이 들떴기에 내린 명이었다.

한낮의 오후쯤에 도착한 왕궁의 사냥터. 3일 내내 말을 타고 돌아도 다 보지 못할 정도로 드넓은 곳이었다. 그림같이 푸르른 초지와 붓으로 그려 낸 듯 매끈한 산의 능선이 기가 막힌 장관을 만들어 냈다.

헌의 귓바퀴로 여정의 열을 식히는 시원한 바람이 불었다. 그야말로 가슴이 뻥 뚫리는 듯한 기분이었다.

"신원이는 준비가 다 끝났느냐. 오래간만에 사냥으로 자웅을 겨루어 보게 되었구나."

왕 이헌이 자신의 활을 정비하면서 신원을 찾을 때쯤,

묘한 분위기의 무사가 말을 타고 그 곁으로 왔다. 남청빛 바다색 무사복에 옷이 휘휘 남아도는 얇은 체구. 날렵하게 높이 묶은 머리.

대체 누구길래 이렇게까지 가까이 오는 것이야? 누구냐, 너.

❀

"으아아아아~ 나도 따라갈래~"

이곳은 신원이 기거하는 별감의 방.

소랑이 난데없이 다리를 바닥에 비비며 고집을 피우고 있었다.

"거기가 어디라고 따라가. 너 몸에 열 있어. 어제 흠뻑 젖었잖아."

"사냥 되게 재밌는 거잖아. 왜 너네만 하냐고오."

"너는 궐 나인 생활을 재미로 하나?"

"그래도 그렇지, 나만 빼놓고 가는 게 어딨어. 다른 지밀나인들은 다 데려갔잖아."

"넌 오늘 번이 아니라면서."

"바꾸면 되지이. 따라갈래에."

왜 이렇게까지 고집을 피우는 걸까.

소랑은 절대로 자신을 놓고 가게 둘 수 없다는 듯 독한 표정을 지으며 신원의 한쪽 무릎에 딱 붙어 매달렸다.

"아씨, 바지 벗겨져어, 쫌! 애도 아니고."

그녀의 대책 없는 땡깡에 신원은 두 손 두 발 다 들었다는 듯 포기한 얼굴을 했다.

"아오. 그래. 그럼 이렇게 하자."

216

"어떻게?"

"너, 이 옷 맞아?"

푸른 무사복을 입고 나타난 이 사람은 바로 사냥터의 무사로 남장을 한 소랑이었다.

"그, 그래서 변복을 하여 데리고 왔다?"

아주 신분 위장의 달인이 따로 없었다. 임시 궁녀부터 무사까지.

"워낙 고집이 심하여, 에휴우."

신원은 도저히 당해 낼 재간이 없었다는 듯, 고개를 절레절레 저었다.

"아니, 네가 왕족의 피를 받은 공주도 아니고, 총애를 받는 후궁도 아니고, 일개 지밀나인에 불과한 신분인데 누가 누구한테 떼를 쓴단 말이냐. 그렇게 궁중의 법도를 배워 놓고 모두 헛으로 들은 것이냐."

헌이 다소 노기를 띤 목소리로 말했다. 어찌하여 이 위험한 곳까지 따라왔단 말이냐.

"다 걱정이 되어서 그런 것 아니겠습니까?"

엥?

소랑은 검지를 좌우로 흔들며 예의 능청스러운 말투로 말했다.

"저번에 연못 통곡녀부터 좀 이상한 기운이 전하를 따라다닌다는 느낌, 못 받으셨습니까?"

"못 받았는데? 혹 내게 귀신이 따른단 말이냐?"

"지금도 방금 앞에 지나갔는데요?"

217

허어억! 진짜?

소랑은 목소리를 낮춰 진지하게 말을 이어 나갔다.

"혹시 여기까지 귀기가 따라오면 어쩐답니까. 그땐 제가 딱! 물리쳐드려야 하지 않겠습니까?"

"서, 설마 여기까지."

헌의 팔에 오소소 소름이 돋았다. 에이, 거짓말이지?

"따라옵지요, 오구 말고요. 왕궁은 풍수 지리학적으로 워낙에 터가 좋아 웬만한 액귀들을 자연적으로다가 물리칠 수 있지만, 이렇게 과거에 묘지가 많았던 사냥터라면 경우가 또 다르지요."

"뭐? 여기가 무덤가였단 말이냐?"

"어느 산이든 무덤 하나 없는 곳이 어디 있겠습니까. 전하께서 워낙 영이 약하시어 온갖 귀기의 소리는 다 듣고 다니시는데 이런 곳에서 잡귀라도 붙어 가면 어쩌시려 이러십니까?"

아, 듣고 보니 틀린 말은 아닌 것 같았다. 얘는 매번 이렇게 말을 혹하게 한단 말이야.

"허나 걱정 마시지요. 그리하여 저 소랑이가 예까지 오지 않았습니까? 전하께오서 무슨 일이 생기시면 바로 제가 지켜드리겠나이다."

지키긴 개뿔. 저번엔 마빡 돌진에 연못 풍덩까지. 다 네 년이 자초한 일이 아니냐. 헌은 못 미덥다는 눈으로 소랑을 흘겨보았다.

"앗! 저기 또 귀기가 지나가네욥! 저리 가라, 이누마! 이제 여긴 네 무덤이 아니라 전하의 사냥터다, 꺼져라아아! 이놈!"

난데없이 카랑카랑하게 귀신을 쫓는 소랑. 그 과장된 몸짓에 헌에게 불안한 기색이 살짝 스쳤다.

"그, 그렇다면 뭐, 잘 따라다녀 보도록 하여라. 괜히 걸리적거리지 말고."

소랑의 세 치 혀에 또 넘어간 듯한 건, 기분 탓이겠지?

헌은 에헴, 한 번 헛기침을 하고 대신들과 왕친들이 모여 있는 곳으로 말을 돌렸다.

그가 돌아선 것을 확인한 소랑은 신원에게 은밀히 물었다.

"신원아. 왕의 사냥이 끝나고 난 뒤에는 고기 잔치가 열린다지?"

"뭐? 너 여기 고기 때문에 왔어?"

"쉿, 목소리가 크다. 조용하지 못할까."

너 식탐으로 여기까지 온 거야? 소랑은 저 멀리 산과 들을 둘러보며 이곳이 정육점이라도 된 듯 입맛을 다셨다. 신원은 그저 황당하게 그녀를 보았다.

"야, 너 어디 가서 고기도 못 먹고 다녔어? 아니, 무슨 고기 때문에 사냥을 따라와."

"너 지금 내 약점 찌르는 거야? 나 떠돌이였다고? 지금 나 거지였다고 무시하는 거야?"

"아니, 그런 건 아니지만……."

"그래, 내가 풀만 뜯고 자라서 고길 좀 밝힌다. 네가 보태 준 거 있어?"

이런, 적반하장이 따로 없었다.

"자고로 군자라면, 남의 약점은 함부로 언급하지 말아야지! 흑흑!"

바로 그렁그렁 상처 받은 연기. 하이고, 이 여우! 이거 이거 도저히 당해 낼 수 있는 여자가 아니다.

"에휴, 알았어. 이따가 저녁에 연회할 때 네 몫 좀 챙겨 줄게."

"오와, 정말? 너 오늘 사냥 열심히 해야 한다! 많이 잡아야 돼!"

저 귀여운 짐승들이 다 먹을 것으로만 보이는 게지.

신원이 절레절레 고개를 내젓자 소랑은 싱긋, 초승달 웃음을 지으며 말을 내달리기 시작했다.

"가자! 어디 함 뛰어 볼까?"

곧 사냥의 시작을 알리는 징— 하는 소리가 들렸다. 오늘 사냥터에 모인 대신들과 왕친들이 모두 말을 타고 각자의 방향으로 흩어지기 시작했다. 그들과 얘기하던 왕 이헌 역시 산뜻한 마음으로 말에 박차를 가했다.

"이랴아!"

이게 얼마 만의 사냥인가.

오늘의 목표는 단 하나. 이신원보다 많이 잡는 것이다.

말을 달리던 헌의 눈에 작은 회색 토끼가 눈에 띄었다. 헌은 바로 활시위를 팽팽하게 당겼다. 그가 피융— 활을 놓으려 하기 직전.

'앗!'

깡충 뛰던 토끼와 그만 눈이 마주쳐 버렸다. 아니, 이렇게 마음이 약해지면 안 될 터인데.

순간 세자 시절, 사냥터에 갈 때마다 안씨가 당부하던 말이 떠올랐다.

'사냥터라고 산짐승들을 마구 사냥하다간 그들의 원한을 살 수 있습니다. 활시위를 놓기 전 언제나 생각하시고 또 생각하시옵소서. 그들도 소중한 생명이 아니옵니까.'

헌의 마음이 살짝 복잡해졌다. 언제나 사려 깊고 현명했던 나의 부인 안씨. 그녀를 생각해서라도 이 토끼는 놓아줘야 하나, 생각하고 있을 때,

부아아아앙—! 다그닥다그닥—

누군가 흙먼지를 날리며 헌의 곁을 스쳐 지나갔다.

왕 앞에서 이렇게 버릇없게 구는 자야 뻔하지.

"저은하, 지금 뭐하시는 겁니까? 한시라도 활을 놓지 말아야 할 이때에?"

역시나 소랑이었다. 그녀는 오늘 사냥터가 축제의 현장이라도 되는 듯 잔뜩 신명이 나 있었다.

"유훗유훗, 저기 노루가 있습니다. 저런 조무래기 토끼 말고 저렇게 덩치 있는 노루 같은 걸 잡으시지 말입니다."

헌은 기가 차다는 듯 소랑을 보았다.

"어서 잡아 보시지요~ 못 잡으시겠습니까?"

약을 올리며 깐죽거리는 소랑.

"에헤이. 저 도망가네. 안 되면 마십시오. 이신원 도사, 저놈 잡을 수 있겠지요?"

뭐? 저걸 신원이 보고 잡으라고? 이게 진짜. 매번 반복되는 뻔한 도발에도 발끈하는 헌이었다.

"활을 내려라. 내가 잡겠다!"

결의에 찬 헌의 목소리가 사냥터에 울려 퍼졌다.

다그닥, 다그닥 뛰는 육중한 말. 그 뛰는 말 위에서 헌이 정확하게 중심을 잡아 날렵하게 활시위를 당겼다.

피유우웅― 캬아, 바로 목표물 적중이었다.

그 모습을 보고선 한쪽에서 나인들이 멋있다면서 꺄르르 꺄르르 야단을 떨어 댔다.

헌은 더욱 멋있게 활을 싸악, 내리면서 고개를 탁탁 꺾었다.

봤느냐? 내가 노루를 잡았다고. 헌이 허세 자세를 취하며 소랑을 돌아볼 때, 그녀는 이미 저쪽 들판으로 달려나가고 있었다.

"저은하, 저기 또 있습니다! 또 잡아 보세요!"

펄떡이는 산짐승들의 뜀박질이 소랑에게는 느린 움직임으로만 보였다. 모두 노릇노릇 김이 올라오는 고기들로 보인 것이다.

저 한우를 잡아먹으면 꽃등심이! 살치살이!

저걸 구워 먹으면 그 육즙이 뚝뚝뚝! 아아, 생각만 해도 혀가 녹아버릴 것 같드아. 놓칠 수 없어, 나의 저녁 식사들!

"저은하~ 저기 산닭이 있습니다. 우와, 저녁은 닭다리로구나."

"저은하~ 저기 너구리가 있습니다. 저건 못 먹나?"

"뭐하셔요? 얼릉 쏘셔요!"

사냥은 못 하지만 눈은 어찌나 그리 밝은지. 소랑은 저만치에서 뛰어가는 짐승을 보고서도 어서 잡으라, 빨리 잡으라 법석을 떨었다.

심지어 요상한 타령까지 불러대며 그녀는 사냥에 몰입했다.

"빵야 빵야 빵야."

말 위에서 덩실덩실 춤이라도 출 기세였다.

그 정신 사나운 가무歌舞에 헌의 화살이 삐끗, 빗나갔다.

"괜찮습니다. 다시 쏘시지요."

뒤따라오던 신원이 헌을 안심시키는 가운데,

"뽀할할할ㅡ 저거 못 맞추십니까?"

소랑은 배를 잡고 웃어 대며 왕을 놀려 댔다.

"이쉬! 너는 활도 못 쏘는 게 뭘 그리 말이 많으냐? 이렇게 마구잡이로 활을 쏘다간 산짐승들이 원한을 살 수 있다는 것을 모르느냐."

"푸핫, 산짐승의 원한이 걱정이시옵니까? 괜찮습니다. 걱정 마시지요. 이미 전하께오서는 인간들의 원한을 워낙 많이 사지 않으셨습니까. 한恨이라 하면 혼인하지 못해 몸이 빠짝 달아오른 이 나라 처녀, 총각들이 더하지요. 그들에 비하면 뭐, 산짐승 따위."

아오, 이 오소리 같은 걸 확!

헌은 '쟤 정말 어떡하지?'라는 표정으로 신원을 보았다.

신원 역시 다 포기한 얼굴이었다. '데려온 제가 잘못했네요.'와 같은 수긍하는 표정. 그런 신원을 보던 헌의 목소리가 문득 근엄해졌다.

"신원아."

"네?"

"저번처럼 위기 상황에서 내가 아니라 소랑이를 먼저 구한다면!"

"아, 아닙니다. 다시는 그럴 일 없을 겁니다."

"다음 사냥의 목표물은 네가 될 것이다."

신원은 바로 고개를 푹 숙였다.

그래, 우리 왕 이헌의 기나긴 뒤끝. 무시할 게 아니었어.

"빵야 빵야 빵야~"

어느새 중독된 것인지 소랑이를 따라 하면서 말을 모는 왕. 가볍도다, 경박스럽도다, 혀를 츳츳 차면서도 어느덧 하는 짓은 묘하게 그녀를 닮아 가고 있었다.

놀랍게도 소랑의 말은 사실이었다. 짐승보다는 인간의 원한을 샀다는 말이.

사냥터의 담장 너머. 두 사내들이 초가집 한 채만큼 어마어마하게 큰 멧돼지 우리를 담 너머로 옮기고 있었다.

'우당탕탕.'

담에 걸려 넘어지면서 멧돼지 우리가 바닥에 두어 바퀴를 굴렀다. 떼구르르, 난데없이 봉변을 당한 멧돼지가 그 안에서 격하게 포효하며 발을 굴렀다.

뚱뚱이와 홀쭉이, 두 사내들은 서둘러 담에서 내려와 멧돼지가 우리에 잘 갇혀 있는지 확인했다.

이들은 왕배와 오덕훈. 예전에 소랑과 함께 옥사에 갇혀 있던 '모태 설로'들이었다.

그 앞에서 뜨거운 김을 뿜뿜 내뿜으며 으르렁으르렁 분노를 표출하는 집채만 한 멧돼지는 눈에 보이는 모든 것을 들이받을 듯 잔뜩 성이 나 있었다.

왕배는 더욱더 비장한 표정을 지으며 말했다.

"그래, 이날만을 칼을 갈면서 기다렸다!"

덕훈은 이를 바득 갈며 소리를 내질렀다.

"백성들 혼인도 못하게 한 이 조선의 왕에게 복수할 날만을!"

"왕이 멧돼지 밥이 되어 죽으면 금혼령이고 뭐고 다 끝나겠지!"

"그럼! 우리도 혼인할 수 있는 건가!"

"당연하지이!"

"걸리면 어찌 되오?"

"목이 달아나겠지!"

"뭐요? 죽는다고?"

"아니, 그럼 그만한 각오도 안 하셨소?"

확, 쫄아든 왕배의 얼굴에 덕훈이 그의 배를 툭툭 쳤다.

"사내대장부들이 그런 배포는 있어야지! 오늘 어떻게든 사달을 내기로 결심하지 않았소! 이 멧돼지로 이 조선의 모태 설로들을 구제하겠다고!"

그, 그래. 깨끗하게, 자신 있게, 배포 있게. 멧돼지를 왕을 향해 풀어놓기만 하면 된다는 거지?

'쿵쿵.'

오랜 기간 굶어 성이 난 멧돼지가 철창의 이곳저곳을 박아 댔다. 움찔움찔. 아무리 마음을 단단히 다져 보아도 겁을 먹지 않을 수 없는 상황이었다.

그야말로 거대한 몸집을 자랑하는 멧돼지. 저 돼지에게 받히면 뼈도 추리지 못한 채 이 세상 하직할 것이 분명했다.

덕훈은 하나도 무섭지 않은 척 허세를 떨며 우리 위로 올라갔다. 허나 자물쇠를 푸는 그의 손은 이미 덜덜덜 떨리고 있었다.

"꾸렉, 크르르르르릉."

문이 열리자마자 싱난 멧돼지가 앞으로 돌진하기 시작했다.

드, 드디어 일을 치고 말았다.

잔뜩 쫄아든 왕배가 멧돼지의 뒷모습을 불안하게 보았다.

"그런데 오가. 나는 이런 생각을 해 본 적이 있소."

"무슨 생각이오?"

"혹 오늘 일이 성공해 금혼령이 끝나더라도 우리가 설로이면 어떡하나."

"에이. 그게 무슨 헛소리요. 금혼령만 끝나 보시오. 분명히."

덕훈은 짐짓 헛기침을 하고서 말했다.

"생겨요."

정말?

"우리같이 매력이 넘치는 사내에게 여인네가 따르지 않을 이유가 뭐가 있소? 생겨요."

정말?

"우리가 설로인 것은 모두 나라 탓이오. 걱정 접어놓으시구려. 생
겨요."

정말?

16

야릇한 분위기,
왕보다도 먼저
침소에 쓰러지는 그녀

"유훗 유훗, 저은하. 사냥이 이렇게 재미있는 건 줄 몰랐습니다."

왕궁의 사냥터.

그 누구보다도 흥에 겨운 소랑이 말 위에서 덩실덩실 춤사위를
보였다.

'계집애가 이렇게 호전적이어서야.'

왕 이헌은 그런 그녀를 보며 소랑이 안씨와는 참 다른 인물이라
는 생각이 들었다.

곱고 청순하고 천상 여인네였던 안씨와는 달리 싸우는 거 좋아하고 고기 좋아하고 본능에 충실한 소랑. 어쩜 이렇게나 다른 건지.

그런데도 자꾸 손이 가고 신경이 쓰이고 마음이 가는 여자였다. 언제 어디서 어떻게 사고를 칠지 모른다는 불안감 때문일까. 어떤 신분으로 위장하고 있건 간에 헌에게 그녀의 존재감은 남달랐다.

분명한 것은 자꾸 소랑이 때문에 웃게 된다는 것.

밥도 잘 못 먹고 잠도 못 드는 날에도, 그리움에 잠겨 잔뜩 우울함에 빠진 날에도 언제나 그녀는 밝은 햇살처럼 환하게 분위기를 밝혀 주었다.

오늘 이 사냥이 더욱 즐거이 느껴진 것도 어쩌면 그녀 덕이 아닐까. 소랑이 워낙에 흥겹게 지금 이 순간을 즐기고 있기에. 모두 다 벌벌 떨기 바쁜 왕 이헌의 앞에서도 눈치 보지 않고 당차게 놀아 대기에.

"어엇? 저기 10인분짜리가 지나가는 것 같습니다. 어서 가 보시지요!"

"모든 산짐승의 근수는 접시로 세는 것이냐? 저거 몇 그릇이나 나오려나?"

소랑은 더더욱 신이나 앞서 달리기 시작했다. 저리도 좋아하는데 하는 수 있나. 왕과 신원이 달리는 그녀의 뒤를 따랐다.

다그닥다그닥!

저 앞의 산짐승을 향해 한창을 뛰어가던 소랑이 문득 말을 멈추었다. 어? 주변을 돌아보니 사람은 전혀 보이지 않고 그들 셋뿐이었다. 너무 빠르게 깊은 숲속까지 달려온 까닭이었다.

"한 30인분은 되겠는데요? 아니, 100인분인가? 저게 뭐지?"

그녀는 고개를 까닥 갸웃거리며 헌에게 물었다.

"있잖아요, 저은하."

혹시 저 짐승은?

"혹시 왕궁의 사냥터에 멧돼지도 있나요?"

헌은 걱정 말고 안심하라는 듯 껄껄 웃으며 말했다.

"껄껄 여기가 사냥터지, 진짜 야생은 아니질 않느냐."

"그렇지요?"

"설마 그런 게 있으려고. 없지, 그런 거."

있다, 그런 거.

별안간 '꾸렉, 꾸룽꾸르르룽' 요상한 산짐승의 소리가 들려왔다.

소랑의 뒤에서 흙먼지를 날리며 달려오는 무언가. 그건 진짜 멧돼지였다.

소랑의 바로 뒤에선 집채만 한 멧돼지가 식식 김을 뿜으며 달려오고 있었다. 것도 아주 맹렬한 속도로! 그녀의 얼굴이 조선백자만큼이나 하얗게 질렸다.

이건 진정 줄행랑밖에 답이 없뜨아!

그녀가 혼비백산 말을 돌려 덜그럭덜그럭 뛰어가기 시작했다.

헌과 신원이 멧돼지를 향해 활을 날려 보았지만 그렇게 쓰러지기엔 너무나 덩치가 큰 놈이었다. 가느다란 활이 그 거대한 몸집에 맥없이 툭툭 부러졌다.

"으아아아악!"

발등에 불이 떨어진 건 소랑이었다. 저 날카로운 엄니에 찔린다면 그대로 창자에 구멍이 뻥 뚫려 버릴 것이었다.

소랑은 기겁을 하며 뒤에 따라오는 멧돼지를 보며 도망을 놓고 있었다.

"소랑아, 앞에 봐!"

신원의 다급한 외침에 소랑이 앞으로 고개를 돌리자, 바로 앞에는 이따만 한 나무가 그녀를 가로막고 있었다.

'빠아아아악.'

다시 바위 쪼개지는 소리가 났다. 소랑은 이마로 나무를 빠악, 받고서 말에서 떼구르르 떨어지고 말았다. 그녀의 눈앞에선 다시 별이 돌았다.

아니, 어딜 가나 마빡 돌진이 취미인 건가?

놀란 헌이 그녀에게로 달려가려 했지만!

이럴 수가. 성난 멧돼지 놈이 이미 흙바닥에 널브러진 소랑에게 돌진하고 있었다. 부아아아악— 멈출 수 없는 기세로.

이대로라면 저 미친 멧돼지가 쓰러진 소랑을 빠악— 받아 버릴 것이 분명했다. 험악하게 생긴 멧돼지의 면상이 점점 더 소랑에게 가까워져 왔다. 단 한 치 앞도 예측할 수 없는 상황.

'꺄아아아악!'

생사를 앞에 둔 소랑의 날카로운 비명 소리가 사냥터에 울려 퍼졌다. 그렇게 멧돼지에게 받혀 죽기 바로 직전, 그녀는 질끈 눈을 감왔다.

어딘가 굉음의 소리가 들려오는 듯했다. 그것은 성난 멧돼지의 포효, 또는 돼지 먹따는 소리 같기도 했다.

'나 이렇게 죽는 건가?'

그 무시무시한 공포에 소랑은 그만 픽, 정신을 잃어버리고 말았다.

아, 어머니. 안녕하시었어요.

돌아가신 김씨 부인이 아른거리며 손짓을 하는 걸 보니 여기는 이승인가 저승인가. 정신줄 놓은 소랑의 넋이 왔다 갔다 하는데 누군가 그녀의 볼을 톡톡 쳤다.

눈을 뜬 소랑에게 보인 건 새파란 하늘이었다.

벌써 천상의 세계로 온 건가. 그 파란 하늘을 배경으로 두 남자가 시야에 들어왔다. 왕 이헌과 이신원이었다.

"살았네, 살았어."

헌은 살아 있는 게 더 신기하다는 듯 소랑을 보며 중얼거렸다.

정신을 차려보니 그녀는 사냥터 한쪽 조용한 시냇가에 뉘어져 있었다. 어찌 된 일일까, 내가 어떻게 살아 있지?

분명 흙바닥에 나동그라졌을 때 멧돼지가 돌진하는 것을 보았는데.

'씩, 씨익.'

아우, 깜짝이야.

소랑의 바로 오른편에는 그 미친 멧돼지가 쓰러져 있었다.

"정신이 좀 드느냐?"

헌은 빠악, 그렇게 나무에 금이 가도록 머리를 박고도 멀쩡한 소랑이 신기하다는 듯 쳐다보았다.

"이게 대체 어찌 된 일입니까? 멧돼지가 저에게 돌진하던 것까진 기억이 나는데,"

금세 입을 나불거리는 걸 보니 그녀는 생각보다 꽤 멀쩡한 듯했다. 괜한 걱정을 한 건가, 헌은 텁텁 입을 차며 일어났다.

"신원이가 도끼로 멧돼지의 머리 부분을 찍었다."

네에? 소랑의 눈이 커졌다. 이신원이, 다시 한 번 나를 살렸다고?

놀랍게도 소랑이 멧돼지에 받히기 바로 직전! 신원이 말에서 뛰어내려 머리에다가 도끼를 박아 버린 것이었다.

"어찌하여 도끼를 다 챙겼느냐."

신원은 헌을 보며 말했다.

"신령이 도통한 자가, 이번 달 소랑의 운세는 물과 나무를 조심하라 하여 가는 길의 나무를 치워 주기 위해 도끼를 챙겼습니다."

아, 개이의 예언. 바로 이것이었구나. 그 말도 놓치지 않고 귀담아 들었던 것이구나. 전혀 예상치도 못한 일이었다. 그가 이미 소랑의 목숨을 두 번이나 구한 것과 마찬가지였다. 물에 빠져 죽을 뻔한 그녀를, 멧돼지에 치여 받힐 뻔한 그녀를.

"고맙습니다, 이신원 도사님. 덕분에 살았어요."

소랑이 신원에게 꾸벅 인사를 했다. 그가 까닥 지체했으면 본인은 황천길 급행 마차를 타고 하늘에서 어머니 김씨 부인을 만났으리라.

233

"에헴. 그 운세 내가 알았으면 내가 찍는 것인데."

뭔가 멋있는 역할이 신원에게 넘어갔다 생각했는지, 헌이 머쓱하게 돌아섰다. 그러면서 괜히 소랑을 타박했다.

"소랑이 너는 신기가 도통하다더니 자기 앞 한 치를 보지 못하느냐."

소랑은 기가 죽은 듯 귀 내린 강아지처럼 깨갱했다.

"원래 중이 제 머리 못 깎는 법입니다."

그러나 신원은 타박 대신 그녀가 아픈 곳은 없는지 이곳저곳을 챙겨 주고 있었다. 기죽은 소랑은 가만히 앉아 그의 손길을 받을 뿐이었다.

아, 저놈 저놈, 이신원.

배려심도 좋고. 목소리도 달달하고, 얼굴도 훈훈하고. 몸도 좋고. 남자가 보기에도 참 괜찮은 놈이다. 게다가 소랑의 목숨을 구했고.

이렇게 신원이 점수를 얻어갈수록 헌의 마음 한구석에서 왠지 모를 짜증이 올라오는 것이었다. 괜한 경쟁심이 왜 여기서 발동이 되는 것인지.

에헴, 헌은 더욱 근엄한 척 헛기침을 하며 시선을 돌렸다.

"전하, 괜찮으시옵니까?"

뒤늦게 이들 일행을 발견한 무관들과 대신들이 냇가 근처로 달려왔다가, 집채만 한 멧돼지가 쓰러져 씩씩대는 걸 보고 경악을 금치 못했다.

"아니, 이걸 전하께오서 잡으셨나이까?"

"에헴, 그러니까."

"저은하, 너무나 대단하시옵니다. 어떻게 이렇게 커다란 멧돼지를!"

"아니, 아니 그게 아니라."

"이 조선의 후대에 전하의 업적이 길이길이 남을 것이옵니다. 참으로 대박이옵니다."

대신들의 야단법석에 헌은 그만 큰 목소리를 내고 말았다.

"내가 아니래도. 신원이가 잡은 것이다!"

아, 이신원 도사요? 분위기는 순식간에 어색해졌다.

그렇군요. 것도 모르고 너무 치켜세웠네요, 아핫, 아하핫. 모두에게 어색한 웃음이 오가는 가운데 신원이 대신들을 향해 겸손하게 이야기했다.

"오늘 이 고기는 여기 모인 귀빈들에게 맛있는 저녁 식사가 될 것이옵니다."

오오, 대신들의 얼굴에 바로 화색이 돌았다.

"아, 역시! 이 조선에 이신원 도사만큼 용맹스러운 자가 또 없습니다."

이런 이런 소랑이 같은 것들. 고기 한 점에! 헌의 자존심에 빠각, 금이 갔다. 아, 저걸 내가 잡았어야 하는데. 아쉬움을 티 내지 않으려는 헌의 고개가 더욱 뻣뻣해졌다.

"가자."

왕 이헌이 말에 올라타 돌아가자 말할 때, 병판 조성균 대감의 시선이 냇가에 앉아 있는 푸른 복색의 무사에게 머물렀다.

어? 낯이 익은데? 저 젊은 무인 혹시?

그때 궁 안에서 칠렐레 팔렐레 다니던 그 나인과 닮지 않았느냐. 가만 보자. 혹시 그 나인을 남장까지 시켜 이 사냥터에 데려온 것은 아닌가.

신원은 다시 무릎을 꿇고 앉아 부상을 당한 듯한 그 무사를 살뜰히 챙기고 있었다. 여인네가 아니라면, 사내를 저렇게까지 챙길 수는 없다. 병판의 눈이 뱀과 같이 가늘어졌다. 날카로운 의심의 눈초리가 구석구석 그녀에게 머물렀다.

'저 나인의 정체는 대체 무엇이란 말인가.'

한편. 저 뒤쪽 나무에서는 오늘 사건의 범인, 덕훈과 왕배가 기함을 하며 주먹으로 입을 막고 있었다.

"저거 저거 혹시 왕이 멧돼지를 잡은 것이여?"

"저렇게 사나운 놈을?"

둘은 덜덜 떨며 불안한 시선을 나누었다.

"아이고, 내가 생각한 것보다 왕이 더 대단한 인물인가벼."

"이제 어쩐댜아?"

"어쩌긴 이 사람아. 내가 보기엔 이 정도의 일을 꾸미려면."

덕훈은 자신에게 숨겨 둔 비책이 있다는 듯 사뭇 은밀한 목소리로 말했다.

"우리 두 사람은 부족하네 그려."

"그럼, 사람을 더 모으자는 건가?"

"당연하지. 이 조선에 모태 솔로가 우리 둘뿐이던가? 발에 채이고 굴러다니는 게 설로들인데? 분명 우리같이 울분이 쌓인 자가 한둘이 아닐 걸세. 고자가 아니라면 다들 우리의 뜻에 동참할 것이야."

"오호라, 단체를 만들자는 것인가. 좋긴 하다만."

"왜, 뭐가 망설여지는 건가?"

그 단체가 굉장히 찌질할 것 같은 느낌은 뭐지? 이렇게만 모여도 좀 모양이 안 나는데, 이런 자들 백 명 천 명이 모이면, 이것 참.

"아, 아닐세. 다만 우리처럼 매력적인 이들로 그 인원을 모집하세. 정말 금혼령으로 신세 조진 자들 말이세."

왕배의 제안에 덕훈은 더욱 비장하게 고개를 끄덕였다.

"그거 좋은 생각일세."

사냥터의 밤이 찾아왔다.

초롱마다 불이 들어오며 자리를 훤히 밝혔다. 상마다 술과 고기가 넘쳐 났다. 머나먼 곳까지 불러온 악공들이 연회의 흥을 더했다.

오늘 신원이 잡아 온 멧돼지는 확실히 이 축제의 꽃이 되었다.

노릇노릇 모락모락 익어 가는 멧돼지 고기, 그 진귀한 맛에 다들 입을 내둘러 신원의 칭찬을 했다.

한쪽에는 커다란 천막이 세워지며 왕의 침소가 마련이 되었다. 궁으로 돌아가기엔 시간이 늦어진 까닭이었다.

"누추하지만 오늘 밤은 이곳에 머무셔야 할 것 같습니다."

내시 세장의 말에 왕 이헌은 건성으로 고개를 끄덕였다. 그보다 더 신경 쓰이는 것이 있었다. 아까부터 소랑이 보이질 않았던 것이다.

오늘 밤의 고기 잔치를 그 누구보다도 기다려 왔던 소랑이 아니냐. 왜 잡아 왔는데 먹지를 못하니. 어딘가 뒤에서 궁녀들과 일을 하고 있나.

"세장아. 궁녀들의 몫의 고기도 따로 챙겨 두었느냐?"

"소랑이 때문에 그러시옵니까? 다 알아서 먹고 있겠지요. 보통 아이입니까. 걱정 마시옵소서."

"그런가?"

이년 어디 가서 제일 맛있는 부위로 뜯고 있는 거 아니야?

헌이 잔치의 이곳저곳을 돌아다니며 샅샅이 시선을 주어도 소랑은 통 보이지를 않았다.

얘 진짜, 어디 간 거지? 괜히 신경 쓰이게.

악공들의 연주에 흥이 더해지면서 잔치의 분위기가 무르익었다. 몇몇 대신들은 자리에서 일어나 덩실덩실 춤까지 추고 있었다.

"전하, 분위기 좋을 때 대신들에게 먼저 축배를 권하시지요."

세장의 권유에 왕 이헌이 먼저 잔을 채워 들었다.

"모두 다 즐거이 사냥을 즐긴 거 같아. 과인 또한 기분이 매우 좋소. 모두 잔을 드십시다."

찰랑찰랑, 모두들 잔에 잔마다 술을 높이 채워 들었다. 금혼령이 내려지고 나서 7년 동안 이렇게 흥겨운 연회가 벌어진 적은 없었다.

"짜아안—"

간만의 들뜬 분위기에 대신들이 곳곳에 모여 즐거운 담소를 나누기 시작했다.

그중 한쪽, 평양 관찰사 안덕류의 얼굴엔 어느덧 붉은 술기운이 올라 있었다.

"오늘따라 전하의 기분이 좋아 보이십니다. 연회를 할 때면 언제나 인상 꽉 쓰고서 니들이 폐빈도 없이 얼마나 잘 노나 보자, 이런 자세로 앉아 계시지 않으셨습니까?"

"세월이 세월이라 그런지 칼과 못처럼 날카롭게 돋아나 있던 전하의 성미도 많이 누그러지신 듯하옵니다."

나이 든 대신이 수염을 지그시 쓰다듬으며 말했다.

"게다가 오늘 사냥도 성공적이지 않으셨습니까. 덕분에 우리도 이렇게 고기를 배불리 먹고요."

"이 조선에 전하보다 더한 사내가 없지요. 7년간 마음의 병을 앓으셨는데도 저리도 잘생긴 얼굴에, 장대한 기골에, 뜨거운 젊음에."

"아, 이제 중전의 자리가 딱 채워지면 가장 좋을 텐데요."

"뭐라고요? 잘 안 들립니다."

이 노인네, 가는귀가 먹었나.

"교태전의 안주인이 있으면 딱 좋겠다고요."

"네에?"

상대가 알아듣지 못하자 안덕류는 더욱 소리를 높였다.

"전하께오서 혼인만 하시면 완벽하시다고요!"

마침 딱, 악공의 연주 소리가 끊겼다. 목소리를 높인 그에게 일순 연회장 모든 사람들의 이목이 집중되었다.

"지금 뭐라 한 것이냐."

바로 왕 이헌의 표정이 돌처럼 굳어졌다. 안덕류의 실언을 정면으로 들은 것이다.

허억, 그러게요. 나 지금 왕 앞에서 뭐라 했니.

관찰사 안덕류는 그 자리에 바로 납작 엎드렸다. 목 뒤의 솜털까지 삐죽 서면서 술기운도 버쩍 깨는 것 같았다.

대신들과 왕친들에게는 아직 한없이 무섭고 어렵기만 한 왕이었다. 도무지 종잡을 수 없는, 언제 광기를 폭발시킬지 모르는.

연회의 모든 사람들이 바짝바짝 긴장하며 그 광경을 바라보았다.

이어진 것은,

"껄껄껄껄."

왕 이헌의 대인배와 같은 웃음이었다.

"내 그대의 말을 아리따운 중전을 맞이하라는 축복의 말로 듣겠소."

지금 이게 왕 이헌이 한 말이 맞아? 폭군의 고유 대명사 같은 우리 전하께서 그렇게 심기 거슬리는 말을 듣고도 빙긋, 웃을 수 있단 말이야?

"여기 한잔 받으시오."

진짜요? 어, 어사주까지! 여, 영광이옵니다.

하해와 같이 넉넉한 그의 얼굴에 관찰사 안덕류가 발딱 일어나 넙죽 그의 잔을 받았다.

"모두 다시 잔을 부딪치시지요. 모두들 이 연회에서 마저 즐거운 시간을 보내시었으면 합니다."

놀랍게도 헌이 자리를 떠날 때까지 그 사람 좋은 듯한 웃음이 그의 얼굴에 가득했다. 왕을 모시는 행렬이 처소로 돌아가자 대신들이 모여 수군거리기 시작했다.

"이게 어찌 된 일입니까? 오늘 날뛰던 멧돼지만큼이나 성미가 거칠던 전하가 아니시옵니까?"

"그러게요. 이건 분명."

안덕류는 무엇에라도 홀린 듯 고개를 갸웃이며 말했다.

"우리 전하께서 달라졌어요."

사냥터에 마련된 왕의 임시 처소. 밖에서 풀벌레 소리, 졸졸 시냇물 흐르는 소리가 들려왔다. 곳곳에 어른어른 밝혀져 있는 촛불, 짙은 숲속의 향기. 확실히 강녕전과는 다른 분위기였다.

헌이 안으로 들어가자 그 가운데에는 소랑이 준비된 자세로 고개를 숙이고 서 있었다. 연회에서 한참 그녀의 자취를 쫓던 헌이 반가운 기색을 띠었다.

"어딜 갔었느냐. 한참을 찾질 않았느냐."

"임시 지밀을 정리하고 있었나이다."

"오늘 낮에 그렇게 고기를 밝히더니. 저녁은 좀 먹었고?"

"아뇨."

어라? 얘가 이럴 애가 아닌데?

평소와 다르게 다소곳해진 말투. 까불거리던 소랑인 사라지고 웬 얌전한 규수가 서 있는 듯했다.

"오늘 고길 안 먹었다고?"

"그렇사옵니다."

"너, 누구냐?"

왕 이헌은 소랑의 두 팔을 붙잡고 앞뒤로 흔들었다. 잡귀야, 빠져나와라. 탈탈 털듯이.

"너 소랑이 아니지. 너 또 빙의가 된 것이냐?"

헌의 손길에 명주 천처럼 맥없이 흔들리는 소랑.

그 천에 붉은빛이라도 든 것일까. 소랑의 얼굴이 저녁놀처럼 발갛게 상기되어 있었다. 왜 이렇게 얼굴에 홍조가 배어드는 거야? 너 지금, 수줍어하는 거야?

"너 혹시, 이상한 약 먹었니?"

놀란 헌이 팔을 놓자, 소랑은 팽그르르르 돌아 펴 놓은 이부자리에 풀썩, 쓰러지고 말았다.

"아니, 이게 무슨 불충한 짓이냐."

왕보다도 나인이 먼저 이불에 눕다니, 이건 대체 어느 나라 법도인가?

이불 위에 누워 왕을 올려다보는 소랑의 눈빛이 비스듬히 기울었다. 스르륵 풀린 동공, 풀 이파리처럼 가늘어진 몸짓, 붉디붉은 뺨의 빛깔.

이 야릇한 분위기는 뭐지? 너 혹시 지금 날 유혹하는 것이냐?

반 야외나 다름없는 이곳에서?

17

저랑……

술 한잔하실래요?

"소녀, 약은 먹지 못하였습니다."

이부자리 위에서 몸을 가누지 못하던 소랑이 달뜬 숨을 가늘게 내쉬었다. 예전에 없던 낯빛에 이헌이 번쩍 놀라 그녀에게로 다가갔다. 이런 상태라면, 설마.

"너 열이 있구나."

담금질 중인 쇠 불덩이처럼 온몸이 벌겋게 달아올라 있었다.

위험할 정도로 펄펄 끓어오르는 열. 이런 뜨거운 육체에 제정신

243

을 온전히 담는 것이 가능하기나 할까.

"어쩌다 이 지경까지."

입도 쉽게 열지 못할 정도로 맥없는 소랑을 보며, 헌의 목구멍이 박하를 삼킨 듯 시큰해졌다. 물에 빠졌다가, 멧돼지에 치일 뻔했다가 짧은 새 벌써 죽을 고비를 두 번이나 넘겼다. 겉으론 티를 내지 않아도 분명 몸에 그 충격이 배어들었을 것이다.

이럴 때가 아니지, 헌은 혼비백산 밖으로 나가 문간을 지키고 있던 세장을 불렀다.

"세장아, 어의를 불러다오. 한시가 급하다."

"어디가 편찮으시옵니까. 여기까지 어의를 부르기엔 너무나 먼 거리옵니다."

"그렇다면 이 마을의 의원이라도 불러다오. 지체할 시간이 없다."

그 말에 호위를 하며 제자리를 지키고 서 있던 신원의 눈이 가늘어졌다.

혹시?

"무슨 일이십니까?"

오늘 아침에 사냥터에 가겠다 고집을 피울 때도 미열의 불씨를 품고 있던 소랑이었다.

신원이 바로 안에 들어가 소랑의 상태를 확인해 보니, 갓 세상에 나와 눈을 뜨지도 못한 강아지가 숨을 잃어 가는 것만 같았다. 바람에 풀결처럼 흔들리는 숨소리에는 평소 소랑의 발랄한 생기는 찾아볼 수 없었다.

이 아이, 그리도 사냥터를 좋아하기에 야생 노루만큼이나 건강할 줄로만 알았더니 갑자기 이게 웬 꼴이냐. 심장 한쪽이 얇게 저미어진 듯 가슴이 아파왔다.

"뭐하느냐, 빨리 가서 의원을 불러오지 않고."

왕의 지청구에 신원의 발걸음이 바빠졌다.

그는 훌쩍, 날랜 몸짓으로 말에 타 올라 쏜살같이 산의 어둠을 향해 사라졌다.

"소랑이를 나인들의 처소로 옮기겠나이다."

뒤늦게 들어온 원녀가 왕의 이부자리 한가운데 쓰러져 있는 소랑을 보고서 깜짝 놀라 말했다.

"아무리 죽을 지경이 되더라도 가려 누울 자리가 있는 법이옵니다."

"되었다. 내가 직접 병간을 할 것이다."

전하께서 일개 나인을 직접?

"하오나, 전하."

"되었대도. 어서 찬물과 수건을 가져오너라."

아니 될 일이었으나, 왕 이헌의 단호한 명을 거역할 수는 없었다.

원녀가 대야를 가져오자 헌은 손수 물수건을 짜서 소랑의 동그란 이마를 닦기 시작했다.

쇠 불덩이같이 뜨거운 몸에 찬 기운이 닿자 '치이이익' 소리를 내었다. 찬 물수건으로도 쉽사리 몸이 식혀지지가 않았다. 의원을 기다리는 헌의 마음이 한없이 초조해져 왔다. 이런 산골의 사냥터라면 마을에 다녀오는 것만으로도 한참이 걸릴 것이었다.

'쌔액 쌔액.'

소랑의 달뜬 숨소리가 이 공간을 메우고 있었다.

가늘게 떨리는 눈썹, 송골송골 땀이 맺히는 이마, 꽃물처럼 올라온 홍조. 이렇게 보니 상처 입은 사슴처럼 유순한 것 같기만 하고. 또 천상의 선녀처럼 예뻐 보이는 것 같기도 하고. 분명 평소와는 다른 모습이었다.

에잇, 헌은 괜한 역정이 피어올라 눈을 흘겼다.

평소에 그렇게 펄펄하게 날아오르더니만. 아무리 지금이 예뻐 보인다 한들 아픈 것보다야 대놓고 버릇없이 굴던 소랑의 모습이 훨씬 나았다. 이때, 그녀가 버석버석 마른 입술을 달싹이기 시작했다.

뭐라? 헌은 몸을 그녀에게로 가까이 대어 귀를 기울였다.

그녀는 죽어 가는 듯한 목소리로 힘겹게 말 한마디를 내뱉었다.

"노, 노루 몇 마리 잡았어요?"

이런.

"에헤이, 많이 잡았다. 먹고 죽을 만큼."

"내 것 좀 남겨 놓으시지, 으읏."

파리하게 핏기가 가신 얼굴에도 그 식탐만은 변함이 없었다.

하아, 얼른 낫기나 하여라. 그 좋아하는 고기, 배가 터지도록 먹여 줄 것이니.

'다그닥다그닥.'

어느새 신원의 말이 날랜 뜀박질로 처소에 도착했다. 보통 사람이라면 상상도 할 수 없을 정도의 빠른 시간. 오동통한 몸집의 의원이 그의 말에서 내려 처소 안으로 들어갔다.

"마으마아— 상감마마를 뵙게 되다니, 이 미천한 시골 의원에게 는 가문에 길이 남을 영광이옵니다."

그야말로 감격에 벅차오른 얼굴이었다.

"어디, 어디가 편찮으시옵니까."

그가 물색없이 손을 뻗어 달려들자 헌은 이부자리 쪽을 가리켰다.

"네가 볼 것은 과인이 아니라, 바로 이 나인이다."

"네에?"

침소의 한가운데 웬 궁녀가 누워 있었다.

궁중의 법도를 잘 모르는 그에게도 당황스러운 풍경이었다. 아니, 궁녀가 이런 데 막 누워 있어도 되나? 그는 고개를 갸웃하며 소랑의 소매를 걷어 손목의 맥박을 쟀다.

"하아, 심상치 않사옵니다."

그는 느닷없이 소랑의 양 가슴팍 옷고름에 손을 댔다.

"아니, 무엇하는 것이냐?"

보고 있던 헌과 신원이 동시에 자리에서 벌떡 일어났다. 아니, 이 미친 영감이 감히 어따가 손을?

"제가 양의에게 조금 배운 것이 있어서 가슴팍의 소리를 들으려 하는 것입니다."

"꼭 만져야 하는 것이냐?"

헌이 발끈하여 얼굴을 붉히자, 신원은 점잖게 의원을 말렸다.

"남녀가 유별한데, 이런 진료 방식은 도리에 맞지 않을 것 같습니다. 궐의 나인은 모두 임금의 여자란 사실도 모르시옵니까?"

그러자 시골 의원이 오히려 눈을 똥그랗게 떴다.

"아니, 그냥 명치의 소리만 듣는다는 것이옵니다. 다들 뭘 그리 과장하여 생각하시옵니까?"

마치 막내 여동생을 과보호하는 두 오라버니를 본다는 듯 의원은 정색을 했다.

"아, 그렇소?"

신원이 머쓱하게 답했다. 의원은 신원에게 소랑이를 부축해 앉히라 이르고서는 조그만 대롱으로 명치의 소리를 들었다. 불규칙한 파도만큼이나 그 소리가 불안정했다. 그는 챙겨 온 가방에서 이것저것 약재들을 꺼냈다.

"몸살이 심각합니다. 뭐 다들 아시겠지만 이런 병은 푸욱 쉬는 것이 명약이옵니다."

"더 크게 아픈 것은 없다는 것이지?"

"충격이나 몸이 놀랄 일이 있으면 이렇게 몸살로 후폭풍이 찾아오곤 합니다. 삼시 세 끼 약을 잘 챙겨 먹는 것이 중요하옵니다."

"그래, 밤늦게 이 먼 곳까지 오느라 수고가 많았다. 너의 공에 합당한 상을 내릴 것이니 그리 알고 있거라."

"아이고, 성은이 망극하옵니다."

시골 의원이 꾸우벅 절을 하고서는 밖으로 나섰다.

다시 처소에 셋이 남았다. 끙끙 앓고 있는 소랑과 애써 평정을 유지하려는 왕 이헌, 그리고 두 눈에 잔뜩 걱정의 빛을 담고 있는 신

원. 헌이 수건의 물을 짜서 소랑의 머리에 올려놓자,

"제, 제가 병간을 하겠습니다."

신원은 큰일이라도 생긴 듯 그 손길을 막았다.

"전하께 이런 일을 시킬 수는 없지 않습니까."

그러나 헌은 가까이 온 신원의 귀에 나직하게 속삭였다.

'닥치고 꺼져.'

'네?'

'꺼지라고.'

단호한 명에 자리를 뜰 수밖에 없는 신원. 허나 그의 손끝이 불끈하게 말아 쥐어졌다. 자신은 걱정이 되는 여자가 눈앞에 누워 있어도 왕의 명대로 그 곁을 떠날 수밖에 없는 입장이었다.

그는 처소 밖 제자리로 돌아가 섰다. 하늘 가득 떠 있는 먼 별. 그 빛이 아득한 슬픔이 되어 신원의 가슴에 닿았다. 내색할 수도 없이 안으로 담아야 하는 빛이었다.

"저은하."

처소엔 헌과 소랑, 단둘이 남았다.

밖에선 폭군이라 불리는 헌의 손길이 그녀 앞에서는 낯설 정도로 섬세하기만 했다.

"어서 잠들어야지. 푹 쉬지 않으면 네가 더 고생을 하지 않느냐. 내가 곁에 있을 테니, 너는 걱정하지 말고 눈을 감도록 하여라."

"망극하옵나이다."

"아프지 말거라."

헌의 손이 소랑의 어깨를 가만가만 토닥였다.

언제나 왕을 재우던 일을 하던 소랑이었다. 그간 나를 재우는 그 녀의 심정이 이러하였을까. 잠에 빠져드는 소랑의 작은 표정 변화 에도 이를 살피는 헌의 눈빛이 세심했다.

쌔근쌔근.

한결 편안해진 소랑의 숨소리에 헌은 한숨을 돌렸다. 보송한 솜 털, 동그랗게 하얀 이마.

이 어여쁜 이마로 왜 사방을 박치기하고 다니는지. 자고 있으면 이렇게 사슴처럼 순한걸, 그 성미는 어찌 그리 되바라졌는지.

소랑의 이마에 식은땀이 송송 올라오자 헌은 마른 수건으로 그 습기를 닦아 냈다. 수건이 얇게 젖어 들어가듯, 헌의 가슴 한구석 어 딘가도 촉촉하게 젖어 들어갔다. 그 젖은 가슴은 뜨겁게 녹아나 똑 똑 떨어지는 촛농, 그만큼이나 발갛게 달아올랐다가 또옥 또옥 슬 며시 넘쳐흘러내렸다.

헌에게 훌쩍 다가온 이 감정은, 먼저 죽은 자신의 사랑 안씨에 대 한 미안함이었다. 왜일까. 그리움이 조금이라도 비워지는 게 괜스레 미안해지는 것이.

건네받은 것은 은 몇 자가 담겨 있는 붉은 주머니.

시골 의원의 얼굴이 헤실헤실 싱글벙글했다. 키야, 통도 크시구먼 그려. 왕을 진료한 것도 아니고 일개 나인을 진료한 것인데.

그러나 짙은 어둠 속 삭막한 그림자가 그에게로 가까워져 왔다.

'채애애앵.'

의원의 목 앞에 날카로운 장검이 다가왔다.

"뉘, 뉘시오?"

의원은 깜짝 놀라 붉은 주머니를 앞섶에 숨겼다.

곧 뱀이 지나간 자리처럼 섬뜩한 목소리가 울려왔다.

"네가 방금 보았던 것을 속속들이 이야기해야, 그 은자를 빼앗기지 않을 것이야."

"네에?"

"아니, 조금이라도 거짓이 섞였다간 너의 목숨이 온전치 못하겠지."

쭈뼛, 등골이 서늘해진 의원이 침을 꼴깍 삼켰다. 사람 살리러 왔다가 이게 웬 죽을 꼴인가.

"방금 왕의 처소에서 푸른 복색의 무사를 보았느냐."

"아, 아니오. 저를 태우고 온 무관의 복색은 자색이었습니다."

"그럼, 네가 진료를 본 이는 누구냐."

"웬 궁녀였습니다요."

"궁녀라?"

검은 그림자에서 서슬 퍼런 살기가 번뜩 쏟아져 나왔다. 칼날에 반사된 달빛이 그의 얼굴을 설핏, 비추었다. 바로 병판 조성균 대감이었다.

"그 궁녀를 대하는 왕의 태도는 어떠하였느냐."

의원이 잠시 머뭇대자, 힘이 더해진 칼날이 그의 목에 붉은 실금을 내었다.

"그러니까, 좀 이상했지 말입니다."

✳

다시 돌아온 궐, 이어진 맑은 날씨.

병세가 쉽게 나아지질 않았는지 소랑은 그로부터 한참이나 지밀에 들어오지 않았다.

그다지도 나불대던 아이가 며칠 보이지 않자 그것만으로도 묘하게 빈 공간이 생기는 느낌이었다. 뭔가 빠진 듯한, 도저히 채워지지 않는 듯한.

알게 모르게 헌의 애간장이 타올랐다. 보는 눈이 많으니 직접 원녀의 방으로 가 볼 수도 없고.

'몸이 나아지고 있다'라는 이 한마디만을 되풀이하는 원녀에게 삼시 세끼 소랑의 상태를 자꾸 물어볼 수도 없는 노릇이었다.

그 후로 며칠 뒤, 헌이 밤늦게까지 편전에서 정사를 보던 날. 드디어 소랑이가 지밀에 돌아와 있었다.

뜻하지 않았던 반가움에 헌의 두 눈이 밝아졌다. 마치 두 개의 초롱이 반짝, 불을 밝힌 것처럼.

"몸은 좀 괜찮으냐?"

그의 목소리 역시 초롱처럼 밝았다.

"네. 전하께오서 손수 병간을 해 주신 덕에 몸살은 깨끗이 나았사옵니다."

"머리 다친 것은 괜찮으냐. 원래도 개념이 없었는데 더 없어질까 봐 걱정이구나."

"개념은 딱히 변함이 없으나,"

그래, 그건 딱히 바라지도 않았다.

"신력이 좀 떨어졌습니다."

다시 돌아온 그녀 특유의 개구진 말투.

"이제 날씨를 예측한다거나, 그런 건 못할 것 같습니다."

못하겠다는 말이 어찌 그리 당당한지. 그래, 네가 하늘 아래 무엇의 눈치를 더 보겠느냐.

"본디 빈궁의 넋을 위로하기 위해 궐에 들어왔으니 그 일에만 집중하도록 하여라. 그것은 가능하겠느냐."

"네, 그리하겠나이다."

소랑은 자신이 며칠 지밀을 비운 사이, 왕 이헌이 제대로 잠에 들지 못했다는 소식을 들은 터였다. 그녀는 조심스럽게 헌의 안색을 살폈다.

"혹, 오늘 편전에서 격무에 시달리셨나이까. 이렇게 늦은 시간에 돌아오신 걸 보면."

"옥새를 찍는 일이라, 그리 격무라 말하긴 힘들지."

거뜬히 답을 하는 왕의 기세가 쌩쌩했다. 몸을 쓰거나 피곤한 일이 있어야 잠에 잘 드실 터인데. 너무 늦은 시간이라 산보를 권하기도 힘들고 말이야, 에효.

"아까 도승지께서 전하께 꼭 필요한 책이라며 여러 권을 갖다 주셨습니다. 혹, 독서를 하실 생각은 없으시옵니까?"

"잠도 오지 않는 밤. 더 머리를 복잡하게 만들고 싶지는 않다."

"전 책만 펴면 그렇게 잠이 오던데."

어떻게 해야 바로 잠을 재울 수 있을까. 소랑은 한 가지 비책을 써보기로 했다.

"저은하?"

"너 왜 이렇게 눈을 또 똥그랗게 뜨는 것이냐. 혹시 뭐 또 청할 것이 있느냐?"

"저랑, 술 한잔하실래요?"

"뭐?"

임금께 받는 술. 어사주는 장원 급제를 해야지나 받을 수 있는 영광의 하사주였다. 한잔만으로도 삼 대째 가문의 영광으로 삼는다는 그 어사주를 네가?

"어휴, 밤에 잠 안 오면 한잔씩 하는 거지 무에 어렵게 생각하시옵니까?"

언제나 까닭 없이 당돌한 그녀였다. 파리한 사슴같이 아파하던 그때와는 달랐다. 그녀는 지칠 줄도 모르고 바쁘게 입을 놀리기 시작했다.

"저번에 빈궁마마께오서 저의 입을 빌려 당부하지 않으셨습니까. 세상만사 시름을 잊게 해 주는 것이 술이라고. 술 드시기를 잘했다고 칭찬을 하셨지요."

"그랬었지?"

"혹, 지금 빈궁마마의 청을 거절하시는 것이옵니까? 아니면 왜 망설이시옵니까, 쫄리시옵니까?"

"어헛! 어디 임금한테 못하는 말이 없구나."

"아이, 정 싫으시면 되었습니다. 술에 약한 자나 뒤로 물러서는 법이라 하옵지요?"

"술에 약하다니. 누가, 내가?"

"어느 소인배가 술상 앞에서 미적미적 앞뒤를 고민합니까? 그것이 이미 약한 모습이지요."

"네가 오늘 나와 제대로 대작對酌을 해 보려 하는구나."

싱긋, 소랑은 달빛이 머물다 간 듯한 말간 초승달 웃음을 눈에 올렸다.

"떠돌이 장돌뱅이처럼 살았던 몸입니다. 술이라면 그 누구에게도 지지 않지요."

"설마 나와 술자리를 하고서도 그리 말할까?"

한 번 꺾어 줘야 그 기가 죽으려나.

"넌 오늘 네발로 기어나가게 될 것이다."

"뭐, 한 번 해 보시지요."

헌은 세장에게 술상을 내어 오라 명했다.

"늘 섞어 먹던 걸로."

네? 섞어 먹는다고요?

시종일관 여유롭던 소랑의 얼굴에 당황의 빛이 어렸다.

"아니, 비싸고 좋은 술을 굳이 섞어 마실 이유가 무엇이 있겠습니

255

까? 이는 주조장의 장인 정신을 욕되게 하는 것으로."

"왜, 쫄리는 것이냐?"

네, 쫄립니다. 이거 어쩐다.

전국의 각 장터에서 장돌뱅이들과 대작을 하여 져 본 적이 없는 궁극의 말술녀, 예소랑. 그런 그녀가 딱 한 가지 못하는 것이 바로 술을 섞어 마시는 것이었다.

천성에 맞지 않았다. 섞은 술은 그녀의 속에서 전연 넘기지를 못했다. 이는 술자리에서 장송처럼 굳건한 그녀를 무너뜨릴 수 있는 단 한 가지 약점이었다.

그새 술상이 넓게 차려졌다. 헌은 한 손으로 술병을 빙글빙글 돌리며 잔들을 깔기 시작했다.

"자, 고진감래주다."

처음엔 쓴 술, 마지막엔 꿀이라 이겁니까.

"자, 침몰선이다."

헌은 커다란 대접에 술을 따르고 그 위에 작은 잔을 동동 띄웠다. 돌아가면서 작은 잔 위에 술을 따르다가 이 잔이 퐁당 대접에 빠지고 나면 이 술을 모두 마시는 것이었다.

"자, 파도타기다."

짜르르륵, 일렬로 세운 잔이 퐁당퐁당 엎어졌다.

이거 보통의 기술 내기가 아니다. 소랑의 입이 딱 벌어졌다.

"혹시 저은하, 소싯적에 뭐하고 노셨습니까?"

헌의 매끈한 입매가 씨익 올라갔다.

"네가 나의 탕아 시절을 듣지 못하였구나."

"네에? 탕아요?"

"형님이 돌아가시기 전, 내가 세자로 책봉되기 전에는 내가 도성 안에서 꽤나 알아주는 날라리였는데."

"그래도 그렇지, 이렇게 양아치같이 노는 건 군君의 도리가 아닌 듯하옵니다."

"네가 어디서 예법과 도리를 찾느냐. 왕에게 술로 대작을 청한 것은 네가 먼저가 아니냐."

그야말로 괜한 도발을 한 것이었다. 임금께서 이렇게 음주에 능하실 줄은 몰랐지.

"그래요. 오늘 한 번 어디 죽어 봅시다."

소랑이 너른 대접을 들어 꿀꺽꿀꺽 침몰선주를 마시기 시작했다. 하아, 이렇게 섞은 술은 진정 쥐약인데. 그래, 이렇게 지는 대작을 계속할 수는 없었다. 소랑은 또르르르 잔머리를 굴리기 시작했다.

"전하, 저와 내기 하나를 하는 것이 어떻습니까? 전하께오서 풍류를 쫌, 아시지 않으십니까?"

"어떤 내기를?"

"진실 술 내기요. 서로 돌아가면서 질문을 하여 답을 말할 수 없으면 한잔씩 하는 것이옵니다."

헌은 한 번 해 보자는 식으로 자세를 고쳐 앉았다. 입가엔 여유로운 웃음이 걸려 있었다.

"뭐, 나야 질 것이 없지."

소랑 역시 빙긋한 웃음을 지었다. 그렇다고 내가 질 리도 없지.

그러나 왕의 첫 질문은 입을 다물 수 없이 놀랍기만 했다.

이 진실 술 내기의 본질을 정확히 이해한 질문. 소랑은 뒤통수를 딱, 맞는 듯한 기분이었다.

◇ 18 ◇

그
음심과 사심,
소녀가 찾아드릴까요?

"너, 혹시…… 근수가 얼마나 나가냐?"

헉, 지금 여자에게 몸무게를 물어보신 건가?

소랑은 눈을 흘기며 앞에 있던 술을 홀짝 마셨다. 이런 식으로 하신다, 이거지?

"전하께오서는 빈궁마마 이후로 여인네를 품으신 적이 있사옵니까?"

바로 날아온 성인용 질문! 센 질문이었다. 그러나 헌의 대답은 단호했다.

"없다."

"네? 없다고요? 진정이십니까?"

"조금이라도 여인네를 가까이할 수 있었다면 새 비를 들이든, 후궁을 통해 후사를 보든 하였겠지. 일전엔 나를 유혹하려던 여자에게 단도를 던진 적도 있었다."

그렇다면 왜! 다음에 날아온 헌의 질문은, 예상외의 것이었다.

"신원이는 너에게 어떤 존재냐?"

"네?"

잔잔한 술잔에 포노주 한 방울을 똑, 떨어뜨린 것만 같은 파문. 소랑의 가슴속이 복잡 미묘하게 일렁이기 시작했다.

"나이 차, 신분 차가 있긴 하지만 동무를 먹기로 하였습니다."

"또 있느냐."

"전하께서 명하신 대로 빈궁마마의 넋을 받는 제 안위를 책임지고 있지요."

"또 있느냐."

"목숨을 구해 준 자이지요."

허나 아직 듣고 싶은 답이 나오지 않았다는 듯 헌은 다시 물었다.

"또, 있느냐."

혼인을 할 뻔했던 남자이지요. 그리 답할 수는 없었다. 금혼령이 아니었다면 지금쯤 신랑 각시가 되어 있을지도 모르지요. 그리 답할 수도 없었다.

"그 이상도 이하도 아닙니다."

헌은 전에 없던 눈빛으로 소랑을 바라보았다.

이미 거짓 너머의 진심을 알고 있다는 듯 간담이 서늘해지는 눈빛.

"전에 없던 눈썹의 떨림이 거짓임을 말하고 있구나."

"거짓이 아니옵니다."

"허나 참도 아니다. 술 한잔 들이켜거라."

그 이상도 이하도 아니면 대체 무엇이란 말인가. 소랑은 조용히 앞에 있던 술잔을 들이켰다. 훅, 화기처럼 술기운이 치밀어 올랐다. 독주였다. 헌을 재우려고 시작한 술자리였지만, 어느새 소랑의 정신은 바다의 조각배처럼 술기운 위에서 넘실넘실대고 있었다. 달이 기울며 밤의 밀도가 더욱 짙어졌다.

이 질문, 이제 해도 될까.

소랑은 머리에 뱅뱅 도는 술기운의 힘을 빌어 용기를 내었다.

"전하께오서는 제가 빈궁마마로 보일 때가 있사옵니까."

그녀에게는 그 무엇보다 어려운 질문이었다.

혼란스러운 헌의 눈빛. 이미 여기에서 격한 가슴의 통증을 경험한 바가 있었다.

"아니."

또렷한 두 글자의 음성이 헌의 입에서 나와 공기 중으로 뿌옇게 흩어졌다. 왜일까, 순간 소랑의 눈가에 뜨거운 기운이 차올랐다.

"너와 빈궁이 얼마나 다른 인물인 줄이나 알고 하는 말이냐. 너 같은 천방지축에다가 말괄량이는 내 일찍 본 적이 없……."

"그러면 그때 왜 그러셨습니까."

숨이 차올라 내뱉은 듯한 소랑의 그 한마디.

이에 헌과 소랑의 사이에서 긴장의 활시위가 팽팽하게 당겨졌다.

더 다가가서는 안 될 것 같은, 그러나 멀어지고 싶지는 않은. 남녀 사이, 온몸이 저릿저릿해지는 그 긴장감이.

"언제?"

그녀는 꽃잎 같은 입술을 굳게 다물었다. 그 입술의 움직임에서 헌은 언제를 말하는지 바로 눈치챌 수가 있었다. 그의 동공이 커졌다. 너 혹시 그때 그 일, 기억하고 있는 것이냐?

"그때요."

휘익, 소랑이 당긴 활이 날아가 헌의 심장께에 꽂혔다.

언제부터 잠에 들었는지 기억나지 않는 밤이었다.

더 이상 소랑에게 말을 걸지 않고, 눈을 감아 안씨를 그리려던 이헌. 그렇게 눈을 감은 헌을 한없이 내려다보다가, 소랑 역시 스르륵 눈이 감겼나 보다. 그래서 그 옆에서 갈대 단처럼 풀썩, 쓰러져 잠이 들었나 보다.

처음부터 깊게 들지 않은 선잠이었던 것도 같았다. 언제 잠이 들었는지 몰랐던 만큼, 언제 깨어 있는지도 구분할 수 없었다.

헌이 잠결에 자신의 목을 감았을 때부터인지, 그가 입술을 달싹이며 누군가의 이름을 불렀을 때부터인지. 그러나 비몽사몽간에도 입술에 닿은 이 촉감만은 분명했다.

'헉······!'

오롯이 닫혀져 있던 그녀의 입술과 창호 문을 두드리듯 다가온 헌의 입술이 포개어졌다.

갑작스러운 입맞춤.

소랑의 가슴이 날뛴 생선마냥 튀어 오르기 시작했다.

도대체 왜. 평소엔 그렇게 나를 구박하시면서 갑자기 왜. 꿈결이신가, 잠결이신가.

자고 있는 척했기에 어찌 반항할 수도 없었다. 갑자기 잠에서 깨었다고 표를 낼 수도 없었다.

허나, 그의 입술과 혀는 그저 감미롭고 부드러웠다. 온몸의 불꽃이 톡톡 터져 댈 만큼. 아, 전신에 찾아온 이 설렘과 떨림을 어찌 진정시킬 길이 없었다. 헌은 더욱더 깊숙하게 입술을 포개어 왔다.

그녀의 입새 사이로 달콤한 꿀이라도 흐르는 것처럼, 감기고 또 감기어져 왔다. 그 촉촉함이, 그 사랑스러움이.

그러나,

소랑이 눈을 뜨자 헌의 눈빛에는 당황스러움이 가득 차 있었다.

이러지 말았어야 했다는 듯이. 실수로라도 입술을 닿게 하지 말았어야 했다는 듯이.

아릿한 통증이 밀려왔다. 화악 다가온 실망감이 방금 전까지 품었던 애틋한 감정들을 무너뜨렸다.

내게 입맞춤을 하신 게 아니었구나, 언제나 가슴에 품고 다니시던 그분을 떠올리셨던 게구나.

눈을 뜨고 잠이 든 척, 어설픈 연기로 지밀을 나왔지만 원녀의 방에 돌아와서도 그녀의 달뜬 마음은 쉬이 가라앉지 않았다.

왜 그러셨을까. 내게 왜.

그런 헌을 다시 보고 싶어 머나먼 사냥터로 따라갔지만, 전연 아무 일도 없었다는 듯 그의 행동은 태연했다. 그런 그 앞에서 소랑은 혼자서 수줍음에 떠는 소녀같이 낭창하게 굴 수는 없었다. 그녀 역시 더욱 아무렇지 않은 척, 명랑하고 씩씩하게 굴었다. 허나, 마음으로 끙끙 앓던 것은 몸살기로 튀어나와 그녀를 덮쳤다.

지금 이 순간, 취한 김에라도 다시 묻고 싶었다. 그때 왜 그러셨는지. 그리고 지금, 너한 설명이 없이도 어떤 순간인 줄 서로 잘 알고 있었다.

헌은 조용히 술잔을 들었다.

'꿀꺽.'

하얗게 드러난 그의 목젖이 꿀떡 움직였다.

아, 인정하시는 거구나. 그때의 나와 세자빈을 헷갈려했다는 것을.

심장이 바늘집이라도 되어 버린 건지 온갖 따가운 것들이 날아와 촘촘하게 꽂혔다. 둘 사이의 공기는 바늘 끝처럼 까슬까슬해지고 말았다.

"심각히 생각할 것 없다. 내 아까의 말은 헛으로 들은 것이냐. 조금이라도 여인네를 가까이할 수 없다고. 헷갈리지 않았더라면 그 어떤 일도 없었을 것이다."

욱신, 아픔을 주는 말이었다.

"그 어떤 음심과 사심이 내게는 남아 있지 않다."

"그 음심과 사심, 소녀가 찾아드릴까요?"

그 말이 헌에게는 더없이 위험하게만 느껴졌다.

"뭐라?"

자꾸만 진지해지는 분위기, 가슴 한구석 차오르는 실망감, 소랑은 이 분위기를 덮고 싶었다. 잔뜩 서운해진 속내를 들키고 싶지 않아 부러 명랑하게 말했다.

"소녀 또 그러한 방면으로 정통하지 않겠사옵니까?"

다시 개구진 목소리, 장난기 가득한 음색이 돌아왔다. 음심과 사심을 찾아 주겠다, 헌이 떠올린 그런 직통의 방법은 아닌 듯했다.

"또 어떤 헛일을 벌이려 하는 것이냐. 그만두어라."

헌의 목소리도 다시 편안해졌다.

"전하의 음심과 사심을 찾아드리는 것이 곧 이 나라 금혼령을 끝내는 것이고, 이 조선의 후대를 잇게 하는 것이고, 이 나라 백성을 평안케 하는 것이지요. 그러니 이것이 곧 전하의 신하로서, 이 나라 조선을 위해서 꼭 해야 할 일이 아니겠습니까. 캬아, 다시 생각해 보니 이런 애국자가 또 없네요."

다시 병아리처럼 나불거리기 시작하는 소랑의 귀여운 입술. 순간 헌은 그 입술을 콱, 덮치고 싶다는 충동이 들었다. 그렇지만 허허, 대인배 같은 웃음 속에 그 마음을 삼켰다.

"밤이 깊었다. 이만 마시자. 소랑아."

산짐승들의 울음소리가 울려 퍼지는 깊은 산중,

덕훈과 왕배가 지팡이를 짚고 이 어둑한 산을 오르고 있다.

"정말 예 있는 게 맞는 것인가?"

"여기로 쭉 가다 보면 사람 사는 집 등불이 나올 걸세."

설마, 짐승들이나 우글거리면 모를까. 왕배는 공포감에 떨며 막대기처럼 마른 덕훈의 뒤를 졸졸 따랐다.

음흉한 기운이 더욱 치솟아 나무의 키를 넘어설 때쯤, 다 쓰러져 가는 초가집이 한 채 나왔다.

드디어 찾았구나! 창호 사이로 늦은 밤, 허리를 꼿꼿이 세우고 책을 읽는 한 선비의 그림자가 비추어졌다.

"이분이 바로?"

"그렇소. 정본좌일세."

왕배와 덕훈이 똑똑 문을 두드려 기척을 하고 방 안으로 들어갔다. 가로세로 세 사람이나 잘 수 있을까 싶은 좁은 방이었다.

거기엔 서른 줄이나 넘었을까. 동그란 안경에 검은 수염을 기른 양반이 난초처럼 고아하게 앉아 책장을 넘기고 있었다.

"어인 일이시오."

"소문을 듣고 찾아왔나이다. 정본좌님."

"그 이름을 불렀다면 이미 잘못 찾아온 것이오."

"아니 정본좌님, 지금 이 산속에 틀어박혀 뭘 하고 계신 겁니까."

"보면 모르십니까. 공부를 하고 있습니다."

"아니, 지금 학문으로 승부를 보시겠다는 겁니까? 과거라도 나가 입신을 하시게요?"

정본좌라 불리는 사나이는 고개를 굳건히 끄덕였다.

"나라가 불안할수록 고시를 보는 게 최고의 안전빵입니다."

"경쟁률이 너무 높습니다. 정본좌님이 붙을 리가 없소."

"그것이 우리 세대의 운명 아니겠소. 나라는 혼란하고, 모두들 안정된 자리를 찾으니 그 자리를 찾다가 우리는 세 가지를 포기할 수밖에 없지요."

"세 가지요?"

"연심, 결혼, 출산이지요. 금혼의 시대, 혹자는 우릴 더러 삼포 세대라 부릅디다."

덕훈은 있을 수 없다는 듯 손을 부르르 떨었다.

"저는 포기할 수가 없습니다. 인간지사 태어나 짝을 지어 사는 것이 당연한 건데 금혼을 명한 이 나라가 미친 게지요."

그의 표정이 한층 더 비장해졌다.

"저희는 모설단을 만들려 하옵니다."

"혹, 모태 설로 단체의 약어인가?"

"그렇소이다. 역시나 신박하십니다. 이 모설단에 가장 필요한 인물이, 바로 정본좌님이시옵니다."

왜 이렇게 정본좌님을 숭배하는가. 왕배는 의아한 표정으로 덕훈의 옆구리를 툭 찔렀다.

"아니, 일개 몰락 양반이나 고시생 같은데 이분을 그렇게까지 떠받드는 이유가 무엇인가?"

"바로 자료 때문이네. 지금 이리 가난해 보이지만 정본좌님의 아버님께서는 청과 왜에게 대규모 교역을 하는 거상이시라네. 그 배를 통해 엄청난 것들이 들어온다네."

덕훈은 간절한 목소리로 청을 했다.

"정본좌님. 제발 보여 주시지요. 그 진귀한 자료를 말입니다."

"에헤이, 나는 이제 학문에 정진할 몸이라니까."

"제발 그 일부라도 공개해 주실 수는 없습니까? 저희 이 둘의 간절한 얼굴을 봐서라도."

"절대 안 되네."

"여자 소개해 드리겠습니다."

"이쪽이네."

그는 번쩍 일어나 쪽문을 열고 미로 같은 뒤뜰로 향했다.

쓰러져 갈 것 같은 초가집 뒤에는 최부잣집 곳간만치 거대한 창고가 있었다. 정본좌라 불리던 사내는 비장히 세 개의 자물쇠를 땄다.

끼익— 문이 열리자 정본좌는 작은 호롱불을 켰다.

왕실의 도서관만큼이나 빼곡히 쌓여 있는 책들, 이에 왕배와 덕훈은 입을 딱 벌리고 말았다. 이 책들이 모두!

"춘화첩이로군요!"

야실스러운 자료들이었다. 덕훈의 눈은 경탄과 환희로 가득 찼다.

"이게 몇 태라太祿이옵니까."

"태라가 무엇이오?"

"클 태太에 벗을 라裸. 대충 이런 춘화첩을 세는 단위인 줄로만 알아 두시오."

"감히 그 숫자를 셀 수가 없지요."

왕배는 떨리는 손으로 춘화첩을 꺼내 들었다.

헉, 허억, 허어억!

신세계였다. 온몸에서 전율과 환희가 차올랐다.

부들부들, 이 나이 먹도록 이러한 세계를 알지 못하고 살아온 자신에게 치가 떨렸다. 그래, 지금 새로 태어나도 좋다.

단 한 번도 본 적 없는 아름다운 작품들, 아아, 소장하고 싶다.

"이건 파계승이?"

"이건! 유부녀가 아니오?"

"이건! 명성각의 기생, 매월이와 닮았는데?"

"여기, 해외 자료를 보시오. 그야말로 진귀하고 희귀한 작품이오."

"오, 왜나라가 진정 성性진국이었구려! 이런 자료를 다 만들어 내고."

덕훈은 정본좌의 두 손을 꼭 잡고서 고개를 숙였다.

"정본좌님. 제발 저희 단체에 들어와 주실 수는 없습니까?"

"그것은 아니 되오. 나는 과거를 보고 입신을 할 몸이오."

"그렇다면 돈을 주고라도 이 자료를 사고 싶습니다. 그것도 아니 되겠습니까."

"모두 몇 년간 아끼고 모아 온 자료들입니다. 함부로 유포할 수는 없소."

"이 자료들만 갖고 있으면 저희 모설단은 크게 부흥할 수 있습니다. 자료를 원하는 사람들이 구름떼같이 몰리겠지요. 그러한 사람들을 모아 이 나라 금혼령을 끝낼, 큰 뜻을 품으려 합니다."

"그렇다면 더더욱 아니 되오. 이 나라의 등불이 되레 학문을 하는 것인데 나라의 뜻에 반기를 드는 짓은 할 수는 없소이다."

"내일 그 여자분은 몇 시에 만날까요?"

"정오가 어떻겠소?"

"함께 하시는 겁니다."

끄응, 이어진 정본좌의 답은 현명했다.

"내일 그 여자분을 만나보고 답을 드리겠소."

덕훈과 왕배의 눈이 기대로 가득 찼다. 조금만 더 설득하면 넘어올 것 같기도 한데.

정본좌는 상자에 담겨 있던 춘화첩 몇 권을 들었다.

"내일 소개가 성공적이면 이 책들을 드리겠소. 개인 소장용이요."

"아이고, 성은이 망극하옵니드아."

왕배와 덕훈이 입을 모아 고개를 숙였다.

"아, 그리고 잊지 마시오. 내 이름은 정도석이오."

🌸

이튿날, 소랑은 애달당으로의 여장을 챙겨 들고 신원의 말에 올라탔다.

왕 이헌에게는 일찍이 인사를 드려 놓은 상태였다. 전하의 음심과 사심을 다시 찾아드리는 것이라. 어떠한 방법이 좋을까.

애달당 앞, 신원의 손을 잡고 말에서 내린 소랑의 얼굴은 한없는 골몰함에 빠져 있었다.

"무슨 생각을 그리해?"

"신원아. 남자의 음심이 가장 폭발할 때가 언제야?"

"뭐라고?"

난데없는 질문 공격에 신원의 귓불이 붉게 달아올랐다.

"최근 품어왔던 음심이 폭발했던 적 있었어?"

이게 아침부터 해말간 얼굴로 웬 해괴한 소리인가.

"사내들은 원래 본능적으로 그러지 않나? 아침에도 말이야, 불쑥불쑥."

하아, 얘가 지금 나를 남자로 보긴 하면서 그런 질문을 하는 것인가. 어찌 그런 말을 부끄러운 줄도 모르고.

"어떻게 해야 할까."

소랑은 답도 채근하지 않고 고민스러운 얼굴로 애달당으로 들어갔다. 아니, 쟤는 무슨 생각을 하면서 사는 거야? 오히려 기가 찼다. 잠깐, 남자의 음심이 폭발할 때? 그때야 뻔한 것이 아닌가. 하아, 이것 참.

271

춘
화
첩
추
격
전

애달당 안.

도석은 메밀 차 한잔을 앞에 두고 탐탁지 않은 표정을 짓고 있었다.

'왜요, 마음에 안 드십니까?'

덕훈이 은밀히 물었다. 그 앞에 앉아 있는 여자. 마른 볼과 얇은 입술, 볼에 점까지. 너랑 똑같이 생겼잖아, 이 자식아!

'저희 집안에서 가장 예쁜 사촌 누이입니다.'

도석은 한숨을 쉬며 고개를 절레절레 흔들었다. 이것은 답이 아니다.

"지금 나를 거절하는 것이오?"

이 여자, 눈치는 빠른지 바로 고양이 눈을 떴다. 그는 모든 걸 체념한 표정을 짓고 고개를 끄덕거렸다.

"허, 참나. 본인은 얼마나 또 잘생겼다고."

여자는 바로 팽하고 돌아서 밖으로 나가 버렸다.

도석이 모설단이고 뭐고 니네들에게 협력을 하는 일은 절대 없을 것이다! 하며 으르르 이를 갈고 있을 바로 그때,

"그래도 숙녀 앞에서 대놓고 고개를 돌리면 상처를 받아요."

어디선가 유리 접시에 옥구슬 굴러가는 소리가 났다. 이 여리여리 고운 목소리는 무엇인가. 갑자기 나에게 선녀님이 강림하신 것인가.

자신의 식은 잔에 뜨거운 물을 부어 주는 처자.

"마음에 들지 않으시더라도 좀 더 말을 나누어 보지 그러셨어요."

뽀샤시한 얼굴, 투명한 살결, 방긋하니 앳된 미소. 바로 스무 살의 그녀, 해영이었다.

턱 근육이 마비되는 약이라고 먹은 듯, 도석의 입이 헤에 벌어졌다.

그와 동시에 애달당의 문이 덜컹, 열렸다. 소랑이가 들어온 것이었다.

"어머, 언니 오셨어요?"

해영의 목소리는 주름 한 점 없는 햇살 같았다. 삼십 몇 년 동안 막혀 왔던 귀가 뻥— 뚫리는 것 같았다. 도석은 그녀의 움직임에서 눈을 뗄 수가 없었다. 옆에 앉은 덕훈과 왕배가 그 시선을 쫓았다.

"아무래도 너의 사촌 누이보다는 저쪽인 것 같은데?"

"저쪽을 잘 접붙이며 도와 드리면 우리에게 자료 좀 주시려나?"

"잘 접붙였다간 모태 설로 탈출이 아닌가? 그럼 우리 모설단에 들어오실 수가 없지."

"이 사람, 하나만 알고 둘은 모르네. 남자에게 여자가 생기면 자연히 그 자료들은 필요가 없어지는 것이오. 다 내버리려 할지도 모르네."

"그래에?"

그럼 그게 다 누구의 것이 되려나. 왕배의 표정이 절로 훤해졌다.

"오늘은 무슨 고민을 그리 골몰히 하시어요?"

앉아서 마른세수를 하고 있는 소랑에게 해영의 걱정 어린 목소리가 이어졌다.

"왕에게 받은 특별한 명이 있어서 그렇단다. 차가운 냉수 한잔 좀 갖다 줄래."

바로 뽀르르 뛰어나가 냉수를 따르러 가는 해영. 도석의 눈이 그녀의 종종한 발걸음을 쫓았다.

예쁘다, 선녀 같다. 아니, 선녀다.

어찌 이리 아리땁고 고운 처자가 있을 수 있을까. 그는 헤에 입을 벌리고 그 모습을 바라보았다. 이때, 어디선가 은밀한 목소리가 들렸다.

"나라면 그렇게 가만히 있지만은 않을 텐데."

"어이쿠, 깜짝이야. 당신 누구쇼?"

그들의 탁자로 얼굴을 쓱 들이민 남자. 바로 개이었다.

"여기가 궁합을 보아주는 찻집이라는 걸 잊었소. 궁합이란 본디 사람과 사람 사이 연을 잇는 것이지."

오, 목마른 말에게 물을 내주는 듯한 소리였다.

"그럼 저 처자와 이어질 수 있는 방법이 있단 말이오?"

"나라면 일단 몸이라도 부딪혀 보겠소."

"모, 몸부터?"

"이 사람아, 상상하고는. 일단 갖고 오는 저 냉수를 부딪쳐 엎으시오. 그럼 옷이 젖을 테지? 세탁비라도 줘야겠지? 하지만 당신은 그런 배포의 남자가 아니지."

이 딱딱 맞는 운율은 뭐지.

"처자의 손목을 잡아끌고서 포목점에 가서 말하는 것이오. 여기 있는 거 다 골라 봐. 다 네 것이 될 테니까."

오글오글, 듣는 이들의 손발이 자연스레 말려 올라갔다. 이게 먹힌다고?

"뭐하시오, 밑져야 본전 아니오? 가서 부딪혀 보시오."

도석이 망설이는 사이, 개이가 그의 등을 아예 떠밀어 버리고 말았다.

잔에 받쳐 냉수를 떠 오는 해영. 그리고 무작정 앞으로 밀린 도석이 한걸음 한걸음 가까워지고 있었다. 억지로 부딪혀야 한다는 거지? 충돌을 준비하는 도석의 걸음걸이가 이미 어색하기만 했다.

"어맛―"

오, 부딪힘은 나쁘지 않았다. 계획했던 대로 잔이 엎어져 해영의 옷을 적셨다.

"아니, 낭자. 이거 미안해서 어쩌오."

그러나 예상치 못한 것이 있었다.

도석의 품 안에서 춘화첩이 우수수수 떨어진 것이었다.

쩍쩍 펼쳐지는 야시시한 그림들. 바닥에 흩어지는 온갖 음란스러운 장면들. 순진한 처자 해영에게는 너무 충격적인 그림들이었다. 그녀의 얼굴이 새빨갛게 달아올라 급기야 두성에서 득음한 듯한 비명 소리를 냈다.

"까아아아악! 변태!"

도석이 돌하르방처럼 굳어져 그녀를 보았다. 첫눈에 반한 선녀님 같은 그녀에게 들은 소리가 바로 변태? 충격을 받은 도석이 전광석화처럼 춘화첩들을 수습해 도망을 놓기 시작했다. 다람쥐만큼이나 재빠른 움직임이었다.

그때, 이 모습을 지켜보던 소랑이 눈을 반짝 떴다. 엇? 저 자료는?

"저놈 잡아라!"

소랑이 우당탕탕 일어나 우렁찬 목소리를 내며 도망가는 도석의 뒤를 쫓기 시작했다. 저 여잔 또 뭐야? 으아아아악!

뜬금없는 춘화첩 추격전이 시작된 것이다.

수치스럽뜨아, 수치스럽뜨아. 수많은 남정네들에게 자료 공급책으로서 정본좌라 칭송받으며 살아온 세월이 몇 년이던가.

그럼 뭘 하나, 첫눈에 반한 여자에게 '변태' 소리를 들었는데.

그래, 나는 변태다. 으으으, 변태드아! 이제 내게 실제의 사랑은 없는 것인가. 모든 사랑은 그저 평면 속에, 책 안에만 존재하는 것인가?

미안하오, 시노자키 상. 내 당신 때문에 왜의 언어를 배웠는데, 당신을 배신한 결과물이 이것이로군요. 이제 당신의 곁을 떠나지 않겠어요. 영원히 당신과 함께!

눈물을 흩뿌리며 저잣거리를 빠져나와 냅다 달음질을 치는 도석, 그 뒤를 소랑이 죽자 살자 따라오고 있었다.

"저놈 잡아라!"

소랑은 장군과 같이 장렬한 기세로 그 뒤를 따랐다. 그녀는 곧 그 근처에 있던 신원과 마주쳤다.

"잘됐다. 신원아! 저놈 잡자!"

어느새 소랑은 이미 신원의 말에 올라타고 있었다.

"뭐? 저놈이 어떤 놈이길래?"

왜 소랑이는 지 물건 빼앗긴 듯 저 남자를 쫓고 있는가?

저 남자가 들고 있는 것은 춘화첩이 아닌가?

이게 대체 무슨 상황이지? 소랑이 말까지 타고 쫓아오자 도석은 더더욱 기겁하여 마을 뒷동산을 오르기 시작했다. 가시덤불에 도포가 찢어지고 발목이 긁혀도 그 걸음을 멈추지 않았다.

아니, 저 여자가 왜 쫓아오지? 해영의 친정 언니 같은 자라서? 해영을 욕보인 것에 화를 내려고?

뒤를 돌아보던 도석의 시선이 말을 타고 있는 의금부 도사에게 닿았다. 으악! 왜 의금부 도사가 나를 쫓아! 내가 뭘 잘못했다고오오오!

뒷동산의 드넓은 언덕, 소나무 아래.

꽁무니가 빠져라 도망을 놓던 도석은 결국 지칠 줄 모르는 기세로 쫓아오던 소랑에게 붙잡히고 말았다. 놀란 그의 손에서 춘화첩들이 툭툭, 떨어졌다.

"왜, 왜 그러시는 것이오?"

나무에 등을 댄 도석이 벌벌 떨었다. 거친 숨을 내뿜던 소랑은 불쑥, 쭈그려 앉더니 그가 떨어트린 춘화첩들을 하나하나 넘겨보기 시작하는 것이었다.

이것이다! 이것이 그녀가 바로 찾던 신세계였다. 뒤에서 슬쩍슬쩍 이를 지켜보던 신원의 얼굴도 붉게 달아올랐다. 요새 쟤 머릿속엔 뭐가 들어 있는 거야.

"아니, 이렇게 노골적일 데가? 이것 참…… 감사합니다."

도석은 그저 황당해졌다. 웬 아낙네가 이렇게 춘화를 밝히는 것인가. 이 때문에 나를 쫓은 것인가? 고개를 든 소랑이 도석의 손을 덥석 잡았다.

"이거, 이거 왜 이러시오?"

"제가 큰 성님을 몰라 뵈었습니다!"

소랑이 그에게 꾸벅 절을 했다. 아니, 진짜 왜 이러세요?

"어디서 이런 자료를 다 구하셨소. 이거 저 주시면 안 될까요? 아니 좀 더 다양한 종류로 구할 수 있을까요?"

도석의 눈이 황당하게 벌어졌다. 뒤에서 이를 지켜보던 신원의 눈은 더했다.

❄

　이번 애달당에서의 이틀은 도석과 함께 자료를 고르는 데에 집중하면서 보냈다.
　"전하께 바칠 자료이옵니다. 더욱 신중 또 신중을 기해야 할 것입니다."
　하나하나 신중하게 춘화첩들을 고르고 있는 소랑, 그리고 더더욱 진지하게 작품을 추천해 주고 있는 도석. 그가 이렇게 적극적으로 소랑을 도와주는 이유는 단순했다.
　"해영 아씨는 무엇을 좋아하오?"
　"패설책을 좋아하지요. 아른아른하게 사랑받는 느낌을 즐긴달까. 이 정도로 노골적인 작품은 여자들이 좋아하지 않지요."
　"아니, 이 모든 작품의 주제가 사랑과 연정인데."
　"그러다가 또 변태 소리만 듣소."
　"으악, 그 말은 또다시 듣고 싶지 않소."
　"별에서 온 선비, 청나라의 상속자들, 태양의 후궁, 이런 서책들 한 번 구해 주시구랴. 얼굴에 꽃처럼 화색이 돌 것이오."
　"지금도 꽃 같은데 더한 빛을?"
　도석의 입가가 혜에— 벌어졌다. 그 패설책을 들고 가면 그때의 일을 다시 만회할 길이 있다는 것이지? 도석은 아까울 것이 없다는 듯, 그녀에게 두둑이 책들을 챙겨 주었다.

이 책을 가지고 궐에 들어가는 문 앞.

칠 척 장신, 거대한 덩치의 문지기가 그 앞을 지키고 있었다. 신원은 걱정스럽게 이 모습을 보았다.

들어가고 나올 때 짐 검사를 하는 것은 당연한 일인데, 아무리 전하의 명이라 하지만 이 정도로 궐의 기강을 흩트릴 수 있는 음란한 서적을 들고 가는 것은 국법으로 엄히 다스릴 문제였다.

허나 소랑의 표정은 시종일관 여유로웠다. 역시나, 예상대로 짐을 확인한 문지기의 얼굴이 시뻘겋게 달아올랐다.

뿌우뿌우, 양 귀에서 김이라도 뿜어낼 것 같았다.

"이, 이게 무엇이오?"

"보면 모르겠소."

더더욱 여유로운 소랑.

"이런 것을 감히 궐 안에 갖고 들어갈 수 있을 것이라 생각한 것이오?"

소랑은 소맷부리에서 작은 책 두세 권을 꺼내었다.

"여길 보시지요. 나으리 것도 챙겨 두었사옵니다."

"지나가시지요. 이 길입니다."

여유롭게 책 두어 권을 획— 던지고 들어가는 소랑과 그 책을 소중히 잡아채는 문지기. 누구든 이 책을 가지고 있는 자가 갑甲이로구나. 신원은 혀를 끌끌 찼다.

"결국 사내라는 것이 다 똑같지 않겠소? 품."

소랑의 호기로운 목소리가 이어졌다.

"츳츳츳, 전하는 보통 사내가 아니옵니다."

강녕전 앞.

세장은 춘화첩의 책장을 넘기며 도리도리 고갯짓을 했다.

"일전에 색귀같이 야시시한 처자를 들여보내도 꿈쩍 않던 전하였사옵니다. 이깟 저속한 그림으로는 감히 전하를 좌지우지할 수는 없사옵니다."

"그, 그래요?"

"하는 수 없군요. 그러니 이 책은 궐의 기강을 위하여 제가 모두 압수하는 걸로 하겠습니다."

세장은 펼쳐 놓은 책들을 쭈욱 끌어모았다.

"동작 그만."

지금 이 냥반이 뭐하는 짓이여?

"이리 주시지요. 일단 시도라도 해 봅시다."

"아이고, 이런 저속한 책으로는 미륵보살과 같은 전하의 음심에 작은 불씨도 댕길 수가 없소. 안 넘어가신다니까 그러네."

츳츳, 세장이 혀를 차는 소리를 뒤로하고 소랑은 춘화첩들을 이고 지고 강녕전의 안으로 향했다.

그 시간, 석수라를 마친 왕 이헌은 잠깐의 졸음에 잠겨 있었다.

잠깐 의자에 기대 잠이 든 것뿐일진대, 깊은 꿈이 찾아왔다. 꿈은 안씨가 자결했다는 청천벽력 같은 비보를 들었던 바로 그때로 돌아가고 있었다.

"저하, 빈궁마마께옵서……."

"누가 감히 빈궁의 목숨을 끊어 놓았는가. 도대체 누구냐 말이다."

꿈에서의 그는 악다구니 귀신에 씐 것처럼 처참하게 오열하며 쓰러졌다. 궐 사람들 모두가 차갑게 도리질을 하는 모습은 검은 유령들처럼 섬뜩했다.

바로 그때, 소랑이가 잠에서 그를 깨웠다.

"전하, 소랑이 들었사옵니다."

헌은 아직 꿈에서 모두 헤어 나오지 못한 상태였다. 순간, 목에 붉은 똬리를 감고 있는 세자빈 안씨와 눈을 동그랗게 뜨고 다가온 소랑이 겹쳐 보였다. 마치 소랑의 목에 붉은 똬리가 틀어져 있는 것처럼.

허억! 헌이 잔뜩 겁에 질려 외쳤다.

"니, 니 목에 그것이 무엇이냐."

"네? 제 목엔 아무것도 없는데요?"

"그 붉은 자욱 말이다!"

희뿌옇던 세상이 서서히 자기 빛을 되찾으며 헌은 이곳이 동궁전이 아니라 강녕전임을 알았다. 7년 전, 세자빈을 잃고 눈물짓던 세자 이헌은 어느새 이 나라의 왕이 되어 있었다.

허나 그는 조금도 자라지 못했다, 조금도 그 슬픔에서 벗어나지 못했다.

그는 고개를 숙이고 두 손으로 머리를 감싸 쥐며 말했다.

"방금 빈궁의 넋이 여길 왔다 갔느냐."

소랑의 눈빛이 걱정에 가득 차올랐다. 이틀간 자리를 비웠을 때 상태가 좋지 않다는 얘기는 들었는데 무서운 악몽에 혼자서 시달리고 계신 것이었나. 가슴에 연민이 차올랐다.

"아니옵니다. 여기엔 전하와 저, 둘밖에 없사옵니다."

"방금 빈궁이 꿈에 다시 나왔다. 싸늘하게 죽어 있는 시체의 모습으로 말이다."

"시체가 등장하는 것은 넋이 다시 찾아온 것이 아니옵니다. 그저 지나가는 개꿈에 불과하옵니다. 평정을 찾으시옵소서."

목덜미에 내려앉은 공포감은 여전히 생생하기만 했다.

내게 사랑하는 여자가 생기면, 누군가 또 그 여자를 죽여 버릴 것이다. 이 구중궁궐에 숨은 살인자에게 또다시.

머리에 단단히 뿌리를 내린 그 생각이 다시금 그를 조여 왔다. 바로 7년간, 엄청났던 유생의 상소와 궐내 어르신의 통곡과 절규에도 그가 꿈쩍도 하지 않은 이유였다.

그저 내 여자였다는 이유만으로 목숨을 잃었던 안씨, 그때의 슬픔을 죽어도 반복할 수가 없었다. 나는 어떤 여인네와도 가까워져서는 안 된다. 방금 소랑의 목에 겹쳐 보였던 붉은 자욱이 두려움을 증폭시켰다.

"오늘은 물러가 있거라. 나 혼자 있고 싶구나."

"하오나 전하, 온몸이 식은땀으로 젖어 있사옵니다. 제가 닦아드리겠나이다."

소랑이 품 안에서 손수건을 꺼내 왕 이헌의 곁으로 다가왔다.

"저리 꺼지라 하지 않았느냐!"

헌은 자신도 모를 힘으로 소랑의 손을 뿌리치고 말았다. 휙, 방향이 틀어진 그녀의 소맷부리에서 몇 권의 춘화첩이 떨어져 펼쳐졌다.

"전하!"

헌의 마음은 이미 독해진 상태였다. 흩어진 그림들을 본 그는 더욱 차갑게 굳어 힐난조로 말했다.

"그깟 음란한 그림으로 나를 미혹시키려 했던 것이냐. 이것으로 나의 음심과 사심을 다시 찾겠다고? 그것은 불가능한 일이다. 그 누구도 나를 다시 흔들 수는 없어."

그 냉정함에 소랑의 눈에 얇은 습기막이 차올랐다. 툴툴거리면서도 따스히 대해 주실 때는 언제고, 갑자기 이렇게 돌변하여 나를 밀어내시는 것인가.

"물러가겠사옵니다. 오늘 밤은 알아서 주무시옵소서. 허나 힘들게 구해 온 서책이오니 머리맡에 두고 가겠습니다."

"필요 없다. 썩 치우거라."

"정 그러시다면 여기 머리맡 반닫이에 두고 가겠사옵니다. 이 밤이 길다 느껴지실 때 꺼내 보시옵소서."

"그런 것 필요 없대도!"

소랑은 갖고 온 책들을 조용히 반닫이에 놓고서 고개를 숙여 인사했다. 뒷걸음질 치며 돌아선 소랑의 가슴에 쿵, 하고 돌이 내려앉았다. 줄곧 아이처럼만 보았던 왕이었으나, 오늘은 사춘기 소년만큼이나 종잡을 수가 없었다.

왕에게 그리움의 넋을 없애어 건강히 만들려던 그 꿈은 불가능한 것이었을까. 왕이 계속 저렇게 군다면 소랑이 지금껏 세자빈의 귀 기를 없애겠노라, 사기를 쳐왔던 것이 뻥으로 밝혀질지도 모른다.

모든 것이 거짓이었다고. 나의 수작에 불과했다고. 그날엔 정말로 목이 뎅강 날아가겠지.

그보다도 지금껏 자신의 말을 철석같이 믿어 왔던 왕 이헌에 대 한 미안함이 더 컸다. 자신에게 실망한다면, 아마 그는 여자라는 인 간을 다시 용서할 수 없을지도 모른다.

눈앞이 캄캄해졌다. 안에서는 여전히 노하여 식식대는 목소리가 들려왔다.

"이런 것 필요 없다니까!"

네, 알겠사옵니다.

"썩, 집어치우래도."

이제 그만 화내시어도 됩니다.

20

아아,
진정한 박력 사내들이
거기에 있다

터덜터덜 강녕전에서 내려오는 소랑을 신원이 걱정스러운 눈빛
으로 맞았다.

"안에서 큰 소리가 나던데 무슨 일이야?"

"개꿈을 꾸셨나 봐. 나보고 저리 꺼져라, 엄청 역정을 내셨어."

세장 역시 소랑에게 왕 이헌의 안부를 물었다.

"혹시나 하여 오늘 보양식으로 홍삼 진액을 준비했는데, 다 소용
없게 되었구려."

"차 내관님 말씀이 맞습니다. 전하는 그런 걸로 쉽게 움직이실 분이 아니었습니다."

"그러게, 어찌 그리 불경스러운 책을 전하께 갖다 드릴 생각을 했어."

신원은 소랑에게 딱밤 때리는 시늉을 했다.

"이제 이것들은 필요 없어졌으니 둘이 나눠 가지시오."

소랑이 치마폭에 숨겨 놓았던 춘화첩들을 탈탈 털자 세장이 손을 내저었다.

"에휴, 나는 됐소이다."

"아까는 전부 압수해 버릴 기세이시더니 갑자기 왜요?"

"갖고 있어 봐야 가장 중요한 것이 없는걸."

하아, 없도다. 없도다.

세장이 먼 산을 바라보며 보살 맞은 쓴 미소를 지었다.

아흑, 이거 남의 일인데도 또 슬프구먼. 하는 수없이 소랑은 남은 책을 모두 신원에게 쌓아 주었다.

"어우, 난 됐어. 이런 취향 아니거든?"

"넣어 둬, 넣어 둬. 보고 싶어도 없는 사람이 바로 옆에 있는데 있는 너라도 잘 쟁여 둬야 하지 않겠어?"

"필요 없다니까."

"차 내관님, 애 꺼 떼 가세요. 필요 없답니다."

"그럼 제가……."

세장이 두 손으로 열매를 쥐려는 듯한 모양새를 해 보이자 질겁

한 신원은 하는 수 없이 그 책들을 받아 들었다.

"넌 머릿속에 무슨 생각을 담고 다니냐?"

"만날 그 생각이다, 인마. 간다."

소랑은 주름진 치마를 나풀나풀거리며 어둠 속으로 사라졌다.

그녀의 걸음걸이마다 '쪼랑 쪼랑' 하는 종소리가 울려 퍼지는 듯했다.

신원의 귀에만 들리는 그녀만의 소리였다. 종이 울리면 소리가 나는 곳을 쳐다볼 수밖에 없지 않은가. 왜 자꾸 그녀에게 시선을 뗄 수 없게 되는 건지. 워낙 요란하고 시끄러운 아이라 그렇겠지?

신원은 책들을 쌓아 들고 자신의 처소로 향했다. 이제는 소랑과 거리가 한참 떨어져 있는데도 '쪼랑 쪼랑' 소리가 들리는 듯했다.

눈을 감아도 떠도 그 방울방울 거리는 소리가 귀에서 떠나지를 않았다. 그는 춘화첩을 한쪽에 던져둔 채 손 베개를 하고 털썩 누웠다.

'이런 걸 나한테 주는 저의가 뭐야?'

아니, 생각해 보니 억울하네. 내가 지금까지 자기 목숨 구해 준 것이 벌써 두 번인데, 날 조금도 사내로 보지 않는 겐가? 좋아하는 사내라면 어디 수줍어서 이런 책 내밀 수나 있겠어? 얼마나 박력 있게 대해야 날 사내로 볼 텐가? 이렇게? 어? 어?

얼떨결에 신원이 춘화첩을 펼치자 아아, 진정한 박력 사내들이 거기에 있었다.

'앗, 아니. 이렇게 아낙의 옷을 함부로 찢으면 되나?'

첫 장부터 강렬했다.

'아니, 지금 이 남자 손가락이 어디에 위치한 것인가.'

후방 주의. 방에 아무도 없어도 자꾸 뒤를 돌아보게 되었다. 누구 없지?

'아니, 지금 이 자세가 가능이나 한 것인가.'

빨려 들어갈 듯이 집중하게 되는 야시시한 그림들에 그의 숨결이 절로 거칠어졌다.

'아니, 아니, 아니! 이렇게 거꾸로 엉겨 붙으면!'

내가 이렇게 저속한 사내였던가, 싶어 모질게 책장을 덮으려 해봐도 쉽사리 그렇게 되지를 않았다. 에잇, 이제 그만 책을 놓아야지 해도 손에 딱 붙어 떨어지지를 않았다. 그래, 7년째 금혼령인즉슨 금욕령이 내려진 것과 다름없는데 그럴 수 있지. 그럴 수 있고말고.

신원이 그렇게 춘화첩의 신세계 속으로 빨려 들어가고 있을 때쯤.

강녕전의 왕 이헌은 오지 않는 잠을 억지로 청하고 있었다.

이틀간이나 잠에 거의 들지 못했는데 오늘도 잠 소식은 멀기만 했다. 오히려 흉흉한 잡념들만 잔물결처럼 끊임없이 밀려와 머리를 어지럽게 했다. 관자놀이를 나사로 조이는 듯한 편두통도 함께였다.

이때 세장이 특별 보양식이라며 홍삼 진액을 들고 왔다.

"전하 눈 밑의 검은 그늘이 걱정이 되옵니다. 이 홍삼 진액이면 넉넉히 기력을 회복할 수 있을 것이라 사료되옵니다."

안 그래도 몸이 허하게 느껴진 요즘이었다. 그래서 그런 악몽까지 꾸게 된 것인가. 이것이 악몽의 치료제라도 되는 듯, 헌은 세장이 올린 홍삼 진액을 꿀꺽꿀꺽 들이켰다. 그래, 이제 괜찮겠지.

속에서부터 열이 훅 올라오는 게 이 정도면 몸에 온기가 돌아 잠이 올 수 있겠…… 는 정도가 아니잖아? 몸이 엄청 뜨거워지는데?

한낮 태양의 열기를 모두 모아 받은 것처럼 온 얼굴이 시뻘겋게 달아오르기 시작했다. 내 몸에 들어간 홍삼 기운이 뭘 하고 다니는 것이냐.

"아, 덥구나."

"부채질이라도 해 드릴까요?"

"아니다. 그냥, 나가 있거라. 혼자 있고 싶구나."

헌은 스스로 부채를 들어 부채질을 하기 시작했다. 허나 이런 살랑살랑한 바람으로는 이 무더운 기운이 쉬이 가시지 않았다. 어디 찬물에 목간이라도 하고 와야 하는가.

점점 육체에 퍼져 오르는 열기가 정신을 지배하기 시작했다. 파도의 부유물 같던 잡념들은 사라지고, 오로지 한곳에 모든 기운이 모였다.

그것은 바로 음기淫氣? 믿을 수가 없었다.

그렇게 소랑에게 나는 음심과 사심이 없는 사람이라 말했건만, 이 갑작스러운 몸의 변화는 무엇인가. 순간 참을 수 없는 간지러움처럼 호기심이 밀려왔다. 소랑이가 놓고 간 저 책엔 뭐가 있을까.

아까 잠깐 슬쩍 보았음에도 대단한 것이었는데.

헌의 손이 제 뜻과는 다르게 움직이기 시작했다. 머리맡의 반닫이에 놓고 간다 하였던가. 그래, 사가에 나가서 열심히 책을 구해 온 소랑의 충심을 보아서라도 이 책은 한 번 펴 봄이…….

"이럴 수가!"

놀라움은 육성으로 터지고 말았다. 이것들이 백성들이 보는 책이란 말인가.

오오, 오오오오! 아니, 야외에서 이러면 안 될 것 같은데.

이곳은 절인가? 말세다. 말세.

아니 된다! 그 인원수는!

헌의 이마에서 데일 듯한 열이 올라왔다.

내 안의 음심은 다 없어졌다 생각했는데, 그리움이라는 귀기에 덮여 다 사라진 줄 알았는데, 아니었구나. 나도 사내였구나. 새로운 깨달음을 얻는 순간이었다.

그렇게 깊어지는 밤, 왕 이헌과 신원은 소랑이 뿌려 둔 음란 마귀에 걸려들어 허우적 허우적대고 있었다.

막상 원인을 제공한 그녀는 이렇게 사내들이 안달 나 있는 줄은 상상도 하지 못한 채, 뜻하지 않은 비번을 즐기며 쿨쿨 잠에 들어 있었다.

이튿날 아침, 왕 이헌의 산보 시간.

춘화첩의 영향인지 아직 홍삼의 뜨거운 기운이 다 가시지 않은 것인지, 갑자기 왕 이헌에게는 모든 세상이 음란하게 보이기 시작했다.

쌍쌍이 붙어 다니는 새. 그래, 참으로 정답구나.

팔딱 뛰어오르는 청개구리. 참으로 힘이 넘치는구나.

딱 붙어 함께 날아다니는 쌍 잠자리. 저놈들, 하늘에서도?

그가 가는 길에 하얀 난꽃이 피어나 있었다.

순백의 하얀 꽃잎의 가운데가 아찔하도록 붉은색이었다.

난꽃? 난꽃? 안 돼. 안 돼!

순간 어떤 연상에 닿았는지 몰라도 헌이 질끈 두 눈을 감으며 도리도리 고개를 저었다. 심지어 머리가 어질해져 온몸이 휘청거리기까지 했다.

"세장아, 꽃이 너무 붉구나."

"아, 전하께오서 꽃을 싫어하시지요. 잠시 기다려 주십시오. 제가 싹둑 잘라 버리겠습니다."

"아니, 되었다. 오래간만에 맡는 난향이 좋아서 그렇지."

"아 그래요? 그럼 뽑아서 강녕전의 침소에 갖다 놓을까요?"

"아니다! 그것도 되었다! 그냥 저렇게 놓아두어라."

평정심을 잃고 잔뜩 흥분한 왕의 모습, 평소와는 뭔가 달랐다.

어제 소랑에게는 크게 역정을 냈다 들었는데 요새 왜 이렇게 감정 기복이 심하실까.

"후원으로 가자. 심신의 수련이 필요할 것 같구나."

헌이 도무지 몸의 열기를 주체하지 못해 운동이라도 해야겠다고 생각했을 때였다. 그렇게 도착한 무예 수련장에서 헌은 믿을 수 없는 장면을 보고 말았다.

그곳에서 소랑이 바닷빛 무사복을 입고 목검을 휘두르고 있는 것이었다.

혼자가 아니었다.

그 옆에서 그녀를 껴안듯이 목검의 자세를 가르쳐 주고 있는 사람은 바로 이신원이었다.

지금까지의 열기와는 비교할 수 없는 강한 뜨거움이 안에서부터 폭발적으로 치솟았다. 화르르, 왕 이헌은 두꺼운 장작을 품고 타오르는 화톳불이 되었다.

거의 간밤을 지새워 잠을 자지 못한 건 신원도 마찬가지였다.

아, 음란 마귀의 그물 망태기에 걸려 버린 듯 아무리 벗어나려 해도 머릿속에 춘화첩 속 그림들이 사라지지 않았던 것이었다.

이 조선의 무관이 되어서 이렇게나 본인의 욕정을 다스리지 못해서야. 그는 새벽부터 벌떡 일어나 바지런히 목검 수련을 하러 갈 채비를 했다.

"어디 가냐?"

후원으로 향하는 신원의 곁을 졸졸졸 따라붙는 이, 바로 소랑이었다.

"어우, 깜짝이야. 넌 여기서 뭐해?"

어제의 음험한 생각들은 어서 빨리 떨쳐 버리자, 도리도리.

"거의 석수라 지나고서부터 바로 잠들었으니까 일찍 깨었지. 어디 가? 목검 수련하게?"

"어, 몸이 좀 허해진 것 같아서."

"고뤠? 그거 나도 좀 배워 보면 안 될까?"

어제 그 책으로 날 그리 힘겹게 만들었다는 걸 아는지 모르는지. 소랑은 그저 가볍게 깐죽거리고 있었다. 잠깐, 뭐라고?

"목검을 배워 보겠다고?"

"응! 내 몸은 내가 지켜야지. 물에도 빠져 죽을 뻔했고, 멧돼지에도 치어 죽을 뻔했고. 요새 내 운수가 워낙 꽝이잖아? 이젠 누가 어떻게 달려들지 모르는데 목검이라도 다룰 줄 알아야지."

"아니, 그래도 계집애가 뭣하러 검을 잡아. 내가 이렇게 너를 지키라 하명을 받았는데 나를 못 믿는 거야?"

"네가 언제까지나 내 곁에 있을 건 아니잖아."

순간 신원의 가슴이 쿵, 내려앉았다.

그녀는 이 모든 게 유한(有限)하다 말하고 있었다.

이 궐 생활도 궁녀 생활도 모두 임시일 뿐이라고 생각하는 그녀.

언젠가는 기어이 모든 것을 저버리고 떠날 것이었다. 나의 곁도, 나와의 인연도. 더욱 속상한 건 그렇게 떠나 버릴 그녀를 붙잡을 끈이 신원에게는 없다는 것이었다. 지금 그녀를 지키란 명은 그녀가 왕명을 받들고 있을 때뿐이니까.

"해 줄 거지? 나 옷 갈아입고 온다."

뽀르르 달려나가는 그녀의 치맛자락이 다시 나풀나풀거렸다. 그 가벼운 발걸음은 이대로 나비가 되어 날아오른다고 해도 이상할 것이 없을 정도였다.

신원은 뿌리 깊은 한숨을 쉬었다.

동무라는 것은 아무런 힘도 없는 말이다. 동무가 무엇을 해 줄 수 있는데. 지켜 주고, 걱정해 주고, 사가에선 모든 길을 함께 다닌다 해도 동무라는 이름 아래 부탁하는 청도 거절할 수가 없고, 너와 더 가까이 있고 싶다 하더라도 넘을 수 없는 선이 생기고 마는데.

동무란 정말 하등 쓸데없고 하릴없는 것이었다.

게다가 지금의 너는 왕의 여자였다. 임시 궁녀라 해도 함부로 건들 수 없었다. 매일 밤마다 왕의 가장 가까운 곳인 지밀을 드나드는데도 내가 그곳에 가지 말라, 감히 그렇게 말할 수도 없었다. 오히려 그녀를 왕에게 보여 준 것은 내가 아닌가.

시대는 금혼령. 혹시라도 그녀의 손목을 붙잡고 달아난다 하더라도 답은 없었다. 범죄자가 되겠지. 내가 의금부 도사로서 잡아들인 수많은 사람들처럼 불행해지고 괴로워지겠지.

그녀가 옷을 갈아입고 오는 사이 신원에게 수많은 생각들이 스쳤지만, 최종적으로 남아 있는 것은 아무것도 없었다. 아무리 '쪼랑 쪼랑' 종소리를 내고 다니는 그녀가 귀엽다 하더라도. 치마폭을 나풀거리며 가벼이 뛰어다니는 저 발걸음이 예뻐 보인다 해도. 우리는 그저 동무일 뿐이었다. 또 다른 끈은 전혀 엮여 있지 않았다.

소랑이 무사복을 입고 돌아왔을 때, 신원은 오히려 담담해져 있었다.

"이렇게, 이렇게 하면 되나?"

그녀는 목검을 들고 어설프게 자세를 잡아 보았다.

"아니, 여기서 허리를 더 곧추세워서 양손을 일자로."

자세를 가르쳐 주며 서로의 살이 닿았다. 그러나 어제 춘화첩을 보고 달아올랐을 때와는 달리 신원에게는 그 어떤 음심도 생기질 않았다. 소랑 역시 거리낌 없이 그의 손길에 허리를 바로 세웠다.

그래, 동무. 이 말에 아무런 힘이 없다 해도, 그렇기에 그녀가 더욱더 거리감 없이 다가올 수 있는 것이리라.

그는 더 이상 다른 마음을 먹지 않기로 했다. 무엇을 하더라도 동무라는 이름, 그 이상으로는.

"이얍, 이얍, 이얍~ 이거 좀 힘든데?"

"제대로 좀 해 봐. 아직 멀었어."

"얍얍, 머리 어깨, 머리 어깨."

그녀가 햇살처럼 해맑간 미소를 띠고서는 그에게 장난을 걸어왔다.

"그만 안 해?"

"왜에, 이러려고 배우는 건데. 이신원, 내가 너를 이겨 주겠다."

그녀의 포부와는 다르게 신원은 오로지 한 손으로만 소랑의 목검질을 척척척 막아내고 있었다.

"오올, 멋있는데? 이얍, 이얍. 다 막아내네. 신기하다."

"이리 와, 자세 다 틀렸거든."

신원은 그녀의 뒤에 서서 검을 잡는 자세를 잡아 주었다.

"왜 일자로 내리치는 게 안 되냐. 어디 뒤틀렸어?"

그가 소랑의 옆구리를 꼬집자 그녀가 허리를 배배 꼬았다.

"여자한테 어딜 찌르는 거얍, 얍얍 이신원 받아라!"

소랑이 집게손가락을 들고 장난스럽게 그의 옆구리로 달려들기 시작했다. 요리조리 손가락으로 찌르려 하는 소랑과 탁탁 막아내는 신원의 손길이 허공에서 어지럽게 뒤엉켰다.

일곱 살 어린아이들과 같은 장난질에 소랑에게 함박웃음이 머물렀다. 온 세상 빛을 끌어모은 듯한 찬란한 미소였다.

"아, 맞다. 너 어제 그 책 봤어?"

무슨 책? 너 지금 그 춘화첩 얘기하는 거야?

어느새 천진하던 분위기는 쨍그랑 깨지고 말았다.

어떻게든 아슬아슬하게 유지하려던 동무라는 선이 와르르 무너지는 순간이었다.

"봤지, 봤지? 내가 딱 보면 알지. 얼굴 벌게지는 거 봐라. 당황했구나?"

어이가 없었다. 넌 내가 조금도 사내로 안 보이는 거야? 아주 사춘기 남동생 대하듯이, 진짜.

순간 욱하고 반항심이 피어오른 신원이, 소랑의 뒤에서 두 팔을 화악― 잡았다.

마치 그녀를 뒤에서 끌어안고 있는 듯한 자세였다.

"너 자꾸 이러면 진짜!"

갑작스럽게 가까워진 거리에 소랑의 숨이 딱, 멈추었다.

"혼, 난다! 쓰읍!"

그들의 정다운 모습이 후원에 왔던 왕 이헌의 눈에 딱 박혔다. 헌이 보기엔 둘을 이대로 놓아두면 입술이라도 부딪힐 것 같았다.

'지금 뭘 하는 게냐!'

가슴에서부터 솟아오른 천불의 열기로 버럭, 고함치고 싶었다. 그러나 치정의 불길에 휩싸인 소인배가 되고 싶지는 않았다. 여기서 괜히 어깃장을 부려 화를 낸다면 속이 좁은 옹졸한 사내로 보일 것이다.

헌은 검은 매처럼 용포를 사납게 휘날리며 돌아섰다.

"오늘 밤엔 굉장한 일이 벌어질 것이니, 소랑이에게 단단히 마음의 준비를 하라 이르거라."

21

왕은 궁궐의 어느 여자라도

그 자리에서

취할 수가 있단다

부슬부슬 이슬비가 내리는 밤이었다.

먹을 붓에 함뿍 찍어 바른 듯한 어두운 거리, 인적도 없는 그 뒷 골목에 포돗빛 치마를 입은 여인네가 나타났다.

바로 서씨 부인이었다.

빗물이 구슬주렴처럼 모여 똑똑 떨어지고 있는 처마 밑, 어둠 속 에 몸을 숨겨 그녀를 기다리고 있는 자는 다름 아닌 병판 조성균 대 감이었다.

"왕에게 총애하는 궐 나인이 생긴 것 같다고요?"

병판에게서 들려온 뜻밖의 소식에 서씨 부인이 손톱을 깨물었다.

"머나먼 사냥터까지 데려와 이부자리 가운데 눕혀 재웠다 하더이다. 이를 직접 본 시골 의원에게 들은 말이오."

"7년간 여인네를 전혀 가까이하지 않았던 왕이라 하지 않았습니까. 그러다가 비妃가 아닌 곳에서 먼저 후사를 보면요. 지금의 분위기라면 무수리도 중전으로 삼고 금혼령을 철하자는 상소가 빗발칠 것이옵니다. 제가 간택을 위해 준비한 세월이 몇 년인데."

"또 준비해 놓은 것이 있소?"

저번 전국구로 싸인 암 조직을 병판에게 선물한 바 있는 서씨였다.

"있다마다요."

간택을 위한 그녀의 계획은 촘촘했다.

"따라오시지요. 보여드릴 것이 있습니다."

서씨 부인은 앞장서 길을 안내했다. 그녀는 미로같이 꼬불꼬불한 뒷골목으로 더욱더 깊숙이 들어갔다.

마침내 도착한 막다른 곳의 작은 쪽문, 그 문을 열자 다시 지하실로 향하는 계단이 나왔다. 곧 죄인의 고문실같이 음침한 쪽방이 나올 듯싶었으나, 그 지하실에선

'화아—'

눈부시도록 밝은 빛이 쏟아졌다.

이 야밤, 이렇게 다들 여기에 모여 무엇을 하는 것인가.

그 환한 불빛 아래 색색의 옷을 갖춰 입은 아가씨들이 바지런히

움직이고 있었다.

머리에 책을 얹고 떨어뜨리지 않게 걷고 있는 아씨부터, 다도茶道의 예법을 익히는 아씨, 법도에 맞춘 절을 배우는 아씨, 열심히 운동을 하며 몸매 관리를 하는 아씨 등. 마치 미인 대회를 준비하고 있는 현장을 보는 듯했다.

미래의 왕비를 노리는 여자들. 바로 그녀들이 이곳에 모여 간택을 위한 훈련을 받고 있었다.

"모두 미색 출중하고, 성품 곱고, 가문 좋은 집 여식들입니다."

"다들 참으로 열심히로군요."

"자그마치 7년을 기다려온 간택이 아닙니까. 저들의 바람이 극에 달할 만하지요."

한쪽에는 아씨의 어미뻘 되는 여자들이 모여서 차를 마시고 있었다. 자기 딸이 어느 정도나 훈련을 잘 받아 내고 있는지를 지켜보며, 서로 흠칫흠칫 은밀히 경쟁을 하고 있는 눈치였다.

"이들 어미의 모임은 이름하여 '여원회女願會'라고 합니다. 딸을 중전으로 만들고자 하는 여인네들의 모임이지요."

"유례없이 기나긴 금혼령에 어미들의 치맛바람이 세차군요."

"아마 간택이 시작되면 여원회에 들지 않은 가문은 감히 처녀 단자도 내지 못할 것입니다. 이미 그렇게 모의하고 단합을 했지요. 여기 있는 아씨들만 재간택에 가게 할 것입니다."

그곳에서도 가장 눈에 띄는 것은 바로 현희였다. 가장 빛나는 장신구에 눈에 부시도록 화려한 화장을 하고 있었기 때문일까.

그녀는 머리에 아슬아슬 책을 얹고 돌아다니면서도 자유롭게 곳곳을 누비고 있었다. 이 중에서도 내가 중전감으로 가장 유력하다는 듯 자신만만한 태도였다.

"현선아. 이리 와서 인사드리거라. 병판 조성균 대감이시다."

"안녕하십니까. 이조판서 예현호 대감 댁 첫째 여식, 예현선이라 하옵니다."

마치 미인 대회 무대라도 올라온 듯 그 인사에서는 계산된 또박또박함이 묻어났다.

"그래. 네가 서씨 부인의 딸이로구나."

그런데 현희의 얼굴을 제대로 본 병판의 표정이 묘해지기 시작했다.

"이 얼굴, 어디서 본 적이 있는데 말이야."

"네? 우리 현선인 규중 밖으로 함부로 발걸음을 한 적이 없습니다. 이 나라의 국모를 꿈꾸는 아인데."

"누군가와 닮았어."

등골이 서늘해지는 말이었다. 다, 닮았다니. 누구와?

"혹, 너에게 언니나 동생이 있느냐."

"아뇨!"

현희가 대번에 부정을 했다.

"언니라니요. 저는 예현호 대감의 장녀이자 외동딸입니다."

그 말끝에서는 이미 불안감이 차오르고 있었다. 저번에 서씨 부인이 장터에서 실제 현선과 닮은 자를 본 것 같다, 말한 적이 있었다.

예현선. 나의 이복 언니가 살아 있는 것은 아니겠지. 현희의 손이 파르르 떨렸다. 이를 본 병판이 난데없이 껄껄껄 웃기 시작했다.

"간택을 위해 7년간 준비했다 하더니, 아직 멀었소."

"네?"

"이 나라 여인네들 중 제일의 자리, 왕비를 꿈꾸지 않습니까. 높은 자리일수록 더더욱 자신의 속내를 감출 줄 알아야지요. 어떤 문답이든 이렇게 당황한 티를 내어서는 아니 됩니다."

서씨가 입술을 깨물고 현희를 날카로이 노려보았다. 현희는 재빨리 고개를 숙이고 앉아 병판에게 용서를 빌었다.

"소녀, 아직 미욱하여 배워야 할 것이 많습니다. 나으리께 작은 배움이라도 청할 수 있으면 영광이겠습니다."

병판은 자리에 푹 숙여 앉은 현희의 귀에 대고 나직이 말했다.

"이렇게 쉽사리 고개를 숙이는 자세도 옳지 않습니다."

병판은 서씨에게 가느다란 눈빛을 주고서는 휘익 돌아섰다. 이래선 아직 부족하다는 뜻이었다. 서씨의 마음이 졸아들었다.

살인까지 의뢰해 가면서 첩실의 딸 현희에게 '예현선'이라는 이름을 주었는데, 금혼령으로 인해 혼사가 무효가 되고 나서는 오로지 왕비 간택을 위해서만 달려왔는데, 아직 부족하다니.

서씨의 눈매가 더욱 날카로운 빛을 띠었다. 아직 부족하다면 더더욱 독해지는 수밖에. 목숨 걸고 경쟁자들을 제거하고, 눈에 띄는 방해물을 모두 없애는 수밖에.

그녀는 내 딸, 현희를 중전으로 만들기 위해서라면 이 두 손에 피를 묻힐 각오라도 되어 있었다.

✿

아스라한 안개에 휩싸인 궐. 이슬비를 품은 밤의 공기가 온통 촉촉했다. 당장에라도 무슨 일이라도 터질 듯, 아슬아슬한 긴장이 흐르는 밤이었다.

"전하, 부르셨나이까."

고개를 돌리고 앉아 있는 왕 이헌의 심정은 시종일관 삐딱하기만 했다. 아침부터 신원에게 안겨 있는 그녀를 보고 나서 하루 종일 기분이 언짢았기 때문이었다. 어찌 궐 나인이 그리 함부로 행동하느냐, 크게 혼을 낼 참이었다. 너 한 번 두고 봐라.

벌써부터 열이 솟구쳐 냉수 한잔을 쭈욱 들이키는데.

'파핫.'

고개를 돌려 그녀의 자태를 본 헌이 입에 담고 있던 물을 파아—뿜어 버리고 말았다.

"이게 어찌 된 차림이냐."

소랑이 새빨간 치마를 입고 나타난 것이었다. 정신이 아득해질 것만 같은 붉은색. 오늘 아침에 보았던 흰 난꽃의 붉은 속내를 보는 것 같았다. 입술에 바른 연지보다도 더 자극적인.

움찔, 몸의 중심부에서 색심(色心)이 끓어오르게 하는. 아찔하고 위험한 색이었다. 헌은 화를 내려던 것도 잊고 대경실색하여 그 모습

304

을 바라보았다. 아직도 이 몸에 홍삼 진액이 돌고 있는 것인가. 그리하여 불끈불끈한 혈기를 불러일으키는 것인가.

"아, 원 상궁이 아끼던 비단 치마를 주시길래요. 정해진 치마 대신 이렇게 입고 와 보았습니다. 어떻습니까. 예쁘지 않습니까?"

소랑은 빨딱 일어나 사르르 한 바퀴를 돌아보았다.

치맛자락이 동그랗고 발갛게 부풀어 올랐다. 붉은 꽃망울이 활짝 벌어지는 것 같이 아리따웠다. 붉은빛 하나로도 두려울 정도로 유혹적인 자태를 뽐내는 소랑의 모습이 낯설게 느껴졌다.

"예, 예쁘기는! 법도에 어긋나는 짓은 하지 말라 하지 않았느냐."

"원 상궁이 준 건데요, 뭐. 전하께 아리따운 모습을 보여드리는 것도 충심이 아니겠습니까?"

소랑은 괜한 타박을 한다는 듯 자리에 앉아 치맛자락을 정리하기 시작했다. 그 나풀거리는 치마의 움직임에 어제 보았던 춘화첩 속의 장면들도 같이 살아 움직이기 시작했다. 붉은 치마를 입고 더없이 색스러운 자세를 취하던 여인네들. 그 장면에 소랑이 겹쳐지고 있었다.

안 돼, 이게 뭐야.

헌은 잡생각을 털어 내려는 듯 고개를 부르르 저었다.

"아무 데나 충심이라 갖다 붙이면 다 되는 줄 아느냐."

"정 보기 싫으시면, 그냥 벗을까요?"

"버, 벗어? 치마를? 지금 여기서?"

헌의 정신이 혼미해졌다. 혈압이 높아졌다. 이러다간 코피 터지겠다.

"아뇨. 무슨 생각을 하시는 겁니까. 가서 갈아입고 오겠다고요."

"아, 아니 되었다. 정 보기 싫은 건 아니라는 생각도 드는구나."

"뭐라고요?"

소랑은 횡설수설하는 헌을 갸웃하여 쳐다보았다. 왜 이리 얼굴이 붉어지신 것이지. 어제는 그 무엇으로도 자신의 음심과 사심을 불러일으킬 수는 없다 역정을 내던 헌이 아니었던가.

설마 치마 색 하나로 후끈 달아올랐음은 전혀 상상도 하지 못한 소랑이었다.

"오늘 밤에 벌어질 굉장한 일이 무엇이옵니까? 차 내관에게 그렇게 전해 들었습니다. 단단히 마음의 준비를 하라고."

에헴, 헌이 다시 헛기침을 하며 목소리를 깔았다. 혼내려고 부른 것이었지.

"오늘 오전엔 무엇을 하고 있었느냐."

"간만의 비번이지 않았습니까."

"그러니까 무엇을 했냐 묻지 않느냐."

"음, 무예 수련장에서 이신원 도사와 목검 수련을 하고 있었사옵니다."

헌의 눈앞에 둘이 꼬옥 안고 있던 그 모습이 다시 스쳐 지나갔다.

"신원이와는 동무 이상도, 이하도 아니라 하지 않았느냐."

"전하께오서는 진실 술내기에서 그게 참이 아니라 말씀하셨지요. 아니면 뭐란 말입니까. 이신원 도사와 정분이 붙어 연애라도 한다

306

는 것입니까?"

소랑의 목소리는 조금의 숨김도 없이 당돌했다.

"그럼 아까 그 자세는 뭐란 말이냐?"

딱 정분나서 연애하는 듯한 자세가 아니었더냐!

"뭐요? 뭐뭐."

"아까 거의 신원이에게 안겨 있지 않았느냐?"

"아, 것 때문에 전하의 심기가 상하셨군요?"

아니, 목검을 배우면서 그렇게까지 가까운 자세를 취해야 돼? 굳이?

"제가 하도 까불어 대서 이신원 도사가 혼을 낸 것이옵니다. 너 자꾸 이러면 혼—난다."

소랑은 부러 불퉁하게 이야기했다.

"신원이가 너에게 화를 냈단 말이냐."

"어찌나 정색을 하고 눈깔을 무섭게 뜨던지요. 거 장난 좀 칠 수도 있지, 그걸 갖고. 하루 이틀도 아닌데 치사하게 말이야."

신원이 너를 밀어냈다는 말이지? 둘 사이가 생각했던 것이 아니라는 해명에 방금 전까지 활활 치솟았던 열이 한 꺼풀 가라앉았다.

"에휴, 제 주변 남자들은 다 왜 이 모양인지 모르겠습니다. 어제는 전하께오서 저한테 버럭버럭하시더니만."

"내, 내가 언제 그렇게 화를 냈다 그러느냐."

"어제 엄—청 상처받았거든요. 앞으로 전하께 친근히 대하면 안되겠습니다. 괜히 저만 상처받고, 저만 휘둘리고."

"휘둘려? 누가 누구한테 휘둘렸다 그러느냐. 어제만 해도 네가 갖다 준 책으로 내가!"

홧김에 필요도 없는 말을 뱉어 버리고 말았다.

오올, 소랑의 입에서 비적비적 웃음이 새어 나오기 시작했다.

"어머, 그 춘화첩이요? 필요 없다 그러지 않으셨습니까? 마구 역정을 내지 않으셨습니까?"

"그, 그러니까."

"올— 그새 또 그걸?"

그녀가 샐쭉하게 입을 내밀었다.

"어디 한 번 빈딛이를 열어 볼까요? 배열만 보면 딱 알지요. 보셨는지, 안 보셨는지."

발딱 일어나 반닫이로 다가가려는 소랑을 헌이 막았다.

"에헤이, 안 봤다니까 그러네."

"그러니까 딱 보면 안다 그러지 않습니까."

당황한 헌이 할 말을 찾지 못하는 가운데 소랑의 눈빛은 더욱더 장난스러워졌다. 요리조리 빈틈을 찾아 반닫이를 열려는 그녀를 헌은 필사적으로 막아섰다.

"요기다!"

소랑은 다람쥐처럼 헌의 겨드랑이 사이로 파고들어 가 냉큼 반닫이를 열고서 춘화첩들의 배열을 쭈르륵 살펴보았다.

"에이, 이거 다 완독하셨네. 딱 보면 알지요. 어젠 물러가라, 그리 성을 내시더니 혹시 혼자 보실라고 쫓아내신 거?"

"에헴, 거 그만 하래도."

"보십시다. 어느 장면에 침이 묻어 있나."

"어헛, 내려놓아라."

소랑이 춘화첩 한 권을 집어 들자, 둘 사이에서는 실랑이가 벌어졌다.

"이제 좀 새로 색시를 들일 마음이 생기십니까? 불쑥불쑥 음심이 솟아나고, 그런 거 좀 못 느끼십니까?"

이미 두피까지 열이 올라 버린 헌이었다. 소랑이 책을 들고 이리 숨기고 저리 돌리는 통에 이를 잡으려는 헌의 손이 휘휘 허공을 저었다.

"내놓으래도."

"푸훗, 이제 그만 인정하시지요. 나도 하나의 사내일 뿐이다, 나 역시 춘화첩을 보면 울끈불끈!"

휘익— 잔뜩 약을 올리는 소랑의 손목을 헌이 탁— 잡아채었다. 그러고는 그녀를 확, 벽에 밀쳤다. 순간, 이 공간의 모든 소리가 멈추는 듯했다. 춘화첩은 바닥에 툭, 떨어지고 말았다. 갑작스럽게 가까워진 둘의 사이, 두 눈빛은 서로에게 단단히 고정되어 있었다.

허나, 소랑의 도발은 여기서 멈추지 않았다.

"이렇게 여인네가 가까이 있는데도 아무렇지 않다고요?"

딱딱하게 굳어진 헌에게 오히려 소랑이 당돌하게 얼굴을 가까이 했다.

거의 코끝이 닿을 정도의 거리. 서로의 숨결이 오르락내리락하는

소리까지 세세히 들릴 정도였지만,

"이래도요?"

헌은 그 자리에서 더 이상 움직이지 않았다.

장난으로라도 여인네를 가까이하지 않던 게 자그마치 7년의 세월이었다. 그때 안씨와 소랑이를 헷갈렸던 것을 제외하면 이 정도로 가까워지는 것이 헌의 한계일지도 몰랐다.

소랑은 그저 정면으로 그를 응시하고 있었다. 헌이 소랑과 안씨를 헷갈려할 때마다 가슴의 격통을 겪었던 그녀였다. 지금은 그저 헌의 앞에 오롯이 서 있고만 싶었다. 빙의 연기도 아닌, 혹은 꿈결 속 안씨의 대역도 아닌 바로 여기, 예소랑으로.

선명한 소랑의 눈빛에도 그는 여전히 미동도 하지 않았다. 더 이상은 무리이신 것인가.

"에휴, 됐구먼요."

그녀가 잡힌 손목을 탁, 뿌리치고 그의 겨드랑이 사이로 빠져나왔다. 소랑이 바닥에 떨어진 춘화첩을 치우려고 하는 바로 그때, 헌이 다시 그녀의 팔을 잡아 돌렸다.

빙그르르, 그녀의 몸이 돌면서 그 붉은 치마 또한 만개하는 꽃처럼 부풀었다. 소랑은 숨 쉴 새도 없이 순식간에 헌에게 포옥— 안기고 말았다.

헌은 느릿느릿 천천히 그녀에게로 다가가, 복숭아 한입을 베어문 듯 깊숙이 입을 맞추었다.

"이러면 정상인 것이냐."

소랑의 머리가 새하얘졌다. 설마 헌이 이렇게까지 나올 줄은 상상하지 못한 것이었다.

"이렇게 해야, 사내란 말이지."

다시 헌의 입술이 다가왔다. 조금 전보다도 훨씬 깊은 입맞춤이었다. 그녀의 입안에 헌의 뜨거운 입김이 서렸다. 진정 온몸이 녹아날 것만 같았다.

지금 이 순간, 그는 그 어떤 사내보다도 뜨거운 숨결을 지니고서 그녀를 공략하고 있었다. 거부조차 할 수 없는 뜨거운 야성미가 그에게서 뿜어져 나왔다.

그는 고개를 돌려 다시 그녀의 입술을 파고들었다. 미칠 것만 같은 건 그의 혀였다. 여자를 다루는 것은 바로 이렇게 해야 한다는 것처럼 그의 혀는 완벽하게 소랑을 압도하고 장악했다. 지금껏 알지 못했던 헌의 반전 매력에 소랑은 깜짝 놀랐다.

그간 고자가 아니시옵니까, 여자를 모르시옵니까, 까불거렸던 게 무색할 정도였다. 그녀는 그저 그의 품에 한 떨기 꽃처럼 안긴 채로 그 입술을, 그 혀를 받아들일 수밖에 없었다. 치마폭만큼이나 얼굴이 새빨갛게 달아오른 건 이제 소랑 쪽이었다.

"네가 잊었구나."

헌은 살짝 뒤로 물러서 말했다.

말할 때마다 그의 입술 끝이 닿을 정도로 가까운 거리였다.

"왕은 궁궐의 어느 여자라도 그 자리에서 취할 수가 있단다."

22

했
네,
했
어

　헌은 그녀의 허리를 확 잡아끌어 밀착시키고서는 그녀에게 더욱 깊게 입을 맞추었다. 이렇게 숨이 아득해지는 건 태어나서 처음 있는 일인 것만 같았다. 온몸의 솜털이 바짝 서고, 그 세포 하나하나까지 작고 붉은 불이 켜지는 것 같았다.

　내 단전 아래쪽에 여인네의 붉은 등이 있었구나, 그 등이 이렇게나 붉게 달아올라 전신에 뜨거운 기운을 휘감는구나.

　입술을 뗀 헌의 얼굴에선 극강의 색기가 흘러넘치고 있었다.

살짝 화난 듯한 동공, 그래서 더더욱 야성적인 그 눈매, 여전히 잘생긴 그 눈썹과 군의 기상을 상징하는 듯한 굳건한 코, 그리고 더할 나위 없는 짜릿함을 선사했던 그 부드러운 입술까지.

 하나하나 모든 걸 갖고 싶게 하는 얼굴이었다. 그녀의 손에 닿아 있는 헌의 어깨와 팔도 미치도록 감각적이었다. 남성적인 넓은 어깨와 알알이 차 있는 단단한 근육, 소랑은 깜짝 놀라 닿아 있는 손을 살짝 뗴었다.

 "왕도 사내이니,"

 나직이 전해지는 그의 음성마저 못 견딜 만큼 달콤했다.

 "다시는 춘화첩을 갖고 나를 농락하지 말거라."

 그 눈빛, 평소와는 너무나 달랐다. 소랑에게 빨려 들어갈 듯이 집중하는 눈이었다. 저 동공 너머 깊숙한 곳에서는 그녀에 대한 강한 갈망이 춤을 추고 있었다.

 입술은 '하지 말라' 말하고 있었지만, 그 동공 속 세상은 거짓이 없었다. 나에게만 오롯이 집중하는 그 눈빛에서 소랑은 거부할 수 없는 아찔한 매혹을 느꼈다.

 그는 초인적인 힘으로 소랑이를 감았던 두 팔을 풀어 주었다. 소랑은 살짝 몸을 움츠려 혈기 가득했던 그의 품에서 벗어났다.

 헌은 눈을 질끈 감은 채 이 말을 가까스로 내뱉었다.

 "돌아가라. 늑대에게 잡아먹힌 토끼 꼴이 되고 싶지 않으면."

 소랑은 가쁜 숨을 내쉬며 서둘러 침소 밖으로 나왔다.

 가슴에 두 손을 얹고 거칠어진 숨결을 정리하려 했지만 쉬이 진정되지가 않았다.

이 새벽녘의 찬 공기가 이 열기를 좀 식혀 주었으면 좋겠구나.

그녀는 입술을 막고 뜨거워진 얼굴을 찬 손으로 식히며 나풀나풀 밖으로 나섰다.

생각보다 몸에 피어오른 열꽃이 쉽사리 가라앉지 않아, 소랑은 연못가로 가서 앉아 물에다가 조약돌을 던졌다. 한 알, 한 알 던질 때마다 수면엔 작은 동그라미가 넘실넘실 퍼져 나갔다. 아직도 이런저런 복잡한 생각들이 스쳤지만, 머릿속 잡념이랑 함께 접어 두기로 했다.

왕의 입맞춤은 세상 그 어떤 것보다도 강렬했으니까. 당분간 이 입맞춤의 기억이 그녀의 몸과 마음을 지배하고 있을 것만 같았다. 입술로부터 시작해 전신을 휘어 감은 이 감각에 그녀는 아직 푸욱 잠겨 있었다.

다시 왕 이헌을 본다면 어떤 낯으로 보아야 할까. 연못가를 보는 그녀의 눈은 애틋하고 또 애틋했다. 그런 소랑의 작태를 유심히 보는 자들이 있었다.

"했네. 했어."

내시 세장과 원녀였다.

"아이고, 하긴 뭘 했다 그러십니까."

"아유, 여인네가 되어서 것도 모르십니까. 입술 막고 얼굴 붉어져 달려가는 것이면."

"뭐요, 뭐."

"입맞춤이요!"

세장의 불경한 말에 원녀의 눈이 휘둥그레졌다.

"아우, 괜한 말씀입니다."

"아니에요. 손은 바들바들 떨리는데 발걸음은 사뿐사뿐한 것이 분명 입을 맞췄다니까요! 확실합니다. 내기라도 걸어 보실까요."

"그럼 전하의 7년 결계가 무너졌다 말입니까?"

"이미 소랑이를 바라보는 전하의 눈빛에서 나는 연심을 보았습니다."

세장은 더욱 비장해진 눈빛으로 원녀의 손을 잡았다.

"잠깐 이리 좀 따라오시지요."

그는 원녀의 손을 이끌고 근처 건물의 뒤편에서 숨었다. 손을 잡힌 원녀의 고운 뺨이 발그레해짐은 눈치채지 못한 터였다.

"우리 그 계획 다시 해 봅시다. 우리가 예전에 진행하려 했다가 실패한 거 있지 않소."

왕에게 비아거라非我巨羅를 먹이고서 야시시한 처자 초란이를 집어넣었던 그때?

"그러다가 그 여자가 단도 맞고 죽을 뻔하지 않았소. 이신원 도사가 구해 주지 않았더라면 차 내관님의 목숨 또한 달랑, 날아갔을 것입니다. 벌써 잊었소?"

원녀는 큰일이라도 난다는 듯 법석을 떨었다.

"이번엔 될 겁니다. 둘이 입맞춤까지 했으니, 다음 단계로 나가는 것이 분명 저번보다 쉬울 것입니다."

"누구랑요, 소랑이랑요?"

그럼 그 합궁 계획에 소랑이를 넣자는 말씀입니까?

"오늘 붉은 치마를 입은 걸 보니 제법 여인의 향내가 나던데요."

"하도 애처럼 천진하게 사고만 치고 다니니 조금 고아한 여인네처럼 성숙해지라 그리 입힌 것이지요. 다른 뜻은 없었습니다."

"에이, 사내들은 그런 거에 뻑 간다니까 그러네요~."

원녀가 초조하게 입술을 달싹였다.

"소랑이는 진짜 지밀나인도 아니고 다른 지밀나인의 이름을 빌려 쓰고 있지 않습니까. 임시 궁녀이구요. 일이 커질 경우 모두가 뭇매를 맞을 수 있습니다."

무리한 계획이었다. 진짜 궁녀도 아닌데.

"시대가 시대이옵니다. 일개 무수리라도 승은을 입고 후사를 보면, 바로 중전으로 등업登業(하는 일의 등급이 높아지다) 될 수도 있는 겁니다. 그럼 이 7년간의 금혼령은 끝이고요. 조선의 운명이 달린 중차대한 일에 언제까지 출신 성분을 따질 것입니까."

세장은 부러 힘을 주어 말했다.

"궁녀들은 입궁 시에 어마어마하게 까다로운 절차를 거칩니다. 처녀냐 아니냐서부터, 혹여라도 왕의 씨를 품기에 그릇될 만한 것이 없나. 허나 소랑이는 이 과정을 하나도 거치지 않았습니다."

원녀는 세차게 도리질을 하며 반박했다.

"지금 이 조선의 시국이 이거저거 가릴 때가 아닙니다. 그리도 처녀를 원하시면 그땐 어찌하여 방중술의 달인, 초란이를 데려왔겠습니까."

"그땐 전하의 죽어 있던 색심을 깨우고자……."

"아이고, 그 색심이 이미 깨어났다니까 그러네요."

세장은 더욱 밝아진 눈빛으로 얘기했다.

"딱 나오는 분위기 보면 알지 않습니까. 둘이 갈 때까지 갔다가 안 된 것이 분명합니다. 이럴 때 전하의 가장 충직한 신하인 우리들이 해야 할 것이 무엇이겠습니까. 이미 불은 지펴졌으니 기름을 부어드려야지요."

정말요?

"시작해 봅시다. 어떻게든 소랑이가 승은을 입을 수 있게."

원녀의 얼굴에는 망설임이 가득했다. 될까, 과연?

"그게 우리 뜻대로 쉽사리 될까요?"

"안 되면 되게끔 만들어야지요."

애달당愛達堂. 인사골에 자리 잡은 이 고즈넉한 찻집을 서씨 부인이 위아래로 훑어보았다. 각고의 수소문을 거쳐 알아낸 곳이었다.

현희의 얼굴을 토대로 현선의 얼굴 그림을 그려 내고, 인적이 많은 곳에서 사람을 풀어 그림을 보여 주며 이 여자의 인상착의를 아느냐 물었다. 그중 한 아지매가 인상으로 봐서는 사주 찻집 애달당의 안주인과 닮았다는 말을 전했다.

애달당이라.

설마, 여기에 현선이 있을까.

이 세상에서 진작 사라져 버려야 했을 그녀가, 혹시 여기에?

서씨는 떨리는 손으로 문을 열었다.

목재로 꾸며진 내부는 생각보다 정겨운 분위기였다. 아기자기하게 놓인 소품들에 정갈히 정리된 찻잔들까지. 서씨는 여기에 혹 현선의 자취가 없나, 매의 눈으로 이곳저곳을 돌아보았다.

한가로이 차를 마시는 사람들, 발랄하게 찻잔을 내주는 처자와 개이에게 사주를 보며 끄덕이는 사람들만 있을 뿐. 현선과 닮은 인상은 보이지 않았다.

이때 해영이가 두리번거리는 서씨에게로 다가서 말했다.

"누구 찾으시는 사람이 있으셔요?"

"혹시 이 집 안주인은 어디에 갔소?"

"아, 주인 언니는 이곳에 이틀밖에 오지 않습니다. 나머지 5일은."

"해영아."

굵직한 목소리가 문간에 꽂혔다.

평소 얇고 가느다랗게 여자 같은 목소리만 내던 개이가 불현듯 장군같이 굵은 목소리를 낸 것이다.

서씨는 자신에게로 다가오는 그 할배를 유심히 보았다. 7년 전, 장안 최고의 궁합쟁이로 이름을 날리던 그 개이 할배가 아닌가. 그때 금혼령이 7년간 내려질 것이라는 예언을 듣고서 현선이를 없애고 빨리 현희를 시집보내야겠다는 계획을 세웠던 것이 떠올랐다.

"무슨 일로 오셨소?"

개이는 평소와 다른 거친 목소리로 말했다.

"이 집 안주인에게 볼일이 있어서."

"하, 지금 그게 중요한 게 아닌 것 같은데. 관상을 보아하니 부인께서는 궁금한 것이 따로 있을 것 같소만."

"사주를 읊지 않아도 알 수 있으시오?"

"딱 보면 알지요. 따님 때문에 걱정이 많으시구려."

서씨의 눈이 뜨였다. 얼마 전 병판이 현희에게 하고 간 말 때문에 이래저래 걱정이 많던 참이었다.

"따님께서 품고 있는 꿈이 크시네, 그려. 이 나라의 국모라 하면."

정확했다. 참으로 용하고 신박한 자가 아니더냐.

"혹, 앞이 보이십니까? 내 딸이 이 나라의 국모가 될 수 있을지."

"높으신 분의 어미에게 감히 복채를 받을 수 있겠습니까. 해영아, 이분 가시는 길엔 돈을 받지 말거라. 바로 일어나실 것이다."

"그 말인즉슨?"

서씨의 표정이 기대감으로 부풀었다.

"따님께서 국모의 재목이 될 수 있을까 고민이시구려. 걱정 마십시오."

개이는 덜커덩 일어나 서씨를 내려다보며 말했다.

"따님 중에 이 조선의 국모감이 있습니다."

목소리에는 남성적인 위압감이 가득 넘쳤다.

"그래요?"

서씨의 입에서는 탄성이 터져 나왔다. 그간의 불안감이 모두 해소되는 것 같았다. 개이는 아예 바로 일어나라며 문까지 열어 주고 있었다.

"제가 더 이상 불안해할 것은 없지요?"

"지금 이대로만 하시지요. 더한 일을 꾸며서도, 운명을 바꾸려 해서도 안 됩니다. 그냥 이대로 가만히만 계시지요."

더 이상 다른 수를 쓰지 않아도 되는 것인가. 서씨는 바짝 졸여왔던 마음을 놓았다.

"다만 이곳에 다시 발걸음을 하지 않는 것이 좋겠습니다. 이미 부인께서 복이 가득하신데, 이렇게 걱정 많은 자들이 모인 곳에 자주 오시면 그 복을 나눠 주게 됩니다. 그리하면 하시고 계신 큰 계획이 흐트러질 수도 있지요."

"그래요?"

"다른 사술邪術은 절대 쓰지 마십시오."

그 말을 끝으로 개이는 서씨 부인을 밖으로 내보냈다.

언제나 손님들에게 패설책에나 나올 법한 능글능글한 소리를 하던 그였다. 전에 없던 개이의 행동에 해영이 다가와 물었다.

"어찌 그리 급히 보내시어요?"

"이신원 도사에게 서신을 보내야겠다. 이번 이틀은 소랑이를 데리고 사가에 내려오지 말라고."

"네에?"

"가깝지 않아야 할 연이 가까워져 오면, 곧 사달이 나지 않겠느냐."

개이에게 들은 이 기쁜 소식에 서씨는 한달음에 집으로 달려가 현희를 마주했다.

"니가 국모가 되는 것은 이미 자명한 사실이라 하더구나. 그간 너의 재목을 탓하는 말에 어찌나 가슴을 졸였던지."

허나 이 말을 듣는 현희 입술이 삐죽했다.

"현선 언니가 살아 있을지도 모른다는 소식을 듣고 가 본 곳이 아닙니까."

"그 아이가 살아 있든, 죽어 있든 무슨 소용이냐. 어차피 이 나라의 국모는 네가 될 것인데."

현희는 무언가 찜찜하다는 듯 말했다.

"그자가 했던 말을 다시 해 보세요."

"따님 중에 이 조선의 국모감이 있습니다. 이는 곧 네가 국모가 될 것이란 소리가 아니냐."

"따님 중에요?"

불안한 예감이 밀려왔다.

"어머니. 그 딸이 친딸이라고는 안 했습니다."

"뭐?"

"넓게 보면 현선 언니도 어머니의 의붓딸이지요. 따님 중이라니요. 또 다른 딸이 있음을 의미하는 게 아닙니까."

거기까진 차마 생각하지 못했다. 서씨가 질끈, 입술을 깨물었다. 그렇다면 현선이가?

"어머니, 처리는 깔끔하게 하십시다. 지난 7년 전 그 처리가 깔끔

하지 못해 이렇게 걱정의 씨앗이 남아 있는 게 아닙니까."

"아직 애달당의 안주인이 진짜 현선인지 아닌지 확실하지 않아."

"그냥 닮은 자가 있다는 것이 기분이 나쁩니다. 이 나라의 중전이 될 저와 같은 관상의 사람이 있어서 되겠습니까."

이번엔 현희가 주도적으로 그 여자를 없애 버리자 하고 있었다.

"그래. 일은 그리해야지. 우리 현희, 배포가 크구나. 누가 이런 현희에게 중전감으로 부족하다 헛소리를 한 것인지."

서씨는 한 번 밝게 웃고서는 섬뜩한 목소리로 말했다.

"걱정 말거라. 곧 그 아이를 죽일 자객을 다시 불러야겠구나."

수라간의 한 창고.

보리 포대가 천장까지 쌓여 어둑어둑한 이곳에서 원녀와 세장이 앉아 비밀스럽게 모의를 하고 있었다.

"이러다가 또 단도 맞는 것 아닙니까?"

원녀의 얼굴에는 아직 걱정이 가득 차 있었다.

왕 이헌과 소랑이의 합궁 계획이라니. 정말 가능할까?

"아직 전하께서는 대외적으로 빈궁마마를 잊지 못했다 말하시니, 먼저 행동하는 것은 소랑이가 되어야 할 것입니다."

"여자가 먼저 덮친다……?"

"그렇습지요. 보아하니 그 아이의 성性지식이 상당하던데."

"그렇다고 꼭 일에 성공하리란 법은 없습니다. 첫날밤에 서툰 건 어떤 여자나 매한가지지요."

"그래요? 그럼 제가 그 앞뒤를 조금 가르쳐 보도록 하겠습니다."

"에이, 차 내관님이 뭘 아십니까?"

원녀의 표정이 대번 변했다. 고자가 뭘 가르치느냐는 듯한 말투. 이에 내시 세장이 버럭 하여 말했다.

"아니, 나도 사내가 아닙니까? 저도 알건 다 압니다."

"뭐, 뭐. 어떻게 하면 되는데요? 뭘 가르치려 그러시는데요?"

"에헴, 예전 소녀경에 따르면 남자는 화성, 여자는 수성이라 하지 않았습니까. 남자는 불, 여자는 물이니 그 양자 간의 상극 관계를 오행의 원리에 따라."

이게 무슨 개뼉다구 같은 소리야? 원녀는 절대 안 된다며 도리도리 고개를 저었다.

"그런 이론적인 것으로는 절대 승부를 볼 수 없습니다. 그야말로 글로 배운 합궁이 아닙니까."

"그러면 어찌하면 좋겠습니까."

내시 세장과는 달리 남편과 자식을 얻고 나서 보모상궁으로 들어왔던 원녀였다. 원녀는 오랜 기억을 꺼내 들며 말했다.

"우선 본능에 충실해야지요."

"그 본능을 어찌 일깨운답니까?"

"술을 먹여야지요."

모의는 세장이 해 놓고 막상 실천 방안은 원녀가 더 잘 알고 있는 모양새였다.

"저번에 술상을 들여보냈지만, 소랑이 그년이 보통 말술이 아닙니다."

"예전에 청나라 사신들이 전하께 진상했던 것 중에 '해변에서 일을 치다'라는 합환주가 있다 들었습니다. 앉은 자리에서 일을 치게 하는 신묘한 술이라던데, 이것으로 승부를 보는 것은 어떠십니까."

내시 세장이 고심스럽게 턱을 만지며 말했다.

"우선 할 수 있는 방법은 총동원해 봅시다. 아 참, 전하와 소랑이의 속궁합은 미리 보아 놓는 게 좋을 텐데 말이죠."

"아, 그러게요."

궁합쟁이에게 두 사람의 사주를 알려 주면 둘의 겉궁합과 속궁합을 미리 알 수가 있었다. 어느 부분이 맞고 어느 부분이 맞지 않은지. 속을 맞춰 보고 혼인할 수 없는 조선에서는 이러한 궁합의 결과가 무척 중요했다.

"한눈에 봐도 전하와 소랑이가 딱 잘 어울리는데. 속궁합 완전체, 이렇게 나오는 건 아니겠죠? 이힛, 이힛."

바로 이때,

"그게 무슨 소립니까."

문간에서 얼음장보다 더 차가운 목소리가 들렸다. 나타난 이를 보고 윈녀가 대경실색하여 입을 막았다.

"아, 아니. 여길 어떻게?"

문에는 다름 아닌 신원이 서 있었다. 뭐? 속궁합? 완전체? 이게 대관절 무슨 말이던가.

"대체 무슨 일을 꾸미시는 겁니까!"

충격에 휩싸인 신원이 호령하듯 말했다.

"무엇은 무엇이겠습니까. 전하와 소랑이의 합궁 계획이지요. 이신원 도사께서도 얼른 이 금혼령이 끝나기를 바라고 계시지 않습니까."

하, 합궁 계획?

믿을 수가 없었다. 누구와 누가? 전하와 소랑이가?

23

나
촉
되게
좋아~

이
거
뭐
야
?

하, 합궁 계획? 믿을 수가 없었다. 누구와 누가? 전하와 소랑이가?

"그, 그러려고 입궁한 아이가 아니지 않습니까."

신원은 벌어진 입을 도저히 다물 수가 없었다.

"선대에서도 궐내 무수리가 승은을 입고 원자 아기씨를 생산한 경우가 적지 않습니다."

"가능할 리가 없지 않습니까."

"승은을 입는 것은 소랑이에게도 다시없을 영예입니다. 예전에 거지였건, 떠돌이였건, 찻집 주인이건, 왕의 은혜를 입은 여자가 된 것입니다. 사실상 지금은 전하의 유일한 여자이니 소랑이에게 이보다 더 큰 출세가 어디 있겠습니까."

신원의 가슴이 온통 콱 막힌 것처럼 답답해져 왔다. 안 된다. 아니 될 일이었다.

"소랑이는 이 계획을 모두 알고 있습니까?"

"알았다간 그 아이 성격에 모두 산통을 깨어 놓겠지요. 나으리께서도 고 앞에서는 꼭, 입단속 좀 해 주시지요."

하, 기가 찰 일이었다.

주변에서 이렇게까지 둘의 사이를 적극 밀어줄 줄이야, 상상도 하지 못했다.

"아니, 그런데 도사님께서는 여기는 어인 일이십니까."

대체 이 수라간 창고까지 어떻게 발걸음을 하였는지 묻는 원녀의 질문이었다.

"아, 제가 이신원 도사님께 부탁할 것이 있어 불렀습니다."

세장이 신원에게로 다가가 두 손을 맞잡았다.

"제가 부탁드릴 것은……."

신원이 눈을 질끈 감았다. 나보고 이들과 한패가 되라는 건 아니겠지, 제발.

"요새 전하의 심기를 여쭈어 달라는 것입니다."

그가 감은 눈을 뜨고 물었다. 전하의 심기라?

"저희와 있을 때는 속에 있는 이야기를 잘 하지 않으시니, 통 알

길이 없지 않습니까."

요는 왕 이헌의 소랑에 대한 의중을 알아 달라는 것이었다. 이 합궁 계획이 가능한 것인지, 추진해도 될 것인지.

"그러지요."

시종일관 어두운 표정을 짓고 있던 신원은 의외로 고개를 끄덕여 청을 수락했다.

"정말이십니까?"

사실 요새 신원 역시 궁금하기도 했다. 어느 정도 마음이 있는 상태에서 그리 챙기시는 것인가. 사냥터에서 밤새 극진히 간호를 했을 때나, 최근 소랑이에게 부쩍 신경을 쓰는 모습이나. 많이 의심스러웠다.

언제 한 번 터놓고 말을 할 자리가 있으면 좋겠다고 생각했었다.

"그러지요. 자리를 마련해 주시지요."

그 시각, 헌은 강녕전의 창문을 열고 늦은 오후 불어오는 바람을 쐬고 있었다.

지난밤은 한숨도 자지 못했다. 소랑이가 곁에 있지 않으면 여전히 잠에 들 수 없었다. 그럼에도 불구하고 붉은 옷을 입은 소랑을 옆에 두고 잠을 취할 수는 없었다.

그는 비스듬히 창에 기대 어제의 입맞춤을 다시 떠올려 보았다.

다시 회상해 보아도, 입안에 향긋한 복숭아 한입을 베어 문 것만 같았다. 그 사랑스러운 향내가 아직도 떠나지 않은 것 같았다. 만 하루가 지난 지금에도.

그녀와의 입맞춤은 꿀을 마신 듯 달콤했다. 한 번 닿았던 입술을 쉽사리 떼어 놓을 수 없었던 이유도 그것이었다. 입새에 흘러넘친 꿀을 마시고 또 마시고 싶었기에.

허나 가슴이 영 복잡한 것도 사실이었다.

예전 잠에서 깨어날 때, 소랑의 목에 겹쳐 보였던 그 붉은 똬리만 생각하면 그 불안함에 가슴이 쿵쾅거려 왔다. 다시 누군가가 나 때문에 죽는다면! 그 아픔이 무디어지기까지 7년이 걸렸는데 또다시 누군가가 그리된다면! 상상조차 하고 싶지 않은 일이었다.

이때 세장의 목소리가 들려왔다.

"이신원 도사가 뵙기를 청하옵니다."

신원이가, 무슨 일이지?

"들라 하라."

들어온 신원은 찻상을 들고 있었다.

"전하, 따뜻한 메밀 차나 함께하시지요."

신원의 눈에 창가에 앉아 있는 왕 이헌의 심기는 아직 많이 어지러워 보였다.

"무슨 고민이 있으시기에 이렇게 근심스러운 빛을 띄우고 계십니까."

"그냥, 내가 변해 가는 것이 싫구나."

헌은 신원이 따른 찻잔을 들어 한 모금을 쓰게 삼켰다.

"너무 급작스러워, 단속을 해 봐도 쉬이 되지 않는다. 닫혀 있던 내가 변해 가는 것이 싫구나."

헌의 시선이 다시 창가 밖 먼발치를 향했다.

복잡해 보이는 심기.

아직 소랑이라는 존재가 헌에게는 달갑지 않은 듯했다. 영 방향을 짐작할 수 없이 치밀고 들어와 부지불식간에 온 정신을 흩트리고 나풀거리며 도망가는. 그런 혼란스러운 감정이라면 신원 역시 일찍이 경험한 바 있었다.

"너의 요즘은 어떠하냐."

신원은 잠시 고민에 잠겨 있다가 입을 떼었다.

"저는 요새 나비를 키우고 있습니다."

"나비라는 것이, 가두어 놓고 키울 수 있는 것이더냐."

"아뇨. 가만히 머물다가 나풀나풀 날아가 버리는 것에 불과하지요."

신원 역시 먼발치에 시선을 주며 말했다. 푸르른 초목들이 싱그럽게 서 있는 풍경이었다.

"저희 집엔 연둣빛 뜨락이 있습니다. 식물들이 내뿜는 그 초록의 기운이 얼마나 싱그러운지요. 언제부터 꽃씨가 날아와 자리를 잡았는지 알 수 없지만 요새는 그 뜨락에 탐스러운 꽃이 피었습니다."

"그래?"

"꽃이 피자 나비가 날아왔습니다. 아니, 나비가 날아와 꽃이 피었는지도 모르겠습니다."

"그 나비가 많이 예쁜가 보구나. 많이 아끼는 걸 보면 말이다."

"잔망스러울 정도이지요. 가끔은 정신이 사나워 휘이 휘이 손을 저어 보아도 멀리도 가지 않고 그 자리에 머문답니다."

따뜻했던 차가 식어 가기 시작했다. 이와 함께 헌의 표정 역시 살짝 식어 내렸다.

"그렇다면 언제 다시 날아가 버릴지 모르겠구나."

"끈이라도 매어 놓을 수 있다면 얼마나 좋겠습니까. 허나 아직까지는 그 날갯짓만으로도 충분히 황홀합니다."

헌은 조용히 턱을 괴고 신원의 말을 다시 음미했다. 황홀이라.

"변하는 것이 걱정이라 하셨습니까. 전하께오서는 분명 변해 가고 있습니다. 세상 만물을 보는 눈이 한결 따뜻해지셨지요. 그 온기를 주변 모두가 느낄 정도입니다. 너무나 좋은 변화이지요. 허나, 격해지는 마음이 있다면 눌러 주십시오. 혼란해진 마음을 주변에 들키지 마십시오. 그 마음을 조금 더 단속하셔야 할 것 같습니다."

신원의 말투는 시종일관 조곤조곤했다.

그 역시 들키지 않으려 노력한 것이다. 둘의 합궁 계획으로 잔뜩 거칠어진 이 심기를, 성난 파도와 같이 격정적인 이 감정을, 어떻게든 내보이지 않으려고.

그러나 왕 이헌은 만만한 상대가 아니었다.

"지금 혼란스러운 것은 내 마음이 분명하지 않아서이다."

그의 목소리가 또렷하게 신원의 귀에 꽂혔다.

"변해 가는 내 가슴을 스스로가 따라가고 있지 못하기 때문이다. 이 마음이 확실해진다면 나는 이 속내를 그냥 눌러두지 않을 것이야."

그 말인즉슨,

"소중한 어떤 것이 나비처럼 날아 내 곁을 그냥 스쳐 지나가도록 가만두지는 않을 것이다."

"……전하."

"빈궁이 떠나고 나서야 알았거든. 내가 그토록 깊이 빈궁을 사랑
하고 있었는데 그만큼 표현하지 못했다는 사실을 말이다. 이제 묻
어 두고 감추어 두는 것은 그만할 것이다."

신원의 가슴은 온통 미어지고 있었다. 저 먼 곳에서부터 아득한
슬픔이 파도처럼 밀려오는 것만 같았다.

여기서 헌을 말려야 할 텐데, 그렇지 않으면 정말 돌이킬 수 없는
일이 벌어지고야 말 것 같은데, 그러나 단 한 번도 신원의 뜻대로
움직인 적이 없던 왕이었다.

"너의 나비가 뜨락에서 떠나면 꼭 얘기하거라."

이것은 명백했다.

"내가 나비를 움직이는 바람이 될 것이니."

신원을 향한 도발이었다.

문밖으로 나오는 신원에게 내시 세장이 쪼르르 따라붙어 와 말을
걸었다.

"전하의 심기는 어떠하시옵니까?"

고민 끝에 나온 신원의 대답은 묵직하니 힘겨웠다.

"무탈, 하시옵니다."

무탈이라니? 그 애매한 말로는 합궁 계획을 진행해도 될지 아닐
지를 알 수 없었다.

"아니, 무탈이라는 것이 어떤 뜻이옵니까? 옥체는 원래 건강하시

었고, 그 심기가 무탈하다는 의미인지."

세장의 물음에 답도 없이 신원은 그저 제 갈 길을 걸었다. 정말 모든 것이 무탈하기만 하는 마음으로. 그저 아무 일도 벌어지지 않기를 간절히 바라면서.

'나 촉 되게 좋아. 이거 뭐야?'

요샌 대체 궐에서 무슨 일이 일어나고 있는 건가.

소랑이 토끼처럼 쫑긋 서서 궐 곳곳을 둘러보았다. 분명해. 요새 무슨 일이 벌어지고 있어.

저번엔 궐의 대청소를 한다며 온 궁녀들을 피곤하게 하더니 이제는 강녕전의 이부자리를 모두 새것으로 바꾸고 있었다. 주변의 나인들은 말도 걸 새 없이 바빴으며 원녀는 아예 방에 잘 들어오지도 않았다.

뭐야, 나만 한가한 거야? 다들 나만 빼고 뭘 준비하는 거야?

이상한 것은 또 있었다. 소랑의 식사가 바뀐 것이었다. 원래는 나인들과 모여 이런저런 수다를 떨며 함께 식사를 하였는데.

"함덕아, 네가 여기까지 웬일이냐?"

수라간 나인이 가득 차린 한상을 그녀의 방으로 직접 갖다 준 것이다. 내가 아픈 것도 아니고 어인 일이지?

"원 상궁님께서 식사를 따로 모시라고 해서."

"왜? 왜 갑자기 이렇게 챙겨 주시지?"

수라상만큼은 아니었지만, 상다리가 휘어질 만큼의 진수성찬이 가득한 저녁이었다.

"왜 때문이지? 이 갑작스러운 변화는 뭐지?"

"저야, 시키는 대로 할 뿐 이유를 알 수 있나요?"

"일단 차려 주셨으니 먹고 보자. 함덕아, 너도 앉아라. 같이 먹자."

"아이, 안 그러셔도 되는데."

"혹 이게 잘못 내려진 명이기라도 하면 어쩌냐. 나도 공범을 만들어 놔야 마음이 편하지. 오와, 요 고기에 기름기 도는 것 좀 봐. 내 고기 좋아하는 건 또 어찌하시고."

심지어는 소랑이를 위한 옷을 따로 맞춰 주기도 했다. 침선 나인들이 우르르 찾아와 그녀의 치수를 재간 것이었다.

"위아래 색은 어찌 맞출까요?"

침선 상궁의 물음에 원녀가 답했다.

"저번에 전하께오서 붉은색을 좋아하셨다 하지? 위아래 붉은색으로 합시다."

소랑이 그게 뭔 소리냐는 듯 놀라 말했다.

"아니, 무슨 무당도 아니고 위아래 붉은색을 입어요? 참, 깔맞춤의 기본을 모르시네. 대체 언제 쓸 옷이길래 그럽니까?"

요새 원녀는 묻는 말에 한 번 시원하게 대답해 준 적이 없었다.

"구중궁궐이란 본디 겹겹이 문으로 막은 깊은 궁궐이란 뜻이다. 궐이란 곳은 원래 비밀이 많은 곳이지."

아, 그러니까 나에 대한 비밀 같은데 그게 뭐냐고요?

며칠 뒤 도착한 옷의 색은 복숭앗빛 저고리에 붉은 치마. 의외로 평범한 차림이었다.

그러나,

"이게 궐 나인의 속곳이라고요?"

마치 후궁들이나 입을 법한 복잡하고 거추장스러운 속옷들이 한창 딸려 왔다.

이걸 다 입고 다니라고? 이러다 열사熱死하겠네. 분명 이 궐에서 뭔가 벌어지고 있어. 근데 그게 뭐냐 말이다. 흐음.

지난번 입맞춤 이후, 왕 이헌은 소랑에게 며칠간 지밀은 특별히 발걸음 하지 않아도 된다는 명을 내렸다. 소랑은 차라리 잘되었다 생각했다. 어쩐지 그날 이후로 왕 이헌을 대하기는 어색할 것만 같았다.

박력 있게 손을 당겼던 그 모습이나, 거칠 것 없이 입을 맞췄던 그 장면들을 다시 떠올려 보면 다시 얼굴에 붉은 열꽃이 피는 것만 같았다.

그 어떤 음란한 책이나 음담패설에도 거칠 것이 없던 소랑이었으나, 그렇다고 하여 왕의 입맞춤이 가벼이 느껴질 정도는 아니었다. 실전은 언제나 상상과 다른 법이니까.

생각보다 둘이 마주칠 일이 적어졌다 생각했는지 원녀가 저녁 산보를 하는 왕의 행렬을 따라가라고 시켰다.

"지, 지금요? 아, 아직 마음의 준비가 되지 않았는데."

"일개 나인이 할 말은 아닌 것 같은데. 어서 채비를 하거라."

소랑은 고개를 푸욱 숙인 채 행렬의 맨 끝을 따랐다.

눈이 마주치면 아, 엄청 민망할 것 같았다.

그러나 아주 잠시 고개를 든 새, 이쪽을 보고 있는 헌과 눈이 마주치고 말았다.

'에헴 에헴.'

마치 자석의 같은 극처럼 둘의 시선은 어색하게 다른 쪽으로 돌아갔다. 소랑이 더욱더 딴청을 부리며 시선을 돌리고 있는 사이, 헌은 다른 곳을 보는 척하며 흠칫흠칫 그녀의 모습을 훔쳐보고 있었다.

가깝지 않은 거리였음에도 불구하고, 소랑의 붉은 입술이 가장 먼저 들어왔다.

예전엔 소랑이를 보면 부산하다, 경박스럽다, 하는 것들이 먼저 떠올랐는데 이제 헌의 머리에는 혀의 감각이 먼저 떠올랐다. 그 향긋했던 복숭아의 냄새, 꽃의 꿀처럼 달콤했던 그 맛. 바로 그 미각이 먼저.

다시 한 번 생생하게 입맞춤을 했을 때의 감각이 되살아나는 것 같아 헌의 얼굴이 달아올랐다.

갑작스럽게 거리를 두는 둘의 모습에, 내시 세장이 소랑의 옆구리를 쿡 찔렀다.

"오늘 산보가 전하께 조금 고되신 모양이다. 어서 이마에 맺힌 땀을 닦아드리거라."

"아, 네."

소랑이가 헌에게로 쫄랑쫄랑 달려가 그의 이마를 확인했다. 어디 땀이 났다 그러지? 그래도 손수건을 꺼내 그 이맛살을 꾹꾹 눌러 주었다.

평소답지 않게 까치발을 들고 섬세하게 손짓을 하는 그 모습에 헌은 더욱 어색하게 고개를 숙여 주었다. 삐딱한 자세로 소랑에게 이마를 들이댄 모습이 마치 웃음을 자아내는 희극의 한 장면과 같았다.

뻘쭘해진 분위기를 타개하고자, 소랑이 괜스레 한마디를 던졌다.

"전하, 요새 궐내 분위기가 수상하지 않습니까?"

"너, 너도 느꼈느냐?"

헌 역시 이유를 말해 주지 않는 궁녀들에게 잔뜩 궁금증을 품고 있던 터였다.

"마치 궐에 새 인물이라도 들어오는 것처럼 청소를 하고 빨래를 해 대더구나. 아무도 새로 들일 이가 없는데, 갑자기 왜 이러는지."

헌과 소랑의 고개가 동시에 기울어졌다. 왜 그럴까?

"게다가 왜 이렇게 운동을 하여 몸을 단련하라 하는지, 세장의 보챔에 아주 이골이 날 정도라니까."

"그렇게 운동 가셔서 몸 좀 좋아지셨습니까?"

"뭐, 내가 또 타고난 것이 있으니 금방."

그럼 제가 어디 한 번. 소랑은 습관처럼 헌의 팔에 손을 대었다가, 흠칫 떼었다.

지밀나인을 하며 곤룡포를 입혀 드리는 등 헌의 몸을 만지는 것은 일상이 되었던 것이었다. 그러나 방금 전의 느낌은 달랐다.

잠시임에도 불구하고 확, 데어 버릴 것 같은 느낌. 아우, 내가 무슨 짓을 한 거야. 안 그래도 민망해 죽겠는데.

소랑은 고개를 움츠리고 다시 시선을 돌렸다. 그 수줍어하는 모습에 한쪽의 나인들이 귀여운 꼬마 신랑, 각시를 보는 듯 까르르 웃음을 지었다. 소랑이 급히 말을 돌렸다.

"저, 저거 보세요. 분명 우리 빼고 즐거운 일이 있는 게 분명합니다."

"그러게. 왜 이렇게들 좋아하지?"

"대체 뭐 일일까요? 꼭 알아내고 말겠습니다."

"알아내긴. 괜한 일이나 치지 말고 가만히 있거라. 오늘 저녁이면 사가에 돌아가야 하지 않느냐. 이번엔 춘화첩이니 뭐니 이상한 것들쑤시고 오지 말고 몸조심하게 있다 오너라. 또 어디 가서 마빡 돌진하지 말고."

헌은 갑자기 엄지손가락만 한 조그마한 기름통을 불쑥 내밀었다. 안에는 분홍빛 투명한 액체가 말갛게 담겨 있었다.

"우와, 이건 무엇이옵니까?"

"도, 동백기름이다. 머리뿐 아니라 입술에 발라도 좋다 하는구나."

"이, 입술이요?"

소랑의 볼에 다시 홍조가 떠올랐다. 수줍음에 몸이 살짝 꼬여왔다. 입술이라는 두 글자만 들어도 부끄러워지니, 나 요새 미쳤나 보다.

"저, 저번 보니 입술이 좀 튼 듯하여."

"제 입술이 원래 그리 트지는 않았었는데. 누가 공격을 좀 하여."

그 말을 들은 헌 역시도 괜스레 뻣뻣해져 발 앞의 돌부리를 툭툭 찼다. 그의 볼에도 같은 빛의 홍조가 도동실 떠올랐다.

"요새 궁녀들이 뭘 그렇게 준비하고 있는진 몰라도 그 일이 빨리 칵, 벌어졌으면 좋겠습니다. 괜히 분위기 수선스럽게."

소랑은 크게 한숨을 뱉었다. 헌 역시 같은 마음이었다.

"그래, 어차피 벌어져야 할 일이라면 빨리 그날이 오는 게 낫겠지?"

24

소랑아,
우리……
도망가자

궐 앞, 신원은 사가에 가야 하는 소랑을 기다리고 있었다. 억장이
무너질 것만 같았다. 소랑과 왕 이헌의 합궁 날짜를 알게 된 것이었
다. 이미 천생연분 완벽한 합 일치의 괘가 나왔다 했다.

서두르는 것이 가장 득이라며, 가장 빠르게 날짜를 잡은 것이 바
로 사가에 다녀온 후 이틀 뒤였다.

신원의 가슴은 고구마를 먹다가 체한 것처럼 끝없이 답답해져 왔
다. 이날, 왕 이헌과 소랑이 합궁을 하게 된다고?

내가 할 수 있는 것이 무엇일까. 어떤 것이든 돌이킬 수 있는 방법은 없을까.

히히힝— 발을 구르는 말을 달래며, 신원은 무너져 조각나 버린 이 감정을 억지로 쓸어 담고 있었다.

이때 어디선가 '쪼랑 쪼랑' 소리가 들려왔다. 신원의 귀에만 들리는 그 종소리. 소랑이가 그에게로 나풀나풀 다가온 것이다.

"너 무슨 일 있어?"

도착한 소랑이 바로 신원의 안부를 물었다. 그의 얼굴엔 한눈에 보기에도 질척질척한 검은 그림자가 내려앉아 있었다.

"왜 그러는데? 응? 왜 왜 왜~"

얼마간 궁녀들의 구름같이 들뜬 얼굴만 보다가, 이렇게 꽉 상한 얼굴을 보니 유독 걱정이 되기 시작했다. 허나 아무리 채근을 해 보아도 신원은 시종일관 묵직하게 입을 다물고만 있을 뿐 아무런 대답을 하지 않았다.

"저번에 자꾸 까불어 대면 혼—난다 그러더니. 지금 나 혼내려고 이러는 거야? 갑자기 왜 이래, 동무끼리?"

한참을 입을 다물고 있던 그에게서 한 가지 질문이 튀어나왔다.

"궐 생활 재미있어?"

그 눈빛은 아침 이슬비만큼이나 촉촉했다. 대체 이 눈빛은 무엇을 말하려 하는 거지.

"재미있지, 뭐. 나쁘지 않은데?"

"네가 뭘 잘못하면 언제 목이 뎅강 날아갈지 모르는 곳이야. 위험한 곳이라고."

"알지, 내가 모르냐? 이제 전하께서도 다 포기한 눈치던데 뭐. 하도 사고를 쳤으니, 원."

"일이 너의 뜻대로 되지 않을 수도 있어. 그리 만만한 곳이 아니야."

"내가 뭐, 대단한 일 하디? 만날 어르고 달래서 왕 재우는 게 일이다."

상황이 어찌 돌아가는지도 모르고 그저 천진하기만 한 그녀가 안타깝고 속상했다. 이 계획을 알게 되면 소랑은 응할 것인가?

돈을 좋아하는 그녀였다. 승은에 맞는 봉작이 내려지면 거절하지 않고 넵~ 하고 받을 여자다. 여인네에게는 당첨과도 같은 일생일대의 신분 상승. 그야말로 다시없는 천재일우의 기회였다. 그러다가 임금의 후사라도 보게 되면, 그러면!

신원이 감히 쳐다볼 수 없는 위치까지 올라가게 된다. 금혼령으로 도탄에 빠진 이 조선을 구한 영웅이 될 것이다.

아마 지금처럼 동무로 지내는 것은 상상도 할 수 없을 것이다. 과연 그녀가 합궁 계획에 고개를 끄덕일까?

한편으로는 아닐 것도 같았다. 왕의 여자가 되면 영락없이 평생을 궐에 갇혀 살 수밖에 없는 새장 속 신세가 되어 버리고 만다. 지금 이 생활도 이틀간은 사가에 나가 자기 할 일을 하기에 버티는 것이 아닌가.

언젠가 이 모든 일이 끝나면 다시 장돌뱅이처럼 전국을 떠돌겠다, 말하던 그녀였다.

"뭘 그렇게 빤히 봐?"

복잡하게 떠오른 생각에 신원이 자신도 모르게 멍해졌던 모양이다.

"아, 네가 걱정이 되어서."

"난 네가 더 걱정이다. 풀 죽은 거지꼴은 해갖고. 네 마음이나 신경 써."

내 마음? 소랑을 향한 나의 마음이라.

처음엔 7년간 기다려 왔던 그 여자와 헷갈렸던 것이 우선이었다. 얼굴이 기억나지 않는 그녀와 향취가 닮았기에, 그랬기에 조금 더 빠르게 감정이 싹텄던 것만 같았다.

그런데 지금은 그녀가 나비처럼 나풀나풀 날아 내 곁을 떠나 버릴까 봐 두렵다. 이제 왕의 품으로 가게 된다면, 영영 닿을 수 없는 먼 곳에 가 버리게 된다. 그녀를 그렇게 가게 두고 싶지는 않았다.

망설이고, 또 망설여졌다. 어떤 일이든 한 번에 쉽사리 결정을 내리지 않는 그였다.

오늘따라 복잡한 신원의 속내가 쉬이 정리되지 않을 것이라 생각한 것인지, 소랑이 먼저 말에 훌쩍 올라타 눈짓을 했다.

그렇게 묻는 말에 대답도 안 하고 미적거릴 거면 어서 갈 길이나 가자는 채근이었다.

신원이 말에 훌쩍 올라타 그녀를 뒤에서 안은 듯한 자세로 궐 밖을 나섰을 때, 한참을 성벽에 기대어 기다린 듯한 사내아이가 쪼르르 달려와 쪽지를 내밀었다.

"누가 준 것이냐?"

"애달당의 개이 할배라 하던데요?"

개이 할배가 갑자기 웬 전갈을?

신원은 미심쩍게 쪽지를 펴들었다. 거기엔 다급한 글씨체로 이렇게 쓰여 있었다.

'이번 사가행에서는 소랑이를 데리고 애달당에 돌아오지 마십시오. 무슨 핑계를 대서라도요.'

신원의 동공이 커졌다. 가뜩이나 마음도 복잡한데 이게 무슨 일일까. 애달당에 돌아오지 말라는 건 소랑이가 위험해져서인가?

무슨 일인지 몰라도 그 전갈 하나에 신원에게 하나의 결정이 내려졌다. 끝까지 망설임 가득했던 신원의 가슴에 화악— 뜨거운 불씨를 댕기는 것만 같았다.

"왜, 무슨 전갈인데?"

소랑이 걱정스럽게 그를 돌아보았다.

"소랑아. 우리 도망가자."

뭐라고? 어, 어디로? 갑자기 왜?

답을 들을 새도 없이 신원은 힘차게 말에 박차를 가하기 시작했다. 이전에 단 한 번도 낸 적 없었던 빠른 속도였다. 인생에 다시없는 용단을 내렸다는 듯 신원은 말을 달리고 또 달렸다.

깊은 밤, 여느 때와 다름없이 작은 불빛 하나를 밝히고 있는 애달당. 평소와 다름없는 어둠이었으나 그곳에는 정체를 숨긴 섬뜩한 그림자들이 숨어 있었다.

바로 살수들이었다.

돈을 받으면 사람을 죽이는 자들. 목숨을 끊어 놓는 수백 가지 방법을 알고 있는 자들. 목숨을 앗아 가는 데 죄책감이 없는 자들이었다.

그렇게 어둠에 몸을 숨긴 그들에게 한 가지 전갈이 도착했다.

"궐 문 앞에서 다른 곳으로 도망쳤다 합니다."

"그래?"

그중 우두머리로 보이는 자가 싸늘하게 자리에서 일어났다.

"가자."

모두가 일제히 일어나 흑마를 타고 달리기 시작했다. 살인 의뢰를 받은, 그 여자를 죽이러.

통행금지의 시간. 거리에는 인적이 없었으나 신원은 더더욱 깊은 산길로 말을 달리고 있었다.

"어디로 가는 거야?"

소랑이 불안하게 물었다. 신원이 향하는 곳은 이씨 가문 일가의 종친들이 모셔진 선산先山. 그곳에 몸을 숨길 만한 임시 거처가 있었다. 오늘 밤을 일단 그곳에서 보내야겠다고 생각했으나,

그러나 잠시 후.

불안한 말발굽 소리가 뒤에서 다그닥다그닥 들려왔다.

말은 하나가 아니었다. 점점 더 겹쳐지는 여러 굽의 발소리. 열댓 필의 말들이 그들 뒤를 쫓아오고 있었다. 신원은 그저 말없이 그녀를 뜨겁게 안고서 더더욱 빠르게 말을 달렸다.

바로 그때,

'휘이이익.'

난데없는 칼침이 날아와 말의 가죽 안장에 꽂혔다. 목에 꽂혔다면 바로 즉사할 정도의 날카롭고 흉물스러운 모양새였다. 난데없는 생명의 위협에 소랑의 얼굴이 하얗게 질렸다.

"이, 이게 어떻게 된 거야?"

놀란 말이 앞발을 들고 히히힝, 발을 구르는 동안 뒤에 있던 검은 복면의 사내들이 둘의 주위를 감쌌다. 그들의 눈에는 하나같이, 사냥매와 같은 거친 살기가 가득했다. 일체의 망설임도 없이 그들이 동시에 장검을 뽑았다.

그들의 칼날이 향하는 방향은 단 하나, 바로 저 여인네 소랑이었다.

그러나 다른 누구도 아닌 의금부 도사가 그녀를 호위하고 있었다. 여기서 깔끔히 끝내지 않으면 커다란 뒤탈이 날 수도 있는 것이었다.

"저놈부터 죽여 버리자."

살수들이 순서도 없이 동시에 달려들기 시작했다. 대체 어느 칼부터 막아야 할지 알 수 없는 절체절명의 순간이었다.

'까앗!'

눈을 질끈 감아 버린 소랑과는 다르게 신원은 침착하게 가장 먼저 달려오는 칼부터 재빠르게 쳐냈다. 그는 입술을 굳게 다문 채 한 손으로는 소랑을 감싸고 다른 한 손으로는 밀려드는 칼을 막아내고 있었다.

"소랑아, 고개 숙여 봐."

그녀가 말의 갈기 위에 납작 엎드리자 신원의 움직임이 더욱 자유로워졌다. 살수들의 칼날이 바로 심장에 꽂혀 버릴 듯 매섭게 다가왔지만 단 하나도 신원의 빈틈을 뚫는 칼은 없었다.

심지어 신원은 말 위에 올라서 갈기를 잡고 훅— 공격의 자세를 취했다. 당장이라도 말에서 떨어질 것 같이 위태로웠지만, 곧 상대의 말 머리를 딛고 다시 중심을 잡아 살수들을 하나하나 처리해 나갔다.

그 칼에 몇몇의 살수들이 쓰러지고 잠시의 고요가 찾아왔다.

남아 있는 살수들은 이대론 안 되겠다 생각했는지 각자 하나의 장검들을 더 빼어 들었다.

각자의 손엔 이제 쌍검들이 쥐어져 있었다. 이것은 도저히 당해낼 수가 없었다. 한 손으로는 신원을 공격하고 다른 한 손으로는 소랑을 찌를 수 있기에.

신원은 말을 돌려 반대 방향으로 달리기 시작했다. 말을 달리며 머리 위의 나뭇가지들을 잘라 그들이 따라오지 못하게 우수수 장애물을 만들었다. 이대로 선산에 가는 것은 무리였다. 아니, 궐 밖의 모든 곳이 위험했다.

결국, 그가 돌아가야 할 곳은 다름 아닌…… 궁궐이었다.

방금 자객들에게 입은 크고 작은 상처보다 더한 아픔이 욱신, 밀려왔다. 지금 방금 도망쳐 데려 나온 소랑이를 궐에 다시 돌려보내면, 그렇다면 호랑이의 굴에 제 발로 들어가는 것이 아닌가!

나무로 만든 심장을 누군가 도끼로 후려치는 것 같았다. 저 먼 곳에서는 장애물을 피한 살수들이 말을 달리는 소리가 들려왔다.

달리 선택할 길이 없었다. 신원은 품 안의 소랑을 더욱 뜨겁게 안았다. 그의 도망은 잠시로 끝나고 말았다. 정말 잠깐의 일탈. 내가 소랑이를 가질 수 있는 시간은, 이렇게 찰나에 불과한 것인가.

❀

"밖에서 정말 죽을 뻔했다니까요?"

소랑이 사가에 가지 않고 돌아왔다는 소식에 세장과 원녀는 그녀를 더욱 반갑게 맞아들였다.

"그래, 이번에 아예 궐에 뼈를 묻으면 되지."

안 그래도 이것저것 준비할 것이 많았는데 시간을 번 셈이었다.

"다들 싱글벙글하시긴. 남의 놀란 가슴도 모르고."

"그러니 이곳에 살라 하지 않느냐. 펴엉—생."

원녀는 소랑의 옷고름에 노리개를 달았다가 향낭을 달았다가 하며 딸을 시집보내듯 정신을 다하고 있었다. 요새 다들 왜 이러서?

"솔직히 이야기해 보세요. 요새 왜 이렇게 저한테 잘해 주는 겁니까?"

"자, 잘해 주긴."

"어라? 만날 구박할 때는 언제고. 갑자기 저한테 콩고물이라도 떨어질 게 있답니까?"

"네, 네가 어찌 되었든 죽은 세자빈마마의 넋을 받지 않느냐. 그,

그렇다면 우리도 그에 걸맞은 대우를 해 주는 것이지."

내가 생각해도 너무 궁색한 변명이었나? 눈치 빠른 소랑이가 혹 무언가를 알아채지 않았나, 걱정스럽게 소랑을 보았을 때,

"그런가? 이렇게 잘해 주시면 저야 나쁠 게 없지요."

소랑은 씨익, 미소를 지으며 답했다.

그래, 몸에 좋고 진귀한 것들은 거부한 적이 없는 소랑이었다.

"좋네요. 왕궁의 공주가 된 것 같고 그렇습니다."

미리 이런 생활에 적응해 두는 것도 나쁘지 않지. 곧 이 합궁 계획이 성공하면 후궁이 되어 유일한 왕의 여자로 승격되는 것이니까.

드디어 그들이 지정한 날짜가 다가왔다. 음양오행이 가장 번성한다는 합궁의 날. 연중에 모두의 기대감이 부풀어 오르고 있었다.

둘의 속궁합이 딱 맞아 한 번에 원자 아기씨라도 갖게 된다면, 금혼령으로 척척해진 이 조선의 민심에 그 얼마나 기쁜 일이 될까?

모두 떠들썩한 분위기를 내거나 들뜬 티를 내지는 않았다. 왕과 소랑이가 전혀 눈치를 채지 못해야 하는 만큼 은밀하고 비밀스럽게 일을 성공시켜야 했다.

그래, 모든 것은 자연스럽게. 그러나 정사를 마치고 강녕전으로 돌아온 왕 이헌은 바로 달라진 것들을 눈치채고 말았다.

"갑자기 이 촛불들은 다 무엇이냐? 어둑어둑 귀신 나오겠다."

"아, 알아채셨습니까?"

"내가 바보냐? 게다가 향을 피워 놓은 것은 다 무엇이고. 콜록콜록."

심상치 않은 표정으로 바뀐 물건들을 보기는 했으나, 다행히도

그 속뜻을 알아차린 것 같지는 않았다.

곧 온돌방에 왕의 석수라가 들어왔다. 기미를 보는 최 상궁이 오른편에 앉아 먼저 젓가락을 들었다.

하나하나 음식을 씹는 최 상궁의 표정이 순간 굳었다.

"되었느냐?"

하며 헌이 음식을 집어 들려 하는데,

"자, 잠깐만요."

그녀가 다급하게 이를 저지했다.

"왜? 음식에 독이 들었느냐?"

"아, 아닙니다."

뭔가가 이상했다. 그런데 무엇이 이상하다고 말할 수가 없었다. 갑자기 그녀의 얼굴이 새빨갛게 달아올랐다가 하얘지고, 뭔가가 뒤틀린 듯 몸을 배배 꼬기 시작했다.

"어디가 잘못되었느냐?"

재차 헌의 질문이 이어졌지만, 그녀는 차마 자신에게 나타나는 이 증상을 말할 수가 없었다.

"아무것도 아닙니다."

그러나 이미 헌을 보는 최상궁의 눈빛이 끈적끈적해져 있었다.

"갑자기 왜 이렇게 느끼하게 보느냐."

"전하께서 잘생겨 보여서요."

난데없이 닭살스러운 말에 헌이 미간을 구겼다.

"얼굴이 붉어지는 걸 보니 좀 더운 모양이다. 기미를 다 보았으면 나가 있거라."

아이코, 내가 지금 무슨 말을 한 거야. 미쳤나 봐. 최 상궁은 남은 정신을 수습해 화끈화끈 달아오르는 붉은 기운을 숨기고서는 황급히 밖으로 나갔다.

'저년이 미쳤나?'

그러나 잠시 후, 곧 헌에게도 불끈불끈한 반응이 오기 시작했다.

'어? 이거 뭐지?'

화기처럼 얼굴에 열기가 치솟고. 온몸이 음험한 기운으로 가득 차오르는 듯한. 온몸이 두둥실 떠올라 날아가 버릴 것 같은, 그런 기분.

수라에 섞인 것은 다름 아닌 '올눌제'였다. 정력제 역할을 하는 성분을 음식에 넣은 것이었다.

"수라를 물리거라."

왕 이헌의 근엄한 목소리가 울려 퍼졌다. 수라가 이상하다, 의심을 하기도 전에 식욕보다 더욱 강력한 욕구가 고개를 들었기 때문이었다. 그것은 바로…… 색욕이었다.

수라를 물린 빈 방.

갑자기 자신의 몸에 걸친 모든 것들이 다 다 쓸데없는 것들이라는 생각이 찾아왔다. 헌은 술렁술렁 웃옷을 벗기 시작했다. 그저 자연인으로 돌아가고 싶은 마음이랄까. 이 몸에 가득 차오르는 본능에만 충실하고 싶었다. 참을 수 없이 누군가를 덮쳐 버리고 싶기도 했다.

가녀린 무언가가 있으면, 그냥 홱액—잡아채서……!

으르렁으르렁. 왕 이헌이 한 마리의 짐승, 붉은 늑대로 변해 가고 있는 찰나였다.

이 시각, 소랑은 몇 명의 나인들에 의해 뜻밖의 꽃단장을 하고 있었다. 공주들이나 쓸 것 같은 진귀한 화장품에 소랑의 입이 딱 벌어졌다.

'오와, 이거 다 비싼 거 아니에요?' 하며 촐싹거렸지만 진중히 있으라는 원녀의 따끔한 말만 들었다.

평소보다 더욱 뽀얗게 변한 살결, 붉은 가루로 홍조를 낸 볼, 그리고 입술엔 분홍빛의 언시. 그녀가 다시 예전의 그 모습, 여신으로 변해 가는 순간이었다.

치장을 도와주던 나인들도, 이렇게 예뻐질 줄은 몰랐다며 다들 혀를 내둘렀다. 어떻기에 다들 그러시지? 치장이 끝나자 원녀는 소랑의 앞에 경대를 놓아주었다.

"우와."

하, 한 번에 말이 잘 나오지 않았다. 거울 앞에는 자신도 모르는 꽃과 같이 아리따운 아가씨가 앉아 있었던 것이다. 가만히 있어도 뒤에 꽃잎들이 날릴 것 같고, 광채와 후광이 번쩍번쩍이는 것만 같았다.

이, 이게 여자의 화장빨인가?

아니면, 지금껏 감추어진 미모를 화장으로 끌어올린 것인가.

"이게 진짜 저예요?"

만지면 톡, 하고 부러질 것 같은 왕실의 공주가 된 것만 같았다. 자신의 혼삿날에도 신부가 되어 본 적이 없으니, 소랑이 이렇게 아리땁게 꾸민 것은 평생 태어나서 처음이었다.

"꾸미고 나니 예쁘구나."

원녀의 말에 치장을 하던 나인들도 양손 엄지를 치켜들었다.

"그런데 말입니다. 이렇게 예쁘게 하고 저 어디 갑니까?"

"이, 일하러 가지, 어디 가겠느냐. 지, 지밀에 들어야지."

소랑은 자신이 입은 복숭앗빛 저고리와 붉은 치마를 내려다보며 말했다.

"이렇게 법도에 어긋난 복장을 하면 또 뭐라 하실 텐데요?"

"에헴, 오늘은 별말씀 하지 않으실 것이다. 벌써 한잔하고 계시다 하더구나."

"저 빼고 먼저요? 치사하긴. 어서 가서 뺏어 먹어야겠습니다."

원녀는 소랑의 양어깨를 붙잡으며 당부를 하기 시작했다.

"그래, 그 안에서 혹 무슨 일이 벌어지면 그저 본능에 몸을 내맡기거라."

"지밀에서 가장 큰 본능이라면?"

순간 원녀와 나인들의 시선이 몰렸다. 무슨 본능인데?

"역시 잠의 욕구죠. 아우, 거기서 밤새우기가 얼마나 빡센지."

에효. 나인들 모두에게서 탄성이 터져 나왔다. 이러다 저 안에서 쿨쿨 잠들어 버리는 거 아니야?

"잔말 말고 전하께서 하시는 대로 따르거라."

원녀의 지청구와 같은 소리와 함께, 소랑은 강녕전 문간 앞에 당도했다. 창호에는 왕 이헌의 벗은 그림자가 어른어른 비추어지고 있었다.

어? 웬일로 이렇게 이른 저녁에 옷을 다 벗고 계시지?

짐승도 아니고 말이야.

이 나라의 임금께서 저렇게 상의 탈의하고 계셔도 되나?

"전하, 소랑이가 들었습니다."

내시 세장이 그녀의 방문을 고하였다. 원녀와 세장은 두근두근한 마음으로 소랑이 들어가기를 기다렸다. 이제 늑대로 변한 왕 이헌이 확, 일을 치기만 하면 되는 것이었다.

원녀와 세장의 긴장감이 최고조에 다다랐다. 제발, 합궁에 성공해야 할 텐데. 그러면 우리가 이 나라의 공신이 될 텐데. 제발, 제발!

"들라 하라."

헌의 나직한 목소리가 안에서 들려왔다. 그렇게 왕 이헌과 소랑이 한 공간에 들어서기 직전이었다.

그 문간 앞, 갑자기 어둠 속에서 한 사내가 불쑥 나타났다.

'아우, 깜짝이야.'

그러고는 소랑의 손목을 화악~ 휘어잡았다.

아련한 불빛 새로 나타난 그의 얼굴에 원녀와 세장의 눈이 휘둥그레졌다.

그는 바로, 이신원이었다.

신원은 난데없이 그녀의 손목을 붙잡고 확 자신의 쪽으로 끌어당겼다.

"소, 소랑이는 침전에 들어야 하는데."

원녀의 만류에도 신원은 별말도 없이 그녀를 밖으로 끌어내었다. 원녀와 세장은 새파랗게 질려 이를 쫓아가기 시작했다. 소랑이가 들어오길 기다렸는지 안에서 왕 이헌의 목소리가 들려왔다.

"뭐하느냐, 어서 들지 않고."

허나 밖에서는 이미 사달이 벌어지고 있었다. 끌려가던 소랑이 양쪽으로 손목을 비틀어 보았지만 그는 절대로 놓아주지 않았다. 신원은 머리끝까지 잔뜩 화가 오른 듯 보였다.

"갑자기 왜 그래?"

다른 전殿으로 들어가는 길목, 소랑은 힘겹게 잡힌 손목을 뿌리쳤다.

"아, 진짜 아퍼. 대체 왜 그러는데."

바로 신원의 버럭 하는 소리가 이어졌다.

"너 바보야?"

뭐?

"너 바보냐고. 그렇게 음란하고 저속한 것들엔 밝더니, 자기 앞에서 벌어진 일은 모르겠어? 그렇게 눈치가 없어?"

"나한테 벌어진 일이 대체 뭔데?"

진짜 모르는 거구나.

신원은 잔뜩 뻗쳐 오른 열을 어쩔 수 없어 이를 빠드득 갈며 씹어 뱉듯이 말했다.

"오늘 너랑 왕을 합궁시키려는 거잖아."

소랑은 자신의 귀에 들려온 말을 믿을 수가 없었다. 설마하니, 그런 일을 꾸몄을까. 차마 상상도 하지 못한 것이었다.

"거짓말."

허나 신원의 표정은 시종일관 굳건했다. 그 진지함이 벌써 거짓이 아님을 얘기하고 있었다.

그럼 그 말이 참이라고? 하, 합궁?

그제야 모든 것을 알 것 같았다. 궁녀들이 그렇게 부산스러웠던 이유를, 나를 이렇게 꾸며 놓은 이유를.

소랑의 입에선 기가 찬 듯한 신음이 흘러나왔다. 왜 이렇게 될 때까지 조금도 몰랐을까.

바로 이때,

"흐읍―"

신원이 소랑의 두 뺨을 감싸며 거침없이 다가와 깊게 입맞춤을 했다. 너무 놀란 소랑은 눈 한 번 깜빡할 수가 없었다. 그의 입술이 퍼붓듯이 내리쏟아진 것이다. 모든 것을 삼켜 버릴 듯한 성난 입맞춤이었다.

25

하이얀 속곳이
종잇장처럼 찢어졌다

"전하, 소랑이가 들었사옵니다."

문간에서 들려온 세장의 목소리에 헌의 귀가 쫑긋해졌다.

지금 어떤 이유에서인지 몰라도 몸과 마음 모두가 소랑이를 원하고 있었다.

그녀를 다시 보기를, 그녀를 다시 눈앞에 마주하기를. 온몸에 견딜 수 없는 뜨거운 열기가 솟구쳐 웃옷을 모두 벗어던진 상태였다.

"들라 하라."

곧 소랑이가 들어온다 말이지? 가슴이 미친 듯이 쿵쾅거리기 시작했다. 내가 무슨 짓을 할지는 모르겠지만, 우선 소랑이를 보아야겠다. 일단 그녀를 보고서…… 그러나 한참을 기다려도 그녀는 오지 않았다.

오히려 문간에서 쿵쾅거리는 발소리만 들릴 뿐이었다.

애가 들어오려다 나갔나? 갑자기 무슨 일이지?

헌은 얇게 비치는 하얀 도포 한 자락만 걸치고서 손수 문을 열고 밖으로 나갔다.

그런데 문간 앞에 소랑이는 없고 어디론가 급히 달려가는 원녀와 세장의 뒷꽁지만 보였다. 헌은 별생각 없이 그 뒤를 따랐다.

내려가는 계단 앞에 와서야 소랑의 나풀거리는 치마가 보였다.

오늘도 그 붉은색이로구나. 위험하도록 붉었던, 넋을 놓을 만큼 아리따웠던.

그런데 그런 소랑의 손목을 붙잡고 달려나가는 이가 있었다. 이 신원이었다. 대체 소랑이를 데리고 어디로 가는 거지? 헌은 황망하게 신을 신고 그 뒤를 따랐다. 대체 무슨 일이지?

지금 이 순간 무슨 일이 벌어지는지 똑똑히 확인해야만 했다.

쿵— 다른 전殿으로 들어가는 길목 앞.

저 멀리서 뭐라 손목을 뿌리치며 반항하는 소랑이의 모습이 들어왔다. 그리고 곧이어 모든 걸 덮어 버릴 듯, 그녀에게 뜨거운 입맞춤을 퍼붓는 신원의 모습이 가득 들어왔다.

덜커덩덜커덩, 가슴에서 돌덩이들이 굴러가는 소리가 났다.

지금껏 단 한 번도 느껴 본 적 없는 감정이 들었다. 나 자신을 지탱하는 모든 것이 왈그락 달그락 무너지는 것만 같았다.

내 오랜 동무인 신원이 네가, 세상 모두가 내게 등을 돌린다 하더라도 유일하게 내 곁을 지킬 것 같던 나의 충신이, 감히 소랑이를, 궁의 나인을, 어찌 이렇게.

하지만 입맞춤을 퍼붓고 있는 신원은 이미 한 마리의 짐승이었다. 내 것을 절대 빼앗길 수 없다는 듯, 그녀를 손에 바스러지도록 움켜쥔 짐승이었다. 그 모습은 가슴을 부여잡아야 할 만큼 충격이 컸다.

안 그래도 뜨거워진 몸에 더한 불길이 치솟아 오르고 있었다.

원녀와 세장은 일차적으로 신원과 소랑의 입맞춤에 놀라고, 이차적으로 그걸 지켜보는 왕의 모습에 깜짝 놀랐다. 머리가 다 하얗게 세어 버릴 것만 같은 기분이었다.

곧 왕 이헌의 뒤에 건장한 호위 무사들이 우르르 붙었다.

그 발소리에 신원이 입술을 떼고 고개를 돌렸을 때에는 이미 그어떤 것도 돌이킬 수 없는 상황이 되어 있었다. 가까스로 이성을 찾아보려 했지만 그러기엔 품 안에 있는 소랑이 너무나도 소중했다.

빼앗기고 싶지 않았다. 사가에 나갔을 때 기를 쓰고서라도 멀리멀리 도망을 갔어야 하나. 왕을 마주했을 때 애매한 말로 돌리지 말고 간곡히 청을 했어야 하나. 소랑이를 내게 달라고. 아니, 처음부터 옥사에 잡혀 온 소랑이를 이 궐에 들이는 짓 따위는 하지 말았어야 했나.

왕 이헌이 그들에게로 한걸음, 한걸음 다가왔다.

소랑이 새하얗게 질린 채로 굳어 있는 가운데 신원이 털썩 무릎을 꿇었다.

"용서를 바라지 않습니다."

"그것은 나의 문제다."

궐 안의 궁녀를 희롱한 죄. 감히 무게를 달 수도 없는 중죄였다. 기분대로라면 방금 그녀에게 닿았던 이 혀를 잘라 버린다 하더라도 성에 차지 않았다.

소랑은 입술을 깨물며 눈을 질끈 감았다. 대체 무슨 일이 벌어지고 만 거야.

오히려 헌의 목소리가 이상하리만큼 침착했다.

"따라오너라."

"네?"

"이것도 따르지 않을 것이냐."

헌이 당도한 곳은 후원의 무예 수련장이었다.

종종 둘이 함께 목검 수련을 했던 이곳. 여기서 대체 무엇을 하려기에.

"세장아, 진검을 가져오너라."

따라든 신원의 눈이 대번 가늘어졌다. 혹시 이곳에서 진검의 승부를 보려는 것인가.

"네가 나를 이기려 드느냐. 그럼 이겨 보거라. 이기고 가져가거라. 저 아이를."

헌이 장검을 받아 들고서는 기합을 지르며 신원에게로 향했다.

아까의 울분이 섞여 한이 터져 나오는 듯한 소리였다.

채앵— 허공에서 두 칼이 번쩍였다. 신원이 본인도 모르게 왕의 칼날을 막아 낸 것이었다. 그가 든 것은 더 이상 칼집이 아니었다. 그 역시 날이 번쩍 선 진검을 든 채였다.

칼을 맞부딪치고 있는 둘 사이의 공기가 터져 버릴 듯이 팽팽했다. 연적감戀敵感은 두 남자들을 새빨갛게 응어리진 불덩이로 만들고 있었다. 진검의 긴장감이 두 칼날 끝에 섬뜩하게 서려 있었다.

"봐주지 말라 하지 않았느냐."

헌이 잇새로 찢어질 듯한 소리를 내며 다시 그에게로 달려들었다. 이번에 신원은 칼을 그냥 막지 않았다. 막아선 칼을 뒤집어 다시 헌에게 공격을 했다. 헌은 날래게 몸을 숙여 날아든 그 칼을 피했다.

"그래, 이렇게 해야지. 사내란 것들이 이 정도 악은 있어야 하지 않겠느냐."

헌은 별다른 보호 장구도 없이 얇게 비치는 하얀 도포 하나만을 걸친 채였다. 감히 궐의 여자를 범하려 하다니.

가만히 있으려 해도 칼끝이 절로 추웠다. 이미 그의 눈에선 용서가 없었다.

어둑한 달빛 아래, 그 반투명한 옷자락이 펄럭 휘날렸다. 헌의 칼끝이 신원의 가슴께로 향한 것이다. 다시 이어지는 날카로운 검날. 신원이 가슴을 공격하는 칼을 막아내고 적극적으로 공격에 나섰다. 헌은 휘청휘청 칼을 휘둘러 이를 막아내며 뒤로 물러났다.

'번쩍번쩍'

소리가 날 때마다 소랑의 전신에 소름이 올랐다. 진저리가 처질 만큼 섬뜩한 소리였다. 그녀는 그저 하얗게 굳어져 입을 막고서 그 모습을 지켜볼 수밖에 없었다.

벌써 몇 번의 죽을 위기가 왕 이헌과 신원의 사이를 지나갔다. 자칫 칼이 더 나갔으면 목이 베어졌을 것만 같은 아찔한 순간들. 실수라도 서로의 칼에 쓰러지는 비극이 생긴다면, 둘 중 누구 한 사람이라도 잃게 된다면, 그건 정말로 있을 수 없는 일이었다. 쓰라린 눈가에 방울진 아픔이 아롱아롱 떨어졌다.

이때, 킬을 든 두 사람이 번쩍 날아올랐다.

'채앵―'

나동그라진 건 다름 아닌 신원이었다. 그의 가슴에 길고 얇은 핏물이 배어들었다.

헌은 바닥에 누워 있는 신원의 곁에 섰다. 가슴의 상처는 깊지 않았다. 허나, 이대로 헌이 장검을 내리꽂기만 하면 이제 이 싸움은 끝을 보는 것이었다.

"이제 정말 끝이구나."

헌이 검을 위로 쳐들었을 바로 그때, 헌의 앞에 목검을 들고 덤비는 자가 있었다. 소랑이었다.

그녀의 손엔 서툴게 목검이 잡혀 있었다.

어설프게나마 신원에게 잠시 검을 배운 적이 있던 그녀였다.

"신원을 지키는 것이냐?"

배신감에 젖은 헌의 서슬 퍼런 눈빛이 날카로이 꽂혔다.

"신원의 편을 드는 것이냐!"

"전하를 지키고자 하옵니다."

답을 하는 그녀의 목소리엔 담뿍 물기가 어려 있었다.

"전하로부터 전하를 지키고자 합니다."

더욱더 굵은 눈물방울이 그녀의 앞을 가렸다.

"침전으로 가시지요. 오늘…… 합궁의 일정이 있다 하지 않았습니까?"

찢어지는 듯한 소랑의 목소리, 거기에 헌은 얼음처럼 굳어지고 말았다.

'합궁이라?'

믿을 수 없는 말이었다.

'오늘, 소랑과의 합궁 일정이 잡혔었다고?'

그제야 오늘 있었던 모든 이상한 일들의 답이 보이는 듯했다. 원녀와 세장은 한쪽에서 고개를 푸욱 떨구고 있었다.

저번처럼, 저 둘에서 오늘 일을 꾸민 것이었구나.

그것도 다름 아닌, 바로 소랑이와.

흙바닥에 누워 있던 신원은 그만 눈을 질끈 감아 버리고 말았다.

"전하, 저와 함께 하시지요."

소랑이 왕을 이끌어 강녕전으로 향한 것이었다. 감은 눈에 자신을 떠나는 둘의 발소리만 또렷하게 들렸다. 모든 것이 끝나 버렸다.

결국은 왕의 칼에 죽지 않고 살아난 것이었다. 허나, 더한 것을 빼앗겨 버리고 말았다. 이 가슴이 모두 사나운 갈퀴에 찢겨져 버린 것만 같았다.

 침소에는 어둑한 촛불과 야릇한 향이 소랑과 헌을 가만히 기다리고 있었다. 마치 아무 일도 없었던 것처럼. 해야 할 일을 마저 해야 한다는 것처럼 조용히 숨을 죽이고만 있었다.

 그 촛불 앞. 소랑은 자리에 앉아 옆에 놓여 있는 술을 꿀떡 마셔 버렸다. 그러고는 두 손을 모아 툭, 조용히 옷고름을 풀었다. 복숭앗 빛 저고리의 앞섶이 벌어져 하이얀 속적삼을 드러냈다.

 바로 이때, 헌이 거침없이 다가와 그녀의 어깨를 잡고 입을 맞추기 시작했다.

 저번의 달콤했던 입맞춤과는 달리 헌은 그저 맹수같이 거칠기만 했다. 솟아오르는 분노를 모두 쏟아 내는 것 같기도 했다.

 언제나 헌에게 대들고 까불던 소랑은 아주 조금의 반항도 없이 그에게 온 입술을 내맡기고 있었다.

 헌은 될 수만 있다면 아까의 기억을 모두 지우고만 싶다고 생각했다. 좁은 골목, 망설임 없이 소랑에게 다가가 입을 맞추던 신원의 모습을, 그 배신감을, 이 입맞춤으로 모두 덮어 버리고 싶었다.

 잠시 입술을 뗀 헌의 눈빛은 쾅— 하고 폭발해 버릴 것만 같은 야성野性으로 가득 차 있었다.

 그는 고운 자수가 놓여 있던 복숭앗빛 저고리를 거친 손놀림으로 뜯어 버렸다. 그 손길에 속을 감추고 있던 하이얀 속적삼도 종잇장처럼 찢기고 말았다.

이미 헌의 몸은 하늘로 치솟는 붉은 불기둥이 되어 있었다. 몸의 중심부에서부터 참을 수 없는 강렬한 색기가 차올라, 도무지 수체할 수가 없었다. 그렇게 헌이 소랑에게로 돌진을 하려는 바로 그때.

"하앗."

눈물로 잔뜩 얼룩진 소랑의 얼굴이 들어왔다. 눈을 질끈 감고 입술을 깨물고 있는 모습이었다. 금방이라도 쨍그랑— 깨져 버릴 것만 같은 그 모습에 헌은 가까스로 정신을 차렸다.

'내가 지금, 뭘 하고 있는 거지?'

어느덧 소랑의 두 팔은 헌에게 완전히 제압되어 있는 상태였다. 언제나 환한 웃음으로 나를 밝혀 주었던 여자다. 안씨가 죽은 7년 이후로 가장 가까워진 여자였다. 다른 이에게 나비처럼 날아갈까, 조심스러웠던 이 여자에게 뭐 하고 있는 거지?

제정신을 찾은 헌이 몸을 움츠려 소랑의 손목을 놓아주었다. 이미 헌의 손길이 닿은 곳마다 꽃과 같이 붉은 자욱이 피어나 있었다.

이상하리만치 색기가 가득 차오르는 느낌. 조금 전의 자신은 마치 내가 아닌 것만 같았다. 하지만 그렇다고 분이 모두 풀린 것은 아니었다.

헌은 돌연 목소리를 높여 밖에 있는 세장에게 명을 내렸다.

"세장아. 도승지에게 상서원尙瑞院에서 옥새를 가져오라 이르거라."

밖에 있던 세장이 깜짝 놀라 되물었다.

"갑자기 옥새는 어인 일로."

365

헌에게서는 답이 돌아오지 않았다. 이미 심장이 잔뜩 쪼그라들어 버린 세장은 군말 없이 명에 따르기로 했다.

잠시 후, 헌이 문간에서 옥새를 받아 들었다.

번쩍이는 금붙이. 바로 왕의 인장이었다. 국왕의 행차 시에 가장 앞에 설 정도로, 옥새를 관리하는 관청이 따로 있을 정도로 진귀한 물건이었다.

헌은 그 옥새를 들고서 천천히 소랑에게로 다가왔다. 소랑은 여전히 고개를 숙인 채 눈물을 쏟아 내고 있었다.

"어디에도 가지 마라."

그는 드러나 있는 소랑의 앞 가슴팍에 그 옥새를 찍었다. 그러자 소랑은 잔뜩 물기 어린 눈으로 그 자욱을 내려다보았다.

"그 누구에게도 가지 마라."

몇 번의 목간이면 지워질 듯한 자욱, 그러나 그 느낌만큼은 화인이 찍혀진 것처럼 강렬했다.

"왕을 섬기거라."

온 속이 역하도록 쓰라렸다. 소랑은 잔뜩 상처받은 얼굴로 왕 이헌을 올려다보았다.

"잊어서는 안 된다. 네가 왕의 여자라는 것을."

소랑은 다시 모로 누워 하염없이 남은 눈물을 쏟아 냈다. 원앙침이 소리 없이 젖어 들어갔다. 헌은 더 이상 그녀에게 가까이 가지 않았다.

촛불을 끈 뒤 이어진 것은 한없는 어둠, 그리고 적막이었다.

이튿날 오전, 편전으로 가는 길. 헌은 뒤에 따라든 원녀와 세장을 날카로운 눈으로 보았다.

"저번에 톡톡히 혼나고도, 아직 정신을 차리지 못한 것이냐."

세장이 깨갱하여 뒤로 물러났다.

"저번엔 신원이가 너를 구해 주더니 이번엔 신원이가 일을 더 커지게 만들었구나."

왕의 심기가 여전히 곱지 않았다. 그러나 세장은 이대로 이신원 도사가 처벌을 받게 놓아둘 수 없었다. 우리 때문에 벌어진 일인데…… 세장은 헌의 곁으로 다가가 조심스럽게 물었다.

"이신원 도사는 파직하실 생각이옵니까?"

헌은 바로 대답을 하지 않았다. 그 후처리를 생각하면 머리가 깨질 듯이 아파왔던 것이다.

"다 저희가 괜한 일을 꾸며서 폭발하신 것이지요. 그만큼 칼부림을 했으니 이제 그만 용서하셨으면 합니다."

"사실 소랑이가 저번 사가에 다녀와서 했던 말이 있습니다."

원녀가 전한 이야기는 뜻밖의 것이었다.

"실은 누군가 소랑이의 목숨을 노린다 하였습니다."

"뭐라?"

헌은 가는 길에서 우뚝, 멈추어 서고 말았다. 속에서부터 쓴 물이 꾸역꾸역 올라왔다. 헌이 가장 끔찍하게 싫어하는 것이었다. 자신과 가까운 누군가가 죽는 것. 대체 왜, 소랑이의 목숨을 누가, 왜!

"전하의 총애를 받고 있어서일까요. 사가에서 나가자마자 검은 옷을 입은 살수들이 소랑이를 쫓아 이신원 도사가 이를 구해 주었다 합니다."

헌의 말문이 턱— 막히고 말았다. 신원이가 그녀를?

궁녀를 희롱한 죄, 그 죄가 결코 가볍지 않지만 지금 이 순간 이신원만큼 그녀를 완벽하게 지켜 낼 사람은 없었다. 벌써 그녀의 목숨을 구한 것이 여러 번이지 않은가.

어제의 그 장면을 생각하면 아직 손이 떨려 왔지만, 헌은 신원을 멀리 둘 수 없었다. 아니, 오히려 신원을 소랑이의 곁에 가까이 두어야 했다. 헌의 고민이 깊어져 왔다.

이신원, 대체 이놈에게 어떤 결정을 내려야 할까.

향원정 앞, 걸음을 옮기던 신원과 소랑이 눈앞에서 딱 마주쳤다. 평소엔 이 넓은 궐에서도 잘 마주치는 일이 없더니, 갑자기 이렇게.

신원은 안타까운 눈으로 다가오는 소랑을 빤히 보았다.

"왜 그랬어?"

가시 돋친 그녀의 목소리. 그날의 일에 대해서 묻는 소랑이었다.

"궐은 위험한 곳이라며, 자칫하면 모가지가 뎅강 날아갈 수 있는 곳이라며."

그 말을 듣는 신원의 표정은 오히려 담담했다.

"엄청 위험할 뻔했잖아. 갑자기 칼부림 나고. 얼마나 놀랐는지 알아?"

"내가 말리지 않았으면, 그 합궁 들어가려 그랬어?"

질문은 칼침만큼이나 예리했다. 소랑이 따끔하니 통증이 밀려온 가슴을 애써 숨기고서는 말했다.

"들어가서도 아무 일 없었거든?"

"그럼 너 마음은 뭐야? 내가 그렇게까지 했는데도 아무렇지도 않아?"

"엄청 놀랐지. 완전 목숨 내건 미친 짓이었잖아."

"너 지금 그냥 한 대 맞은 게 억울한 사람처럼 굴잖아. 그게 그렇게 너한텐 별일이 아니야?"

그때 이후로 한참 동안 심장이 떨려 잔뜩 졸아드는 가슴을 안고 살았던 소랑이었다. 당시의 입맞춤에 많이 놀라고 흔들렸던 게, 분명 사실이었다.

"그렇지만 우린 동무잖아. 네가 잘못한 거 맞잖아."

"한 가지만 묻자."

신원은 한 번 침을 꿀꺽 삼키고서는 말했다. 그의 눈빛 속에는 이전에 단 한 번도 본 적 없었던 묘한 열기가 담겨 있었다.

"너, 내가 남자로 보인 적 한 번도 없었어?"

소랑은 눈을 질끈 감았다. 그녀의 대답은……

26

이
빙
의
는
모
두
연
기
입
니
다

"너, 내가 남자로 보인 적 한 번도 없었어?"

소랑은 눈을 질끈 감았다. 그녀의 대답은 조용한 끄덕임이었다. 더 이상 신원이 위험해져서는 안 되었다. 내가 괜히 마음을 흘려서도, 그를 흔들리게 해서도 안 되었다.

"다시 동무로 지내."

나직하고 단호한 소랑의 목소리.

"그 선, 넘지 말자."

온통 먹먹해진 가슴을 안고 소랑은 휘익 뒤로 돌아서 먼저 뛰어가 버리고 말았다.

신원은 그녀의 발소리를 또렷하게 들었다. 이미 그의 가슴엔 왕이헌이 낸 길고 얇은 상처가 나 있었다. 허나, 소랑이는 칼 한 자루 쥐지도 않고서 더 깊은 상처를 주었다.

그 누구도 치료해 주지 않을 쓰린 상처에 견딜 수 없는 통증이 밀려왔다. 내가 정말 그녀의 곁에 있을 수 있을까. 더 이상 그녀의 곁에 머물 수 있을까.

동무로 지내면서, 감정의 선을 넘지 않으면서, 그렇게?

❀

여원회女願會 안의 협실夾室. 서씨의 얼굴이 하얗게 질렸다.

"실패했다고?"

그녀의 앞에선 복면의 사내들이 모두 고개를 숙이고 앉아 있었다.

"그, 그런데 누구를 건드려? 의금부 도사를?"

솟아오르는 열기에 그녀는 바삐 손부채질을 했다.

"죽여 버렸어야지, 어떻게든 죽여 버렸어야지."

그 여자를 죽이려던 계획은 실패로 돌아가고 말았다. 그런데 심지어 의금부 도사까지 건드렸으니, 자칫하면 일이 어마어마하게 커질 수 있는 것이었다.

이걸 어쩐다, 서씨가 손톱을 깨물며 초조하게 제자리걸음을 하고 있을 때.

'드르륵' 소리와 함께 병판 조성균 대감이 들어왔다.

"대, 대감. 여기까진 어인 일이십니까?"

"쓸모없는 것들, 모두 해산하거라."

병판은 우두머리로 보이는 자의 멱살을 붙잡고서는 말했다.

"모두 해산하여, 그 자취를 의금부 도사에게 남기지 말거라."

혼비백산 사라지는 그들을 싸늘히 응시하던 병판은 이미 모든 것을 알고 있는 듯했다. 서씨가 자신의 의붓딸로 추정되는 여자를 죽여 버리려 했다는 것도.

"소랑이라는 여자에게 실수를 보냈다시요."

"어, 어떻게 아셨습니까?"

"그 아이가 바로 궐에서 왕의 총애를 받는 궁녀입니다."

"네에?"

서씨가 대경실색을 했다.

"궐내 소식통에 따르면, 심지어 최근에는 승은까지 입을 뻔했답니다."

"제, 제까짓 게 감히!"

이미 병판은 모든 것을 꿰뚫고 있었다. 예현선의 정체와 서씨가 왜 그녀를 죽이려 했었는지도.

"이미 실패해 버린 것, 이 일을 어쩌면 좋다 말입니까."

"최근 전하의 마음이 그 궁녀에게 많이 기울었다는 소문이 들렸습니다. 이러다 서로 정이라도 통하면 왕은 더더욱 중전을 간택하

372

려 들지 않겠지요."

그렇다면 간택이 무산되는 것인가? 그간 얼마나 준비를 해 왔는
데, 서씨의 눈앞이 캄캄해졌다.

"그럼 어찌하면 좋겠습니까."

허나 병판의 얼굴에는 여유 만만한 미소가 떠올랐다.

"요새 저에게 좋은 물건이 하나 들어왔습니다."

무언가 숨겨 둔 비책이라도 있는 것인가?

"걱정 마시지요. 저에게 또 다른 계획이 있습니다."

노을이 지고 있는 경회루.

왕 이헌은 그 서(西)편에 앉아 해가 지는 모습을 보고 있었다. 낮도
밤도 아닌 시간대, 그 저녁놀을 보고 있노라면 한없이 마음이 싱숭
생숭해지는 것이었다.

"부르셨습니까."

신원이 누각에 들었다. 목깃 안에 하얀 붕대를 감은 것이 보였다.

"내가 내었던 상처냐?"

"아닙니다. 궐 밖에서 갑자기 살수들을 만나."

아, 원녀의 말이 사실이었구나. 살수들이 소랑이를 덮쳐 신원이
이를 구해 주었다는 사실이.

"소랑이를 노렸던 살수들이라 들었다. 짐작 가는 곳이 있느냐."

373

"없습니다. 다만 독특한 칼침을 쓰기에 그 모양을 기억해 두었습니다."

"그래?"

헌은 조금 어려운 얘기를 꺼내려는 듯 힘겹게 입술을 떼었다.

"부탁할 게 있다."

"하명하십시오."

"소랑이를 지켜다오."

"네?"

신원이 숙이고 있던 고개를 들고서는 물었다. 며칠 새 그의 눈매는 디디욱 깊어져 있었다.

"제가 원래 받잡고 있던 명이 아니옵니까."

"그 명을 거두려 했었지. 너의 연심을 알게 된 이후로, 너의 나비가 소랑이라는 것을 알게 된 후로, 너를 멀리멀리 내쫓으려 했었지."

비록 신원이 왕 앞에서 불경한 짓을 저질렀지만, 지금 이 순간 소랑이를 믿고 맡길 수 있는 사람은 이신원, 그 하나밖에 없었다. 이 모든 비밀을 지켜 줄 사람, 그녀를 목숨 바쳐 구해 줄 사람.

"조사를 시작하거라. 소랑이를 죽이려 하는 자들이 누군지. 그리고 지켜 내거라."

"알겠습니다."

"그리고 그 안에 연심을 품지 말거라."

신원의 미간이 살짝 구겨졌다. 그 구겨짐을 눈치챈 헌은 다소 성난 목소리로 말했다.

"대들어 보아라. 연심이라는 게 그렇게 사람 마음처럼 되는 것이 아니라고. 오래간만에 찾아든 너의 나비를 쉽게 뜨락에서 내칠 수 없다, 말해 보거라."

신원은 가슴 안에서 차오르는 뜨거운 숨을 한 번 내뱉고는 고개를 가로저었다.

"아닙니다."

"연심이 아니다?"

"그날은 합궁 계획을 전해 듣고 제가 너무 예민하게 굴었습니다. 막내 여동생같이 생각하는 아이라 아직 합궁이 너무 이르다 생각했나 봅니다."

이에 헌의 눈썹이 미묘하게 춤을 추었다.

"그리하여 충동적으로 입맞춤을 했다? 여동생이라 생각하는 아이에게?"

속 깊게 품어왔던 그 마음이 바로 그때 분명해질 줄은, 그때 확 튀어나와 버릴 줄은 이신원 본인조차 예상하지 못했던 것이었다.

"송구하옵니다."

"더 이상 명을 어기지 말거라. 연심을 품지 말라는 것도 명이다. 지켜 주되, 가까워지지 말라는 것도 명이다."

신원은 쓸쓸하게 고개를 숙여 답했다.

"명 받잡겠나이다."

비참했다. 자신의 꼴이 그저 우습기만 했다. 그녀는 동무로 지내자 선을 긋고, 연적으로서 칼부림을 했던 자는 이겨 낼 수도 없는 힘으로 자신을 찍어 누르고 있었다.

문득, 신원은 고개를 들고서는 말했다.

"하나 묻고 싶은 게 있사옵니다."

이 말은 신원의 상처가 내뱉는 작은 복수일지 몰랐다.

"전하께오서는 빈궁마마를 모두 잊으신 것이옵니까?"

순간, 깊은 대바늘 하나가 튀어나와 헌의 가슴께를 예리하게 꾸우욱 찌르는 듯했다.

그날 밤. 왕 이헌은 꿈을 꾸었다.

"참으로 오래간만이옵니다."

오랜만에 온전한 모습으로 나타난 안씨였다. 꿈에서도 헌은 알수 있었다. 소랑이가 궐에 들어오고 나서 안씨가 살아 있는 모습으로 나타난 꿈을 거의 꾼 적이 없었다는 것을.

"그간 왜 저를 찾아 주지 않으셨나이까."

꿈에서의 안씨는 그리 말하고 있었다.

"내가 찾지 않았다니."

"저하께서 저를 찾으셔야 제가 나타날 수 있는 것입니다."

그런데 이상하게도, 그녀의 주변은 온통 구름에 휩싸인 것처럼 뽀얗기만 했다.

"이리 가까이 오시오. 얼굴이 흐려 잘 보이지가 않소."

예전엔 꿈을 꾸어도 그녀가 생생히 살아 있는 것처럼 느껴졌지만, 지금은 오래된 유령처럼 아스라이 멀게만 보였다. 그녀는 물안개의 한가운데 서서 바람이 불면 훅 사라질 것 같이 흐릿흐릿하게 헌을 바라보고 있었다.

"가까이 다가가서도 저의 얼굴은 흐릴 것입니다. 저하께서 저를 잊어가기에 그렇습니다."

"미안하오."

살아생전 그녀가 원하는 것을 제대로 해 줄 수 없던 헌이었다. 그녀가 죽어서도 미안하다는 말을 해야 하는 것이 미안하고 또 미안했다.

"그간 오랫동안 해결되지 않는 의문이 있었소."

"무엇이옵니까."

안씨를 감싸고 있는 하얀 구름이 저녁놀처럼 붉게 물들어 갔다.

곧 그 구름은 핏빛 시내가 되어 졸졸졸 안씨와 헌의 사이에 흐르기 시작했다.

"빈궁의 죽음이 진정 자결이었는지, 혹은 살변이었는지."

핏빛 시냇물은 곧 둥실둥실 불어나 크나큰 강이 되었다. 그러고는 시뻘건 피가 흐르는 바다가 되었다.

"나는 긴 시간을, 살변이라 믿었소. 그랬기에 나조차도 제대로 된 삶을 살 수가 없었소. 그 살인자가 나의 숨조차 위협할 것만 같아."

안씨는 그 피바다 위에 발목만 잠겨 둥둥 떠 있었다. 그녀의 새하얀 치맛자락이 붉은 핏물에 슬금슬금 젖어 들고 있었다.

"허나 자결이면 어쩌지. 이 궐 생활이 답답하여, 혹은 내가 모르는 새 빈궁이 죽을 것처럼 힘들어하여 스스로 목숨을 끊어 버린 것이면 어떡하지."

눈코 없이 벙긋벙긋 입만 뚫린 궐 내부인들의 모습이 환영처럼 흘러갔다.

"세자 저하, 이는 분명 자결이옵니다."

"궐 생활을 힘들어 한 폐빈이 해서는 아니 될 선택을 하신 것이옵니다."

"저하를 두고 먼저 운명을 달리한 불충한 폐빈을 절대 용서해서는 안 됩니다."

아직까지도 생생히 들려오는 환영들의 목소리에 헌은 몸서리를 쳤다.

"진짜 자결이면, 더더욱 내 곁에서 상처를 받는 자가 있어서는 안 될 것 아니오."

자결인지 살변인지 이 의문이 해결되지 않는 한 헌은 영원히 이 고통에서 벗어나지 못할 것 같았다. 바다 위의 안씨가 헌에게 뭐라 어른어른 말을 하기 시작했다.

"저하, 그것은 신첩이……."

"말소리가 잘 들리지 않는다."

"신첩의 죽음은……."

"좀 더 크게 말을 해보시오. 빈궁, 빈궁!"

그녀의 얼굴이 뭉개져 흐려지는 만큼 그 목소리도 아득하니 멀어지고 있었다.

곧 파도에서 높은 격랑이 일더니, 안씨의 형체를 순식간에 허물어 버렸다. 이제 보이는 것은 핏빛 망망대해뿐이었다. 세상천지에 저 혼자 남겨진 것만 같은 기분에 헌은 어린아이처럼 그녀가 돌아올 때까지 투정을 부리고 싶어졌다.

체통도 체면도 모두 잊고, 그저 엉엉 울면서 돌아와라, 돌아와라 떼를 쓰고 싶은 마음이었다. 이곳에 나를 혼자 남겨 두지 말고, 넋이라도 좋으니 언제까지나 내 곁에 있어 달라고.

"전하, 전하."

이때, 어디선가 그를 찾는 목소리가 들려왔다. 이제 여기서 더 이상 혼자가 아닌 것인가. 이 망망대해에서? 온몸에 번뜩하는 느낌과 함께 헌은 잠에서 깨었다. 애타게 그를 부르며 잠에서 깨운 것은 바로 소랑이었다.

"네가 어찌 여기에 있느냐."

"오늘 번이라 들어왔사온데, 전하께서 이미 잠들어 계셨나이다. 마치 힘든 꿈을 꾸신 듯하여……."

헌은 주변을 한 번 둘러보고 나서 크게 한숨을 쉬며 마른세수를 했다.

"빈궁의 꿈을 꾸었다."

예상했던 일이었다. 헌이 잔뜩 이맛살을 찌푸리고 식은땀을 흘릴 때부터. 그의 꿈에 내게는 반갑지 않은 그 손님이 찾아왔나 했었다.

"오래간만에 빈궁의 넋이 나를 찾아왔나 보구나. 살아 있는 모습이었거든."

그리도 수많은 일이 있었음에도 불구하고, 왕 이헌은 세자빈을 전혀 잊지 못하고 있었다. 소랑은 온몸이 모두 아릿아릿해지는 기분이었다.

말리고 싶은데, 말릴 수가 없었다. 안타깝지만, 안타깝다 할 수도 없었다.

"혹, 오래간만에 다시 빙의를 해 줄 수 있겠느냐."

"네?"

그녀의 얼굴이 차갑게 굳어졌다. 빙의, 라고요?

"아까 더 묻고 싶은 말이 있었는데 묻지를 못했다."

지난날, 저 때문에 이신원 도사와 그리 칼부림을 벌여 놓으시고서 지금 와서 다시 빈궁의 넋을 받으라고요? 제게 입맞춤을 했던 것은 장난이었습니까? 옥새를 찍으며 너는 왕의 것이다, 말했던 것은 농이었습니까? 어째 전하께오서는 7년 전 죽은 여자를 전연 잊지도 못한 채 저를 자신의 것이라 우기는 것이옵니까.

이 빙의는 모두 연기입니다. 저하는 지금껏 저에게 모두 속으신 것입니다. 세상에 빈궁의 넋이란 없습니다. 모든 것은 전하의 머릿속 환영에 불과하옵니다. 이젠 제발 정신 차리시지요!, 라고 말하고 싶었다. 그녀의 안에서는 한 맺힌 여자 하나가 제 할 말을 하지 못해 가슴을 치고 있었다.

그러나 막상 헌의 앞에서의 소랑은 말 한마디를 하지 못한 채 입을 다물고 있을 뿐이었다.

없던 빈궁의 넋을 믿게 한 것도 실은 나 자신이기에. 빈궁의 모습까지 연기해 가며 더 오랜 시간 그녀를 잊지 못하게 한 것도 나 자신이기에. 그렇게까지 나를 아껴 주었던 헌을 모조리 속인 것도, 바로 나 자신이기에.

"꼭 묻고 싶은 것이 있었다."

헌의 나직한 목소리가 이어졌다. 소랑은 더더욱 절망적인 기분이었다. 묻고 싶은 게 무엇이든, 내가 답해 줄 수 없는 것일 게다. 생전에 세자빈이 했던 말과 다른 말로 이것이 거짓임을, 이 모든 게 연기임이 밝혀질 수 있었다.

"그걸 알아야 이 기나긴 고통에서 해방될 수가 있을 것 같구나."

고통은 또 다른 고통을 선사하고 있었다. 이미 소랑의 가슴은 쥐어 짜일 듯이 아프기만 했다. 다시 그 눈빛을 견뎌야 하는 것인가. 나를 죽은 세자빈으로 보는 그 눈빛을?

"그리하겠습니다."

소랑은 결국 고개를 끄덕이고 말았다. 만약 이번 빙의로 끊어 낼 수 있는 게 있다면 끊어 낼 것이다. 헌이 더 이상, 죽은 안씨를 찾지 않게. 모두 잊을 수 있게.

그녀는 조용히 일어나 창문을 닫고 방에 있는 모든 불을 껐다. 헌의 눈앞이 다시 새까만 어둠에 가려졌다. 눈을 감아도 떠도, 아무것도 보이지 않을 만큼 몽롱한 어둠이었다.

그 어둠이 희미하게 물러나 조금씩 조금씩 형체가 보이기 시작할 때쯤, 침착하니 낮게 깔린 목소리가 울려 퍼졌다.

"그간 강녕하셨나이까."

소랑의 몸에 빈궁이 찾아왔다 생각한 순간, 헌에게 눈물이 왈칵 솟구쳤다. 언제나 아프고 절절한 여자였다. 갑자기 주책스럽게 옥루가 뚝뚝 떨어진다고 해도 전혀 이상할 게 없을 정도로.

"빈궁은 잘 있었소?"

대번 달라진 헌의 표정이 소랑에게는 더욱더 큰 상처였다. 심지어 눈물을 흘리기까지. 나를 볼 때는 한 번도 보여 준 적이 없던 애절함이었다. 죽은 안씨를 대면하는 것이 그리 좋단 말인가.

"너무 많이 보고 싶었소. 정말 많이."

헌이 소랑의 두 손을 잡으려 하자 소랑은 그 손을 빼어 뒤로 숨기고 말았다.

"저하께서 절 찾지 않으셔야 제가 이곳을 떠날 수가 있습니다. 이렇게 자꾸 불러내면 아니 되십니다."

"반드시 내가 알아야만 하는 질문이오. 나는 그 답을 찾아야 빈궁의 넋을 놓아주든 말든 결정을 할 수 있을 것 같소."

대체 무슨 질문이길래. 소랑의 손이 긴장감에 파르르 떨려 왔다.

"빈궁은 진정 자결을 하셨소? 아니면 살변이오? 그게 억울해서 떠나지 못하는 것이오?"

하아, 어느 쪽의 대답을 해야 헌이 그녀를 잊을 수 있을까. 자결이라 한들 더욱 큰 죄책감에 시달려 새사람을 들이지 못할 수도 있고, 살변이라 하면 복수심에 불타 더욱 큰일을 일으킬 수 있다.

"저의 죽음은 저 또한 알 수가 없습니다. 죽은 자가 한 사람에게 화를 미쳐서는 안 될 것이지요. 또한 사람의 죽음에 대한 부분은 함부로 누설할 수가 없는 것이옵니다."

어떻게든 세자빈 안씨를 잊게 해야 해. 그녀의 망령에서 벗어나야 왕 이헌의 마음이 모두 정리될 수가 있어.

소랑의 입에선 그녀조차 단 한 번도 상상하지 못했던 말이 튀어나왔다.

"저는 살아생전 저하를 사랑하지 않았나이다."

헌은 다시없는 큰 충격에 휩싸였다. 가슴을 누군가 철퇴로 내리친 듯한 크나큰 충격. 소랑과 입맞춤을 하던 신원을 볼 때보다도 더욱 놀란 얼굴이었다.

"뭐라?"

"말씀 그대로입니다. 저하를 사랑한 적이 없습니다."

그의 얼굴에서 남은 핏기마저 사악— 사라져 버렸다. 내게 그리 애절한 눈빛을 보내던 빈궁이 사실은 나를 사랑하지 않았다고? 전연 믿을 수 없는 얘기에 헌은 제대로 말조차 이어 나갈 수가 없었다.

"아니, 어찌······."

거짓을 고하는 소랑의 눈빛은 오히려 더 단단해졌다. 이러면 그녀를 잊을 수 있을까 하여, 조금이라도 떨칠 수 있을까 하여, 떨치고 잊어 이 조선의 금혼령이 끝날 수 있을까 하여. 그녀는 마저 남은 말을 뱉었다.

"그러니 이제 제발 저를 잊어 주시옵소서."

27

그 어떤 연심도
갖지 않기로 해

그 이후, 이튿날도 사흘날도 왕 이헌은 맥이 추욱 빠져 있었다.

"뭐야, 갑자기 왜 저러셔?"

주변 나인들이 아무리 수군대어 봐도 그 답을 찾을 수 없었다. 왕의 오전 산보 시간, 소랑은 그의 눈치를 살살 보며 뒤를 따랐다. 그녀가 땀을 닦아 주러 가까이 다가가자, 뿌리치는 것도 없이 평소처럼 고개를 숙여 내주는 것도 없이 그저 여름철의 백구마냥 축 늘어져 서 있기만 했다.

"그 말이 정녕 사실이더냐?"

"네?"

"빈궁이 나를 별로 안 좋아했다는 거 말이다."

이미 헌의 영혼은 모두 빠져나가 버리고 육신만 남아 있는 듯했다. 그 말에 이렇게까지 상심하실 줄이야. 괜스레 죄책감이 앞서 소랑은 고개를 조아리며 말했다.

"뭐, 사람 마음을 알 수가 있나요. 살아 있을 때에도 하루에 열두 번씩 좋았다가, 싫었다가 하는데. 심지어 죽은 사람 마음을 어찌 알 수 있겠습니까?"

아마 헌은 한참 동안이나 이 충격에서 벗어나지 못할 것만 같았다. 내가 너무 무리수를 두었나?

"아니, 예전에 빈궁마마께오서 살아계실 때 했던 말씀들이 생각나지 않습니까? 애정 표현이나, 이런 거요."

"애정 표현이라."

헌은 더더욱 어두운 쓸쓸함에 잠기었다.

"빈궁도 나도, 서로 사랑한다는 말을 꺼내 본 적이 없다."

"네? 지금은 이렇게 못 잊어서 안달하시는데도요?"

"나야 그때 너무 못 해준 것이 많아 후회의 세월이 긴 것이지. 그때는 사랑한다, 연모한다, 표현을 하는 것이 그저 어색하고 부끄러웠다."

"빈궁 마마께오서 별말씀 안 하셨습니까?"

"그냥 눈빛으로 알 수가 있었다. 나를 사랑한다는 것."

"혹, 전하의 착각이 아니었고요?"

"지금 와서 생각해 보니,"

헌은 마른침을 꿀꺽 삼키고 나서 말했다.

"그게 나의 착각일 수도 있다는 생각이 드는구나."

그는 산보를 하던 자리에 푸욱— 쪼그려 앉고 말았다. 마치 좋아하는 여자아이에게 고백을 했다가 차인 일곱 살짜리 사내아이 같았다.

"우리가 정말 사랑했을까?"

위로 한숨을 쭈욱 내뿜는 헌.

"그러지 않았다면 지금껏 왜 이렇게 긴 세월 동안 빈궁을 그리워해 온 것이지?"

풀이 죽은 헌의 표정은 복날 맞은 강아지처럼 안쓰럽기만 했다. 그래, 지금은 좀 상심이 크시더라도 이참에 세자빈마마를 잊으셔야 해. 그럼 이제 또 빙의를 하라느니 그런 명은 내리지 않으시겠지?

"그래, 이래 갖곤 해결 방안이 있겠느냐. 직접 물어봐야겠어."

슬픔에 잠겨 있던 헌이 갑자기 벌떡 일어나며 말했다.

"세장아. 성균관 대사성을 지냈던 안지형을 불러오너라."

"네? 누구신데요?"

"세자빈 안씨의 아비다."

헉, 내가 뻥을 쳤던 게 이렇게 또 일이 커지는 것인가? 또 말이 달라지면 어쩌지? 소랑은 헌의 뒤편에서 떡 벌어진 입을 막았다. 아이고, 이걸 또 어떻게 수습한담?

경복궁의 수정전, 소랑은 신기하다는 눈빛으로 주변을 둘러보았다. 아니, 이 방엔 대체 서책이 다 몇 권들이야?

이때, 안지형이 들었다는 목소리가 들렸다. 소랑은 재빨리 몸을 숨기고 헌의 왼쪽 뒤편에 숨었다. 혹 자신의 뺑이 밝혀지진 않을까 하여 여기까지 따라든 것이었다. 헌에게는 빈궁마마에게 아버지의 안부를 전해드리겠다, 말해 놓은 터였다.

"전하, 갑자기 이렇게 신을 찾아 주시고. 참으로 감개무량하옵니다."

일평생 학문에만 전념했을 것만 같은 얌전하고 수줍은 아저씨, 그게 안지형의 첫인상이었다.

"잘 지냈습니까. 저의 장인어른이셨는데. 세월이 세월인지라 얼굴 한 번 제대로 뵙지를 못했습니다."

"자, 장인어른!"

그 말만으로도 안지형의 입술이 소심하게 들썩들썩거리기 시작했다. 그는 곧 소맷부리로 눈가를 쿡쿡 찍었다.

"죄, 죄송합니다. 나이가 드니 주책없이 눈물만 많아져서."

"아, 아닙니다. 여기 손수건 좀 가져오너라."

"아직까지 그 생각만 하면 가슴이 찢어지는 것 같고, 아흑."

안지형의 입장에서는 예쁜 딸을 궐로 시집보내 놓았더니 새파란 시체로 돌아온 꼴이었다. 심약한 아이가 아닌데 자결이라니, 아버지의 충격이 클 만도 했다.

헌은 그의 눈물이 잦아들기를 기다려 조심스럽게 말을 꺼냈다.

"내 사실 궁금한 것이 있어 뵙기를 청했습니다."

아직 상처가 아물지 않은 그에게 자꾸 딸의 이야기를 꺼내는 것이 미안하지만, 그래도 물어야 했다.

"네, 무엇이옵니까."

"혹시 빈궁이 살아생전에 저를 사랑하였습니까?"

"네?"

안지형의 그렁그렁한 두 눈이 당혹스러움으로 가득 찼다. 곧 그는 당연한 것을 묻는다는 듯 두 손을 내저으며 말했다.

"물론입지요. 전하에 대한 충절과 연모의 정이 깊어 저와 만날 때마다 전하에 대한 이야기를 했사옵니다."

"네, 빈궁이 그런 여자인 것은 알고 있으나⋯⋯."

"이렇게 가까이에서 태양을 섬길 수가 있어서 너무나 기쁘다고, 신하로서 충실하게 제 역할을 하겠다며 재차 다짐을 했었지요."

"그러니까 충심은 알겠는데 혹 연모의 정은 어땠습니까?"

"여, 연모의 정이라면 남녀가 서로 사랑하는 마음일진대."

안지형의 말이 살짝 흐려졌다.

"이미 남편으로 맞은 자를 어찌 사랑하지 않을 수 있겠습니까? 당연히 전하를 깊이깊이 연모했을⋯⋯ 것입니다."

어딘가 믿음직스럽지 않은 말이었다. 딸이 궐에 입궁하고 나서의 속사정은 잘 모르는 듯도 했다. 이때 소랑이 헌에게 다가와 슬쩍 귀띔을 했다.

"그럼 충절과 연모의 정이 깊었다 하지요. 아비가 되어서 죽은 딸내미 욕보일 말을 하겠습니까?"

"그, 그치? 너무 당연한 질문이었으려나?"

"제가 보기엔 이렇게 공식적인 쪽 말고 다른 쪽으로 알아봐야 할 것 같습니다."

안지형이 고개를 숙여 물러가고 나서, 소랑이 속삭이듯 말했다.

"자고로 애정 비사에 관련된 건 아비보다는 그 집 몸종이 더 잘 아는 법이지요."

"노비에게 물어보자는 것이냐?"

"네. 저와 잠행 한 번 나가 보시지요."

뭐? 잠행? 변복을 하여 궐 밖으로 나가자고?

"궁금하시다면서요. 진짜 빈궁이 전하를 사랑했던 것인지 아닌지."

"그렇긴 하다만 세자빈의 본적은 강릉이다. 언제 거기까지 다녀 오겠느냐?"

"에이, 그런 건 제가 다 알아서 하겠습니다. 제가 전국에 쫘악 연 결망이 있습지요."

"뭐라?"

"제가 장돌뱅이처럼 전국 방방곡곡을 떠돌아다닌 게 몇 년입니까. 전국의 보부상들은 쫙 꿰고 있지요. 사람 하나 찾는 건 시간문제 라니까요~"

이, 이거 믿어도 돼?

"아니 궁금하시다면서요. 이 진실을 알아야 잠이 오든 말든 할 것 같다 하지 않으셨습니까?"

"그, 그랬지."

왕 이헌은 얼떨결에 고개를 끄덕이고 말았다.

"그럼 승낙이신 것이지요?"

씨익, 소랑의 입매에는 다시 예의 미소가 떠올랐다.

✿

며칠 뒤, 소랑과 왕 이헌이 잠행을 나가기로 한 날이 되었다. 이미 소랑이 보부상들을 통해 강릉 세자빈의 사가에서 일하던 노비와 연결이 되었다 했다.

소랑은 미리 자리를 보아 둔 담 쪽으로 향했다. 수풀이 부성하게 우거져 여기라면 그 누구에게도 들키지 않고 무사히 밖으로 나갔다 올 수 있었다. 신원은 미리 그 주변에 사람이 있는지를 둘러보고 있었다.

"이, 이렇게 나가도 되려나?"

"궐 밖으로 나가시는 게 얼마 만입니까?"

"이런 비공식적인 외출은 7년만인 듯하다."

"으이그, 세상 너무 일직선으로 사셨네. 임금이 이런 것도 해 보고 저런 것도 해 봐야지요."

"그런데 꼭 이렇게 나가야 하느냐."

찌그러진 갓에 다 떨어져 가는 도포. 헌의 옷은 그야말로 몰락 양반의 차림새였다.

"전하의 용안에서 너무 귀티가 좔좔 흘러서 이렇게라도 입지 않으면 다른 사람들이 그 정체를 눈치채고 맙니다."

한쪽에서 신원이 쓰윽 다가와 물었다.

"그, 그런데 나도 이렇게 입어야 돼?"

신원은 한 10년 떠돌이 생활을 한 보부상 차림이었다. 귀공자같이 고운 얼굴과는 상당히 부조화스러운 복색이었다.

"내 평생 이렇게 더러운 꼴은 해 본 적이 없는데."

"왜에? 잘 어울리는데. 어서 우리 월담이나 하자."

"잠깐, 그런데 왜 너만 이렇게 곱게 입었냐?"

소랑 혼자만 규중 아씨처럼 곱고 예쁘게 차려입은 모습이었다.

"권세 있는 사대부가의 아씨 흉내를 내야, 노비들이 질문에 답을 잘한다고."

그게 왜 너만 잘 입어야 하는 이유인지 제대로 납득이 되지는 않았지만, 일단 신원은 훌쩍 담을 넘어 주위를 둘러보았다.

"네, 올라오셔도 될 것 같습니다."

"먼저 소랑이를 끌어올리거라."

"네엡, 가겠습니다요옷~"

연둣빛 치마를 입은 소랑이가 저 먼 곳에서부터 우다다다 달려오기 시작했다.

'우이짜—'

허나 도움닫기가 부족한 탓인지 소랑이 한 번에 담을 넘기엔 높이가 모자랐다.

신원이 그녀의 두 팔을 쭉 끌어당기자, 소랑이 담벼락에서 디딜

곳 없이 발버둥을 치는 모양새가 되고 말았다.

"저, 전하. 죄송한데 저 좀 밀어주시겠습니까?"

"너, 너 지금 이 나라의 임금을 밟고 올라서겠다는 것이냐?"

"빨리 가지 않으면 돌아올 때 동이 틀 것입니다요. 빨리요."

헌은 하는 수 없이 소랑의 신발을 두 손으로 받쳐 주었다.

"이, 이거 갖고는 힘이 부족한데요. 혹시 전하. 어깨를 밟아도 되겠습니까?"

왕에게 버릇없기로는 정말 답도 없는 그녀였다.

"에휴, 그래. 여기 이쪽을 밟거라. 여기, 여기."

허나 소랑이 발을 디딘 곳은 바로 왕 이헌의 이마였다. 그 이마를 밟고서 휘익, 담 너머로 내려가는 소랑. 이미 헌의 이마에는 선명한 신발 자국이 나 있었다.

"네 이년을 그냥! 예전엔 왕의 용안에 손톱자국을 냈다 하여 폐여진 왕비도 있었다."

담 너머에서는 아득한 목소리가 들려왔다.

"그럼 저 쫓아내시든가요. 전하, 빨리 안 넘어오시고 뭐하십니까?"

아우, 내가 애를 괜히 따라나선다 한 것이지. 헌은 이를 빠드득 갈며 마저 따라 담을 넘었다.

별이 보슬보슬 밝은 밤. 말 두 필이 남산으로 달리기 시작했다.

'아놔, 이것도 마음에 안 들어.'

헌이 속으로 삐죽, 투덜거렸다. 소랑은 신원의 말을 타고 있었다.

"세자빈은 간택이 되는 것을 좋아하셨소?"

남산의 한 정자, 거의 할머니가 된 몸종이 소랑의 앞에 앉았다. 그 뒤에선 왕 이헌이 부채로 얼굴을 가린 채 슬쩍 이들의 이야기를 듣고 있었다.

"에이, 아니지요."

뭐? 아니라고? 부채 뒤 헌의 눈이 휘둥그레졌다.

"확실합니까?"

"절대 그럴 리가 없습니다."

할매 몸종은 7년 전 일을 회상하듯 아련하게 이야기했다.

"아니, 한창 뛰어놀기를 좋아할 그 나이에 아무리 왕세자와 혼인을 한들 좋을 것이 무엇입니까? 이제 부모님 계시는 사가에도 오지 못하고 평생 답답한 궐에 갇힐 생각을 하니 영 죽어 버릴 것 같다 했었습니다요."

"정말요?"

"궁에 들어가기 싫어서 울고불고 짜는 것을 억지로 어르고 달래 보냈지요."

이 말에 헌은 얼음처럼 굳어지고 말았다. 상상도 못 했던 일이었다.

"궐에 들어간 이후에 빈궁마마를 뵌 적이 있소?"

"아니오. 사가가 강릉인데 한 번 쉬이 발걸음 하시겠습니까? 것도 임금이 한 번도 안 보내 줬다고 투정을 부리는 걸 서신에서 보았습니다."

"마마께서는 사가를 많이 그리워하셨겠네요?"

"아무래도 그러셨을 것입니다. 우리 몸종들, 노비들 이름 하나하나를 수놓으신 작은 손 주머니까지 만들어 주시곤 눈물을 방울지게 떨어뜨리며 가셨으니까요. 그런데 그런 변고를 당하실 줄은……."

할매는 소맷부리로 눈가를 쿡쿡 찍었다.

"아이고, 그랬군요."

소랑이 할매의 두 손을 잡고 위로를 해 주고 있을 때, 헌은 슬쩍 소랑을 불렀다.

"여 보거라. 궐에 들어오기는 싫어했지만 들어와서는 날 사랑했을 수도 있지 않느냐."

"에헴, 그러실 줄 알고 한 사람을 더 불렀지요. 이리 오시지요."

그녀가 할매 노비 다음으로 부른 건 한 아지매였다.

'앗, 저이는?'

헌도 얼굴을 아는 자였다. 바로 세자빈 안씨를 가장 가까이서 모시던 나인이었다. 모시던 빈이 폐하여졌으니 함께 궐 밖으로 출궁하게 된 것이었다.

헌은 부채 뒤로 얼굴을 더욱 깊숙하게 숨기며 생각했다. 저자가 하는 말이면 믿을 만할 터인데……

소랑의 질문은 단도직입적이었다.

"당시 세자빈마마께서 세자 저하를 별로 좋아하지 않으셨다는데 사실입니까?"

그 여자는 큰 비밀을 들켰다는 듯, 호들갑스러운 손짓을 해 보였다.

"아이고, 그걸 어찌 아셨습니까?"

"아니, 왜요. 혹시 세자 저하를 싫어하기라도 하셨습니까?"

그녀는 고개를 굳건히 끄덕였다.

"차라리 그쪽에 가까웠지요."

뭐? 날 싫어했다고?

헌은 하마터면 부채를 내려 큰 소리로 되물을 뻔했다. 그 모습을 본 소랑이는 그러면 속에 있는 얘기가 나오지 않을 것이라면서 얼굴을 잘 가리고 있으라, 입 모양과 손짓을 보냈다.

"당시 세자 저하께서 좀 어리시지 않았습니까? 고부간의 갈등 관계. 이 오묘한 세계를 어찌 아셨겠어요. 거의 시부모님만 스무 분을 모시는 것과 다름없는데. 해결을 해 주시긴커녕, 그런 게 있는지조차 모르셨죠."

"아이코야."

"세자빈마마께서는 아예 기대도 안 하고 말도 꺼내질 않으셨지요."

"그것 때문에 엄청 힘들어하셨나 봅니다."

"아요, 말도 마세요."

소랑은 취조하듯이 한쪽 눈썹을 치켜올리며 말했다.

"궐 생활도 별로 좋아하지 않았고, 세자 저하도 별 좋아하진 않았다?"

"뭐, 신하로서의 책임감은 있으셨으나, 남편에 대한 믿음은 그닥?"

"이거 새로운 사실인데요?"

"꼭 비밀 지켜 주셔야 합니다. 다들 세자빈마마 하면 살아생전 절개가 뛰어났던 이로 기억하고 있는데, 속에 그런 마음 품고 계실 줄은 누가 알겠습니까."

헌은 다시 한 번 제대로 충격을 받았다. 완전히 얼이 빠져 버려 옆에 있던 신원이 괜찮으시냐 확인을 할 정도였다. 소랑이가 조심스럽게 그다음 말을 물었다.

"혹, 그건 알고 계십니까? 궐 내부에선 모두 자결이라 결론을 내렸지만 사실 세자빈마마께서 자결을 할 이유가 별로 없었다고요. 가장 가까운 측근이면 그때 마마의 마음결을 아실 것이 아닙니까."

허나 그 여자에게서는 특별히 건질 만한 답이 돌아오지 않았다.

"실은 저도 그 이튿날 흉사를 목격한지라 그 사인은 전혀 알 수가 없었습니다. 이후 저에게도 여러 번 조사차 같은 질문을 하셨었지만 모르는 사실을 안다 말할 수는 없지 않습니까."

"그래요?"

"다만 혹시 자결이라 하더라도 그것이 세자 저하 때문인 것은 절대 아닙니다. 그냥 좀 싫어하는 정도였으니까요."

조금 싫어하는 정도였다고? 싫어하기까지? 싫어해?

헌에게는 이 소리만이 귀에 뱅글뱅글 맴돌았다.

아아, 일찍이 입어 본 적 없는 잔인한 상처였다. 그냥 내가 잘 표현을 하지 않는 만큼 그녀 역시도 표현이 없는 줄 알았다. 언제나 곧고 올바르고 현명한 모습을 보여 주기에, 속에 그런 마음을 숨기고 있는 줄은 상상도 하지 못했다.

남몰래 나를…… 싫어, 해? 다시 헌의 맥이 쭈욱— 빠졌다. 그는 터덜터덜 언덕 쪽으로 걸어가 쭈그려 앉아서 멍하니 한양의 밤거리를 보았다. 정말 제대로 충격을 먹은 듯했다. 소랑은 신원의 옆구리를 쿡, 찌르며 말했다.

"뭐해, 어서 가서 좀 챙겨드리지 않고?"

그렇게 신원이 그쪽으로 향하는 것을 확인하고는 소랑은 몰래 수풀 뒤편으로 가서 할매 노비와 아지매에게 몇 푼의 돈을 챙겨 주었다.

'오늘 수고하셨소. 입막음 단단히 하는 거 잊지 마시고요.'

'네네~ 물론입지요.'

'여기 약속했던 돈입니다. 받으시지요.'

'감사합니다.'

그렇게 소랑이 둘에게 소곤소곤 돈을 찔러 보내고 있을 때, 갑자기 청천벽력과 같은 목소리가 들려왔다.

"너, 지금 뭐 하는 거야?"

헉, 심쿵 간쿵, 간이 확 쪼그라들어 버리는 듯했다. 그녀의 손모가지를 잡아채는 이는 바로 이신원이었다.

"아우, 깜짝이야. 너 절로 안 갔었어?"

"네가 뒤편에서 뭐 수군대나 싶어 가지고. 너 혹시 다 사기였던 거야?"

소랑은 눈이 튀어나올 듯 놀라, 절대 아니라며 두 손을 휘이 휘이 내저었다.

"안 그러면 돈을 저기다가 왜 줘? 혹시 지금까지 모든 게 다 사ㄱ⋯⋯?"

그녀는 신원에게로 덥석 달려들어 손으로 그의 입을 막았다.

"조용히 좀 못 해?"

신원은 아예 그녀의 손목을 잡아끌고 나무가 빽빽이 서 있는 어두운 쪽으로 향했다.

"너 지금 뭐한 거야? 그럼 세자빈마마께서 전하를 별로 안 좋아했다, 뭐다, 다 뻥인 거야?"

"흐읍, 그러니까!"

"이게 진짜, 사기 칠 게 있고 아닐 게 따로 있지."

"그럼 어떻게 해! 이렇게 해서라도 금혼령을 끝내야지."

"뭐?"

"전하께오서는 만날 빈궁, 빈궁 타령이고. 빈궁을 못 잊고서는 이 나라 금혼령이 끝날 기미가 보이질 않는데. 이렇게라도 해야지."

"그래도 왕을 기만하는 거 아냐, 이거는?"

"왕을 기만하는 건 너도 했잖아, 이누마."

"뭐?"

그 말에 신원의 눈이 대번 가늘어졌다.

"너 저번에 나한테 어? 그거? 그러면 돼? 안 되지!"

지금 이 얘기까지 다시 나온다 이거지.

"이거 봐, 나 다 말할 거야. 방금 거 사기였다고. 니가 돈 써서 사람 부린 거라고!"

신원이 소랑의 손을 뿌리치며 당장에 왕에게 모든 걸 일러 버릴 듯이 움직였다.

"안 돼! 동무끼리 이러기냐?"

그녀가 신원의 팔을 절박하게 붙잡았다. 이게 사기인 게 밝혀지면 어제 그 빙의가 거짓이었던 게 드러날 것이고, 내가 원래 빙의가 안 되는 사짜 점쟁이인 게 밝혀지고, 지금껏 임금을 꾸준히 속여 왔다는 것이 밝혀지면?

난 이대로 참수형이다!

"신원아, 그러지 마. 나 진짜 죽는 꼴 보고 싶어?"

소랑은 간곡히 매달렸다. 니가 가면 내가 죽는다. 그녀를 뿌리치려 팔을 흔들던 신원은, 한 번 화를 참으려는 듯 후우~ 한숨을 깊게 내쉬었다.

"그래, 그래. 편안하게. 다시 생각해 봐. 네 동무가 궐에서 죽어 나가면 좋겠어?"

"이거 말 안 할 테니까 한 가지만 약속하자."

"약속? 뭔데?"

"전하께 마음 주지 마."

뭐라고? 소랑은 일순 잡고 있던 신원의 팔을 놓았다.

"마음 주지 마. 몸도 주지 마. 둘 다 안 돼."

목 끝에서부터 시큰한 것들이 밀려왔다. 머리가 온통 찬 공기로 차오른 듯한 기분. 두피의 열이 싸늘하게 식어 가는 느낌이 들었다.

그녀를 내려다보는 신원의 눈빛은 한없이 진지하고 또 진지했다. 그날 밤처럼, 거침없이 입맞춤을 했던, 그날처럼.

"그 어떤 연심도 갖지 않기로 나랑 약속해."

28

죽은 페빈이
버젓이 살아서
돌아다니고 있대

"그 어떤 연심도 갖지 않기로 나랑 약속해."

소랑은 한참 만에 천천히 입을 떼었다. 그녀의 답은…….

"그래."

이쯤에서 일이 더 커지지 않게 마무리를 해야만 했다. 오늘 돈을
주어 사람을 쓴 것이 드러나면 내가 지금껏 거짓을 말했던 모든 것
들이 줄줄이 밝혀지고 만다. 다행히 아직 신원은 그녀가 사짜 점쟁
이라는 것까지는 눈치채지 못한 듯했다.

"이미 전하를 좋아하고 있는 건 아니고?"

이렇게 열심히 나서서 세자빈을 잊게 하려는 모든 것들이 사실 왕을 향한 연심에서 비롯된 것은 아닌가, 싶었던 신원이었다.

"아니야."

소랑은 고개를 조용히 내저었다.

"어떻게든 이 일을 잘 끝내고 궐 밖을 나가는 게 내 목표라 했잖아. 그러니까 우리 더 큰 일 벌이지 말자. 너도, 나도."

결국 그녀의 말은 신원의 마음도 더 커져서는 안 된다, 당부하는 것이었다.

"비밀 꼭 지켜 줘야 해."

"너도 약속 꼭 지키는 거야. 전하에 대한 그 연심, 키우지 않는 걸로."

❀

민가에서는 흉흉한 소문이 들려왔다. 혼인 적령기의 아가씨들을 보쌈해 가는 범행이 점점 늘어나고 있는 것이었다.

이제는 아예 노총각이 직접 아가씨를 보쌈해 가는 것이 아니라, 처녀들의 보쌈을 전문적으로 해 주는 보쌈꾼 조직이 생겼다. 그들은 체계적인 방법으로 규방의 아씨들을 납치해, 돈을 준 노총각들에게 등급별로 처녀들을 팔아넘겼다.

즉, 일종의 인신매매이자 약탈혼이었다.

따로 국청을 설치해 그 조직의 윗대가리를 잡으려 해 보아도, 보쌈꾼 조직의 실체를 밝히는 것은 쉽지 않은 일이었다. 혼인 적령기 처녀들의 혼인을 공식적으로 금지해 버린, 금혼령 시대의 어두운 풍경이었다.

아가씨들이 함부로 밖에 발걸음 하기가 더더욱 힘들어졌다. 부모들은 혹여나 내 딸이 납치를 당할까 하여, 더더욱 깊은 안채로 딸들을 숨기기 시작했다.

"그러니까, 나 같은 남자가 꼭 필요하다 그러네."

인사골의 애달당. 다리를 꼬며 허세를 부리는 이는 신원의 밑에 있는 의금부 졸개, 춘석이었다.

뚱뚱한 몸에 짧은 다리. 인상으로 봐서는 보쌈꾼들을 만나면 걸음아, 날 살려라 도망을 갈 듯 하지만, 지금 그는 해영의 앞에서 한 명의 듬직한 남자이고 싶은 모양이었다. 차를 내려 주던 해영은 절레절레 고개를 저었다.

"이렇게 허튼수작을 부리실 거면, 그냥 가시지요. 네?"

"아니, 해영인 무슨 걱정이 있어. 오빠가 지켜 준다니까. 내가 이래 봬도 금부에서 일하는……."

"졸개가 아니냐."

문간에서 우렁찬 목소리가 들려왔다. 시익, 시익, 끓어오르는 화를 감추지 못하고 있는 자는 다름 아닌 정도석이었다. 뒤에는 덕훈과 왕배가 도석의 뒤에 빼꼼히 숨어 있었다.

아니, 저게 우리 해영 아씨에게 무슨 막말을!

"어머, 오늘도 패설책을 갖고 오신 거여요?"

도석을 본 해영의 눈이 화악 밝아졌다. 춘석을 볼 때와는 다른 사뭇 다른 얼굴. 이에 도석의 화가 조금 풀어졌다.

요새의 도석은 매일매일 패설책을 들고 애달당에 출근하다시피 하며 해영의 환심을 사기 위해 노력하고 있었다.

"너무 감사해요. 만날 이런 건 다 어떻게 구하시어요?"

"말했지 않았소. 요청하는 건 다 구해다가 줄 수 있다고."

뒤에서 덕훈과 왕배가 킥킥거렸다.

'그러니까 십구금 분야의 책들도⋯⋯.'

'어헛, 간신히 변태의 인상에서 벗어나고 있는데 조용히 좀 하시오.'

도석이 뒤로 속삭여 주의를 주고서는 해영에게 씨익 느끼한 미소를 지어 보았다. 춘석은 괜히 다가와 책을 뒤적이며 어깃장을 부렸다.

"아니, 이런 상상 속의 연애 이야기에 집중할 때가 아니라니까. 밖에선 보쌈꾼들이 기승을 부리고 있어. 해영이같이 예쁜 아가씨라면 더더욱 조심을 해야 하구."

"거 금부에 속해 있단 사람이 보쌈꾼들 안 잡아가고 여기서 뭐 하고 있소?"

"열 여자 백 여자 지키면 뭐하나. 내 여자를 지켜야지."

"내, 내 여자는 누가, 이씨!"

이러다 자칫 도석과 춘석이 서로 달려들어 쌈이 붙을 것만 같았다. 그것도 아주 개싸움이.

"그만들 하셔요. 더 흉흉한 소문이 있는데 이는 못 들으셨어요?"

"무, 무슨 소문이?"

해영은 주위를 한 번 둘러보고, 조심스럽게 얘길 꺼냈다.

"바로 죽은 폐빈이 살아 돌아왔다는 소문이요!"

모두 대번 해영의 말을 부정했다.

"에이, 거짓부렁."

"말도 안 돼."

"어떻게 죽은 폐빈이 살아 돌아와. 유령이야?"

해영은 똘망똘망 눈을 동그랗게 뜨고 말했다.

"진짜 유령일지, 아니면 폐빈이 진짜 살아 있었는지는 모르지요."

"폐빈이 살아 있었다고? 그럼 7년간 내려진 이 금혼령은 뭐야?"

"또 모르지요. 우리 모두 헛고생을 한 것인지."

춘석이 주먹을 부르르 떨며 말했다.

"헛고생이라기엔 너—무 길었다!"

도석은 오히려 의심스럽다는 얼굴을 했다.

"그냥 저잣거리 뜬소문이지 않소. 괜한 이 나라를 들썩이게 하려는 풍문일지 모르오."

"그렇다기엔 진짜 폐빈을 목격했다는 사람이 적지 않던데요? 누군가는 절간 연못에서, 누군가는 물가에서 봤다고 합디다. 그것도 아주 대례복을 곱게 차려입고서요."

가례를 올릴 때 입던 그 옷까지 차려입고?

"에이, 진짜 세자빈이면 대례복 입고 다니겠소?"

"억울하게 죽은 세자빈 안씨의 원한 때문에 이 조선에 저주가 내려졌다는 소문이 있으니, 아마 유령이지 않을까요?"

이때 개이가 2층에서 내려와 버럭 소리를 질렀다.

"해영이 네가 괜히 쓸데없는 말을 전하는구나."

"일어나셨어요? 요새 초저녁잠이 많으시다더니."

"만약 그게 진짜 세자빈의 유령이면, 여기 주인장 소랑이가 하는 일은 뭐가 되겠느냐."

"그야 언니가 하는 일은 사……."

흐읍, 말조심하지 못할까? 개이의 매서운 눈빛이 돌아왔다.

"사, 사, 사랑스러운 일이지요. 언제나 임금님과 함께 있으니 사랑이 꽃피어나지 않겠어요? 아하하하~"

해영의 어색한 웃음이 이어지는 가운데, 애달당의 문을 두드리는 이가 있었다. 나타난 이는 바로 신원이었다.

"개이 할배, 잠시 얘기 좀 나누시지요."

신원은 개이를 데리고 달빛이 하얗게 내려오는 뒤뜰로 향했다.

"지금은 궐에 있어야 하실 때가 아닙니까?"

"전하의 잠행을 모시다가 전하와 소랑이를 궐로 들여보내고 나는 이쪽으로 온 것이오. 그보다 저번에 그 전갈은 어찌 알고 보낸 것이오? 궐 밖으로 나오자마자 큰 변고를 당할 뻔했소."

"소랑이의 목숨을 노린 누군가가 자객을 보낸 것이지. 소랑이의 이번 달 운세에 살殺이 껴있기에 그리 말한 것이오."

"누가 자객을 보냈는지는 모르시고?"

"추정이 가는 자가 있으나 아마 지금은 조사를 해도 증거가 부족할 것이오. 자객들을 다 해산시키든 어떻게든 했겠지."

신원은 고민스럽게 자신의 턱을 쓰다듬었다.

"이래 가지곤 의뢰한 자를 잡을 수 없지 않소."

"분명 때가 있을 것입니다. 그들이 다시 소랑이를 노릴 때가. 그때 역공을 하는 수밖에 없습니다."

"아니, 소랑이가 떠돌이로 살며 원한을 사지 않고서야 누가 그 목숨을 노린답니까?"

개이는 자못 의미심장한 목소리로 말했다.

"크게 될 사람에게는 고난과 시련이 따르는 법입니다. 화를 모두 피한다고 능사는 아니지요. 견디어 낼 수 있는 건 견디어 내고 맞서 싸울 것은 맞서 싸워야 합니다."

크게 될 사람이라?

"소랑이 목숨을 노리는 자는 더욱 집요해질 것입니다."

저릿저릿한 초조함이 밀려오는 말이었다.

"애달당에 오는 것은 당분간 삼갈까요?"

"아니오. 살殺의 기운은 물러갔으니 당분간은 괜찮을 것입니다. 오히려 금혼령의 이러한 풍경을 전하께 생생히 전해 드리는 것이 좋겠지요."

"그렇군요."

얘기를 마친 개이와 신원이 애달당으로 돌아왔을 때,

해영에게 치근덕대던 춘석과 안으로 들어오던 신원의 눈이 정면으로 마주쳤다.

"춘석아, 예서 뭐하는 게냐. 할 일이 태산 같은 것으로 알고 있는데. 내가 요새 왕명을 받고 있다 하여 너의 일을 태만히 하는 것은 아니겠지."

"아, 아닙니다요."

도석은 신원에게 쪼르르 달려가 말했다. 지난번에 둘은 춘화첩 사건으로 한창 추격전을 벌인 바 있었다.

"도사님, 저 춘석이 놈이나 좀 잡아가세요. 금혼령 시대에 아씨에게 추파나 보내고 말이야."

"제가요? 설마요. 노사님, 어디까지 가십니까? 제가 따라가겠습니다."

춘석은 도석에게 얄밉다는 듯 눈을 한 번 흘기고서 신원을 쫄래쫄래 따라 나갔다. 신원이 애달당 앞에서 말에 올라타고 있을 때 춘석은 의외의 얘기를 꺼냈다.

"저, 혹시 이 소문 들어 보셨습니까?"

"무슨 소문?"

"이 도성 안에 죽은 폐빈이 다시 살아 돌아왔다는 소문 말입니다."

"술상을 내어 오너라."

왕 이헌이 며칠째 밤마다 내린 명이었다. 원녀와 세장이 심신이

상할까 저어된다며 말려도 멈추지를 않았다. 소랑이 그만 마셔라, 바로 옆에서 술잔을 빼앗아 봐도 소용이 없었다.

"이 세상 살아서 무엇하느냐. 7년간 그리워했던 빈궁이 사실은 나를 좋아하지도 않았는데! 심지어 싫어했다는데! 우에—"

언제나 체통을 잃지 않고, 근엄한 기운을 유지하던 왕이었다. 그러나,

'저는 살아생전 저하를, 사랑하지 않았나이다.'

그 말 한마디에 헌은 제대로 무너져 버리고 말았다. 이렇게 며칠 가다 말겠지, 했지만 헌의 상태는 점점 더 심각해지고만 있었다. 요새는 아예 술잔을 벗 삼고 술병을 베개 삼아 잠들고 있었다.

"우에에— 내 7년 세월을 어찌하라고! 돌려 내!"

"빈궁, 흑흑, 어찌 내게 그럴 수 있소. 나를 싫어했다니이이. 그 모든 게 거짓이었소오오!"

"우아아아아악! 뿌레꾸렉또핥."

하루는 잔뜩 술을 섞어 마시고는 토사광란을 벌인 적도 있었다. 그 위에서 헤엄치듯 버둥버둥 허우적대는 왕 이헌. 소랑은 그날에서야 이해할 수 있었다. 광란의 '광狂'이란 것이 이런 의미였구나, 왕이 제대로 미쳤구나.

"전하, 정신 좀 차리시옵소서. 그게 그렇게 정신 붕괴이시옵니까?"

"빈궁, 빈구후후후후훙."

왕 이헌이 앞에 있던 소랑을 얼싸안았다. 술김에 나와 안씨를 또 착각한 것인가? 소랑은 순간 뺨을 한 대 날릴 뻔했다. 정신 차리시

라고오오! 젤 싫어하는 게 그 헷갈려하는 눈빛인데, 진짜!

"아니, 이제 빈궁마마를 잊고 간택에 임해 새로운 비를 들일 생각을 해야지, 언제까지 과거만 그리실 것이옵니까."

"나에겐 이제 더 이상 미래가 없다."

"미래가 없기는요. 금혼령에 고통받는 이 나라 백성들을 생각하시옵소서. 왜 그들의 미래까지 망치려 하십니까."

"우오오오오! 왕이 혼인을 못하는데 누가 혼인을 하려 하느냐! 우오옥!"

"이 말 모태 설로들 앞에서 했다가는 민란 일어납니다요. 아오! 정신 좀!"

왕이 며칠째 광란을 벌이고 있다는 소식에 불안해진 건 신원이었다. 이미 백성들로부터 떠도는 소문을 들은 바 있었다. 그 소문이 왕 이헌에게 닿기라도 하면 그의 불안한 내면은 걷잡을 수 없는 광기로 폭발할지도 모른다. 그 여자를 당장 잡아 와라, 부터 해서 어떤 미친 짓을 할지 모르는 것이었다.

허나 한편으로는 신원 역시 긴가민가해지는 것이었다. 정말 세자빈이 살아 있는 것이면 어떡하지? 궐에서 분명 죽어서 나갔다 하였는데, 이 모든 것이 누군가에 의해 탄탄히 짜여진 음모라면? 이 조선에 혼란을 일으키기 위한 계획이라면?

하아, 신원은 고개를 저었다. 나까지 이렇게 헷갈리고 있어서는 안 된다. 그래, 모두가 뜬소문일 것이다.

그로부터 며칠 뒤. 오전 산보를 가던 왕 이헌이 우뚝 서서 갑자기 주먹을 불끈 쥐었다.

"그래, 결심했어."

"무엇을 말이옵니까?"

옆을 따르던 소랑이 다가와 물었다.

"이제부터 술은 아니 마시기로."

"아? 정말요? 참으로 잘 생각하셨습니다. 그래요, 그러다 속 다 버리십니다."

"이제부턴 나 혼자 빈궁을 사랑하겠어."

네에? 이게 또 웬 개소리인가?

"소랑아, 들어 보아라. 요 며칠째 내가 빈궁을 잊어보려 노력하였지만 그게 잘 안 되질 않았느냐."

"아니, 그런 과정들을 견디어야 사람을 잊지요."

"내가 힘든 건 빈궁에게 사랑을 받으려 했기 때문이다."

"아니, 이미 돌아가신 분 사랑을 지금 받을 수는 없……."

"이젠 나 혼자 사랑하겠어. 빈궁이 날 사랑하지 않았다고 해서 내 사랑이 없어지는 것은 아니지 않느냐."

잊을 생각은 도무지 없으신 것입니까?

"아프다고 여기서 포기하시면 안 됩니다. 그 통증에 함락되어 버리셔도 안 됩니다. 그저 억지 부리지 말고 모든 게 자연스럽게 잊히도록 기다리시옵소서."

소랑의 진중한 말에도 헌의 입술은 샐쭉하게 삐죽였다.

"쳇쳇쳇, 싫어 싫어 싫어."

이분 이거 제대로 삐뚤어지셨구먼. 어찌해야 이 상태를 정상으로 되돌리나, 고민을 하고 있을 때 담장 너머로 나인들 몇 명이서 수군 거리는 소리가 들려왔다.

'요새 소문 들었어? 죽은 폐빈이 버젓이 살아서 돌아다니고 있대.'

소랑이 깜짝 놀라 고개를 번쩍 들었다. 그 행렬의 모두가 같은 표정이었다.

'뭐어? 아예 관이 궐에서 나갔었는데 그게 무슨 소리야.'

'살아서 관에 들어갔을 수도 있지. 얼굴 생김새부터 음전한 자세까지, 딱 폐빈이래.'

'그래, 그래 나도 들었어. 대례복까지 쫙— 빼입고 도성 내 곳곳에서 나타난다는데? 그걸 목격한 사람이 한둘이 아니야.'

'아니, 근데 그게 유령이야, 살아 있는 사람이야?'

'동서남북 신출귀몰한다는 거 보면 유령 아닐까?'

'피부 혈색이나 숨 쉬는 소리가 살아 있는 사람과 똑같다던데?'

'이러다가 왕실에까지 나타나는 거 아냐? 꺄아— 무서워.'

'원래 전하께서도 가끔 죽은 폐빈 보고 그러셨잖아.'

그 숙덕거리는 소리에 행렬 모두가 얼음처럼 굳어지고 말았다.

이, 이게 대체 무슨 소리인가. 모두들 뜨악한 표정으로 왕 이헌의 안색을 살폈다. 누구보다도 가장 딱딱하게 굳어져 눈만 깜빡이고 있는 것이, 바로 헌이었다.

"지금 무슨 소문이라 하는 것이냐?"

"저, 저는 잘 못 들었는데요?"

소랑이 고개를 잘게 저으며 부인을 해 보았다.

"나는 똑똑히 들었는데."

"저, 전하. 갈 길이 바쁘시지 않았습니까? 어서 마저 걸음을."

쾅— 하는 폭발음같이 헌의 고함 소리가 터져 나왔다.

"뭐하느냐! 당장 저 나인들을 데려오너라!"

호위 무사들이 우르르 먼지를 내며 달려가 담 너머에서 수다를 떨던 나인들을 끌고 왔다. 이것 놓아라, 반항을 하던 나인들이 왕 이헌을 보자마자 사르륵, 바닥에 무너지고 말았다. 엄마, 나 이제 죽었소.

"방금 했던 말이 모두 사실이렷다!"

백두산 호랑이의 포효만큼이나 무섭고 거친 목소리였다.

"소, 소녀. 죽을죄를 지었사옵니다."

하도 몸을 바들바들 떨어 이대로 실신해 버릴 것만 같은 나인들.

방금 했던 입방아가 헌에게 얼마나 큰 충격인지 알고 있기나 할까. 이번엔 소랑에게 제대로 정신 붕괴가 왔다.

'죽은 폐빈이 버젓이 살아서 돌아다니고 있대.'

그 말이 소랑의 귀에 주문처럼 맴돌았다. 안씨가 살아 있다면, 대체 지금까지 소랑이가 빙의 연기를 한 게 다 무엇이 된단 말인가.

"소랑아, 이들이 한 말에 대해서 어찌 생각하느냐."

화의 불똥이 소랑에게로 튀었다.

"그러니까 소녀는……."

"제대로 대답하지 못할까?"

413

"모, 모두 저잣거리 뜬소문이 아니겠습니까?"

"아니 땐 굴뚝에서 연기가 날까, 이를 목격했다는 사람이 한둘이 아니라 하지 않느냐."

"절대로 빈궁마마께서 살아 있을 리 없습니다. 말 꾸며 내기 좋아 하는 사람들이 하는 사특한 소리입니다."

헌의 등 뒤로 무시무시한 검은 기운이 뻗쳐올랐다.

"그렇다면 유령이란 말이냐?"

"그것도 아니라 사료되옵니다."

"빈궁의 넋을 받는 자가 어찌 그것도 모른단 말이냐? 대체 그 정체가 무엇이길래!"

이때 어디선가 신원의 목소리가 들렸다.

"그 정체는⋯⋯."

나인들이 꿇어앉을 때부터 호위 무사들의 곁에 있던 신원이었다.

"제가 밝혀내겠습니다."

왕 이헌과 신원의 눈빛이 매섭게 부딪혔다. 신원은 그 정체를 알 게 된 걸까? 죽어서 다시 나타난 세자빈의 실체에 대해?

29

진짜,
빈궁이 맞지 않았더냐

북촌골의 깊은 야밤, 안지형은 누마루에 앉아 작은 호롱불을 벗
삼아 서책을 읽고 있었다.

하아, 그런데 웬일인지 그렇게 즐거웠던 책 읽기가 오늘따라 지루
하기만 했다. 서책이 재미없는 날도 있다니 흔치 않은 날이로구나.

지난번 왕 이헌이 자신을 불렀던 이후로 우리 딸, 자연이에 대한
추억이 더더욱 자주 떠올랐기 때문이었다.

왕 이헌과 마찬가지로 안지형의 시계 역시 7년 전에서 멈춰 있었

다. 그저 적응되지도 않은 아픔을 견디어 딛고 살아갈 뿐이었다.

혹자는 그녀의 존재가 7년 금혼령의 원흉이다, 저주의 화신이다, 차마 입에 담지도 못할 욕을 하기도 했지만, 여전히 아버지 안지형에게는 그저 한없이 귀엽고 어린 예쁜 딸로만 기억되고 있었다.

"하아, 딸을 너무 똑똑하게 키워 놓은 게 함정이지."

아비를 닮아 남다른 머리를 자랑했던 자연이었다. 그저 가정교육을 잘했을 뿐인데 이렇게 간택에 쭉쭉 통과해 세자빈의 자리에 오를 것이라고는 예상하지 못했었다.

"아휴, 오늘따라 왜 이렇게 보고 싶으냐. 자연아."

그렇게 이른 나이에 시집을 보낸 딸의 모습이 유난히도 눈에 밟히는 밤이었다.

그러다 한순간,

송곳 같은 바람이 날카로이 불어와 그가 의지하고 있던 작은 호롱불을 껐다. 주변은 순식간에 어둠에 사위었다.

"바람 님이 이만 들어가 자라고 하시는구나."

안지형은 서책들을 들고일어났다. 그는 조용히 중얼거리며 등불도 없이 손을 더듬어 안방으로 향하고 있었다.

"꿈에라도 나왔으면 좋겠구나. 자연아."

바로 이때, 안지형의 눈앞에 바로 그 꿈 같은 일이 실제로 벌어졌다.

어두운 마당 한가운데 한 여자가 서 있었던 것이다. 앞뒤를 식별할 수 없는 새까만 어둠이었지만 안지형은 그녀를 보는 순간 한눈에 알 수가 있었다.

이건 딸이다. 내 딸 안자연이다. 그가 얼음처럼 굳어졌다.

"내 딸, 자연이 왔느냐."

안지형은 최대한 태연하게 그녀에게 말을 걸었다. 너무 성급히 그녀에게 다가서면 그대로 사라져 버릴 것 같아서였다.

어둠 속 그녀는 붉은 대례복을 입고 있었다. 그녀가 왕세자 이헌과 가례를 올릴 때 입던 옷. 그 치렁한 옷이 가녀린 몸에 무겁게 얹어져 마치 옷 안에 갇혀 있는 듯 보였다.

"네가 어떻게 나에게 온 것이냐."

그녀는 목소리를 내지 않았다. 다만 눈물이 아른거리는 눈으로 자신의 아비를 바라볼 뿐이었다. 안지형의 눈에서는 주책없이 눈물이 흘러내렸다.

"오랜만에 보아도 너무나 예쁘구나, 딸아. 마치 살아 있는 것만 같아. 붉게 물든 뺨 하며, 피부의 혈색 하며 마치 어제 떠난 것처럼 곱기만 하구나."

그때만 해도 안지형은 그녀가 그리움이 불러온 환영인 것으로만 생각했다. 그도 그럴 것이 실체도 그림자도 없는 그 모습이니.

바로 그때, 그녀의 머리 위에서 산 까마귀가 까악까악 불길한 소리를 내며 날았다. 그녀는 깜짝 놀라 '어머나' 작은 소리를 내며 몸을 움츠렸다.

어? 환영이라기엔 너무 현실적인 반응이었다. 그제야 안지형은 이게 환영이 아닐 수도 있다는 생각을 했다.

"자연아, 혹시 네가 살아 있는 것이냐?"

정말 살아 있다면, 7년간 죽어 있다 생각한 그녀가 살아 있다면? 소름 돋는 일이었다. 안지형은 그녀에게로 한걸음 한걸음 다가섰다. 그녀의 얼굴에 다소 당황의 빛이 스쳤다. 그리고 한순간, 안지형이 눈을 깜빡하는 사이, 그녀의 형체는 유령처럼 사라져 버리고 말았다.

이럴 수가 있나? 안지형은 깜짝 놀라 주변을 휘휘 둘러보았다. 그러나 아무리 둘러보아도 그녀의 머리카락 한 올조차 찾을 수가 없었다. 진정 내가 꿈을 꾼 것인가? 아니면 유령에게 홀린 것인가.

"딸아, 딸아."

그의 목에선 끓어오르는 듯한 소리가 났다. 형체도 흔적도 없이 완벽히 자취를 감춘 딸의 빈 공간에서 안지형은 깊은 야밤인 것도 잊고 목 놓아 외치고 말았다.

"어디에 갔느냐, 딸아! 돌아오거라아아아아!"

아비의 안타까운 부르짖음, 거기에는 깊이를 잴 수 없는 절망이 가득 감겨 있었다.

"에이, 귀신이 어디 있어."

소랑이 내뱉는 냉정하고 개구진 목소리. 그녀는 오래간만에 애달당에 돌아와 앉아 개이와 이야기를 하고 있었다.

"아암, 있어도 그런 귀신은 없지. 어떤 귀신이 이렇게 사람들한테 동시다발적으로 목격이 돼? 나 잡아가시오, 나서지 않는 이상."

"그치요?"

이때 말에게 물을 먹이느라 잠시 자리를 비웠던 신원이 들어왔다.

"신원아, 너는 뭐 그때 알고 말한 거야? 정체를 밝혀내겠습니다?"

"아는 게 뭐가 있어. 나도 소문 들은 지가 엊그제인데."

"근데 어떻게 그렇게 정색을 하며 말했던 거야?"

신원은 탁탁, 겉옷의 먼지를 털며 말했다.

"소문을 퍼뜨린 자가 바라는 게 뭐겠어. 왕이 이 소식 듣고 정신
붕괴에 빠지는 거 아니야. 어떻게든 확실한 태도로 안심을 시켜드
려야지."

"이놈 뻥이었구먼. 이거 사기꾼 다 됐어."

"사기꾼은 무슨. 내가 너냐?"

"체, 그래서 뭐 알아낸 거라도 있어?"

그는 도성 내 지도를 꺼내 귀신을 보았다, 목격된 장소에 동그라
미를 쳤다. 우물가, 빨래터, 절간의 연못 등. 모두 소문내기 좋아하
는 아낙들이 모인 곳들 위주였다.

"봐 봐, 일부러 눈에 띄려고 여기 서 있는 것 같지 않아?"

"얼, 오래간만에 의금부 도사 같은데?"

"분명 속임수가 있는 것 같아. 맨 백성들이 세자빈 제대로 본 적
도 없는데 그 얼굴을 어찌 알겠어? 대례복 입고 돌아다니니까 죽은
세자빈이겠거니, 하는 거지."

"그래, 그저 비슷한 대역이겠지."

이때 해영이 밖에서부터 헐레벌떡 뛰어와 그들의 앞에 당도했다.

"언니! 이번엔 진짜 빼박이에요!"

"빼박이 뭐야?"

"빼도 박도 못한다고요. 그 대례복 귀신, 진짜 폐빈이 분명해요. 폐빈의 아버지가 직접 그 유령을 봤대요."

"뭐라고?"

"얼굴 생김새부터 키, 자태, 모든 게 우리 딸이 틀림없다, 인증을 했다던데요?"

아버지 인증까지?

"근네 아버지도 확신할 수가 없대요. 자기가 유령을 본 것인지, 살아 있는 걸 본 건지."

소랑이 듣기엔 이건 확실한 수작이었다. 살아 있는지 유령인지 헷갈리게 해 온 국민을 미궁에 빠뜨리는 거지. 그렇게 갑론을박이 있을수록 더욱더 소문과 논란은 커지고, 사람들은 더더욱 큰 의심에 사로잡힐 것이다.

"그 여자, 내가 잡는다."

소랑이 무릎을 '탁' 치고서는 일어났다.

"정체는 네가 밝혀. 잡아 족치는 건 내가 한다."

그녀의 눈엔 승부 본능이 번뜩거렸다.

"한 번 해 보자 이거야. 그런데 말입니다. 신원아."

"어, 왜?"

"그 대례복이란 게 아무 데서나 만들 수 있는 거야?"

곧 신원의 눈에도 같은 빛이 번뜩였다.

"아니, 대례복은 왕의 침선장밖에 못 만들어."

허락된 시간은 애달당에서 지내는 이틀밖에 없었다. 빠르게 움직여야만 했다.

그들이 말을 달려 찾아간 곳은 왕의 침선장, 김찬만의 집이었다.

눈이 침침하도록 나이가 든 영감이라, 어찌 바느질을 다 할까 싶었지만, 소랑이 자초지종을 말하는 그 짧은 순간 내에 그는 용이 승천하는 모양의 자수를 모두 완성했다.

이분 최소 재봉 기계이신데? 이 정도 실력이면 대례복 하나 만드는 것쯤은 순식간일 것 같았다.

"혹 최근에 대례복을 만드신 적이 있습니까? 비빈이 가례를 올릴 때 입던 것으로요."

"이 나라의 충신으로서 다시 만들기만을 기다리고 있지."

그는 아련한 회상에 잠긴 듯 말을 이었다.

"벌써 그런 대례복 만든 지가 10년이 넘었어. 어서 이 조선의 비가 간택이 되어야 내가 만든 옷을 입고 혼례를 올릴 텐데."

듣자 하니 그 말이 거짓 같지는 않았다. 대례복을 다시 만들고 싶다는 그의 눈빛에서 깊숙한 진심이 느껴졌기 때문이었다.

"어디 보자. 아가씨의 치수로 한 벌 만들어나 볼까? 이 나라의 중전감을 기다리면서 말이야."

소랑은 고개를 도리질하며 손을 내저었다.

"아네요. 그렇다면 혹시, 누군가가 그 옷을 모방하여 만들 수도 있나요?"

"그건 나밖에 못하는 특별한 기술이야. 다른 곳에선 쉬이 시도할 수조차 없지."

"흐음, 그렇군요."

이래 가지고는 별다른 소득이 없었다. 소랑과 신원이 상심 가득한 표정을 나누고 있을 때.

"이거 알고 있나? 가례 때 입은 옷은 그 옷을 입은 자, 개인의 소유가 된다네. 다시 국가에 반납하는 게 아니야."

"그럼 지금 이 조선에 남아 있는 대례복이라고는 없겠네요."

"혹시 아나. 마지막으로 입은 자의 유품 중에 있을지."

의외의 단서였다.

"그래요?"

그들이 다음으로 향한 곳은, 바로 북촌 안지형의 집이었다. 뵙기를 청하고 잠시 후, 그들의 앞에 앉은 안지형의 눈은 보기 애처로울 정도로 벌게져 있었다.

"혹시 간밤 내내 우셨습니까?"

그는 다시 소심하게 소맷부리로 눈가를 찍었다.

"주책스럽게도 울음이 그치지를 않아서요."

"자꾸 불편한 얘길 해서 죄송합니다만,"

소랑이 조심스럽게 말을 꺼냈다.

"간밤에 본 것이 진짜 따님이 맞습니까?"

"진짜, 진짜였습니다."

"깊은 어둠에 잘못 본 것은 아니었고요?"

"그러기엔 꽤 가까이서 얼굴을 마주하였습니다. 한 번 손을 잡아 보려 했더니 풀썩 그 형체가 사라지고 마는 게 아니겠습니까?"

그 말은 저잣거리에 떠도는 '세자빈 유령설'에 힘을 보태 주고 있었다. 계속 충혈된 눈을 비비고 있는 안지형에게 더욱 어려운 부탁을 해야만 했다. 신원은 나지막한 목소리로 말했다.

"혹시 저희가 유품함을 열어 볼 수 있겠습니까?"

"유, 유품함은 왜요?"

"금부에서 꼭 조사할 것이 있어서요."

"지금껏 만지면 닳아 버릴까 하여 쉽사리 손도 대지 못한 것이었습니다. 너무 소중해서요."

"그래도 꼭 확인해야 할 것이 있습니다. 더 이상 이 나라의 혼란을 가중시켜서는 안 되겠지요."

망설이던 안지형은 나라를 위한 뜻이라는 데에 동의했는지, 안방에 들어가 무거운 유품함 상자를 가지고 왔다.

두근두근.

소랑과 신원은 긴장으로 차오른 가슴을 안고 서서히 유품함을 열어 보았다.

"어?"

거기엔, 대례복이 없었다. 안지형 역시 이에 잔뜩 당황한 듯했다.

"자주 열어 보지도 않던 유품함인데 물건이 없어지다니!"

"누가 여기까지 와서 마마의 대례복을 훔쳐간 듯싶습니다. 생각해 보세요. 유령이 대례복을 훔쳐가서 그걸 입고 다니진 않겠지요."

"그, 그럼 내가 본 것이 환영이 아니고 실제였단 말이오?"

"환영은 아니었을 겁니다. 허나, 진짜 빈궁마마는 아니었을 것입니다."

그에게서는 다시 또 눈물이 쏟아지기 시작했다.

"누가 자식을 가슴에 묻은 부모의 마음을 농락한다 말이오?"

슬픔이 가득 차 울분이 터지는 듯한 목소리였다.

"먼저 죽은 자식을 품고 살아야 하는 이 부모의 마음을, 어찌 이렇게 후벼 파 놓을 수가 있단 말이오!"

"아마 확실한 인증이 필요했나 봅니다. 아비가 딸의 얼굴을 확인했다는 저잣거리 소문이요."

"크흐흐흑."

한이 맺힌 듯 눈물을 흘리는 안지형의 안타까운 모습에, 소랑의 눈에서도 곧 촉촉한 물기가 번졌다.

"걱정 마세요. 저희가 그 범인을 꼭 찾아낼게요."

'우우우우—'

깊은 야밤, 정말 오래간만에 들리는 귀기의 소리. 강녕전에서 혼자 상소문들을 읽고 있던 왕 이헌은 멈칫, 하던 일을 멈추었다.

'우우우우우—'

다시 한 번 세찬 바람이 음침한 소리를 품고 불어왔다. 소랑이, 소랑이는 어디 있지? 아, 오늘 사가에 가는 날이었지.

헌은 바로 연못으로 갈 채비를 하라 명했다. 묘한 예감이, 참을 수 없는 충동이 그를 끌어당겼기 때문이었다. 어제 나인들의 수군거림을 들었을 때 손끝이 저릴 정도로 분노가 치밀었지만, 다른 한편으로는 작은 희망이 생겼었다.

'나도 그 모습을 다시 볼 수 있을까.'

그 역시 눈으로 보고 확인하고 싶었다. 그녀가 유령인지, 혹은 살아 있는 사람인지. 실은 이 나라에서 세자빈이 가장 살아 있기를 바라는 사람이 바로 왕 이헌이 아니겠는가.

헌과 안씨가 예전에 함께 배를 띄워 두고 뱃놀이를 하던 그 연못에는 예전만큼이나 뽀이얀 물안개가 잔뜩 껴있었다. 그 때문인지 눈을 감으나 뜨나 꿈결 속의 한 장면 같아 보였다.

바로 이때, 물가에서 누군가의 형체가 어른어른 피어나기 시작했다. 헌은 참을 수 없이 떨리는 마음으로 그 모습을 지켜보았다. 아니나 다를까. 이제는 왕궁에까지 소문의 그 여자가 나타난 것이었다. 바로, 세자빈 안씨가.

7년의 세월 동안 꿈결이 아닌, 귀기의 소리가 아닌, 이렇게 눈앞에 보이는 실체로 나타난 것은 처음이었다. 혈색이 살아 있는 양 볼,

깊은 눈매 모두 살아 있을 때와 별다를 것이 없었다.

"빈궁이 오셨소."

처연하기만 한 그녀의 얼굴 앞에서 헌 역시 조심스러워졌다. 헌은 최근 그를 가장 아프게 했던, 그 말을 꺼냈다.

"소랑이에게 얘기는 들었소. 날 사랑하지 않았었다고. 허나 그건 상관없소. 내가 빈궁을 사랑한 것이면, 그걸로 되었으니까."

빙의된 몸이 아니었다. 진정 그녀가 내 앞에 서 있었다. 보고도 믿기가 힘들었다. 검은 구름들이 몰려와 그나마 작은 빛을 내리던 달빛을 가리어 버리고 말았다. 그로 인해 그와 안씨 사이의 거리는 꿈에서 보았던 만큼이나 멀어졌고, 어두운 물안개에 잠긴 그녀 역시 꿈결만큼이나 흐릿흐릿했다.

"잠시만 손을 잡아 주시겠소?"

불면 날아갈까, 왕 이헌은 정말 천천히 한걸음 한걸음 그녀에게로 다가갔다. 손을 잡으면 믿을 수 있을 것 같았다. 내 앞의 그녀가 진정 유령인지 아닌지.

진짜 살아 있는 인간이라면 이 손을 붙잡고 절대 놓아주지 않을 생각이었다. 그녀를 놓쳐 다시 긴 세월을 후회하는 일은 추호도 하고 싶지 않았다. 그리고 철저히 알아낼 것이다. 7년의 세월 동안 그녀가 어디에 있었는지.

그러나 헌이 가까이 다가오자 풍덩─ 하는 소리와 함께 안씨의 형체는 물거품처럼 사라지고 말았다.

"어, 어찌 된 것이냐?"

가슴이 터져 버릴 것만 같았다. 그리도 조심을 했는데 이렇게 허무하게 사라져 버리다니. 풍덩, 소리가 난 걸 보면 물에 들어간 건가?

헌은 연못가로 혼비백산 달려가 안씨의 작은 흔적이라도 찾으려 했다. 그 소리를 따라 물속으로라도 들어갈 기세였다. 내시 세장과 원녀가 휘청거리는 그를 힘겹게 막았다.

헌은 흔들리는 동공으로 둘에게 물었다.

"이번엔 너희들도 보았느냐."

원녀와 세장은 잠시 눈을 마주치더니 고개를 끄덕였다.

"진짜, 빈궁이 맞지 않았더냐."

그들 역시 인정을 할 수밖에 없었다.

"네, 진짜 빈궁마마셨습니다."

헌은 끓어오르는 듯한 목소리로 포효했다.

"그럼 이게 대체 어찌 된 일이란 말이냐."

30

뭐?
소랑이가
본명이 아니라고?

애달당에 있던 소랑에게 빨리 입궐하라는 전갈이 왔다.

"네? 전하께서 빈궁마마의 넋을 마주하셨다고요?"

놀란 신원과 소랑의 눈이 동시에 허공에서 부딪혔다. 그럼 안지형의 집에 나타났던 그녀가 심지어 궐에까지 들어갔단 말인가?

야밤, 신원과 소랑은 말을 급히 달려 궐로 향했다. 소랑이 혼비백산 달려간 곳은 그 연못이었다. 거기에서는 아직도 왕 이헌이 일어나지도 못한 채 망연자실 물가를 바라보고 있었다. 소랑은 그만 가슴께가 무너지는 것만 같았다.

퀭해진 눈, 야윈 볼, 야무짐을 잃어버린 입매. 그 잘생긴 이목구비가 무색하도록 그의 얼굴엔 검디검은 구름이 내려앉아 있었다.

세자빈의 귀기를 씻어 내겠다고 입궁하여 했던 모든 것들이 모두 수포로 돌아가는 것만 같았다. 왕 이헌의 상태가 처음 입궐했을 때보다 더욱 심각해진 것이었다.

너무, 속상했다. 분을 못 이길 만큼 화가 났다. 소랑은 그의 곁으로 다가와 까칠한 말을 내뱉었다.

"아파하지 마십시오."

가까이서 본 그의 표정은 더욱 처참했다. 모든 감정이 화르르 타 버리고, 그저 검은 재만 남아 있는 듯했다.

"태양이 빛을 거두면 온 사위가 어두워지겠지요. 전하께서 불행해 하시면 이 조선 전체가 불행해집니다. 왜 이렇게 혼자서 힘들어하십니까. 전하께서 아파하시는 만큼 더 아픈 사람이 있다는 것을 모르시겠습니까?"

"누가 내 이런 마음을 이해할 수 있겠느냐."

"이신원 도사와 제가 정체를 밝혀내겠다 하지 않았습니까. 조금만 더 기다려 주시면 될 것을."

헌은 다시 고개를 돌려 그저 하염없이 연못가를 바라보았다. 그 여자가 사라진 자리를 한없이, 또 한없이. 그런 그를 바라보는 소랑 역시 온 속이 쓰라려졌다.

'휘익—'

그녀는 헌을 끌어당겨 가슴으로 그를 감싸 안았다. 웬일인지 그는 새끼 강아지만큼이나 순순히 품 안에 안겨 있었다.

"그녀는 빈궁마마가 아니옵니다."

소랑의 온기는 따뜻했다. 품에서 품으로 전해지는 그 온기가 가슴 안으로 스며들어 얼어붙은 심장을 조금이나마 녹여 주는 듯했다.

"자꾸 세상에 기댈 곳이 없다, 내 마음 알아주는 곳이 없다 말씀하지 마시고, 소녀를 믿어 주시옵소서."

헌의 감은 눈가 사이에 뜨거운 옥루가 흘러내렸다. 소랑은 어쩐지 슬픈 예감이 들었다. 그가 세자빈 안씨를 완전히 잊는 것은 불가능하다는 것. 어쩌면 나는 이 왕명을 결국 이루지 못한 채, 이 궐을 떠날 수도 있다는 것.

소랑은 하염없이 뽀얀 물안개를 바라보았다. 형체도, 모양도 없지만 아마 이 연못을 메워 버리지 않는 한, 이 물안개는 영원히 여기 있을 것이다.

🌸

이튿날 새벽부터 소랑은 신원을 깨워서 그 연못 주변을 이 잡듯이 뒤지기 시작했다.

"그래, 아직 포기하긴 일러. 이 물안개! 인간의 힘으로 한 번 없애 보겠어."

소랑은 온 수풀을 찾아 뒤지면서 그때의 수로를 찾아 헤맸다. 다시 귀기의 소리가 났다면, 누가 또 수로를 설치한 것이리라. 이번 가짜 세자빈으로 조선을 뒤집어 놓은 놈들이 저번 귀기의 소리로 왕궁의 분위기를 흉흉하게 하던 그놈들과 같은 패거리라는 의미였다.

"찾았다!"

한참 수풀 속을 뒤지던 소랑이 숨겨져 있던 수로의 끝을 찾았다. 최근에 다시 파묻은 것인지 그 위에만 풀이 나지 않고 검은 흙이 덮여 있었다.

"이게 뭐야?"

"귀기의 소리는 무슨. 이게 다 인간의 수작이란 거지."

"저번에 연못 귀신 없었다고 그렇게 자랑질을 하더니 빈 수로를 찾아낸 거였어?"

이신원, 요새 자꾸 예리해지는데?

"이 수로가 연못 귀신이지. 이상한 소리 '우우우ー' 내고 그랬으면."

소랑은 눈알을 위아래로 굴리며 말을 돌릴 만한 거리를 생각했다.

"신원아, 그나저나 너 그때 보니까 수영 좀 하더라?"

"왜?"

이거 이거 뭔가 또 일을 꾸미려고 하는 게 틀림없다. 신원의 뒷골에 슬슬 불안감이 엄습해 왔다.

"그때 뭔가가 풍덩 빠지는 소리가 들렸다면서. 물에 들어가 봐야 그 빠진 게 무엇인지 찾지."

"그게 사람이면 아직까지 거기 있겠어? 이미 물귀신 되었게? 전하께서 그 자리에 한참을 앉아 계셨는데도 별다른 건 보지 못했다고 하셨어."

"그럼 사람이 아닌가 보지."

"뭐?"

"들어가 봐."

엽기적인 그녀가 따로 없었다. 소랑은 눈앞의 신원에게로 점점 한걸음 한걸음 다가섰다. 이에 발맞춰 뒷걸음질을 치던 신원이 당황하여 외쳤다.

"소, 소랑아. 장난이지?"

"내가 또 이런 걸로 장난을 치는 그런 인물이 아니지. 왜, 금부에서 어떻게든 그 정체를 찾겠다면서. 니가 지금까지 한 게 뭐야?"

"그, 그래서 여, 연못으로?"

"어흐흐흐으응—"

소랑이 난데없이 들짐승의 소리를 흉내 냈다. 깜짝 놀란 신원이 연못가에서 중심을 잃었을 때, 그녀는 망설임도 없이 그의 어깨를 휘익 밀어 버렸다.

'풍덩—'

아, 조사라는 게 이렇게 몸으로 때우는 거였나?

"어푸어푸, 우리 동무래매. 너 우정 진짜 장난 아니다."

"빨리 그 밑에 봐 봐."

물에 쫄딱 젖어 버린 신원은 소랑을 한 번 얄밉게 흘기고는 후욱— 잠수를 해서 물 안으로 들어갔다.

뿌옇고 파란 청색의 연못 물. 생각보다 그 안은 무척 깊었다. 숨을 가뜩 참고 내려가 보았지만 바닥에 닿기가 쉽지 않아 신원은 몇 번이나 자맥질을 해야만 했다. 그가 가장 깊이 들어갔을 때,

'어? 저거 뭐지?'

빛이 잘 닿지 않는 깊은 물에서 무언가가 반짝, 하고 있었다.

한참을 쭈그려 앉아서 신원이 자맥질하는 것을 보던 소랑이 흠칫 하며 물가로 다가갔다.

'어? 왜 이렇게 조용하지?'

신원이 물에 들어간 지 한참이 되었는데도 나오질 않았다.

'죽었나?'

놀란 소랑이 세수하듯 물에 얼굴을 박고서 눈을 깜빡깜빡 떴을 때!

'푸아앗―'

바로 앞에서 신원이 물에 둥실 떠올랐다. 금빛을 내는 커다란 무언가를 안고서였다.

"헉, 이거 뭐야?"

"경대야. 사람 키만 한."

환관들이 회의실로 쓰는 공간인 장방長房. 이곳에 소랑과 신원, 원녀와 세장이 모였다.

"그래서 거울을 설치하여 여자가 연기처럼 사라지는 효과를 냈다?"

"그렇지요. 이렇게 스르륵 사라져서 충격과 공포를 주는 게 아니겠습니까?"

"풍덩, 하는 소리가 났던 것이 바로 그 때문이었구나."

433

"그간 우물가, 빨래터, 절간 옆의 연못가. 모두 물 근처였던 이유가 여기 있네요."

신원의 말에 소랑이 책상을 잘게 치며 채근했다.

"그러니 마음이 급하다는 게 아닙니까?"

"아니, 왜?"

"정말로 그 여자가 연기처럼 사라진 게 아니라면 아직 이 궐에서 나가지 못했을 가능성이 큽니다."

"뭐어?"

그래, 바로 어젯밤에 나타난 여자면 아직 출궁을 하지 못했을 수도 있다.

"상선인 차 내관님과 제조상궁인 원 상궁님의 도움이 절실히 필요합니다."

"그래, 우리가 어찌하면 좋겠느냐?"

허당의 모습을 많이 보여 주긴 했지만, 상선은 종 2품, 제조상궁은 정 5품으로 궁인직宮人職 중 가장 높은 자리에 있는 자들이었다.

"아마 여자로서 이 궐에서 가장 신분을 감추기가 쉬운 것이 바로 궁녀겠지요. 바로 저처럼요. 출입궁 궁녀도 있고 하니, 그들 틈에 섞여 밖으로 빠져나가는 것이 어렵지 않을 겁니다."

"당장 출입구를 폐하고 궁녀들을 살펴봐야겠구나."

"원 상궁님께서는 궐 궁녀의 얼굴은 거의 다 알고 있지 않으십니까. 어제 봤던 빈궁마마 닮은 그 여자의 얼굴은 더더욱 똑똑히 기억하실 테고요."

원녀가 벌떡 일어나 고개를 끄덕였다.

"그래, 소랑아. 내가 어떻게든 그 여자를 찾아볼게."

소랑은 내시 세장을 바라보며 부탁했다.

"혹, 내금위內禁衛에 오늘의 사태를 알리고 왕궁의 호위를 강화하라 할 수 있겠습니까."

"그리하라는 왕명을 받아 오겠네."

모두의 발걸음이 바빠졌다.

"신원아, 우리는 조금 더 그 여자가 숨어 있을 만한 곳을 수색해 보자."

"가능하다면 궐내 순작을 도는 의금부 관원들을 동원해 볼까?"

"그래, 한시라도 빨리 찾아야 해. 그 여자가 아직 이 궐에 갇혀 있을 때."

온 궐이 들썩이면서 다시 소문이 불길처럼 번지기 시작했다. 어젯밤에 나타난 폐빈의 원혼이 사실은 커다란 경대를 활용한 속임수에 불과하였고, 아직 죽은 폐빈을 사칭한 여자가 궐 밖으로 나가지 못했으니 숨어 있는 그 여자를 찾아야 한다고, 한참을 떠들썩하게 했던 '세자빈 유령설'은 사실무근에 불과하다는 것을.

제조상궁 원녀가 너른 마당에 궁녀들을 모아 놓고 한 명 한 명의 패牌와 이름이 적힌 장부, 그리고 얼굴들을 대조하고 있을 때였다. 내금위장 김의준이 마당으로 들어와 원녀를 마주했다.

"원 상궁님, 대략의 소식은 듣고 왔습니다. 이 궐에서 수상한 궁녀를 찾고 있다지요."

"네. 제가 궁녀들의 얼굴을 거의 알고, 또한 폐빈의 얼굴 또한 알고 있으니."

"허나, 이번 일이 궐의 높은 이들과 관련이 되어 있을 가능성을 생각해 보지는 않으셨습니까?"

그래, 이것이 혼자서 꾸밀 만한 일은 아니야.

"이제부터 조사는 내금위에서 직접 진행하도록 하겠습니다. 의금부 관원들도 모두 철수하라 이르도록 하지요. 아마 그것이 더 공정할 것입니다."

김의준은 더욱더 굳건한 목소리로 말했다.

"이름을 감춘 궁녀가, 높으신 분들의 비호 아래 그 얼굴을 숨겨 버리지 않게요."

"아, 네. 알겠습니다."

원녀가 고개를 끄덕였다. 이때, 소랑은 의금부 관원들과 함께 궐의 구석구석을 이 잡듯이 뒤지고 있었다.

"어디 숨겨 둔 대례복이라도 나올 법한데."

모두들 눈에 불을 켜고 그 여자의 작은 흔적이라도 찾으려 하고 있을 때, 돌연 위에서 명이 내려왔다.

"도사님, 내금위에서 의금부 관원들 조사에서 손을 떼고 해산을 하라는 명이 내려졌습니다."

이에 신원이 놀라 물었다.

"내금위에 이 사건이 넘어간다고? 분명 의금부 관할이었는데."

"자세한 것은 저도 잘……."

"그래? 소랑아. 여기 좀 있어 봐. 나 위쪽에 좀 갔다 올게."

"어, 알았어."

소랑은 조사를 하던 의금부 관원들이 철수를 하는 뒷모습을 지켜보았다.

"일이 어떻게 되고 있는 거야?"

그렇게 혼자 남겨진 소랑이 다른 내전으로 향하고 있을 때! 갑자기 내금위 관원들이 몰려와 우르르 그녀의 주변을 둘러싸기 시작했다.

"아니, 이게 지금 뭐하는 짓이옵니까!"

"신분이 제대로 밝혀지지 않은 수상한 궁녀를 찾아내라, 명을 받았습니다."

"그렇다면 잘못 찾아오셨소. 나는 지밀나인으로 일하고 있는 소, 아니, 순아라 하오."

생각해 보니 신분을 가장하여 이 궐에 들어와 있는 건 다름 아닌 나 자신이었다. 그들은 궁녀들의 이름이 적힌 장부를 뒤적이며 물었다.

"지밀에 속한 순아라. 성씨가 어떻게 되오?"

그녀는 흠칫 당황해 입을 막았다. 매일 원녀가 순아, 순아 부르는 것만 들었지 단 한 번도 성씨를 들어 본 적 없었기 때문이었다.

"가만있자. 내가 김가인가? 아니, 박가인가?"

흔한 성씨들을 대어 보며 내금위 관원을 떠보아도, 그의 얼굴엔 조금의 빈틈도 보이지 않았다.

"아이고, 궐에서 오래 지내다 보니 내 성씨도 까먹네, 그려."

어떻게든 이 상황에서 벗어나고자 소랑이 능글맞은 웃음을 지었다.

"장부에 적힌 이름엔 순 씨라고 되어 있소만."

"아! 그렇지요. 아 참, 나에게 여기 패牌가 있소. 여기 순아라고만 쓰여 있던 게 그것이로구만. 궐 출입을 할 때 쓰는 패요."

관원이 미심쩍은 눈으로 그녀가 건넨 패를 확인했다.

"장부에 따르면 나인 순아는 크나큰 지병으로 몸져누운 것으로 되어 있는데."

"아핫, 그거 나은 지가 언제인데요? 소녀 이제 아주 사지, 육신 멀쩡 완전 건강합니다요."

"일단 수상한 궁녀들은 모두 잡아들여 조사를 하라 하시니, 저희와 같이 가 주셔야겠습니다."

"뭐, 뭐라고요? 아니, 그 제안을 대체 누가 한 것인데. 이보시오, 이보시오!"

소랑은 순식간에 금군들에게 팔을 붙들리고 말았다.

"제조상궁 원 상궁님과 상선 차 내관님을 불러 주십시오. 그분들이 나의 신분을 증명해 줄 것이옵니다."

"높은 분들의 비호를 받는 궁녀일수록 더더욱 경계를 하라는 명이 있었습니다."

뭐?

"연관이 되어 있는 궐 내부인들까지 철저히 조사를 하라 하셨습니다. 아무래도 그 두 분 역시 함께 조사에 들어가야 할 것 같습니다."

가짜 세자빈 사건에 우리가 조사를 받게 된다고? 그야말로 자승자박의 꼴이 따로 없었다.

"내 얼굴을 보시오. 내가 어딜 봐서 죽은 빈궁마마와 닮았다 하는 것이오."

"저희는 폐빈 안씨를 뵌 적이 없습니다."

소랑은 그렇게 금군들에게 붙잡히고 말았다. 생각해 보니 신분을 감추고 오랫동안 궐 생활을 한 수상한 나인은 바로 나 자신이었다. 내가 괜히 일을 또 크게 벌린 것인가? 아, 여기서 어떻게 해야 빠져나갈 수 있으려나. 왕 이헌을 팔아야만 하나. 안 돼. 나와 연관된 높은 분들까지 싹 다 조사가 들어간다고 했어.

세자빈의 넋을 받기 위해 사특한 점쟁이가 지밀나인으로 들어왔다는 소문이 퍼지면, 더더욱 '세자빈 유령설'에 힘이 더해지는 것이었다. 절대 나의 정체가 밝혀져서는 안 된다.

'철컹철컹—'

결국, 소랑은 내금위 내부의 옥사에 갇히고 말았다. 곧 천지를 호령하는 듯한 우렁찬 목소리가 들려왔다.

"너의 정체는 무엇이냐."

어우, 깜짝이야. 절간에 들어설 때마다 우락부락, 흉한 인상에 어마어마한 크기로 서 있던 사천왕상을 다시 보는 줄 알았다.

김의준. 바로 이 조사를 넘겨받게 된 내금위장이었다.

"고하지 않았습니까. 지밀에 소속된 나인 순아라고."

"순아가 아직도 궐 밖 사가에서 병치레를 하고 있다는 것이 조사에서 드러났다. 어디서 거짓을 고하고 있느냐!"

김의준은 더더욱 험악한 얼굴로 소랑을 겁박했다.

"어서 진짜 이름을 대지 못할까!"

이때 문간에 나타난 원녀가 그 이름을 부르짖었다.

"소랑아. 예서 뭐하는 게냐!"

그녀가 내금위 옥사에 갇혀 있다는 소식에 바람처럼 달려온 것이
었다.

"이름이 소랑이렷다?"

어쩌다 보니 바로 이름을 알려 준 꼴이 되고 말았다. 원녀는 버럭
하며 김의준에게 소리를 높였다.

"지금 뭐하시는 겝니까. 가짜 세자빈으로 추정이 되는 자를 잡으
라 하였지 우리 지밀 소속의 나인을 잡아가시다니요."

"이 나인 역시 수상하기 이를 데가 없습니다. 신분을 감추어 궐에
나인으로 일을 하고 있다니요. 이를 감춰 준 자들 역시 큰 벌을 받
게 된다는 걸 모르시옵니까."

"전하께서 총애하는 나인입니다. 이 사실이 알려지면 내금위장이
큰 벌을 받게 될지도 모릅니다."

"그리하더라도 수사는 공정히 해야겠지요."

옥사에 묶여 있던 소랑이 원녀에게 고개를 절레절레 흔들어 보였
다. 더 이상 연관이 되지 말라는 뜻이었다. 곧이어 세장과 신원이
들어왔다. 신원은 김의준에게도 지지 않을 듯한 우렁찬 목소리로
말했다.

"이미 금부에서도 신원을 보장하는 나인입니다. 더 이상 추궁은 그만두시고 이 아일 풀어 주시지요."

세장이 이를 거들었다.

"그렇습니다. 지금은 하루빨리 가짜 세자빈을 사칭하여 이 궐의 기강을 흩트린, 그 여자를 찾아야 할 때입니다."

바로 이때, 뒤에서 아까 소랑이를 잡아 왔던 금군의 목소리가 들렸다.

"생년월일에 맞추어 조사를 해 보니, 소랑이라는 이름도 본명이 아닌 듯합니다."

쿵— 순간 소랑의 심장이 떨어지는 것 같았다.

아, 나의 본명이 소랑이 아니었지. 소랑의 편을 들기 위해 모여든 세 명 모두에게도 이는 엄청난 충격이었다.

'뭐? 소랑이가 본명이 아니라고?'

이들 모두가 대경실색을 하여 그녀를 쳐다보았다. 그녀가 지금까지 쌓아왔던 신뢰와 친분이 모두 무너지는 듯한 눈빛이었다.

네가 소랑이가 아니라면, 그럼 너는 대체 누구인 것이냐.

〈2권에서 계속〉

금혼령 1

1판 1쇄 발행 2020년 3월 5일
1판 3쇄 발행 2022년 12월 23일

지은이 천지혜

발행인 양원석
편집장 정효진
영업마케팅 양정길, 윤송, 김지현
펴낸 곳 ㈜알에이치코리아
주소 서울시 금천구 가산디지털2로 53, 20층 (가산동, 한라시그마밸리)
편집문의 02-6443-8862   **도서문의** 02-6443-8800
홈페이지 http://rhk.co.kr
등록 2004년 1월 15일 제2-3726호

ISBN 978-89-255-6907-9 (03810)